3. Ist Kommissar Jennerwein schwindelfrei?
Das nehme ich einmal an. Vielleicht tut er aber auch nur so.

4. Überrascht Sie Jennerwein manchmal mit neuen Charakterzügen?
Natürlich. Kriminalermittler sind ja mit den zweiundsiebzig abendländischen Grundtugenden ausgestattet, schielen aber neidvoll zu den Schurken hinüber, die ihre Laster ausleben können.
Da gibt es viele Anfechtungen. Jennerwein bietet mir beim Schreiben immer wieder an, diesen Versuchungen nachzugeben und im Sumpf des Verbrechens zu versinken. Wir beide sind aber bisher immer stark geblieben.

5. Ist er bei seinem Ermittlerteam als Chef eigentlich beliebt?
Ja, und wie! So einen guten Chef hatten sie noch nie. Er setzt alle im Team nach ihren jeweiligen Fähigkeiten bestens ein. Langsam können sie sich gar nicht vorstellen, mit einem anderen Kommissar zusammenzuarbeiten.

6. Haben Sie je an eine Karriere bei der Polizei gedacht?
Ich habe mich sogar einmal beworben! Ich wurde auch angenommen, dann aber wegen Kurzsichtigkeit zur Abteilung Öffentlichkeitsarbeit versetzt. Anstatt wild um mich zu schießen, saß ich den ganzen Tag in einem Büro und musste dort Fragen von Krimiautoren zum Polizeialltag beantworten. (»Darf man die Dienstwaffe mit nach Hause nehmen?« - »Sind Staatsanwälte wirklich so mies drauf?«) Da habe ich die Seiten gewechselt.

7. Kann es in einem idyllischen Kurort Niedertracht geben?
Ein idyllischer Kurort ist der ideale Nährboden für Zwietracht, Neid, Eifersucht, Hass, Mordlust, Wut, Verzweiflung, Missgunst, Furcht, Gram und Gier – warum sollte da nicht auch noch das schwarze Blümchen Niedertracht blühen?

8. Tragen Sie selbst Tracht?
Ich besitze eine echte Werdenfelser Lederhose mit bestickten Hosenträgern, Wadlstrümpfen und Haferlschuhen – meine Arbeitskleidung, wenn ich in Garmisch recherchiere. Kein Mensch erkennt mich in dieser Kluft, und ich kann ungestört nach dem Bösen Ausschau halten.

In der Gipfelwand hoch über einem idyllischen alpenländischen Kurort findet die Bergwacht eine Leiche. Wie kam der Mann ohne Kletterausrüstung überhaupt dort hin? Kommissar Jennerwein vermutet, dass es sich um einen besonders heimtückischen Mord handelt, und ermittelt mit seinem Team zwischen Höhenangst und Almrausch. Die Einheimischen ergehen sich schon in düsteren Vorhersagen über weitere Opfer. Merkwürdige Dinge geschehen im Kurort: Es gibt eine mysteriöse Mückenplage in Gipfelnähe. Ein Imker, den alle nur als einsamen Grantler kennen, besitzt auf einmal viel Geld. Und wieso hilft ein Mafioso, ein Kind aus Bergnot zu retten? Jennerwein hat es mit einem komplizierten Fall zu tun. Der Weg zur Lösung erweist sich als sehr steil und abschüssig …

»Maurers kriminalistische Fabulierenergie, sein wunderlicher Wortwitz, sein Sinn für Dialekt und Dialektik und seine auf Details versessene Beschreibungsgabe bürgen für Lektürespaß.« Bremer Tageszeitung

Jörg Maurer stammt aus Garmisch-Partenkirchen. Er studierte Germanistik, Anglistik, Theaterwissenschaften und Philosophie und ist nun nicht nur Krimiautor, sondern auch Musikkabarettist. Eine feste Größe in der süddeutschen Kabarettszene, leitete er jahrelang ein Theater in München und wurde für seine Arbeit mehrfach ausgezeichnet, u.a. mit dem Kabarettpreis der Stadt München (2005), dem Agatha-Christie-Krimi-Preis (2005 und 2006) und dem Ernst-Hoferichter-Preis (2012). Sein Krimi-Kabarettprogramm ist Kult. »Kriminell komisch.« Süddeutsche Zeitung

Weitere Titel von Jörg Maurer:
»Föhnlage«
»Hochsaison«

Weitere Informationen, auch zu E-Book-Ausgaben, finden Sie auf www.fischerverlage.de

Jörg Maurer

Niedertracht

Alpenkrimi

Fischer Taschenbuch Verlag

6. Auflage Januar 2012

Originalausgabe
Veröffentlicht im Fischer Taschenbuch Verlag,
einem Unternehmen der S. Fischer Verlag GmbH,
Frankfurt am Main, April 2011

© Fischer Taschenbuch Verlag
in der S. Fischer Verlag GmbH 2011
Satz: pagina GmbH, Tübingen
Druck und Bindung: CPI – Clausen & Bosse, Leck
Printed in Germany
ISBN 978-3-596-18894-9

Basislager

»Zu wem soll ich andauernd hinübergeglotzt haben?«

»Da fragst du noch. Zu der Dunkelhaarigen mit den Spaghettiträgern, zwei Tische weiter.«

»Wer, ich?«

»Wer sonst! Alle paar Sekunden hast du einen Grund gefunden, dich umzudrehen. Einmal hast du die Speisetafel an der Wand studiert, dann hast du nach dem Ober gerufen, am Ende hast du nachgesehen, woher es so zieht.«

»Ich habe mich ja extra so hingesetzt, dass ich den restlichen Raum im Rücken hatte.«

»Und warum?«

»Weil ich schon wusste, wie du reagierst.«

»Ah! Du hast sie also doch gesehen.«

»Ja logisch habe ich sie gesehen. Ich musste doch an ihr vorbei, als ich reinkam.«

»Dann hast du dich also extra mit dem Rücken zu ihr gesetzt, weil du sie sonst dauernd angeglotzt hättest!«

»Nein, weil ich dir gegenüber sitzen wollte.«

»Jetzt bin ich auch noch schuld! Wenn du wirklich kein Interesse an ihr gehabt hättest, dann hättest du dich ganz locker neben mich gesetzt, ab und zu in ihre Richtung gesehen und sie *nicht* angeglotzt!«

»Wie glotzt man denn jemanden *nicht* an?«

»Jetzt reicht's mir aber. Du drehst mir jedes Wort im Mund herum!«

5

Beim letzten Satz war sie laut geworden. Er hatte den Klang ihrer Stimme noch stundenlang im Ohr gehabt, selbst als er schon im Zug saß. Er war mit dem Taxi zum Hauptbahnhof gefahren, hatte eine Fahrkarte gekauft und war in einen Zug gestiegen, der ihn Richtung Süden, Richtung Sonne bringen sollte. Ein Glück, dass er selbstständig war, sein kleiner Einmannbetrieb würde auch ein paar Tage ohne ihn auskommen. Niemand würde ihn vermissen. Er konnte sich den Luxus leisten, alles spontan hinzuwerfen und ein paar Tage Auszeit zu nehmen.

»Wenn du wieder *so* anfängst«, hatte er gesagt, »dann brauchen wir ja gar nicht mehr weiterzureden.«
»Typisch, ganz typisch! Sobald es Schwierigkeiten gibt –«
Er war aufgestanden und zur Tür gegangen.
»Ja, hau nur ab, verschwinde!«, hatte sie ihm quer durchs Lokal nachgerufen. »Und lass dich nie wieder bei mir blicken!«

In der Höhe von Bordesholm wurde der Nachhall ihres Streits leiser, nach Neumünster war sein Zorn schon halbwegs verraucht, kurz vor Fulda musste er schon darüber schmunzeln. In München konnte er sich gar nicht mehr so richtig an den Grund für die Auseinandersetzung erinnern. Es war eben einer ihrer zyklisch auftretenden Eifersuchtsanfälle gewesen. Als er die Berge des Voralpenlandes durch das Zugfenster sah, stieg er aus und beschloss, eine Nacht in diesem Kurort mit dem sperrigen Doppelnamen zu verbringen, um am nächsten Tag weiterzureisen. Oder vielleicht zurückzufahren. Er betrat eine Pension, schrieb sich unter falschem Namen und falscher Adresse ein, das fand er prickelnd. Er checkte am nächsten Morgen wieder aus, *Auf Wiedersehen, Herr Zimmermann*, sagte die Wirtin freundlich. Wie, Zimmermann? Ach so, ja natürlich. Jetzt fühlte er sich wie ein verwegener Globetrotter. Er schlenderte noch ein Weilchen im Kurort herum, denn der nächste Zug in den Süden fuhr erst in ein paar Stunden. Herrlich klares Wetter herrschte in diesem Talkessel, und die Berge standen da wie junge Hunde, die spielen wollten. Im Modegeschäft Berndanner & Söhne kaufte er sich eine völlig überteuerte, aber feste Wetterjacke und fuhr mit der Seilbahn hoch auf einen der Berge. Hupfleitenjoch, den Namen fand er lustig. Aber was zum Teufel war eigentlich ein Spaghettiträger? Als er oben bei der Bergstation angekommen war, spazierte er, den Schildern folgend, zu einem Aussichtspunkt. Die Luft war merklich dünner hier in dieser Höhe, das war ungewohnt für ihn, er atmete schwerer. Die Sonne stach auf ihn ein, und der Föhn streckte schon seine knochigen Finger nach ihm aus. Etwas benommen setzte er sich auf einen der großen Steine.

»Hallo, ist Ihnen nicht gut?«

»Doch, doch, ich bin bloß ein bisschen zu lange in der Sonne gewesen.«

»Kommen Sie mit mir, da drüben gibt es eine bequeme Bank. Da sitzt meine Frau, die hat Sonnencreme dabei. Sie müssen unbedingt etwas trinken. Das hilft am besten bei Sonnenstich. Kommen Sie.«

Er stand auf und ging mit dem Fremden mit. Sie stolperten über ein kleines Geröllfeld.

»Sind Sie das erste Mal hier in den Bergen?«

Zunächst stützte ihn der großgewachsene Fremde noch, als der Weg wieder ebener wurde, ließ er locker.

»Ich glaube, dort drüben ist meine Frau.«

Das Plateau brach ab, kalter Wind pfiff ihm ins Gesicht. Er sah weit und breit keine Frau. Er sah überhaupt keinen Menschen mehr, der hilfsbereite Fremde war hinter ihm geblieben. Er blickte sich um. Eine Faust kam auf ihn zugeflogen. Der Schlag war schnell, hart und humorlos.

»Kennen Sie diesen Mann? Hat er hier bei Ihnen eine Fahrkarte gekauft?«

Gleich nachdem er das Lokal verlassen hatte, bereute sie es schon wieder, ihren Freund so angeschrien zu haben. Doch sie hatte ihren Stolz, sie wartete auf seinen Anruf. Als er sich am Abend des nächsten Tages immer noch nicht gemeldet hatte, begann sie, sich Sorgen zu machen. Sie fragte bei seinen Freunden, niemand wusste, wo er war. Er ging nicht ans Telefon. Die Polizei konnte ihr auch nicht helfen. Ist so etwas schon öfter vorgekommen? Aber sicher, schon ein paar Mal. Ja, dann! Ja, dann? – Was soll das heißen? Der Fall wurde aufgenommen und zu den Akten gelegt. Am Morgen des nächsten Tages beschloss sie, zu handeln und Nachforschungen auf eigene Faust anzustellen. Er war ein Fluchttyp, ein Pferdemensch, er war Problemen schon immer gerne aus dem Weg gegangen. Da er kein Auto besaß und nicht gerne flog, hielt sie es für am wahrscheinlichsten, dass er in einen Zug gestiegen und irgendwohin gefahren war. Irgendwohin. Er war einer von denen, die irgendwohin fahren.

»Kennen Sie diesen Mann?«

Nein, warum, wer ist das, kenne ich nicht. Endlich betrachtete ein Schalterbeamter das Foto genauer:

»Ja, der hat hier eine Fahrkarte gekauft. An den erinnere ich mich gut. Der war dermaßen unfreundlich, er hat mir das Geld auf den Tresen geknallt – ich habe sofort auf einen Beziehungsstreit getippt. Man lernt die Menschen kennen in meinem Beruf! Geschichten könnte ich Ihnen da erzählen! Aus seinen Augen sprühten direkt die Funken, so wütend war er. Seine Freundin muss ihn bis zur Weißglut geärgert haben. Ist ja eigentlich immer dasselbe –«

»Wissen Sie, wohin er gefahren ist?«

»Er wollte nach Messina, ich habe ihm eine gute Verbindung herausgesucht. Der Zug wäre am nächsten Morgen losgefahren, mit nur viermal umsteigen – das ist doch eine Spitzenleistung der Deutschen Bundesbahn! Er aber wollte unbedingt den nächstmöglichen Zug nach Messina. Gut, sage ich, der braucht halt dann über sechsunddreißig Stunden, man muss zehnmal umsteigen – aber bitte, der Kunde ist König, auch wenn es ein zorniger König ist.«

Nach Messina also. Wieso ausgerechnet dorthin? Sie ließ sich die genaue Verbindung mit allen Zwischenstopps ausdrucken. Sie konnte sich vorstellen, dass sein Zorn in der Höhe von Flintbek, spätestens aber in Bordesholm schon halbwegs verraucht war. Sie nahm den nächsten Zug nach Bordesholm und durchkämmte den ganzen Bahnhofsbereich. Den Taxistand, die Imbissbude und den Blumenladen (wer weiß!), die Fahrkartenschalter.

»Kennen Sie diesen Mann?«

Nein, nie gesehen, kenn ich nicht, wer soll das sein. Vielleicht war ja sein Zorn in Bordesholm oder Einfeld noch nicht verflogen, vielleicht glühte er auch noch in Neumünster oder am Ende bis nach Hamburg. Wie weit reichte die eigensinnige Rage eines temperamentvollen Mannes? Vielleicht sogar bis Würzburg? Sie begann noch einmal von vorn.

1

jädi-ü-ho jodi-ü-hö
jädi-ü-hö hollaradi ri-hö
Jodler aus dem Werdenfelser Land

Die beiden Wanderer bogen um die Kurve und blieben stehen. Sie waren jetzt auf zweieinhalbtausend Meter Höhe, die Luft war merklich kühler als unten im Kurort, wo die Touristen schon in kurzen Hosen von Eisdiele zu Eisdiele schlenderten. Hier oben wurden die beiden Wanderer von bösen Winden attackiert. In der Ferne bäumten sich zwei unförmige Gebirgskegel mit windschiefen, gezackten Gipfeln auf: links die Gatterlköpfe, rechts die Plattspitzen.

»Was sind denn das für Berge?«, fragte der eine der Wanderer.

»Links, das ist der Brunntalstein, rechts der Blassenkopf«, entgegnete der andere.

»Ist das rechts nicht eher das Schroffkogeleck?«

»Das Schroffkogeleck auf keinen Fall.«

»Es muss das Schroffkogeleck sein. Der Blassenkopf ist doch ganz woanders.«

Der Blassenkopf lag wirklich ganz woanders. Der Brunntalstein und das Schroffkogeleck aber auch.

Die beiden Wanderer sahen sich um. Notgedrungen mussten sie den Weg räumen. Kopfschüttelnd machten sie Platz für ein eiliges Trio, zwei Männer und eine Frau, die durch das Karstgelände marschierten, als wäre es ein Polizeieinsatz.

10

»Idioten«, sagte der eine der Wanderer.

Es war ein Polizeieinsatz. Drei Mitglieder der Mordkommission IV, nämlich Hauptkommissar Hubertus Jennerwein, die Polizeipsychologin Dr. Maria Schmalfuß und der Polizeiobermeister Johann Ostler, waren, wie die vielen Touristen auch, mit der Gondel auf den Zugspitzgipfel, dann mit der Gletscherseilbahn aufs Platt gefahren, den Rest der Strecke mussten sie zu Fuß gehen. Sie waren von der Bergwacht alarmiert worden.

»Da stimmt was net!«, hatte der Bergwachtler gesagt.

»Es ist wirklich ein ungewöhnlicher Fundort«, schrie Polizeiobermeister Ostler gegen den jaulenden Wind an, der jetzt aufkam. Kommissar Jennerwein sprang auf einen unförmigen, riesigen Stein, er bot Maria Schmalfuß die Hand. Hier auf dem Zugspitzplatt taten sich rechts und links schon einmal Spalten mit zehn, zwanzig Meter Tiefe auf. Es war Ende Juni, und nur noch einzelne schmutzige Schneerestchen waren von dem einst prächtigen Gletscher übrig geblieben. Das karstige Gelände war jedoch ausgesprochen belebt, immer wieder mussten ihnen Wanderer verschiedenster Leistungsstufen den Weg frei machen: Jogger, Gletscherforscher, Nordic Walker, Wandernadelsammler, Geocacher und andere Schatzsucher, Hardcore-Trekker mit unbezahlbarer Bergausrüstung und Japaner in Halbschühchen spritzten links und rechts weg. Manche schimpften, dass man selbst hier oben auf dem Schneeferner keine Ruhe hätte vor den neureichen Rabauken, die sich unten im Tal eine Zweitwohnung gekauft hatten und sich hier oben mit riesigen Walkie-Talkies wichtigmachten.

»Hier war früher alles meterhoch mit Eis bedeckt«, rief Ostler und sprang zum nächsten Stein.

»Wie eigentlich ganz Bayern«, schrie Jennerwein zurück. Der Scherz wurde ihm von einem Windstoß weggerissen, der aus dem Tschechischen herübergekommen war, einem *czesky vzduch*.

»Es gibt viele Geschichten rund um die Zugspitze, vor allem um das Zugspitzplatt. Wenn der Hölleisen jetzt hier wäre«, fuhr Ostler fort, »dann würde er gleich eine passende Anekdote dazu erzählen.«

Franz Hölleisen war wie Johann Ostler ebenfalls Polizeiobermeister im Kurort. Er kannte jeden Grashalm, seine Familie war seit dem Mittelalter hier ansässig. Sein Vater war Gendarm in der Gemeinde gewesen, sein Großvater ebenfalls. Und der Enkel hatte immer mit einem Sack voller Schnurren und Schmarren aus dem Polizei- und Bergsteigerleben aufzuwarten. Er musste gleich eintreffen, er war sicherlich schon mit ähnlich strammem Schritt nach oben unterwegs. Der Wind ließ etwas nach, man musste immerhin nicht mehr schreien.

»Die Bergwacht hat uns angerufen«, sagte Ostler in die relative Stille hinein. »Sie haben einen anonymen Hinweis bekommen, dass eine seltsame Gestalt in einer Felsnische kauert.«

»Ein anonymer Hinweis?«, fragte Jennerwein verwundert.

»Der mysteriöse Zeuge wollte weder seine Personalien noch seinen Standort angeben, die Position des Opfers hat er dafür umso genauer geschildert: *Leblose Person im oberen Teil der Wand der Schneefernerscharte. Unterhalb der Gratrippe, die vom Zugspitzeck südwestlich abgeht. Ein Felssporn, der das Kar auf seiner Nordseite begrenzt. Etwa sechzig Meter unterhalb des Aussichtspunkts* – etwas von der Art. Richtig professionell, wie ein Pilot, sogar auf englisch. Wie einer, der sich am Berg auskennt.«

»Sehr ungewöhnlich«, murmelte Maria. »Ein Retter ist doch normalerweise stolz darauf, jemandem geholfen zu haben. Er nennt als Erstes seinen Namen. Äußerst merkwürdig.«

Sie hatten eine Anhöhe erreicht, die bis auf ein paar Flechten ganz und gar vegetationslos war und die mit ihren Rundhöckern, Dolinen und Schratten an eine Mondlandschaft erinnerte. Es pfiff dort aus allen Himmelsrichtungen. Es hatte den Anschein, als ob sie sich hier träfen, die europäischen Winde, zu einer Ratssitzung der Turbulenzen: der beständige *Blascht* vom Bodensee, der temperamentvolle *Vent de la vallée du Buëch* aus dem Französischen, der heiße *Traubenkocher* aus Nordtirol, der quirlige *Jinovec* aus der Slowakei – die Ritter der Thermodynamik, die hier die weitere Vorgehensweise besprachen. Die Ermittler kletterten jetzt einen Steilhang hinauf. Ostler war diese berglerische Fortbewegungsart augenscheinlich gewohnt, Maria und Jennerwein atmeten schwer, beide trieben wenig Sport. Maria ging einmal in der Woche in die Halle, zum Psychologen-Volleyball (Systemische gegen Psychoanalytiker), Jennerwein hatte schon alles Mögliche angefangen, von Tai-Chi bis Waldlauf, er hatte seine Sportart noch nicht gefunden.

»Gell, da schnaufen sie, die Damen und Herren Flachlandkriminaler!«, unkte Ostler. »Aber es ist nicht mehr weit.«

In seiner Eigenschaft als Polizeibergführer war Ostler sozusagen Fachvorgesetzter der beiden, er fühlte sich verantwortlich für deren Wohlergehen bei solch einer Tour, deshalb lief er voraus, gab den Schritt vor und blickte nur ab und zu zurück, um sie zu beobachten. Setzte ihnen die dünner werdende Höhenluft zu? Sprangen sie allzu kühn über Stock und Stein? Kündigten sich schon erste Anzeichen von Wadenkrämpfen an?

»Frau Doktor, lassen Sie sich Zeit! Wollen Sie den Steinböcken Konkurrenz machen?«

Frau Doktor hatte jetzt kein Lungenbläschen mehr frei zu einer frechen Entgegnung. Jennerwein lächelte schweratmend.

Nach der Steigung kamen sie auf eine kleine Hochebene, auf ein holpriges Plateau mit dünnen Flechten, das nach ein paar Metern mit einem eisernen Geländer abschloss. Dahinter ahnte man es schon, das Nichts. Man roch es auch, und man hörte es, am Seufzen und Raunen der Winde, die allen Mut zusammennahmen, bevor sie sich hinabstürzten ins Ehrwalder Tal. Die gemeldete *leblose Person*, derentwegen sie heraufgefahren und dann eine halbe Stunde weitergegangen waren, musste hier unter dem Geländer in der Steilwand hängen.

»Ist Hansjochen Becker mit seinen Spurensicherern noch da?«, fragte Jennerwein.

»Nein«, entgegnete Ostler, »die haben ihre Apparaturen schon eingepackt und sind mit dem Hubschrauber davongeflogen.«

»In welcher Höhe befinden wir uns hier?«, fragte Maria mit belegter Stimme. Jennerwein sah zu ihr hin, sie war blass. Die Höhenluft?

»Wir befinden uns an der Schneefernerscharte, auf zweitausendsiebenhundertzehn Meter Höhe«, antwortete Ostler mit einem Anflug von Lokalstolz, und der Wind biss ihm immer wieder ein paar Silben aus den Wörtern heraus. »Der Weg hierher ist ein Dackelspaziergang, aber dort hinter dem Geländer geht es steil hinunter. So nah liegen die Extreme bei uns im Werdenfelser Land beieinander. Seniorenerholung und Hochgebirgskletterei, nur ein paar Meter voneinander entfernt.«

Die beiden Männer näherten sich vorsichtig den begrenzenden Vierkanteisenstangen, die Psychologin blieb wie angewurzelt stehen, sie bekam einen gehetzten Blick und setzte sich auf einen Stein. Jennerwein und Ostler beugten sich über die eiserne Brüstung und blickten in den Abgrund.

»Toller Ausblick, wie?«, sagte Ostler. Unter ihnen breitete sich die Urlandschaft aus wie ein Buch mit prächtiger, aber unleserlicher Schrift. Es war keine senkrecht abfallende Steilwand, die sich da auftat, aber die spitzwinklige Neigung, mit der es hinunterging ins Habsburgische, machte den Abgrund eigentlich noch deutlicher. Jennerwein schnipste ein Steinchen in die Tiefe, als kleinen Gruß an Sir Isaac Newton – den mit der Lockenperücke und der Gravitation. Wenn man den Blick hob, konnte man in der Ferne ein junigrünes Tal sehen, Felder sprenkelten die Landschaft, und dahinter türmten sich die österreichischen Alpen auf.

»Ein gigantischer Ausblick«, sagte Jennerwein. »Da fällt mir eine Dozentin ein, die in einer Kriminaler-Fortbildung zum Thema Todesursachen etwas Interessantes gesagt hat. *Meine Damen und Herren, es gibt nur eine einzige Möglichkeit, den perfekten Mord zu begehen. Dazu müssen Sie Ihre Ehehälfte lediglich zu einer Bergtour überreden. Bitte nicht zu fest schubsen – wegen der Hämatome. Alle anderen Morde klären wir Kriminalisten über kurz oder lang auf.* Wahre Worte! Wir sollten sie uns immer vor Augen halten.«

Er warf ein zweites Steinchen hinunter, diesmal nur so. Ostler drehte sich um und klopfte sich den Schmutz von der Hose.

»Frau Doktor«, sagte er, »was ist mit Ihnen, gehts Ihnen nicht gut?«

»Doch, natürlich, ich verschnaufe mich nur ein wenig«, sagte diese in einiger Entfernung. »Was ist eigentlich mit dieser Absperrung? Die ist doch wohl viel zu leicht zu überwinden. Ist hier denn noch nie etwas passiert?«

Ostler zögerte ein bisschen, bevor er weitersprach. Jennerwein musste lächeln. Er bemerkte so ein Zögern sofort. Das waren diese Sekunden bei einem Verhör, bei denen der andere fieberhaft überlegt, ob er ein bestimmtes Detail ansprechen soll oder nicht. War da etwas Persönliches im Spiel? Hatte Polizeiobermeister Ostler ein Geheimnis?

»Es gab in den Achtzigerjahren einmal Gerüchte um pubertierende Jugendliche«, fuhr dieser zögerlich fort. »Unten im Tal wurde erzählt, dass Liebespaare hier oben besondere Mutproben veranstaltet hätten.«

Maria war interessiert ein paar Schritte nähergekommen. Pubertierende Jugendliche, Liebespaare, Mutproben – die Kerngebiete der Psychologie. Manche waren allerdings der Meinung, dass sie sich damit auch schon wieder erschöpfte.

»Und was waren das für Mutproben?«, fragte sie.

»Die Jugendlichen trugen ein Brett auf den Berg«, fuhr Ostler fort. »Das Brett wurde oben so platziert, dass es mit der einen Hälfte auf dem Boden lag, mit der anderen über den Abgrund ragte. Der Bursch stellte sich auf das Brett, das Mädchen ging vorsichtig an ihm vorbei, bis zum freistehenden Ende. Jetzt wurden luftige, aber umso ernsthaftere Liebesschwüre getauscht, dann ging das Mädchen wieder zurück – und man wechselte die Plätze.« Ostler wies auf eine kleine erhöhte Fläche neben dem Absperrgeländer. »Dort ist eine wunderbare Stelle für das *Scharteln*, wie das genannt wurde. Es geht knappe tausend Meter hinunter, aber wenn man sich wirklich liebt – was bedeuten dann schon Zahlen?«

Maria Schmalfuß war kreidebleich geworden. Sie griff sich an den Hals und hustete. Sie musste sich schon wieder setzen.

»Wurde der Tod des Opfers schon festgestellt?«, fragte Jennerwein.

»Ja«, sagte Ostler. »Die Bergwachtler sind nach dem mysteriösen Anruf gleich mit einem Hubschrauber ausgerückt und haben sich abgeseilt. Es war nicht schwer, den Tod festzustellen, denn die Leiche war schon mumifiziert. Dann haben sie mich in meiner Eigenschaft als Polizeibergführer verständigt.«

»Wie lange hängt die leblose Person schon in der Wand?«, fragte Jennerwein.

»Wahrscheinlich ein paar Wochen, aber *hängen* ist der falsche Ausdruck. Es ist eine kleine Felsnische, fast eine Guffel, in der sie liegt, die leblose Person. Eigentlich sogar bequem sitzt, wenn man das so sagen darf. Die Nische befindet sich etwa sechzig Meter unter uns.«

»Die Bergwacht hat nichts angerührt?«

»Natürlich nicht! Die haben uns sofort angerufen.«

»Todesursache?«

»Auf den ersten Blick würde ich sagen: verdursten, verhungern, so etwas in der Art.«

Es musste jetzt zwei oder drei Uhr nachmittags sein, denn man hörte die Glocken einer Ehrwalder Kirche von unten im Tal, ganz von ferne und ganz undeutlich. Jennerwein fragte sich, ob das immer noch echte, kostbare Glocken waren. Vielleicht hat mancher katholische Sprengel seine bronzenen und kupfernen Schätze schon verscherbelt und lässt das Gedröhne von einer gesubwooferten Hi-Fi-Anlage kommen. DING-DONG in Niederbayern, KRAWUMM-KRABOIING von Notre-Dame. WRRRONG! WRRRONG! im Voralpenland. TU FELIX AUSTRIA in Österreich, wenn das möglich ist.

»Wie kommt es eigentlich«, fragte Maria, die sich wieder etwas gefasst hatte, »dass die Leiche wochenlang unentdeckt geblieben ist?«

»Das kommt bei uns schon mal vor«, entgegnete Ostler. »Bergsteiger stürzen in Felsspalten, die Wetterverhältnisse sind schlecht, der Hubschrauber kann deshalb nicht fliegen, mit Hunden kann man in diesem Gelände nicht suchen – da gibt es viele Gründe. In unserem Fall kommt noch etwas dazu. Die besondere Lage dieser Felsspalte. Sie ist etwas schräg in die Wand eingelassen.«

»Wann wird die Leiche geborgen?«, fragte Jennerwein.

»Wenn wir sie freigegeben haben.«

»Ich möchte sie mir vorher noch persönlich anschauen«, sagte Jennerwein. »Kann ich mich abseilen?«

Ostler hatte auf diese Frage wohl gewartet.

»Natürlich. Die Bergwacht hat uns ihre Seilwinde zur Verfügung gestellt. Mit der lassen wir Sie die sechzig Meter hinunter. Hier ist ein Sitzgurt. Wissen Sie, wie so etwas funktioniert?«

Jennerwein wusste es. Er war schon ein paar Mal mit dem Allgäuer Hauptkommissar Ludwig Stengele, dem zweiten leidenschaftlichen Kletterer und Bergspezialisten im Team, in der Wand gehangen.

»Dann ein gutes Gelingen, Chef.«

Der Leiter der Mordkommission IV brauchte keine fünf Minuten, um sich in ein seil- und karabinerbehangenes Etwas zu verwandeln. Maria schaute entsetzt aus sicheren zehn Metern Entfernung hin, und ab und zu durchfuhr sie ein frostiges Schütteln, als würden sie die kompliziert aussehenden Abseilgurte allein schon in den Abgrund ziehen.

»Wissen Sie, was Sie da tun, Hubertus?«

»Keine Angst, Frau Doktor. Dieser Klettergurt würde sogar einen Kleinwagen halten. Die Wahrscheinlichkeit, hier abzustürzen, ist gleich null.«

Ja, du mit deinem logozentrischen Ansatz, dachte Maria. Darum geht es gar nicht. Es geht nicht um Chancen und Statistiken und die puren Höhenmeter und die Dicke des Stahlseils. Es geht um die nackte Angst. Jennerwein ahnte die Gedanken Marias, er ließ sich jedoch nicht aus der Ruhe bringen, er prüfte alles nochmals genau nach: Gurtzeug richtig angelegt? Sicherheitsschlaufen gegengeschlauft? Karabiner zugeschraubt? Knoten korrekt? Selbstsicherungsschlinge vorbereitet?

»Sind Sie bereit, Chef?«, fragte Ostler, während er ebenfalls nochmals alles nachprüfte.

»Alles klar. So eine Gelegenheit bekommt man nicht oft.«

»Gute sechzig Meter geht es nach unten. Wenn Sie wieder hoch wollen –«

»Dann klettere ich rauf wie Spider-Man, oder ich mache mich über Funk bemerkbar.«

Ostler nahm den Kommissar auf Zug, zuerst berührten Jennerweins Füße noch den Fels, dann schwebte er zwischen Himmel und Erde. Der Vergleich ist mehr als abgegriffen, aber einen besseren gibt es nicht für das Gefühl, das man hat, wenn einen lediglich ein bleistiftdickes Stahlseilchen von einem Sturz in den sicheren Tod abhält. Das ist nicht zu beschreiben, das ist in dürren Worten nicht auszudrücken. Es gibt keine wörtliche Entsprechung, es gibt kein Bild, so etwas darzustellen[1].

Jennerwein glitt hinunter. Die Bergwacht hatte die Stelle mit einem gelben Fähnchen markiert, wohl um dem Hubschrauber die nötige Orientierung zu geben.

»Alles in Ordnung?«, hörte Jennerwein Ostler durch das Funkgerät rufen. Er bestätigte und wurde von Ostler langsam hinuntergelassen, bis er schließlich zu der kleinen Felsnische kam, die einen überraschenden Anblick bot. Erst sah er nur die graue Hose, die im Wind flatterte. Dem anonymen Zeugen, der sich gemeldet hatte, war zu wünschen, dass er nur die flatternde und knatternde Hose gesehen hatte, denn der Körper, der in der Hose steckte, erinnerte kaum mehr an einen Menschen. Er war vollständig mumifiziert. Lederartig und fast nicht mehr als solche erkennbar ragten die Gliedmaßen aus

---

[1] Gibt es doch: die Fußnote. Die Fußnote bildet genau den Sprung ab von den Höhen des Textgebirges in die Tiefen des banalen Lebens. Gerade noch klebte der Textfex an den Steilwänden der Erzählung, schon schlingert und strauchelt er durch die Buchstaben, bis er unten auf dem Boden der Alltäglichkeit landet. Ist man nicht zerschmettert liegen geblieben, versucht man es nochmals. Allerdings ist so ein Wiedereinstieg in die Wand schwierig und lustvoll zugleich. Zurück zu Kommissar Jennerwein.

den Kleidungsstücken, die lippenlosen Kieferknochen klappten auf und zu, denn der Wind bewegte den Kopf leicht. Die freiliegenden Zähne vermittelten den Eindruck eines fröhlichen Lachens.

Gerade in dem Augenblick, als Jennerwein das Opfer näher betrachten wollte, vernahm er wieder den Klang der Kirchenglocken aus dem Tal, diesmal etwas deutlicher. Das passt ja genau, dachte er. Wenn man jetzt abergläubisch wäre, müsste man drei Vaterunser beten und sich sofort wieder hinaufziehen lassen. DINGDONG SCHNARRTÄNG. Der kalte Wind, der den Kopf der Leiche bewegte, der Oberammergauer *Wuisler*, ließ nicht nach, der Unbekannte nickte stärker. KLONGKLING. Dann schwiegen die Glocken, und Jennerwein machte sich an die Untersuchung der Leiche.

2

ä-üi ? ä-ü-jo !!!

Mittenwalder Jodler, der sogenannte »Almschroa«

Sechs Wochen zuvor, um die Eisheiligen herum, an der Nahtstelle zwischen Spätfrühling und Frühsommer, hing der Bergführer Johnny Winterholler durchaus lebendig in einer glitschi-
gen Steilwand. Es hatte gerade geregnet, geblitzt und gedonnert,
es war schweinekalt in dieser gottverlassenen Höhe, trotzdem
kletterte er wohlgemut dahin. Er stellte sich auf einen kleinen
Felsvorsprung, drehte sich um und sah ins Loisachtal hinunter.
Nach einiger Zeit kam die Sonne wieder heraus, wie so oft in
den Alpen ging es Schlag auf Schlag mit den Wetterumschwün-
gen. Winterholler reckte sich, und sein Hemd rutschte hoch.
Dabei traten seine Bauchmuskeln so ansehnlich hervor, dass der
amerikanischen Generalswitwe Mary-Lou Templeton, die sich
auf der Sonnenterrasse des Restaurants Alpspitze auf dem Os-
terfelder Kopf die Torten und Windbeutel dutzendweise gab,
fast das Armeefernglas aus der Hand fiel.

»What a battery of sixpacks!«, stöhnte sie angesichts der
Bauchmuskeln und stach mit der Gabel ins Cremige.

Johnny Winterholler war in der letzten Zeit eigentlich
nur in Wänden geklettert, die vom Tal aus sichtbar waren.
Das war ihm aufgefallen. Heute hing er in einer Wand,
die für ihn nicht weiter schwierig war, er war ein geübter
Kletterer, in allen Lagen zu Hause, und in richtig lebensge-
fährliche Situationen war er noch nicht oft gekommen. Er
hatte die Königsspitze in den Ortleralpen gepackt und das

21

Walliser Weisshorn, und er hatte schon einiges erlebt, was man seinen Freunden und Bergkameraden erzählen konnte: Seilanrisse an scharfen Kalksteinkanten mit halbwegs glimpflichem Ausgang, Wadenkrämpfe in unrechten Momenten, plötzlich auftretende Lustanfälle, sich hinunterzustürzen, Begegnungen mit Gott in allzu großer Höhe, Angebote des Teufels, den Pakt zu unterzeichnen – und, und, und. Doch Johnny Winterholler hatte nicht viele Freunde, denen er seine Abenteuer erzählen konnte. Wortkarg war er, er hatte lediglich gelernt, mit dem Berg zu sprechen, Winterholler war ein *homo alpinus*. Er war ein mittelgroßer, geschmeidiger Mann mit kurz geschnittenen Haaren und einem zerfurchten, wettergegerbten Gesicht, das ein heruntergefallener Granitbrocken mit einem ehrenvollen Schmiss gezeichnet hatte. Mitte dreißig war er erst, aber ein Viertel seines rechten Ohres fehlte ihm schon, das wiederum hatte ihm eine heimtückische rätoromanische Eisbrockenlawine in der Silvretta abgerissen, als kleine Warnung, sich dem Piz Buin sorgsamer zu nähern und ihn beim Beklettern nicht mit diversen oberbayrischen Schimpfworten zu belegen. Der Berg ruft nicht nur, er hört auch.

Johnny Winterholler kletterte heute nicht nur zu seinem Vergnügen, er hatte einen Job zu erledigen, einen seltsamen Job sicherlich, vielleicht sogar einen nicht ganz kosheren, er wusste es nicht so genau – aber er brauchte das Geld. Denn so meisterlich er sich hier oben am Berg anstellte, so geschickt er sämtliche vertikalen Schwierigkeitsgrade durchkraxelte, so erfolglos war er unten im Tal bei den horizontalen Wegschleifen des alltäglichen Lebens. Er hatte nichts gelernt außer Bergsteigen, und wenn man nicht gerade Reinhold Messner oder Luis Trenker hieß, konnte man davon nicht leben. Und er hatte riesige Schulden angehäuft. Also hatte er diesen sonderbaren Job angenommen. Biologische Forschungen, hatte es geheißen. Geheime, komplizierte, für einen Laien schwer zu erklärende Forschungen, alpin-zoologische Experimente. Barzahlung, hatte es weiterhin geheißen, zwar nichts Illegales, keine Angst, alles im Rahmen der Gesetze, aber Barzahlung auf den Küchentisch, nach jeder Tour. Das war Johnny Winterholler gerade recht gekommen, so eine Barzahlung auf den Küchentisch.

»Sie sind Bergsteiger. Man hat Sie uns empfohlen«, hatte der drahtige Mann mit den scheinbar ziellos von Punkt zu Punkt springenden Augen gesagt, der eines Tages zu ihm gekommen war. »Wir hätten da einen gut bezahlten Job für Sie.«

»Wer ist *wir*?«

»Das macht den Job so gut bezahlt, dass das *wir* im Hintergrund bleibt.«

»Ich mache nichts Illegales.«

»Ich versichere Ihnen, dass es nichts Illegales ist. Sie müssen weder Waffen über die grüne Grenze nach Österreich schmuggeln noch Spenderherzen aus amerikanischen Touristenbrüsten reißen.«

»Und was müsste ich tun, wenn ich den Job annehme?«, fragte Winterholler.

»Wandern und Klettern.«

»Wie bitte? Sonst nichts?«

»Sonst nichts. Sie klettern in den nächsten Wochen ein paar Routen mit unterschiedlichen Schwierigkeitsgraden ab. Wir geben die Routen vor. Sie reden mit niemandem drüber. Wenn Sie heimkommen, liegen die Lappen auf diesem Küchentisch.«

Der Fremde, bei dem der österreichische Akzent gewaltig durchblitzte, klopfte mit der Hand auf den billigen Plastiktisch, der in Winterhollers Küche stand.

»Und ich sage es Ihnen gleich: Wenn Sie in der Gegend herumplaudern, was Sie seit Neuestem für einen Job haben, liegt nichts mehr da.«

»Und ich muss nur klettern? Was soll das für einen Sinn –«

Der Fremde zog die Augenbrauen hoch.

»Ich verstehe. Was bekomme ich pro Tour?«

Der Fremde nannte einen Betrag. Johnny Winterholler schluckte. Das war ein Betrag, bei dem seine Schulden schmelzen würden wie Gletschereis. Das war ein Betrag, mit dem er sich seinen Lebenstraum erfüllen könnte, nämlich den, an einer Extremtour im Himalaya teilzunehmen. Johnny Winterholler konnte einfach nicht ablehnen. Seitdem blieb die Hintertür seines kleinen Holzhäuschens unverschlossen.

Er hatte den Mann seitdem nicht wiedergesehen. Die erste Tour war ein Spaziergang auf den Kramer gewesen, eine lächerlich leichte Tour, so etwas wie der Schäferzug für den Schachspieler. Oder Rührei für den Sternekoch. Der Schwierigkeitsgrad hatte sich von Auftrag zu Auftrag gesteigert, jetzt hing er schon zum zehnten Mal in einer Wand. Der Himalaya rückte näher. Immer, wenn er heimgekommen war, hatte Geld auf dem Küchentisch gelegen, schönes dickes, farbiges Geld, das er nicht an irgendwelche Finanzämter, Banken oder gar Wucherer abgeben musste. Ja, auch bei Letzteren hatte er Schulden. Denn sein Vertrauen in einen freundlichen, rasierwassergetränkten Bankberater war grenzenlos gewesen, er hatte dessen eingelernten Sprüchen Glauben geschenkt, aber die Sache ging schief, sein Geld war plötzlich weg gewesen. Der Banker wurde lediglich versetzt (er war jetzt Berater bei einer EU-Kommission), Winterholler wurde aber immer tiefer in den Schuldenstrudel gezogen. Dunkelbrillige Inkasso-Gorillas hatten bei ihm schon vor der Tür gestanden. Am Berg wäre er ihnen ausgekommen, den Gorillas. Aber in der Ebene schien Johnny Winterholler hilflos. Jetzt befand er sich aber in einer ganz anderen Position. Gerade letzte Woche hatte er im Baumarkt ein kleines Tresörchen gekauft, dazu eine Tüte Schnellmörtel, und damit war er losgeklettert. Irgendwo musste der Schotter hin, unterm Kopfkissen war ihm zu unsicher, in die Schweiz war ihm zu weit. (Und in der Schweiz hätte es sicher auch wieder einen freundlichen, rasierwassergetränkten Berater mit eingelernten Sprüchen gegeben.) Auf den Bergen wohnt die Freiheit, auf den Bergen ist es schön, und so hatte er in zwölfhundert Meter Höhe an einer diskreten, uneinsehbaren Stelle des Wettersteingebirges eine kleine Dependance mit ein paar Tausend Euro aufgemacht, eine kleine Schatulle, gesichert durch eine todsichere Zahlenkombination, dem Zugriff der Kredithaie entzogen, es sei denn, die Kredithaie waren Kletterer jenseits des V. Schwierigkeitsgrades – und wussten zufällig den Geburtstag von Luis Trenker.

Dann brach der Platzregen los, urplötzlich veränderte sich das Wetter von einer Sekunde auf die andere. Faustgroße Regentropfen knüppelten auf ihn ein und nahmen ihm die Sicht. Die Steilwand war klatschnass, das Seil schwer zu greifen, die Tritte unsicher. Bei diesem Wettersturz hatte Johnny Winterholler keinen Blick mehr für die umliegenden Schönheiten der Natur. Gut, dass dort in zwanzig oder dreißig Meter Entfernung eine kleine Mulde sichtbar wurde, eine kleine Spalte, ein kleiner Rastplatz für den müden Kämpfer. Dort konnte er warten, bis der Guss vorüber war. Johnny Winterholler hatte von seinem Auftraggeber keinerlei Vorgaben bekommen, in welcher Zeit er seine Touren zu gehen hatte. Auf den Zetteln, die auf dem Küchentisch hinterlegt wurden, waren immer nur die Eckdaten zu lesen gewesen. An seinem Geburtstag Ende April war zum Beispiel folgende Tour gefordert worden:

Ziel: Bernadeinkopf
Aufstieg über Kreuzeck, Durchstieg der Bernadeinwand,
Nordwandsteig der Alpspitze,
Abstieg über den Aschengrat
Beginn der Tour 5.30 Uhr
Wichtig: Anweisung einprägen, Zettel vernichten!

Er hielt es für wichtiger, die Zettel allesamt aufzuheben. Er hatte einen kleinen Schnellhefter gekauft, hatte die Zettel mit Einmalhandschuhen angefasst und sie ebenfalls in den hochalpinen Wetterstein-Tresor gelegt. Johnny Winterholler war nicht blöd. Sein Auftraggeber war jedoch auch nicht blöd. Der Mann mit den scheinbar ziellos von Punkt zu Punkt springenden Augen hatte die Zettel ebenfalls nicht angefasst. Sie waren die fingerabdruckslosesten Zettel der Welt.

Jetzt blitzte und donnerte es auch noch heftig. Die Kletteranweisung für den heutigen Tag war sonderbar gewesen. Er sollte zur vorgegebenen Zeit in diese Wand klettern und dann seine Route frei wählen, er hatte keine weiteren Vorgaben erhalten. Nun war er bei der Felsnische angekommen. Er schlug Haken in den Fels und baute sich einen sicheren Standplatz, dann holte er den Regenschutz aus seinem Rucksack und machte es sich gemütlich. Bald zog er seine alte Mundharmonika heraus und spielte La Montanara. Die verbeulte Hohner hatte einen Sturz von dreihundert Metern hinter sich, und das hohe Fis funktionierte nicht mehr. Aber seine Lieder brauchten das hohe Fis nicht. Er spielte keine Beethovensonaten, er spielte ♩ Bergvagabunden sind wir … ♩ Wenn wir erklimmen … ♩ Wohl ist die Welt so groß und weit … Und immer wieder La Montanara. Es dämmerte langsam, der Regen ließ nach. Johnny Winterholler richtete sich darauf ein, in der Wand zu übernachten. Er biwakierte gerne. Er genoss die Tat-

sache, dass niemand wusste, wo er war. Die Müdigkeit überkam ihn plötzlich und dringend. Eine Mücke setzte sich auf
seinen Handrücken. Er schlug nach der Mücke. Seltsam. Eine
Mücke in dieser Höhe? Und bei Regen? Folge der Klimaer-
wärmung? ♫ Wenn wir erklimmen schwindelnde Höhen, Bergvagabunden sind wir ... Er schlief ein.

3

chö-di chodi chö-di cho-di ch ch

Schweizer Jodler

»Allmächt, was ist denn da vorn los! Das ist ja ein Riesen-auflauf. Das einsame Gipfelglück habe ich mir anders vorge-stellt!«

»Vielleicht ist es eine holländische Reisegruppe, wegen der orangefarbenen Jacken.«

»Nein, das sind die Signaljacken von der Bergwacht. Da muss was passiert sein. – Hallo, Herr Nachbar, wissen Sie, was da vorn los ist? Oder gehts da immer so zu, an der Schneeferner-scharte?«

»Vorher haben sie einen hinuntergelassen. Der war aber nicht von der Bergwacht. Ich glaube, das war der Pfarrer.«

»Warum der Pfarrer?«

»Der hat so eine violette Stola getragen. Und dann hat er ein Fläschli in der Hand gehabt, das wird das Ölfläschli für die Letzte Ölung gwea xi.«

»*gwea xi?*«

»Gewesen sein.«

»Ach so, verstehe. Sie kommen aus der Schweiz.«

»Aus Winterthur.«

»Aber was tun Sie denn hier? Sie haben doch selber Berge.«

»Die Schweiz ist klein, die Berge hat man schnell durch. Und hier erlebt man noch was – eine Letzte Berg-Ölung zum Beispiel.«

»Was ist eigentlich, wenn der Pfarrer nicht schwindelfrei ist?«

»Dann wird er das Letzte Öl so runterträufeln.«

»Das gilt auch?«

»Am Berg schon. Am Berg gilt alles.«

Natürlich war dieser luftige Tatort vor der Öffentlichkeit nicht zu verbergen. Die Schaulustigen hatten den Hubschrauberlärm gehört, sie hatten die buntgekleideten Bergwachtler gesehen, die sich in die Wand abseilten, sie hatten die ameisenfleißigen Spurensicherer miterlebt, die mit Polizeihubschraubern auf dem Gletscherplateau landeten und in ihren schneeweißen Overalls herausquollen. Zu einer Invasion der Zugspitze fehlten eigentlich nur noch die unerschrockenen Fallschirmspringer der US Army und eine Militärkapelle, die *The Star-Spangled Banner* spielte, vielleicht noch Bruce Willis, der als braver Lieutenant Keith W. Sneider die Stars & Stripes auf dem Zugspitzkopf befestigte. Aber auch so war es spektakulär – das Ereignis hatte sich bis ins Tal herumgesprochen, und die Gondeln brachten im Halbstundentakt weitere Schaulustige herauf. Selten genug, so ein Real-Event hautnah miterleben zu können. Über den oder die, die da im Fels gefangen waren, war man allerdings auf Spekulationen angewiesen. Von zwei hängengebliebenen Extremsportlern war da die Rede, auch von einer Gruppe japanischer Kamikaze-Pauschaltouristen, die den Abstieg in Badelatschen gewagt hätten. Die Polizeiabsperrungen erlaubten kein Nähertreten. Was aber ganz sicher feststand, war, dass ein katholischer Geistlicher mit reich bestickter Stola und purpurnem Ölfläschchen hinuntergelassen worden war, vermutlich ein Priester mit höheren Weihen. Vielleicht sogar ein Bischof. Doch das Ölfläschchen war ein Funkgerät, und die reich bestickte liturgische Stola war der violette Baumwollschal Kommissar Jennerweins mit dem Aufdruck *Keine Macht den Drogen*. Diesen Schal hatte er bei der letzten Weihnachtsfeier der Mordkommission IV bei der Tombola gewonnen.

Der Kommissar stützte sich vorsichtig an der Kante der Felsnische auf und besah sich zunächst die Innenwände der grausigen Grotte. An diesen war auf den ersten Blick nichts zu erkennen, was zu kriminologischen Spekulationen Anlass gab.
Keine Schriften, keine Zeichen, keine Spuren. Der Leichnam
selbst war ein hundertprozentiger Fall für die Gerichtsmedizin. Der Kommissar stieß sich leicht von der Wand ab und
betrachtete das Gesamtbild. Der Tote war vollständig beklei-
det, allerdings trug er keine Strümpfe und Schuhe. Die nackten
mumifizierten Füße ragten dürr und schwärzlich aus der Hose
hervor. Er trug einen Anorak mit Kapuze, unter dem halb
aufgezogenen Reißverschluss konnte man einen dicken Pullo-
ver erkennen. Jennerwein überlegte, was ihm an dieser Kleidung seltsam vorkam. Er stieß sich noch etwas mehr von der
Wand ab, er schwebte jetzt frei. Dann fiel es ihm auf. Der Tote
war grau in grau gekleidet, und das lag nicht an witterungsbe-
dingten Einflüssen, der das Gewand wochen-, vielleicht mona-
telang ausgesetzt war. Normalerweise, dachte Jennerwein, tragen die Bergsteiger doch knallbunte Klamotten, nicht einmal
aus modischen Gründen, sondern um sich im Falle des Falles
besser bemerkbar machen zu können. Dieser Tote trug kein
Warngelb, kein Alarmrot, er trug Tarngrau. War da etwas Militärisches im Spiel? Jennerwein konnte auch kein Seil oder
andere Bergausrüstungsgegenstände bei dem Toten erkennen.
War er einer dieser waghalsigen Solo-Freeclimber gewesen,
der ohne Kletterzeug und Sicherung hier liegengeblieben war?
Oder war ihm alles hinuntergefallen in die Tiefe? Hatte er es
hinuntergeworfen? Warum aber hatte er sich nicht bemerkbar
gemacht? Soviel Jennerwein wusste, waren die heutigen Bergsteiger doch mit allen möglichen Kommunikationsmitteln aus-
gerüstet. Abgesehen von Mobiltelefonen und Signalpistolen
gab es doch hundert andere Dinge, um in Bergnot auf sich
aufmerksam zu machen. Und wie musste er um sein Leben

geschrien haben! Jennerwein blickte nach oben. Da ging es sechzig Meter hinauf, pausenlos brandeten Winde an die Felswand, wahrscheinlich schaffte es ein Hilferuf keine zwanzig Meter. Jennerwein zog sich einen Handschuh über und drehte die Leiche etwas zur Seite. Sie war federleicht. Unter dem Körper kam ein Rucksack zum Vorschein. Auch dieser halbgefüllte Rucksack war nicht grellbunt, wie es die heutigen Rucksäcke sind, er war ebenso altmodisch gräulichgrau wie die Kleidung. Jennerwein ließ die Leiche behutsam auf den Rucksack zurückgleiten. Er gab Ostler Bescheid, dass er wieder hochgezogen werden wollte.

»Hallo Chef!«, rief Nicole Schwattke, die Recklinghäuser Austauschkommissarin, als der Kommissar oben angelangt war und sich aus der Halterung löste. Nicole Schwattke war das jüngste Mitglied im Team Jennerweins, und sie hatte sich als echte Bereicherung erwiesen.

»Grüß Sie, Nicole«, entgegnete Jennerwein, »wie schmeckt Ihnen die Bergluft?«

»Sehr gut, und ich möchte mir die Stelle in der Wand ebenfalls ansehen.«

Maria Schmalfuß, die sich noch immer in ehrfurchtsvollem Abstand von der Felskante aufhielt, blickte skeptisch. Doch Jennerwein nickte.

»Achten Sie auf die Lage, die Kleidung –«

»Auf alles eben.«

Kriminalkommissarin Nicole Schwattke war mit ihren fünfundzwanzig Jahren nicht nur die Jüngste, sondern auch die Flachländischste im Team. Recklinghausen lag genau fünfundachtzig Meter über dem Meeresspiegel, die höchsten Erhebungen waren die Jungs vom örtlichen Basketballclub. Nur Holland war noch flacher. Nicole ließ sich von Ostler fachmännisch einbinden und anseilen, dann schwebte sie hinunter.

Sie blieb zwanzig Minuten lang. Als sie wieder hochkam, hatte die sonst so coole Nicole rote Bäckchen und leuchtende Augen, wie ein Kind beim Anblick der neuen Turbowasserrutsche im Freibad.

»Wow! Ein Super-Tatort, das muss ich schon sagen. Der Anblick der Leiche war gruselig, aber das Abseilen – erste Sahne.«

»Sie klettern ja gar nicht so schlecht!«, sagte Ostler anerkennend.

»Ich bin ja auch schon zwei, drei Mal geklettert. Natürlich noch nie in einer Naturwand, aber im Klettergarten. In Datteln bei Recklinghausen habe ich bei der VHS einen alpinen Grundkurs mitgemacht – Basislehrgang mit anschließendem Kletterführerschein.«

Polizeiobermeister Johann Ostler schüttelte den Kopf. Datteln.

»Ich muss mir das nochmals genau auf den Fotos der Spurensicherung ansehen«, sagte Nicole, als sie wieder frei von allen Karabinern und Schlingen war. »Eines kann ich aber jetzt schon sagen: Irgendetwas stimmt da nicht. Irgendetwas ist sonderbar.«

»Zum Beispiel?«, fragte Maria.

»Die merkwürdige Bergkleidung. Das ist selbst mir als Flachlandtirolerin aufgefallen. Sieht man mal von den Schwarzweißfilmen aus den Fünfzigerjahren ab, habe ich noch keinen solchen unauffälligen, fast getarnten Bergsteiger gesehen. Heutzutage ist doch alles bunt. Der Anorak, den der trägt, war vor hundert Jahren modern.«

»Vielleicht liegt er schon so lange da?«, warf Maria ein.

Ostlers Telefon klingelte.

»Die Bergwacht lässt fragen, ob sie die Leiche jetzt bergen und in die Gerichtsmedizin bringen können. Sie könnten mit dem Hubschrauber in einer halben Stunde hier sein.«

»Ja, sie sollen losfliegen«, sagte Jennerwein. »Überflüssig zu erwähnen, dass sie mit äußerster Sorgfalt vorgehen sollen.«

»Ja, klar.«

»Und sie sollen den Körper möglichst in der sitzenden Haltung lassen, in der er sich jetzt befindet.«

»Selbstverständlich.«

»Besonders interessiert mich der Rucksack. Kein Stückchen darf daraus verloren gehen.«

Ostler holte eine Thermosflasche mit Eistee aus seinem Rucksack, und das fast vollständige Team der Mordkommission IV schlürfte gierig aus den Pappbechern. Sie sahen sich um. Dort, in Richtung Reintal, bot sich ein eigenartig unwirkliches Bild. Ein riesiger Menschenauflauf hatte sich in einiger Entfernung hinter dem Polizeiabsperrband gebildet. Dutzende von Fotoapparaten blitzten los, und Jennerwein hob freundlich den Becher.

»Schau dir den an! Das ist doch nie und nimmer ein Pfarrer. Der sieht doch aus wie – Ich weiß nicht, an wen mich der erinnert.«

»Der ist von der Polizei, von dem habe ich ein Bild in der Zeitung gesehen.«

»Der schaut aber gar nicht so aus, als ob er bei der Polizei wäre.«

»Die schauen heutzutage alle nimmer so aus.«

»Aber was ist das! Da hinten kommt schon wieder ein Hubschrauber.«

»Tatsächlich. Siehst du die Filmkamera, die da vorne an die Kufe montiert ist? Vielleicht war das alles gar nicht echt, vielleicht wird da was gedreht.«

»Ja, das kann sein. Bergfilme sind groß im Kommen. Jetzt weiß ich, an wen mich der erinnert. An diesen Engländer – diesen Schauspieler – Hugh Grant.«

»Du meinst, der Hugh Grant macht in einem Film mit, der auf der Zugspitze spielt?«

Die Menge der Gaffer und Erlebnistouristen teilte sich, und zwei weitere Polizisten erschienen. Polizeiobermeister Franz Hölleisen, der zweite ortskundige Polizist, und Hauptkommissar Ludwig Stengele, der versprengte Allgäuer aus Mindelheim. Stengele war ein großer, unförmiger Klotz, der sich allerdings jetzt erstaunlich geschmeidig, fast katzenhaft im Gelände bewegte.

»Ich habe extra meinen Kurzurlaub unterbrochen«, sagte er statt einer Begrüßung. »Aber ich will mir die Stelle einmal ansehen.«

»Gut«, sagte Jennerwein, »aber wir müssen erst warten, bis der Hubschrauber mit der Bergung fertig ist.«

Ludwig Stengele warf einen quietschgelben Rucksack vor sich hin und öffnete ihn mit flinken Fingern. Er hatte natürlich seinen eigenen Sitzgurt, seine eigenen Karabiner, sein eigenes Bergzeug dabei. Er verwandelte sich innerhalb von Minuten vom hölzernen Schreibtischbeamten, der er zu sein schien (und der er manchmal auch war), zum steinbockgleichen Bergmenschen. Er war eindeutig der beste Bergsteiger im Team. Stengele ließ sich die Linie, die von der kleinen Höhle senkrecht nach oben führte, genau zeigen, und an dem Punkt wurde er hinuntergelassen. Schon nach dem ersten Meter besah er sich die Wand genauer, er tastete sie mit seinen Händen ab, er zog dazu die Handschuhe aus. Mehr als einmal riss er ein kleines Bröckchen Stein aus der Wand, praktizierte es in ein Plastiktütchen und steckte es in die Hosentasche. So untersuchte er die ganze Wand aufs Genaueste. Er brauchte fast eine Stunde, bis er an der Felsspalte war, aus der die Bergwacht die Leiche inzwischen geborgen hatte. Vorsichtig stützte er sich ab, noch vorsichtiger als Jennerwein und Nicole vorher, dann schwang er sich hinein. Er setzte sich langsam in die leere Höhle, in die Position, in der der Kletterer in der altmodischen Bergkleidung schon ein paar Wochen gelegen hatte. Stengele schaute nach oben, an die kleine Decke der Höhle. Dort entdeckte er etwas äußerst Merkwürdiges.

4

I woke up this morning with a awful aching head
I woke up this morning with a awful aching head
My new man had left me, just a room and a empty bed
Jodler von Bessie Smith, Chattanooga, 1928

Der Putzi trainierte hart und verbissen. Bis zum Sommer musste er es draufhaben, bis zum Mai, spätestens bis zum Juni, bis zum Beginn seines großen Vorhabens musste er alle Griffe und Kniffe aus dem Effeff beherrschen, das gehörte zu seinem Plan.

Es war Frühjahr, und in den Gärten des Loisachtales blühten bereits die ersten Blumen. In einem besonders gut gepflegten Rasen schossen Krokusse und Hyazinthen hoch, in den Beeten rund ums Haus reckten sich Osterglocken und Narzissen der Sonne entgegen, und der Putzi, wie er überall genannt wurde, übte vom Balkon des zweiten Stockes aus das Abseilen. Es war der Balkon hinter dem Haus, und große Tannenbäume verhinderten, dass jemand seine ungeschickten Versuche beobachten konnte. Verdammte Knoten, verdammte Schlingen, fluchte der Putzi leise. Aber es half nichts, das hatte er sich fest vorgenommen, und er wollte es durchziehen. Er hatte eine alte Kletterausrüstung auf dem Speicher gefunden, mit der vermutlich noch sein Vater selig auf die Berge gestiegen war. Für den Putzi kam kein Klettergarten für Anfänger und erst recht keine schicke Kletterschule mit Prosecco-Bar in Frage, er übte an dem Findling hinterm Haus – oder eben das *abseiling*, wie die Amerikaner es nann-

36

ten, vom Balkon. Vielleicht würde er es der Mutter irgendwann
einmal sagen, aber jetzt war noch nicht der rechte Zeitpunkt
dazu. Der Putzi klinkte das Seil am Dachsparren ein, sprang
auf die Balkonbrüstung, balancierte ein wenig, ging dann in die
Hocke und blieb auf dem schmalen Balken sitzen. Er blickte
hinunter auf die Blumenrabatten, die seine Mutter im Garten
angelegt hatte. Er verspürte plötzlich große Lust, mitten hinein
zu springen in das ausgeklügelte Arrangement aus Forsythien-
sträuchern, Stiefmütterchen und Steinbrech, er würde vielleicht
sogar weich landen in den einladenden Polstern aus Phlox und
Gedenkemein, zumindest unverletzt. Oder zumindest nicht
schwer verletzt. Doch nun wandte er den Blick ab und stieg
wieder auf die Innenseite des Balkons. Er schnallte den Rucksack um, den er mit zwanzig Kilo Steinen beladen hatte, dann
stieg er erneut auf die Brüstung, balancierte und ging abermals
in die Hocke. Morgen würde er statt der zwanzig Kilo dreißig
oder gleich vierzig nehmen. Jetzt glitt er langsam am Seil hinunter, direkt auf die Primeln zu.

Anders als Hauptkommissar Ludwig Stengele oder gar der
Bergführer Johnny Winterholler war der Putzi ein eher durch-
schnittlich begabter Kletterer. Er war zwar von kräftiger Sta-
tur, er hatte auch die Zähigkeit und Verbissenheit, die man bei
dieser vertikalen Fortbewegungsart braucht, aber der Putzi
war einfach nicht wendig genug, ihm mangelte es an der gewissen montanen Eleganz. Er hatte nichts von der katzen-,
gemsen- und insektenhaften Körperbeherrschung, die den
ganz großen Kletterer, den alpinen Mozart ausmacht. Das
wusste er auch selbst, umso mehr arbeitete er an seiner Technik. Der Putzi wohnte zusammen mit seiner Mutter in einem
gepflegten Haus, das am südlichen Rande des Kurorts lag.
Nach vorne zur Straße hinaus ging der kleine Laden, den er
zusammen mit seiner Mutter führte. Oft stand sie im Laden,

wenn er hinten heimlich das *advanced abseiling* übte. Was er nicht wusste: Seine Mutter hatte ihn schon mehr als ein Mal bei diesen Kletterübungen beobachtet.

»Ein bisserl Auslauf muss ich ihm doch lassen, dem Buben«, sagte die Mutter zu ihrer Lieblingskundin, der Jasmin Siebenrock, die zwar nie etwas kaufte, aber immer die allerneuesten Neuigkeiten aus dem Ort wusste.

»Ein *bisserl* Auslauf ist gut«, entgegnete die Siebenrockin. »Sich tagelang irgendwo in der Weltgeschichte rumtreiben und auch über Nacht nicht heimkommen – das gäbe es bei meinem Buben nicht.«

Ja, so siehst du aus, dachte sich die Mutter vom Putzi, und was ist aus deinem Buben geworden? Ein Pfennigfuchser ist er, ein Finanzbeamter im mittleren Dienst, was soll denn das für ein Beruf sein!

»Du verwöhnst ihn jedenfalls viel zu sehr, den Buben«, legte die Siebenrockin nach.

Jetzt stellt man sich unter dem Putzi vielleicht einen zehn- oder sechzehn-, vielleicht gerade noch zwanzigjährigen Burschen vor, aber der Putzi war geschlagene einunddreißig, ein ausgewachsenes Mannsbild war er, mit einem kleinen Hang zum Fettleibigen. Er hatte etwas Stattliches *und* Kindliches zugleich, und genau so eine Kombination schafft Vertrauen. Er war beliebt und bekannt im Kurort. Ein herzensguter Mensch wäre er, hieß es, aber ein wenig getuschelt wurde natürlich auch. Der spinnt doch ein bisserl, meinten einige hinter vorgehaltener Hand. Und wenn man genau hinschaute, hatte der Putzi tatsächlich manchmal einen wundersamen Blick, fahrige Bewegungen, einen sonderbar unrunden und ferngesteuerten Gang. Manche meinten, der Föhn habe ihm sein Gemüt durcheinandergewirbelt, andere glaubten, er wäre einmal irgendwo

38

heruntergefallen beim Klettern, er hätte sich den Kopf angeschlagen und deshalb dürfe man da nicht so sein.

»Aber manchmal könnte ich aus der Haut fahren«, sagte die Mutter vom Putzi. »Er packt seinen Rucksack, geht in aller Früh fort, der Bazi. Und kommt dann tagelang nicht mehr heim, der hundshäuterne Falott, der wetterwendische.«

»Aber so eine Wanderlust, so ein Aufunddavon ist doch grade für uns Werdenfelser nichts Ungewöhnliches.« Da hatte die Jasmin Siebenrock recht. Der Drang ins Grüne war geradezu eine Spezialität des einheimischen Kurortbewohners. So wie es den Hamburger hinaus aufs Meer zieht und den Norweger vermutlich in die Fjorde, schwört der Alpenländler auf die Vereinigung mit der Vegetation. »Da kommen halt die alten alplerischen Gene heraus. Warum regst du dich denn da so auf? Das vergeht schon wieder.«

»Ich frage mich auch, wo der dann eigentlich übernachtet!« Die Siebenrock Jasmin kicherte.

»Ja, merkst du das denn nicht?«

»Was soll ich nicht merken?«

»Eine Freundin wird er halt haben, dein Putzi.«

»Was, eine Freundin? Der hat doch keine Freundin. Das würde ich doch merken.«

»Das merkst du eben nicht als Mutter. Alles merkst du, aber das merkst du nicht.«

Der Putzi hatte aber gar keine Freundin. Er hatte auch kein besonderes Interesse an der Natur. Der Putzi hatte ein dunkles Geheimnis.

5

Als Gregor Samsa eines Morgens aus unruhigen Träumen erwachte, fand er sich in seinem Bett zu einem ungeheueren Ungeziefer verwandelt.

Jodler aus der Gegend von Prag

Johnny Winterholler hatte eine angenehme Nacht in der Wand verbracht. Eine wunderbare Nacht war es, mit einem Traum von der achten Gewinnstufe bei *Wer wird Millionär?* Was ist ein Prusikknoten? Ist das a) eine Gewebeverdickung, b) eine Verkehrsinsel, c) eine Bergsteigerseilschlinge oder d) ein Engpass bei der Aktienversorgung?

Johnny Winterholler reckte sich in seinem Outdoor-Schlafsack und öffnete die Augen. Das Werdenfelser Tal erschien ihm skizzenhaft, wie der flüchtige Entwurf des Teufels für eine besonders komfortable Hölle. Seinen Schlafsack, eine Spezialkonstruktion, hatte er freischwebend an zwei Haken in der Wand aufgehängt, seinen Rucksack und seine Schuhe hatte er in die kleine Felsspalte gestellt, die ihm gestern Schutz vor dem Regen geboten hatte.

Immer wieder genoss er das Gefühl, beim Erwachen nicht ganz genau zu wissen, wo er sich befand. Im Niemandsland zwischen Schlaf und Bewusstsein schlingerte er wild und orientierungslos herum. Eben noch hatte er geglaubt, sich in seinem Bett zu Hause zu befinden, jetzt wachte Johnny Winterholler in einer Steilwand des Wettersteingebirges auf, und am Leben hielten ihn zwei winzige eingeschlagene Stahlstifte. Ein kaltes Eislüftchen, das von

Tirol herübergekommen war, hatte ihn geweckt. Er reckte sich ein wenig. Die Sonne war längst aufgegangen. Als er sich langsam aus dem Schlafsack schälte, hing die Generalswitwe Mary-Lou Templeton schon wieder an seinem Körper, sie hatte sich unten in der Bäckerei Krusti mit ein paar Buttercremeschnitten light eingedeckt, jetzt saß sie in der ersten Gondel nach oben und fuhr den stattlichen Johnny Winterholler mit dem Armeefernglas ab.

»Good morning, Mr. Beefcake!«, rief sie ihm zu und biss in die watteweiche Schnitte.

Johnny Winterholler hingegen war ein Frühstücksmuffel. Zu dieser Tageszeit und in dieser Höhe brachte er keinen Bissen hinunter. Er spielte ein paar Töne auf der Mundharmonika. ♫ Oh schöne Gipfeleinsamkeit … spielte er, ♫ Mein Glück liegt nicht im Tal … und ♫ Mich juckt's in den Bergschuhen … – was man halt ohne hohes Fis so alles spielen kann. Dann öffnete er den Rucksack und holte seine Morgenlektüre heraus, ein Lexikon des Allgemeinwissens, die Enzyklopädie aller nur möglichen Quizfragen, den Baedeker des kleinsten gemeinsamen Nenners. Selbstverständlich trug er nicht den Riesenschinken mit sich, er hatte die Seiten 353 bis 359 herausgerissen und studierte sie nun. Johnny Winterhollers ganz großer Traum war es, bei einer TV-Quizshow teilzunehmen, bis zur höchsten Stufe zu kommen und vor einem Millionenpublikum abzuräumen. Achte Gewinnstufe. Wer war Lorenzo de Tonti (1602–1684)? Der Erfinder der a) Kirchenorgel, b) Rentenversicherung, c) Pizza oder d) Integralrechnung?

Johnny Winterholler prägte sich ein paar Fragen und deren Lösungen ein, dann packte er sein Zeug zusammen und bereitete sich auf das Weiterklettern vor. Als er die Ärmel hochgekrempelt hatte, setzte sich erneut ein kleines Insekt auf seinen nackten Unterarm. Was, schon wieder eine Mücke? Und so früh schon? In dieser Höhe und zu dieser Tageszeit hatte er noch nie eine Mücke gesehen. Er fragte sich, was dieses Tierchen hier, fernab von jeglicher Vegetation trieb. Mücken in dieser Höhe und um diese Zeit, unglaublich. Das Insekt blieb auf seiner Haut sitzen, wie um sich auszuruhen. Er betrachtete es genauer. Diese Art hatte er noch nie gesehen. Auf den ersten Blick war es eine gewöhnliche Fenstermücke, mit zwei großen, schildähnlichen Flügeln. Aber irgendetwas war an diesem Insekt anders. Als er es noch näher betrachten wollte, pumpte es sich auf und flog weg. Johnny Winterholler kletterte weiter. Die durchschnittliche Lebenserwartung einer Mücke beträgt a) einen Tag, b) eine Woche, c) einen Monat oder d) einen Sommer. Nachdem er ein paar Meter geklettert war, fiel ihm ein, dass er seine lederne Mundharmonikahülle in der Nische hatte liegen lassen. Er kletterte nochmals hinunter.

6

1101 1001 0101 1110 1001 0101
1110 1001 1100 0001 0011 0011
Digitaler Jodler

Dun ge dun ge dung dung dung dung !

Jeannie und Cosma, Yvonne und Sylvie standen auf der einen
Seite, der Rest der lärmenden Bande auf der anderen des knie-
hohen Tisches. Der Klingelton eines iPhones ließ in erstaunlich guter Qualität den lautmalerischen Refrain von *My heart
beats like a Jungle Drum* erklingen, und alle prusteten los.

Rra ge dun ge dung ge du ge rra ge dung dung !

Erst als sie keine Luft mehr bekamen, beruhigten sie sich wieder ein bisschen. Doch schon der nächste Augenkontakt
brachte das Fass erneut zum Überlaufen, Jeannie bekam solch
einen Lachkrampf, dass sie in ernsthafte Atemschwierigkeiten
geriet. Immer wieder brandete eine Welle des Gelächters auf.
»Meine Damen, ich bitte um etwas mehr Ernst!«, sagte die
Frau im Rollstuhl und schob sich an den Tisch, auf dem
die Reagenzgläser und Erlenmeyerkolben standen, die
mit allerlei farbigen Flüssigkeiten gefüllt waren. Das
bisschen Ruhe, das jetzt einkehrte, hielt nicht sonderlich
lang. Sally begann mit einem Kiekser, dann explodierte
der Haufen der zügellosen Neuntklässlerinnen wieder, Al-
berta und Jessica brachen unter der Last des Frohsinns zusammen und landeten auf dem gekachelten Fußboden.

»Was ist denn hier los?«, fragte Jennerwein, als er mit Maria Schmalfuß in den Saal kam. Inmitten der grell und bunt gekleideten Teenager ließ sich zunächst keine erwachsene Aufsichtsperson erkennen, schließlich machten sie eine blau bekittelte Frau im Rollstuhl aus.

»Was hier los ist? Na, das sehen Sie doch!«, sagte diese und kurvte auf die Ermittler zu.

»Girls' Day«, krähte eine Vierzehnjährige mit Zahnspange, der Rest von ihr war Amy Winehouse.

»Burka-Gesicht!«, schrie das Mädchen daneben.

»Olympia-Vierte!«, schleuderte Amy Winehouse zurück.

»Girls' Day in der Pathologie?«, fragte Maria.

»Ja, eigentlich ist der im April«, sagte die Pathologin, »aber da hatten wir keine interessanten Leichen. Der April ist ein ganz schlechter Monat für Verbrechen. Der Juni ist wesentlich fruchtbarer: Föhn, Kündigungen, Liebesschmerz. Die Ergebnisse sind Totschlag, Mord, Selbstmord.«

Die Frau im Rollstuhl warf ein großes Bündel weißer Krankenhauskittel in die Meute.

»Zieht euch das an. Und setzt euch in die Stuhlreihen. Marsch, Marsch. Ich will nichts mehr hören.«

Die Mädchen schlossen aus dem Ton der Ärztin, dass es jetzt ernst wurde. Nahezu schweigend streiften sie sich die Kittel über, und bald saß ein Dutzend weißer Engelein mit angelegten Flügeln auf den Stühlen, auf denen sonst die Studenten schwitzten und etwas über Y- oder T-Schnitte bei Sektionen lernten. *Dun ge dun ge dung dung!*, flüsterte eine ganz Vorwitzige ihrer Nachbarin noch leise ins Ohr, aber die machte eine unwirsche Handbewegung: Ruhe jetzt!

»Die Herrschaften sind übrigens von der Polizei«, sagte die Pathologin zu der kurzfristig gezähmten Meute. »Das ist Kriminalhauptkommissar Jennerwein –«

»Haben Sie schon jemanden erschossen?«, fragte Sally.

»Heute noch nicht«, entgegnete Jennerwein. Er war sich nicht ganz sicher, ob dieser Humor ankam, aber das tat er, denn die Mädchen stupsten sich an und grienten. Kinder, Narren und Pathologen verstehen Spaß, dachte Jennerwein. Humor verdeckt immer irgendetwas Uneingestandenes, dachte Maria Schmalfuß.

»Und Sie, Frau Kommissarin?«

»Ich bin keine Kommissarin«, sagte Maria mit einem kleinen Anflug von Säuerlichkeit. »Ich bin Polizeipsychologin.«

»Haben Sie da auch eine Waffe?«

»Nein, ich habe keine Waffe. Das heißt: Meine Waffe ist mein Verstand.«

Die Girlies wandten sich enttäuscht ab.

Die Pathologin deutete auf den Seziertisch. Die Arbeitsfläche war rollstuhlgeeignet niedriggelegt worden, wie alles hier in dieser gerichtsmedizinischen Abteilung. Auf dem Tisch war ein unförmiges Gebilde zu sehen, das mit einem weißen Laken abgedeckt war, wohl um der Vorführung, die jetzt gleich folgte, den nötigen dramatischen Knalleffekt zu geben.

»Tod durch *Kachexie*«, begann die Frau im Rollstuhl zu dozieren, sie wandte sich gleichzeitig an die Girls'-Day-Mädchen und an Jennerwein und Maria. »Kachexie bedeutet so viel wie Kräfteverfall oder Entkräftung, das war in diesem Fall vermutlich ein Mix aus körperlicher Erschöpfung, Unterernährung, Flüssigkeitsmangel, Unterkühlung, psychischem Stress –«

»Jetzt decken Sie endlich auf«, sagte Shalima, und die anderen nickten stumm und gierig.

»Wie ihr meint«, sagte die Herrin der Unterwelt.

Persephone fuhr ganz zum Tisch und zog die Decke von der Leiche. Das neckische Dutzend in Weiß blieb brav auf den Stühlen sitzen. Einige rissen trotzig die Augen auf, um immer noch

45

cool und gelangweilt zu wirken: So etwas sehe ich jeden Tag. Doch mumifizierte Leichen haben auf den ersten Blick etwas zutiefst Verstörendes und Nachdenkenswertes: Sie sind auf irgendeine geheimnisvolle Weise noch toter als tot und geben einem eine allzu deutliche Vorschau aufs eigene Zukünftige.

»Wir hätten doch lieber im März in die Stahlgießerei gehen sollen«, sagte Eileen laut zu ihrer Nachbarin Michelle.

»Mir gefällt das, ich werde Pathologin«, antwortete Michelle.

Der Tote auf dem Seziertisch hatte die Haltung nicht aufgegeben, die er in der Felsnische am Berg eingenommen hatte. Leicht gekrümmt, halb sitzend, halb liegend konnte man sich des Gedankens nicht ganz entziehen, dass er dort auf eine unangemessene Weise *lümmelte*.

»Wir von der gerichtsmedizinischen Abteilung helfen der Polizei, Verbrechen aufzuklären. Wir stellen fest, wie dieser Mann zu Tode gekommen ist.«

»Es steht also schon fest, dass es ein Mann ist?«, fragte die zukünftige Pathologin Michelle.

»So ist es. Das Opfer ist männlich, weiß, um die dreißig herum, Westeuropäer, er hat viel Sport getrieben, und er hat beim Bergsteigen vermutlich seine Kräfte überschätzt. Er war muskulös, hat gesund gelebt, bis auf vielleicht ein oder zwei Zigaretten am Tag. Er hat keinen oder kaum Alkohol getrunken, und, seht her, er hat hier ein Tattoo.«

Sie hielt den Arm des weiland Bergsteigers hoch, alle reckten sich, Jennerwein und Maria traten ganz nah an den Tisch.

»Es ist natürlich nicht mehr so gut erkennbar. Aber es war einmal ein Herz, darunter kann ich die Namen Hans & Evi lesen.«

»Hans & Evi«, murmelte Jennerwein. »Naja, besser als nichts.«

»Wie ist das mit den Maden?«, fragte Cosma. »Ich habe schon ein paar Filme gesehen, da kann man mit Maden und Insektenlarven den Mörder finden.«

»Das ist in diesem Fall nicht so ganz leicht. Der Tote hat ein paar Wochen auf zweieinhalbtausend Meter Höhe in der frischen Luft gelegen, da gibt es keine Maden. Da dörrt der Körper eher aus wie –«

»– Tiroler Luftgeselchtes?«

»Genau. Mit den Maden kann man hier nicht viel ausrichten. Ich habe etwas anderes genauer untersucht. Und damit kommen wir zum Mageninhalt«, sagte die Frau im Rollstuhl.

»Ja, zum Mageninhalt! Zum Mageninhalt!«, rief Michelle fröhlich.

»Vom Mageninhalt kann man auf das schließen, was der Tote zuletzt gegessen hat. Man kann es sogar ziemlich genau bestimmen. Reste von Speisen erhalten sich über Jahre hin.«

»Das ist ja eklig«, sagte Jeannie und ließ eine Kaugummiblase platzen.

»Eklig, aber ergiebig. Ich habe Muskelzellen in deformiertem Zustand gefunden. Sogenannte Sarkoplasmen, mit löchrigen Zellwänden.«

Die Frau im Rollstuhl machte ein verschmitztes Gesicht in Richtung der beiden Ermittler. Jennerwein und Maria blickten ahnungslos.

»Die Sarkoplasmen, wie ich sie gefunden habe, deuten auf tierisches Fleisch hin. Ich habe die Spezies genauer bestimmt. Es handelt sich um ein Exemplar des *bos primigenius taurus*, im Volksmund *Gemeines Hausrind* genannt. Die Sarkoplasmen stammen aus dem Bereich des *musculus psoas major*, das ist der Große Lendenmuskel. Im Volksmund nennt man das eine Lende oder ein Filet. Die Sarkoplasmen sind zerstört, das deutet auf eine kurzfristig große Hitzeeinwirkung hin. Wieder im Volksmund gesagt: Er hat ein Rinderfilet gegessen, das zu scharf angebraten war. Jetzt sind Sie dran, Herr Kommissar.«

Jennerwein lächelte. Wenn er jetzt gut war, hatte man bis ins Jahr 2070 zwölf neue Beamtinnen des höheren Polizeidienstes, sie würden nicht an die Stahlindustrie verlorengehen.

»Er hat also ein zu scharf angebratenes Steak gegessen, irgendwann vor seinem Tod. Da ich annehme, dass er das nicht als Brotzeit in seinem Rucksack mitgenommen hat, hat er es vorher in einer Gaststätte gegessen.«

»Und da es vermutlich keine urige Berghütte gibt, in der ein Rinderfilet serviert wird«, mischte sich Maria ein, »hat er es höchstwahrscheinlich in einem Restaurant unten im Tal gegessen.«

»Ich kann es sogar noch genauer sagen«, schaltete sich die Frau im Rollstuhl ein. »Ich habe nämlich auch Sauce béarnaise entdeckt. Mit Zucker versetzt, meiner Ansicht nach mit viel zu viel. Sieht man von Alfons Schuhbeck ab, kocht so heutzutage kaum jemand mehr.«

»Ein guter Hinweis«, sagte Jennerwein. »Ein wahrscheinlich gehobenes Restaurant mit einer altmodischen Küche. Wenn wir Glück haben, hat unser Opfer im Kurort gegessen, und wir müssen nur noch herausfinden, wer Zucker in die Sauce béarnaise –«

»Sauce béarnaise, ich höre da immer Sauce béarnaise!«, sagte Maria. »Sind nicht die Bergsteiger geradezu berüchtigt für was Einfaches, also Speck und Schwarzbrot?«

»Ich habe ohnehin meine Zweifel, ob das ein klassischer geübter Bergsteiger war«, sagte die Frau im Rollstuhl. »Bei denen sind bestimmte Muskelgruppen gut ausgebildet. Bergsteigen ist hauptsächlich eine Ausdauersportart. Doch dieser hier hat andere Sportarten betrieben. Eher Kraftsportarten. Hanteltraining zum Beispiel. Und dann habe ich noch was entdeckt. Hier, sehen Sie, an der Schulter.«

Jennerwein und Maria traten noch näher und beugten sich über die Schulter. Sie sahen nichts.

»Es sind Druckspuren, Einschnitte. Erst dachte ich, das wird halt der Rucksack gewesen sein, aber er hat diese Streifen überall am Körper.«

»An den Innenseiten der Oberschenkel entlang, um die Hüften«, sagte Jennerwein, ohne hinzusehen.

»Ja, das stimmt, woher wissen Sie das?«

»Das sind die Stellen, an denen ein Klettergurt anliegt. So muss er sich in die Felsnische abgeseilt haben.«

Eine MTA-Sklavin der Pathologie erschien und wies darauf hin, dass es für die Mädchen im Nebenraum Limo und Würstchen gäbe. Nach einem Wimpernschlag waren die Girlies verschwunden. Nur zwölf Engelshäute lagen auf den Stühlen. Irgendwo von Ferne erklang *rra ge dun ge dung!*, Gelächter brandete auf, das abrupt endete.

»Das wars?«, fragte Maria.

»Ja, das wars. Über die Tischdekoration im Restaurant kann ich leider nichts sagen.«

»Haben Sie vor den Mädchen nichts weggelassen? Irgendein besonders grausiges Detail vielleicht?«

»Ich habe Kalksteine im Magen gefunden«, sagte die Pathologin. »Und seine eigenen Haare. Und Reste von Schuhsohlen.«

7

bavarianJOU(D)ling((??/!?)), selpst der Seamann(»see,
man!« oder »ce monde?«) jottlt sich schiff lünks beim
ach-Thea-glasn: Pogo in Togo (!!//-!-)

Arno Schmidt: Über das Jodeln

»Ich möchte einmal Canard à l'orange, mit den Asperges, aber
eben ohne die Asperges.«

»Sehr wohl, Mademoiselle, ohne Spargel.«

»Ach so, Asperges heißt Spargel. Ja, wenn das so ist, dann
nehme ich doch die Asperges.«

»Sehr wohl, Und Sie, Mademoiselle?«

»Einen leichten Salat. Aber ohne Spargel. Haben Sie Würstchen?«

»Was meinen Sie mit Würstchen?«

»Nürnberger Rostbratwürstchen zum Beispiel.«

»Saucisse de Nuremberg, bon. Und die dritte junge Dame?«

»Einen großen Teller Pommes bitte, aber mit Sauce béarnaise dazu. Geht das?«

Jeder Kurort hat auch ein Sternehotel, eine Oase des komplizierten Servicegebarens, eine begehbare Erinnerung an
die altmodische frankophile Gastronomie, eine Reminiszenz an die Zeit, als Krabbensalat noch ein Sonntagsessen
für die Oberschicht war, und als es für den bürgerlichen
Rest Hühnerfrikassee gab Kalbshaschee und Hirnsuppe,
Nierenpudding und Verlorene Eier nach altfränkischer
Hausmacherart. Hier im Restaurant *Pfanndl* herrschte noch
der Geist vergangener Zeit, der alte Familienbetrieb warb mit

dem rätselhaften Slogan *gehobene bayrische Tradition*, und mancher gelangweilte Gast meditierte bei Regenwetter darüber. Einheimische verirrten sich selten hierher, das Ambiente war kolonial, die Gäste schienen den Romanen von Fjodor Michailowitsch Dostojewski oder wenigstens Marcel Proust entsprungen zu sein, so fern waren sie den jetzigen Zeiten. Saß dort hinten nicht der triefäugige Raskolnikoff, verbarg sein Beil unter dem Tisch und aß echt bayrische Leberknödelsuppe? Waren die beiden Gestalten, die dort am polierten Buchenholztisch verharrten und die Speisekarten studierten, nicht Aleksej Iwanowitsch, der Spieler – und Fürst Myschkin, der Idiot? Und dort, an dem spärlich beleuchteten Nußbaumtischchen im Chippendale-Stil, prosteten sich da nicht die Herzogin von Guermantes und der grell gekleidete Graf de Charlus mit kohlesäurefreiem Mineralwasser zu?

»Pommes frites mit Sauce béarnaise?«, näselte der uralte Ober, der im Haus geboren war, hier wohnte und das Pfanndl-Anwesen nach eigenen Angaben noch nie verlassen hatte.

»Ja, Fritten mit Sauce béarnaise«, bestätigte Michelle besorgt. »Gibt es die bei Ihnen vielleicht gar nicht?«

Ihre beiden Freundinnen, Jeannie und Cosma, kicherten und standen wieder einmal kurz vor einem Lachanfall. Doch der uralte Ober war durch nichts aus der Ruhe zu bringen.

»Pommes frites mit Sauce béarnaise sind eine unserer Spezialitäten«, näselte er weiter. »Was wünschen die Mesdemoiselles zu trinken?«

Das ausgewiesene Ambiente der *gehobenen bayrischen Tradition* zog natürlich ein Publikum an, das nicht mehr jugendlich zu nennen war. Kaum einer der gereiften Sommerfrischler hier im Speisesaal stand noch im Arbeitsleben, achtzig oder neunzig waren die rüstigen Racker, und nicht wenige von ihnen versuchten, Haus und Hof in der nicht weit entfernten Spielbank zu verprassen. Umso mehr mussten eigentlich die drei jungen Damen verwundern, die mitten unter den Raskolnikoffs und Guermantes saßen und immer wieder von Lachkrämpfen geschüttelt wurden. Der alte Ober jedoch verzog keine Miene.

»Dreimal Cola mit einem Schuss Gurkensaft, sehr wohl.«
Er wandte sich zum Gehen. Michelle hielt ihn zurück.
»Eine Frage habe ich noch, Herr Ober. Tun Sie *sucre* in die Sauce?«
»Natürlich. Unser Restaurant verwendet immer noch das Originalrezept unseres Gründers. Wir nehmen natürlich einen besonderen Zucker, nämlich kolumbianischen, und zwar aus der Gegend von –«
»Das wollte ich bloß wissen. Und, Herr Ober, dann will ich noch was wissen. Kennen Sie diesen Mann?«

Michelle zeigte dem greisen Tischknecht das Foto, das sie im gerichtsmedizinischen Institut heimlich beim Hinausgehen mit dem Handy geschossen hatte. Es war das Foto der Leiche. Der Ober des führenden Spitzenrestaurants im Kurort neigte sich über das Bild. Er, der nun schon so viele Jahre, eigentlich sein ganzes Leben, Contenance bewahrt hatte, der sie bei keinem Gast verlor, der selbst die Rolling Stones (und noch schlimmer, die Kelly Family) bedient hatte, ohne mit der Wimper zu zucken, der dem Sultan von Oman einen Radi salzen und dem amtierenden Papst, als er inkognito hier war, eine Dose Schnupftabak besorgen musste, dieser mahnende Zeuge einer vergangenen Zeit wankte nun, er schluckte, rang nach Luft, verlor schließlich gänzlich die Fassung und ließ sich, blass und stieren Auges, auf einem Stuhl nieder.

»Unglaublich«, sagte die Herzogin von Guermantes, die in Wirklichkeit die Seniorchefin eines Schrauben- und Blechimperiums war, zu Fürst Myschkin, ihrem Liebhaber und Privatsekretär. »Das Personal setzt sich seit Neuestem an die Tische. Wie gewöhnlich!«

»Alles Folgen von Rot-Grün«, murmelte Fürst Myschkin, genannt der Idiot.

8

------- o!

Kampfjodler der Samurai

Der Putzi kannte sich in den Bergen der Umgebung gut aus. Als Kind hatte ihn sein Vater oft auf Wanderungen mitgenommen. Das waren natürlich keine richtigen Klettertouren, nur kindgerecht seillose Spaziergänge auf hügelige Plateaus, eher gemütliche Schlendereien und sonntägliche Bummeleien auf Seniorenpfaden. Es war Mitte Juni gewesen, ein paar Tage nach seinem zehnten Geburtstag, da ging es über den Philosophenweg zur Kuhflucht, das war eine babykrabbelleichte Wanderung. Das hätte seine Großmutter auch noch geschafft. Und der altersschwache Dackel. Da wäre der Goldfisch auf einer Flosse hingehüpft, sagte sein Vater damals. Der Putzi hatte ein niegelnagelneues Fernglas zum Geburtstag geschenkt bekommen. Das zückte er jetzt, auf einer leichten Anhöhe. Und dann sah er sie das erste Mal, die arme Gemse.

Gemsen mit dem einprägsamen Namen Rupicapra rupicapra sind Horntiere aus der Unterfamilie der Ziegenartigen, und sie sind bekannt dafür, dass sie nur dorthin springen, von wo aus sie wieder zurückkommen. Das ist ihre eigentliche Begabung, das ist das Handgepäck, das sie von der Evolution mitbekommen haben, um zu überleben. Diese Gemse jedoch, die der Putzi mit seinem Fernglas beobachtete, war von einem schmalen Felsvorsprung nach unten auf eine noch kleinere, tischtennisplattengroße Fläche gehüpft, und da saß sie nun fest. Sie hatte sich von ihrem kleinen Rudel getrennt und stand jetzt, nervös nach Auswegen suchend, in einer luftigen Falle. Dieses Tier schien sich, artuntypisch, verschätzt zu haben. Es gab kein Zurück mehr: Die Stufe nach oben war zu hoch, seitlich gab es ebenfalls keinen kletterbaren Fels, und nach unten fiel die nackte Wand steil ab. Der Putzi schätzte, dass es sechzig oder siebzig Meter waren, und das war selbst für eine sprunggewaltige Gemse zu viel. Sie schnupperte am Boden, dann blickte sie wieder hinauf in die Richtung, in die ihre lieblose Rotte, ihre untreue Verwandtschaft verschwunden war.

Der Vater drängte zum Weiterwandern, der Putzi steckte das Fernglas in die Hülle. Aus irgendeinem Grund zögerte er, den Vater auf die Gams in Bergnot hinzuweisen. Vielleicht wollte er dem Vater den schönen Tag nicht verderben. Vielleicht war er der Meinung, dass der Entdecker eines Problems dieses Problem dann auch selbst lösen müsste. So oder so ähnlich hatte das Fräulein Wetzel im Ethikunterricht gesagt. Viel später fand er noch einen Grund. Er hatte damals auch insgeheim befürchtet, dass der Vater herzlos genug sein könnte weiterzugehen, um das Tier seinem vorhersehbaren Schicksal zu überlassen. Der psychologisch Interessierte wird sicherlich noch weitere Gründe für die sonderbare Passivität des Knaben finden. Der Putzi steckte das Fernglas jedenfalls in die Hülle und schwieg. Daheim warteten ein Apfelkuchen und süße Erdbeerlimonade, Vater und Sohn stapften also nach Hause, dem Putzi schmeckte es jedoch nicht. Er träumte in dieser Nacht auch schlecht. Noch vor dem Frühstück betete er zu einem konturlosen Gott, das Tier möge doch irgendeinen Weg finden, dem ausgesetzten Gefängnis zu entkommen. Am Nachmittag gab er vor, spazieren gehen zu wollen, um das neue Fernglas auszuprobieren. Die Gams stand immer noch an der Stelle, sie blickte starr in die Weite. Dann schnupperte sie plötzlich und unvermittelt an der Felskante, die in den Abgrund führte, sie reckte den Kopf und blickte hinunter, sie schien abzuschätzen, ob sich solch ein Sprung hinunter in die Tiefe nicht doch durchführen ließe. Die Gemse drehte sich wieder um, stellte jetzt die Vorderbeine auf den Fels, der nach oben führte. Keine Chance. Und ab jetzt ging der Putzi jeden Tag hin zu der Stelle. Eine *idée fixe* hatte ihn erwischt, die sich immer mehr verfestigte und zu einer massiven Zwangsvorstellung auswuchs. Ihm graute gleichzeitig vor dem Gedanken, dort hinzugehen, und vor dem Gedanken, nicht mehr dort hingehen zu können. Er dachte den ganzen Vormittag an die Gams, nach der Schule lief er sofort los, über den Philosophenweg hinauf zur Kuhflucht und beobachtete die Alleingelassene mit dem Fernglas. Warum, so fragte sich der Zehnjährige, machte die Gemse ihrem Leiden kein Ende und sprang hinunter? Sie schien das zu erwägen, mehrmals und immer wieder, sie schien Anlauf zu nehmen, zum erlösenden Sprung, die zwei oder drei Trippelschritte, die ihr blieben, bremste aber jedes Mal wieder ab. Das geht nicht so weiter, dachte sich der Putzi am zweiten Tag. Ich muss es jetzt endlich jemandem sagen. Dem Vater vielleicht gerade nicht, der ist zu hart und unsensibel, der Mutter erst recht nicht, die schimpft und schlägt. Er ging alle Verwandten durch, seine Freunde, seine Lehrer, er fand keinen geeigneten Beichtvater, der das verstehen würde. Sein Onkel!? Der war ein Jäger, zwar längst pensioniert, aber ein Jäger, der müsste doch verstehen können, was es heißt, sich herumzuschleichen und auf der Pirsch zu sein. Aber auch das war keine Lösung. Der Onkel würde am Ende doch bloß hingehen und die Gams erschießen. So schwieg der Putzi weiter, die ganze Woche über, und die Gemse wurde von Tag zu Tag matter. Sie blickte jetzt traurig in den Abgrund, scheinbar nachdenklich wandte sie sich um und starrte die Wand an. Sie machte keine ernsthaften Versuche mehr, einen Ausweg zu finden. Am vierten Tag hatte sie sich schon hingelegt, das war ein seltsames Bild, ein eigenartiges, rares Bild, eine liegende Gemse, das hatte vermutlich überhaupt noch niemand gesehen, dachte der Putzi. Sie leckte sich das Fell, was den Putzi besonders rührte. Diese Fellpflege: ein sinnloses Unterfangen angesichts des nahen Todes. Dann, am fünften Tag, kam ihm der Gedanke, die Bergwacht zu alarmieren, anonym selbstverständlich. Aber würden die wirklich einen teuren Einsatz wegen einer matten Gemse fahren? Der Putzi hatte sogar einen ganz verwegenen Gedanken, nämlich den, sich bei diesem Onkel, dem Jäger, einzuschleichen, dessen Gewehr zu entwenden und die Gemse eigenhändig zu erschießen. Aber der Putzi wusste nicht, wie man solch ein Gewehr lädt und wie man schießt. Und wenn er nicht richtig träfe? Und wenn man ihn auf dem Weg dorthin mit dem Gewehr erwischte? Am sechsten Tag nahm er einen Zettel und schrieb mit verstellter Schrift eine Nachricht für den Jägeronkel: Kuhflucht, kleiner Hang am rechten Rand, bitte kommen, Gemse in Bergnot. Der Putzi zerriss den Zettel. Lächerlich. Mit einer Mischung aus Grausen, Selbstvorwürfen und Neugier ging er nochmals zu der Stelle. Am sechsten Tag konnte sich die Gemse nicht mehr erheben, so schwach war sie. Er hoffte schon, dass sie tot war, aber leicht hob sie den Kopf, in keine bestimmte Richtung. Am siebten Tag konnte er kein Lebenszeichen mehr ausmachen. Er blieb den ganzen Tag dort oben. Die Gemse hatte sich entschieden, sie war nicht hinuntergesprungen, und der Putzi hielt Totenwache. Als sie sich gar nicht mehr rührte, war der Putzi sehr wütend. Er war wütend auf die Umstände, aber mehr noch auf sich selbst.

In den nächsten Wochen und Monaten fragte er sich immer und immer wieder, wie er sich selbst in so einer fast aussichtslosen Lage verhalten hätte. Würde er Schluß machen und sich in die Tiefe stürzen? Oder würde er ausharren? Der Putzi wurde sechzehn und zwanzig und fünfundzwanzig, und irgendwann wurde der Drang beim Putzi übermächtig, solch einen Versuch nochmals durchzuführen. Bei einem Menschen.

3. März, Mittenwald. Idee für Iphigenie. Brief an
Schiller. Dann merkwürdige Begebenheit, womöglich
eine Verwechslung. Hatte mich angekleidet, um etwas
in den Mittenwalder Poststuben zu essen, geriet aber
versehentlich ins Nebenzimmer und traf dort auf eine
Versammlung ernsthaftester Männer, die mich wohl
für einen anderen hielten und mir eine Urkunde
verliehen. Bin nun - ach! - auch noch Jodelkönig der
Gemeinde Mittenwald. Weiterreise nach Italien.

Johann Wolfgang von Goethe, Italienische Reise, 1786

Als er nach Hause kam, warf Johnny Winterholler den Rucksack hastig auf den Boden. Er ging schnell in die Küche, sein
erster Blick galt dem Küchentisch. Dort lag das *Große Lexikon*
des globalen Wissens. Er hob es hoch, darunter lag ein Bündel
Geldscheine. Schön. Der Mann mit den ziellos von Punkt zu
Punkt springenden Augen war wieder dagewesen. Auf dem
kleinen Zettel, der oben lag, standen Anweisungen für die
nächste Tour. Sehr gut, dachte Johnny Winterholler: Hochplatte, Aufstieg über die Ammerwaldalm – endlich mal was in den
Ammergauer Alpen, da kann ich beim Rückweg noch im Plan-
see baden. Er schaltete den Fernsehapparat ein, bald begann das Quiz, inzwischen wollte er noch duschen und
etwas Obst einkaufen, bevor der Laden um die Ecke
schloss. Doch zuallererst öffnete er ein verschweißtes
Päckchen mit sterilen Handschuhen, er streifte sich einen
über, nahm erst dann den Packen Fünfzigeuroscheine in die
Hand. Er zählte nur flüchtig, die Summe stimmte, wie bisher
immer. Wichtiger war, dass er in keine Falle tappte.

Johnny Winterholler blätterte den Stoß nochmals etwas langsamer durch und las die Nummern der Geldscheine. Sie schienen nicht fortlaufend nummeriert zu sein, sie waren augenscheinlich gebraucht. Er konnte nichts Außergewöhnliches entdecken, nichts, was auf eine Falle hinwies. Trotzdem. Er wollte vorsichtig sein. Er war es vom Berg her gewohnt, dass jeder Griff hundertprozentig sitzen musste. Also verließ er das Haus und ging zur Gemüsehandlung Altmüller, seinem privaten Geldwäsche-Institut. Das war ein gut laufender Laden, man bekam hier die schmackhaftesten Kartoffeln und die aromatischsten Tomaten im Ort (plus Kochempfehlungen, plus Gesundheitstipps, plus Ratsch), die Warteschlange ging oft bis hinaus auf die Straße. Doch kurz vor halb sieben war kein Kunde mehr im Geschäft. Die freundliche Altmüllerin hatte einen Sohn, der manchmal mithalf. Johnny Winterholler hatte Glück, heute stand nur sie im Laden. Er begrüßte sie und verlangte nach frischem Koriander. Er hatte jedoch nicht vor, heute asiatisch zu kochen, ganz im Gegenteil, er hasste Koriander, aber er wusste, dass sie ihn hinten aus dem Lager holen musste. Als er allein war, schlüpfte er unter der Absperrung durch, hinter die Ladentheke. Er streifte sich Handschuhe über, zog die Schublade auf und nahm so viele Fünfzigeuroscheine heraus, wie er vorfand. Es waren heute siebenundzwanzig. Daraufhin ließ er siebenundzwanzig seiner Euroscheine in die Schublade gleiten. Er hörte Schritte, die Altmüllerin kam zurück, er kaufte anstandshalber noch zwei Äpfel. Er bezahlte mit Münzen. Er war Bergsteiger. Keine Bewegung im Gelände durfte beiläufig sein. Jeder Griff musste sitzen.

Das Quiz begann mit einer Kandidatin, die so nervös war, dass sie bei der zweiten Gewinnstufe schon fast scheiterte. Die dritte und vierte Stufe schaffte sie mit viel Jauch'scher Hilfe, der Unterhaltungswert ging heute gegen null. Johnny Winterholler stellte sich vor, wie er selbst da sitzen würde, wenn es einmal dazu käme: souverän, selbstsicher, mit lässig übereinandergeschlagenen Beinen und breiter Brust – berglerisch eben!

»Herr Winterholler, die bisherigen Runden haben Sie mit Bravour gelöst!«

»Herr Jauch, was ich ganz vergessen habe: Ich habe Ihnen auch etwas mitgebracht.«

(Kamera auf Winterholler, Großaufnahme seiner Hände:
ein Päckchen, das er auswickelt.)

»Da bin ich aber gespannt, Herr Winterholler. Was ist denn das?«

»Ein Stück Urgestein, das ich aus einer Eiswand der Annapurna II herausgebrochen habe.«

(Jauch betrachtet den Stein und pfeift durch die Zähne.)

»Sie waren auf dem Annapurna, Herr Winterholler?«

»Herr Jauch, wenn ich Sie verbessern darf: Es heißt *die* Annapurna.«

(Gelächter im Publikum, Applaus.)

»Hier lernt man immer wieder was dazu.«

»Ja, drei- oder viermal war ich im Himalaya, ich weiß nicht mehr genau, ich müsste mal nachsehen.«

»Jetzt aber zur vierzehnten Frage, bei der es um fünfhunderttausend Euro geht.«

(Aufstöhnen im Publikum. Ein Transparent wird
hochgehalten: Auf zum Gipfel, Winterholler!)

Die Kandidatin eierte immer noch herum, dass es ein Graus war. Mit viel Dusel hatte sie die fünfte Gewinnstufe geschafft. Jetzt die sechste Frage. Welches Gewürz gehört nicht in die

61

Frankfurter Grüne Soße? Ist es a) Borretsch, b) Beifuß, c) Sauerampfer oder d) Pimpinelle? Babyeierleicht! Die Frau tippte auf Sauerampfer und schied aus.

Johnny Winterholler steckte das Geld und den Zettel in einen Umschlag, diesen nochmals in einen Umschlag aus wasserdichter Folie. Morgen würde er auf dem Rückweg von der Hochplatte bei seinem Tresor vorbeischauen. Er nahm sich wieder das Lexikon vor und büffelte ein wenig. Welches Tier ist kein Rabe, welche Pflanze gehört nicht zu den Orchideen, welcher Edelstein wird nicht in Südafrika abgebaut. Der höchste Berg Polens, die zweitgrößte Stadt Tschechiens, welche Länder grenzen an die Ukraine, wie hieß der letzte Zar Russlands. Und warum bekam er so viel Geld für seine Klettereien?

$$\int_a^b f(x)\,\mathrm{d}x := \lim_{n\to\infty} \frac{b-a}{n} \sum_{i=0}^{n-1} f\left(a + i\frac{b-a}{n}\right).$$

Leibniz'scher Jodler

»Noch jemand Kaffee?«

Im Polizeirevier des Kurorts war das Team der Mordkommission IV versammelt. Jennerwein thronte am Kopfende, Frau Dr. Maria Schmalfuß saß neben ihm und rührte unendlich lange in ihrer Tasse. Das war ihre Art und Weise, sich zu konzentrieren. Jennerwein hingegen massierte die Schläfenlappen mit Daumen und Zeigefinger. Mit dieser Technik hatte er sich schon die eine oder andere Idee aus dem Großhirn herausmassiert. Ludwig Stengele und Johann Ostler tuschelten und schwatzten, sie tippten immer wieder auf ihre Notizen und Skizzen, die sie vor sich ausgebreitet hatten – sie schienen bei ihrer Kletterei etwas herausgefunden zu haben. Nicole Schwattke, die westfälische Preußin, strich sich die Haare aus dem Gesicht, Franz Hölleisen machte Kaffee. Kommissar Jennerwein schlug spielerisch mit dem Finger ans Wasserglas. Das genügte. Augenblicklich trat Stille ein, und er eröffnete die Sitzung der Sonderkommission »Soko Hans«.

»Tatsache ist«, begann er, »dass es keine Vermissung gibt, die zu einem Dreißigjährigen passt, der Hans heißt. Die Umstände legen den Verdacht auf Fremdverschulden nahe. Deshalb sitzen wir hier. Becker, bitte.«

Der Angesprochene war Leiter der Abteilung Spurensicherung. Seine neue Kurzhaarfrisur betonte die abstehenden Ohren, er war begeisterter Frühaufsteher und bestand zur

Hälfte aus Kaffee. Vor ihm lagen eigentlich immer mehrere durchsichtige Plastikbeutel mit allerlei Überraschungen.

»Wie Sie sich vielleicht denken können, ist das der Inhalt des Rucksacks«, begann Becker.

»Der Rucksack selbst –?«

»– ist so brüchig und zerfasert, dass er fast auseinandergefallen ist. Ich habe ihn deshalb gar nicht erst mitgebracht. Aber wenn Sie die Fotos sehen wollen, bitte.«

»Brüchig wegen der Verwitterung oder wegen seines Alters?«

»Eher zweiteres. Es ist ein altmodischer Stoffrucksack, wie man ihn sich vielleicht noch vor – äh – sagen wir dreißig oder vierzig Jahren umgeschnallt hat. Ich kann mir keinen Bergsteiger denken, der so was heute noch trägt.«

»Ich bin keine Spezialistin für Bergmode«, sagte Maria. »Aber die Kleidung des Opfers muss ebenfalls uralt sein. Vielleicht habe ich auch einen Trend verpasst, so etwas wie *Retro-Tracht* oder die *Trenkercord-Renaissance* –«

»Nein, wir haben das untersucht. Das ist keine auf alt getrimmte neue Kleidung, das sind wirklich alte Klamotten.«

»Ein Dreißigjähriger, der so herumläuft?«, fragte Nicole ungläubig.

»Vielleicht trägt er die Ausrüstung seines Vaters auf«, schlug Hölleisen vor.

»Es könnte auch ein Jäger sein«, sagte Jennerwein. »Jäger tragen so etwas. Zur Tarnung.«

»Das könnte sein«, sagte Becker. »Jetzt aber zum Inhalt des Rucksacks. Der ist wesentlich interessanter. Und zwar durch das, was *nicht* drinnen ist. Ich habe Ihnen die Liste der Gegenstände ausgedruckt.«

Allgemeines Geraschel. Wegschieben von Tassen und Gläsern. Stifte auf Papier, die etwas unterstreichen. Gemurmeltes Kopfschütteln. Die Liste bestand aus siebenundzwanzig Punkten.

1. Stofftaschentuch grau
2. Brotzeitpapier, abgeleckt, Speichelspuren in der Analyse
3. Blechdöschen Schokolade, leer
4. Stoß Papierservietten, grau, unbenützt
5. Wanderkarte *Werdenfelser Land* im Maßstab 1 : 25.000
6. Ein Joghurtbecher, leer, ohne Deckel, zerbrochen

...

Alle überflogen schweigend die unheimliche Liste. Die Belanglosigkeit der vielen Dinge stand in geschmacklosem Kontrast zu der Tatsache, dass das Opfer seine letzten Lebenstage mit ihnen verbracht hatte.

»Auffällig ist bei dem Krimskrams«, sagte Jennerwein, »dass es lauter Dinge sind, die in Bergnot kaum weiterhelfen. Was meinen Sie, Ostler?«

Ostler nickte.

»Vielleicht hat er ja alle Gegenstände, die ihm weitergeholfen hätten, hinuntergeworfen?«, fragte Maria.

»Die brauchbaren Gegenstände soll er hinuntergeworfen haben?«, fragte Hölleisen zweifelnd. »Einen Schlüssel, mit dem er etwas in die Wand kratzen könnte, die Seile, mit denen er eine weithin sichtbare Flagge basteln könnte? Ich glaube nicht, dass jemand auf all das freiwillig verzichtet. Die Hoffnung stirbt zuletzt.«

»Ja, der Meinung bin ich auch«, sagte Becker. »Und noch etwas ist mir aufgefallen. In den gerichtsmedizinischen Befunden habe ich gelesen, dass der Tote Brillenträger gewesen sein muss, starker Brillenträger sogar. Wir haben aber keine Brille gefunden, nichts, auch keine Kontaktlinsen.«

»Was ist daran wichtig?«, fragte Nicole.

»Auch mit einer Brille kann man, wenn man in Bergnot ist, Notsignale improvisieren und Lichtzeichen geben«, antwortete Stengele. »Zumindest, wenn die Sonne scheint.«

Jennerwein stand auf und warf die Liste auf den Tisch. »Erste Möglichkeit: Er hat ein paar nützliche Dinge wie Feuerzeug, Signalpistole, Mobiltelefon und so weiter ausprobiert. Das hat nichts gefruchtet, und er hat sie weggeworfen, vielleicht mit der Wut der Verzweiflung und Aussichtslosigkeit. Zweite Möglichkeit: Er hat zufällig überhaupt keine Dinge dabeigehabt, die helfen könnten. Kein Taschenmesser, kein Feuerzeug, keine Gürtelschnalle. Diese Möglichkeit schließe ich aus. Bleibt übrig: die dritte Möglichkeit.«

Allen war die dritte Möglichkeit bewusst. Jemand hatte dem bedauernswerten Bergsteiger alle Gegenstände abgenommen, die weiterhelfen könnten. Und dieser Jemand war der Mörder.

Jennerwein blickte aus dem Fenster und betrachtete die herrliche Aussicht auf der Rückseite des Polizeireviers.

»Jemand kommt in Bergnot, ein anderer sieht das, klettert hin, er nimmt ihm jedoch, anstatt zu helfen, alle brauchbaren Dinge ab, um ihn dem sicheren Verderben auszusetzen. Sehr unwahrscheinlich, aber möglich.«

Jennerwein konnte den Blick nur schwer von dem unverschämt satten Grün dort draußen loslösen. Eine Kaskade fein abgestufter Blautöne prasselte vom wolkenlosen Junihimmel, und Pollenschlieren stiegen auf, wie man sie nur an sehr heißen Tagen sieht. Ein leichter Wind bewegte den blühenden Clematis-Vorhang, der sich an die Hauswand schmiegte und den wohl ein gärtnerisch begabter Kollege dorthin gepflanzt hatte. Ganze Heerscharen von Insekten umschmeichelten ihn. Nicht nur Bienen, Hummeln und Wespen. Auch Fliegen, Mücken und weitere undefinierbare Hautflügler.

Johann Ostler und Ludwig Stengele, die beiden Bergspezialisten, waren jetzt dran. Ostler war sehr stolz darauf, hier gewissermaßen der Fachvorgesetzte zu sein, das konnte jeder sehen.

»Wir erzählen am besten der Reihe nach, was wir beim Klettern gefunden haben«, sagte Stengele und nickte Ostler ermutigend zu.

»Wir haben zunächst die ersten paar Meter Wand unterhalb der Kante untersucht. Es hat nicht lang gedauert, und wir sind fündig geworden. Schon fünf Meter unterhalb der Kante sind Steinausbrüche zu finden, die darauf hindeuten, dass jemand kurz davor die Wand bestiegen hat. Ich habe ein paar Proben mitgenommen.«

»Woran erkennt man denn frische Steinausbrüche?«

»Die Oberfläche des Kalksteins bekommt im Lauf der Zeit eine bestimmte poröse Struktur. Trifft etwas Hartes auf den Stein, wird die Oberfläche abgeschürft. Die Stelle darunter ist dann noch nicht der Witterung ausgesetzt und als helle Stelle erkennbar. Da in den sechzig Metern von der Stahlbrüstung bis zur Felsnische aber kein Haken geschlagen worden ist, liegt die Vermutung nahe, dass sich jemand direkt an die Stahlbrüstung gehängt hat, um sich abzuseilen.«

»Und es muss ein ziemliches Schwergewicht gewesen sein, nach den Trittspuren zu urteilen«, ergänzte Stengele.

»Das Opfer besteigt also die Wand von unten, von Österreich aus, und kommt in Bergnot. Ein anderer sieht das von oben, seilt sich ab, gibt ihm den Rest.«

»Von oben kann man die Nische aber gar nicht sehen. Er muss das Opfer also von der gegenüberliegenden Seite beobachtet haben.«

»Von welcher gegenüberliegenden Seite? Diese Berge sind zu weit weg. Der Täter müsste also erstens unten im österreichischen Ehrwald gesessen sein und zweitens mit einem riesigen Superteleskop.«

»Andere These«, sagte Jennerwein. »Hans kommt in Bergnot. Er ruft seinen Freund per Mobiltelefon an und bittet ihn um Hilfe. Dieser Freund ist, sagen wir, scharf auf die Frau von

Hans, also auf Evi. Er wittert seine Chance. Er seilt sich von oben ab, nimmt dem armen Hans alles, was ihm aus der fatalen Situation wieder heraushelfen könnte, und lässt ihn in der Wand zurück. Er klettert wieder rauf, dort wartet schon Evi. Mit zwei Flugtickets nach Brasilien. Und zwei Liegestuhlreservierungen an der Copacabana.«

»Das ist eine schöne und romantische These«, sagte Stengele bedächtig. »Aber wir haben noch eine weitere Entdeckung gemacht, in der Felsnische selbst. Ich habe sie genau untersucht, trotzdem hätte ich das fast übersehen. In der Decke der Höhle hat jemand gebohrt. Er hat nicht einfach ein Loch reingeschlagen, er hat ein Loch gebohrt und einen Dübel reingegipst. Er wollte ganz sichergehen. Ich schätze, dass die Bohrung ebenfalls nicht älter als zwei Monate ist. An dem Haken, der darin steckt, hing einmal ein Karabiner, darauf deuten die Kratzspuren hin.«

»Einen Karabiner haben wir im Rucksack nicht gefunden«, sagte Becker.

»Das dachten wir uns schon«, sagte Ostler verschmitzt. »Aber *wir* haben ihn gefunden.«

»Unten am Boden?«, fragte Nicole Schwattke.

Ostler konnte sich nicht beherrschen: »Das nennt man in diesem Fall *Wandfuß*.«

»Dann eben Wandfuß. Kommen Sie mir mal hinauf ins Emscherland, Ostler. Da erkläre ich Ihnen auch einiges.«

»Ob Wandfuß oder Boden, der Karabiner wäre in jedem Fall verloren, Nicole. So ein kleines Ding findet man mehrere hundert Meter weiter unten nicht mehr. Das Metallteil schlägt mehrmals auf, wird abgelenkt – der Suchaufwand wäre jedenfalls gigantisch. Nein, wir haben den Karabiner in der Wand gefunden. Zwanzig Meter unterhalb der Nische. Er ist uns deshalb aufgefallen, weil ein Hüftgurt daranhing, und dieser Hüftgurt hat sich an einer Kante in der Wand verfangen. Er hat im Wind geflattert, so ist er uns überhaupt erst aufgefallen.«

»Bravo für Sie beide«, sagte Jennerwein. »Wie sieht der Tathergang Ihrer Meinung nach aus?«

»Das Opfer ist festgebunden worden, konnte sich dann aber befreien. Doch diese Befreiung hat unserem Hans rein gar nichts genützt, auch der Sitzgurt nicht, der hat ihn eher behindert in der engen Höhle. Er wirft ihn hinunter, hofft vielleicht sogar, dass er damit eine Spur setzt. Vergeblich.«

Nicole Schwattke hob die Hand.

»Hat er nicht geschrien?«

»Ja sicher. Aber es ist unmöglich, oben Schreie zu hören«, sagte Stengele. »Es sind zwar immer Leute dort am Aussichtspunkt, aber der Wind pfeift stark und fast pausenlos. Sie waren ja selbst dort. Der Abstand von sechzig Metern ist einfach zu groß, um sich bemerkbar zu machen.«

Kommissar Jennerwein nickte. »Ich komme immer mehr zu dem Schluss, dass das kein Kletterer war, der in Bergnot geraten ist. Ich bin sogar der Meinung, dass dieser Mann vorher noch nie eine Klettertour unternommen hat, darauf deuten mehrere Indizien hin. Das Opfer ist nicht zur Nische geklettert, das Opfer ist dorthin gebracht worden. Von oben abgeseilt, dann angekettet.«

Erst jetzt hörte Maria Schmalfuß auf, ihren Kaffee umzurühren. Der Mann war mitten in einer Felswand ausgesetzt worden.

11

>>Jodler<<

Begriff aus dem Personalwesen, Bezeichnung für einen Mitarbeiter,
der für das gehobene Management geeignet erscheint: jung, online,
dauerbelastbar, leistungsorientiert, eheresistent, risikofreudig

Ein paar hundert Kilometer südlicher trat ein kleingewachsener, smarter und gutgekleideter Mann ans Rednerpult des Konferenzraums und stellte sein Notebook mit einer theatralischen Geste auf den Tisch. Es war ein schmuckloser Konferenzraum in einem ausgesucht hässlichen Bürogebäude am Rande einer italienischen Kleinstadt. Doch der Referent hatte ganz und gar nicht vor, eine der üblichen Powerpoint-Multimedia-Orgien zu veranstalten. Im Gegenteil, er setzte voll auf den altmodischen Zauber des Analogen. Wenn es ihm heute gelänge, die Firma von seinem Projekt zu überzeugen, dann hätte sich das ganze mühsame Recherchieren gelohnt. Dann hätte er allerbeste Chancen, schon als Vierundzwanzigjähriger zum Senior Manager des Distrikts Südeuropa aufzusteigen. Mit Privatchauffeur, Bodyguard und Villa mit Seeblick, wahlweise Alpenblick. Er trank einen Schluck Wasser und blickte in die Runde der steinharten Gesichter des oberen Führungskreises. Ein leerer Platz in der Mitte stach ins Auge. Verflixt, warum war denn ausgerechnet jetzt der Chef noch nicht da? Gleichwohl, dann musste er eben die Präsentation ohne den großen Zampano beginnen. Mit einer ausladenden Bewegung griff er nach dem Notebook auf dem Tisch, er hob es hoch, aber nur, um es gleich wieder bedeutungsvoll beiseitezustellen. Dann ließ er seine Hand wie ein Vögelchen in der Luft herumflattern, um schließlich à la

Houdini in die Jackentasche zu greifen. Doch er zog kein Kaninchen heraus, sondern eine kleine Parfümflasche, in der man eine milchige Flüssigkeit erkennen konnte.

»Mein Name ist Luigi Odore«, stellte sich der Referent vor. Es gab Geschmunzel, Geflüster, Gelächter.

»Billiger Gag«, flüsterte die stellvertretende Personalchefin dem Referenten für Öffentlichkeitsarbeit zu. Einige griffen gelangweilt in die bereitstehenden Schälchen mit Salznüssen und zuckerfreien Keksen. Sie beschlossen, sich, so gut es ging, zu amüsieren.

»Warum lacht ihr alle?«, fragte W. W. Brjussow, der russische Gast aus Smolensk.

»Mein lieber Wassili Wladimirowitsch«, sagte sein Nachbar, »*odore* bedeutet im Italienischen *Duft*, aber auch *Gestank*.«

Der Mann aus Smolensk lachte immer noch nicht. Luigi Odore, der sonderbare Referent, stellte das Fläschchen auf den Tisch und beschrieb einen magischen Halbkreis darum.

»Dieser Flakon, meine Damen und Herren, enthält keine Bits und Bites, keine Excel-Tabellen, keine Pixels und hochauflösenden Graphiken, er enthält etwas weitaus Altmodischeres, nämlich nichts weiter als – Duft. Odore. Geruch. Aroma. Odeur. Dunst. Schmeckschmeck. Wie Sie wollen. Kleine Moleküle, die auf Geruchsrezeptoren wirken, wie das schon seit Millionen von Jahren geschieht. So einfach ist das. Analoger geht es nicht mehr.«

»Was ist das für ein Knallkopf?«, fragte Rocco ›Joe‹ Manzini aus dem Geschäftsbereich *Drugs & Arms Trade*.

»Er ist der Neffe von Respighi«, antwortete sein Nachbar.

»Ach so ist das«, raunzte Manzini seufzend und schüttete sich einen ganzen Becher Erdnüsse in den Mund.

»Bei meinem Projekt, das ich Ihnen nun vorstellen will«, fuhr Luigi Odore unbeirrt fort, »geht es ebenfalls um etwas, was man anfassen, schmecken und riechen kann. Der Geist, der in dieser Flasche gefangen gehalten wird, ist analog. Er kommt ohne Programmiersprachen, Softwarepatente und Speicherkapazitätsbeschränkungen aus. Wenn ich ihn befreie, dann wird er hinausschweben in die Welt, viel Geld einsammeln und es der Firma in den Hof schütten.«

»Mann, könntest du deine Uzi nehmen und ihm das Fläschchen verletzungsfrei aus der Hand schießen?«, fragte Cesare Capecchi seinen Leibwächter.

Trotz aller Unkenrufe spürte Luigi Odore, dass sie angebissen hatten, die ehrenwerten Mitglieder des oberen Führungskreises. Man hatte den Managern am Vormittag so viele Business-Begriffe um die Ohren geschlagen, dass ihre Köpfe immer noch glühten. Sie hatten lernen müssen, was Projektstrukturpläne sind, Produktentstehungsprozesse, Six-Sigma-Levels und ähnliche sprachliche Folterinstrumente des real existierenden Kapitalismus, die der ermüdenden Terminologie eines SED-Parteitags in nichts nachstanden.

»Lass den Geist aus der Flasche, Luigi«, sagte der Ressortleiter *Money Laundering*, Dominico Prozzi.

»Das habe ich gerade vor«, erwiderte Odore und tippte die Flasche vorsichtig an, als wollte er den Dschinn, von dem zu vermuten stand, dass er ein paar tausend Jahre geschlafen hatte, möglichst sanft wecken. »Wir leben in einer fast gänzlich elektrifizierten Welt. Das ist ein Gemeinplatz. Jegliche Art von digitalen Signalen kann durch ebensolche Mittel aufgespürt werden, das scheinbare Nichts der Algorithmen und Zahlenpakete hinterlässt die größten Fußstapfen.«

Er blickte stolz in die Runde. *Das scheinbare Nichts der Algorithmen* – an dieser Metapher hatte er lange gearbeitet.

»Jede SMS, die man verschickt«, fuhr er fort, »jedes Smiley, das man ins Netz tippt, hinterlässt Spuren, die nicht mehr zu verwischen sind. Ich sehe hier zwanzig Notebooks eingeschaltet, das sind zwanzig Fährten, die zu Ihnen führen, meine Damen und Herren. Und Sie, verehrter Dottore Castiglione – können Sie mit absoluter Gewissheit ausschließen, dass irgendwo am anderen Ende der Welt – vielleicht auch bloß im Nebenzimmer – ein Dr. Mabuse, ein Big Brother sitzt, der Sie beobachtet und der weiß, dass Sie sich hier befinden – und nicht in Ihrem Staatsanwaltsbüro in Rom?«

Dottore Castiglione lächelte ein unsauberes, dünnes Lächeln.

»Digitale Kommunikation ist unsichere Kommunikation«, fuhr Luigi fort. »Die Schaffung diskreter Kanäle, wie wir sie so oft brauchen in unserer Branche, wird durch den Vormarsch des binären Codes immer schwieriger. Eigentlich langsam unmöglich. Will ich heute wissen, wo sich der kanadische oder serbische Wirtschaftsminister befindet, bleibt mir nichts anderes übrig, als einen enormen digitalen Aufwand zu treiben, der über kurz oder lang entdeckt werden muss. Es ist ein Wettlauf zwischen Hase und Igel: Wir entwickeln eine neue Technik, der Gegner entwickelt kurz darauf eine bessere.«

Odore machte eine Pause. Alle blickten zur Tür, denn niemand anderes als der Padrone war hereingekommen. Endlich, dachte Luigi. Alle verneigten sich leicht. Manche standen auf und verbeugten sich. Sie hatten es vermutlich dringend nötig. Rocco ›Joe‹ Manzini eilte dem Padrone sogar entgegen, es fehlte nicht viel, und er hätte sich auf den Boden geworfen. Manzinis Geschäfte liefen nicht mehr so gut, er hatte teure Hobbys, er war pleite.

»Mach weiter, Luigi, mach weiter«, sagte der Padrone mit heiserer Stimme. »Ich höre dir zu, fahre fort.« Zwei Kleiderschränke, denen die Bleispritzen links und rechts wegstanden, stützten ihn und führten ihn zu dem freien Platz. Der Padrone setzte sich, und augenblicklich wurde ihm ein dampfender Teller Nudeln mit aromatisch riechender Sauce serviert. Die Marotte des Padrone war es, altmodisch zu sein. Kein Mitglied der Familie ließ sich heutzutage noch Spaghetti zu Besprechungen servieren. Padrone Spalanzani jedoch war ein großer Verehrer von Marlon Brando und vor allem von Don Vito Corleone, er hatte sich folgerichtig auch dessen heisere Stimme angewöhnt. Er hörte Opern von Puccini, rauchte kubanische Zigarren und trug Zahlen handschriftlich in riesige Kladden ein.

»Gott schütze Sie und Ihren Appetit, Padrone Spalanzani«, sagte Odore stilsicher. »Sie kommen gerade im richtigen Moment. Ich werde jetzt die Büchse der Pandora öffnen und den Geist aus der Flasche lassen.«

Der Padrone gabelte, kleckerte und schmatzte, gleichzeitig hörte er Luigi interessiert zu. Das war gut, *er* musste überzeugt werden, er war schließlich der eigentliche Geldgeber.

»Das Wissen, wo sich wichtige Persönlichkeiten aufhalten, an welchen Orten und mit welchen Personen, ist eines unserer Kernkompetenzen. Keine Ortung – keine Geschäfte.«

»Ist der Käse wirklich aus Parma?«, fragte der Padrone.

»Gesucht wird also ein Navigationssystem«, fuhr Odore fort, »das zeigt, wo sich bestimmte Personen auf der Welt befinden, ohne dass sich die Objekte bewusst sind, dass sie erfasst worden sind, und ohne dass wir in den üblichen digitalen Wettlauf eintreten.«

Der Key-Account-Manager der Abteilung *Liquidations*, ein Schwager des Padrone, dessen Namen niemand wusste, mischte sich ein.

»Da hat er recht. Das ist genau das Problem in unserem Geschäft. Das Aufspüren der Person hinterlässt eigentlich immer Spuren. Und da wird die Polizei auch meistens fündig.«

Luigi Odore nickte. Er öffnete das Fläschchen und schüttelte es leicht. Er hielt es hoch und sagte nichts. Alle schnupperten.

»Riechen Sie es schon, verehrte Mitglieder der Familie? Das ist der Duft eines reifen Feigenkaktus. Er zieht Insekten in einer Entfernung von bis zu hundert Kilometern an.«

»Eine Frechheit«, sagte Charly Stretto, zweiter Bereichsleiter der Abteilung *Trade in human beings*. »Um das zu hören, bin ich aus Chicago hierhergeflogen.«

Statt einer Antwort öffnete Luigi das Fenster. Innerhalb von einer Minute war das geöffnete Fläschchen umschwirrt von drei Dutzend Insekten. Eine davon ließ sich durch den Duft der Spaghetti ablenken und umschwirrte den Teller. Der Padrone verjagte sie mit einer lässigen Handbewegung. Alle beugten sich vor, um das kleine Spektakel besser betrachten zu können.

Luigi Odore, der Neffe des großen und unter ungeklärten Umständen ums Leben gekommenen Paolo Respighi, jetzt Hüter des Duftgrals, lächelte.

»Es handelt sich um Kriebelmücken. Sie haben einen weiten Weg hinter sich. Sie schnuppern an dem Kaktussaft, nehmen Proben, machen sich ein Bild von der Umgebung, dann fliegen sie zurück und melden es den anderen Millionen Kriebelmücken in ihrem Staatenschwarm. Sie melden die Menge des Stoffes, die Qualität der Ware, die Erreichbarkeit des Fundplatzes, die Schwierigkeiten beim Hin- und Herweg und vieles anderes mehr. Wenn wir die Sprache verstehen, in der sie das weitergeben, sind wir ganz nahe an einem biologisch-analogen Ortungssystem.«

Odore nahm das Fläschchen, ging von Tisch zu Tisch und hielt es den Anwesenden unter die Nase. Sie verstanden das Prinzip noch nicht so richtig, manche blickten noch misstrauisch, abweisend und gelangweilt. Ein Spinner. Odore, der nur eine Chance hatte, weil er ein Respighi war. Aber war nicht sein Onkel Paolo auch so ein Wirrkopf gewesen?

»Wenn die Insekten unterwegs getötet werden?«

»Dann starten neue Mückenpioniere, die diesen Duft suchen. Der individuelle Tod spielt bei Insekten keine Rolle.«

Das ist ja wie bei der Mafia, dachte Vittoria Tognozzi, Leiterin des Bereichs *Explosives & Assaults*.

»Wenn das Fenster nicht geöffnet wird?«

»Die Tiere finden ihren Weg.«

»Wenn es Winter ist?«

»Es gibt Züchtungen, denen Kälte nichts ausmacht.«

Es gab noch viele Fragen, Luigi Odore beantwortete sie geduldig.

Abermals ging die Tür auf, ein paar muskulöse Bodyguards kamen herein und servierten den schrecklich schlechten Kaffee, der zur Business-Community gehört wie deren Glaube an die Kraft des Kapitals. Doch auch in dieser Beziehung wurde für den Padrone eine Ausnahme gemacht. Er bekam als einziger wohlriechenden Espresso, den ihm Signora Caterina im Nebenzimmer gebrüht hatte, nach einem alten Familienrezept: mit einem Körnchen Salz aus den Salinen von Trapani und einer Spur Kokain. Dazu gab es französisches Mineralwasser, fast drogenfrei.

»Das Projekt ist genehmigt«, sagte Padrone Spalanzani. »Gebt ihm, was er braucht. Aber der Käse ist nie und nimmer aus Parma. Vielleicht aus Medesano. Oder gerade noch aus Fornovo di Taro. Aber auf gar keinen Fall aus Parma.«

Luigi Odore schraubte das Fläschchen mit dem Kaktussaft wieder zu und steckte es in die Jackentasche. Und jetzt erst lachte Wassili Wladimirowitsch Brjussow aus Smolensk.

»Warum lachst du?«, fragte ihn sein Nachbar.

»Das ist gut!«

»Was ist gut?«

»Das mit dem Käse!«, sagte Wassili Wladimirowitsch Brjussow in dem breiten, schleppenden Russisch, das man nur in der Gegend von Smolensk sprach. Es klang dadurch wie ein Mordauftrag.

12

Wir wolln den Herrn lo-hoho-ho-hoho-hohoho-hohoho-ho-ho-hohoho-ho-ho-ho-ho-ben!

Johann Sebastian Bach, Passionsjodler

Kommissar Jennerwein nutzte die Mittagspause, um frische Luft zu schnappen. Er trat aus dem Polizeirevier und ging die kleine Straße entlang, auf der er sich schon einmal eine heiße Verfolgungsjagd mit einem obskuren Verdächtigen geliefert hatte. Er musste lächeln. Das war vor zwei Jahren gewesen, bei seinem ersten Fall hier im Kurort, und am Ende waren er und Maria Schmalfuß auf einem Misthaufen gelandet. Es war eine schlammige Umarmung gewesen damals, ein außergewöhnliches Stelldichein, ein nachhaltig duftendes Tête-à-tête – und an polizeiinternem Spott darüber mangelte es nicht. Jennerwein ging direkt auf die scharfkantige, ägyptisch pyramidale Alpspitze zu, aber das tat man eigentlich immer hier im Kurort. Er schlenderte die Straße mit dem Namen eines ihm unbekannten Berges entlang, so etwas wie Grüttelspitzkopfzackenstraße, blieb vor einem Schaufenster stehen und sah zerstreut hinein, ohne recht zu wissen, was das für ein Geschäft war.

Drinnen lag ein Mann auf einem Bett. Jennerwein wandte sich um und ging wieder ein paar Schritte. Das Gesicht des liegenden Mannes verblasste langsam in seinem Gedächtnis. Hätte Jennerwein gewusst, dass dieser Mann da drinnen direkt zur Lösung des Falles führte, hätte er sich nicht umgedreht. Aber hinterher ist man natürlich immer klüger.

Der Mann drinnen auf dem Bett war der ehemalige Bienenzüchter Alois Schratzenstaller. Nicht dass er müde gewesen wäre, er war vielmehr in das bestsortierte Bettengeschäft des Kurortes gegangen, um ein neues Ruhelager auszuwählen. Momentan testete er gerade das Modell *Träumereien*, er drehte sich in alle möglichen Lagen.

»In dem hier schläft sichs ganz gut, glaube ich«, sagte Schratzenstaller zur Verkäuferin, die ein unsicheres Gesicht machte. Dieser Schratzenstaller war ein komischer Kauz, ein ortsbekannter Querulant, der sich mit allen und jedem anlegte, vor allem aber mit Behörden. Formblätter und Amtsschreiben brachten ihn zur Weißglut, öffentliche Stellen waren seine bevorzugten Sparringspartner. Es ging das Gerücht, dass er einen Großteil seines reichlichen Familienerbes für Strafzahlungen, Mahngebühren und Rechtsanwaltskosten verplempert hatte. Er nahm nicht am Vereinsleben teil, ließ sich selten im Ort sehen, aber jetzt stand dieser Schratzenstaller, der Bienenzüchter, Insektenkundler und Behördenschreck, leibhaftig vor ihr.

»Ich nehme die Träumereien«, sagte der unwirsch. Er ließ sich Bett und Matratze ins Auto laden und fuhr heim.

Er hatte durch das Schaufenster draußen auf der Straße einen Mann mittleren Alters gesehen, einen gutaussehenden, nachdenklichen, aber auf irgendeine Weise unscheinbaren Mann, der flüchtig hereingeblickt hatte. Der Mann hatte ihn an Hugh Grant erinnert, an diesen britischen Schauspieler, der in *Vier Hochzeiten und ein Todesfall* mitgespielt hatte. Der Mann da draußen hatte genau so einen Blick gehabt. Einen etwas traurigen, zerstreuten Blick. Alois Schratzenstaller lebte zurückgezogen, außer *Tracht und Wabe*, dem Organ der real existierenden Imkereiwirtschaft, bezog er keine Zeitung. Darum wusste er nicht, dass das da draußen Kommissar Jennerwein war. Zu Hause angekommen, riss er einen Brief von der Gemeinde auf, der im Postkasten lag. Als er *Letzte Mahnung* las, warf er ihn in den Papierkorb. Letzte Mahnung war noch nicht Androhung eines Zwangsgeldes. Er schraubte seine *Träumereien* zusammen, legte sich hinein und entspannte sich. Er konnte eigentlich auf ein erfülltes Leben zurückblicken, wie es so schön hieß. Er war ein erfolgreicher, angesehener Imker gewesen, wie sein Vater und sein Großvater, sie hatten *die* Werdenfelser Imkerei aufgebaut, die Imkerei Schratzenstaller mit dem weithin bekannten Honig (»Keiner ist süßer« bzw., mit einer neuen Werbeagentur, »Da bleibst du dran kleben«). Sie hatten einen Haufen Angestellte gehabt und einen Vertrieb bis hinauf nach – nicht gerade Finnland, aber doch Niederbayern. Das Geschäft war gut gelaufen, so gut, dass er ein paar Nachbargrundstücke erworben hatte, so dass der Imkerhof Schratzenstaller schließlich auf fast zwei Hektar angewachsen war. Das Grundstück und die Gehöfte befanden sich noch in seinem Besitz, die Imkerei hatte er vor ein paar Jahren aufgegeben, es lohnte sich nicht mehr. Er lebte jetzt als Privatier, äußerst zurückgezogen. Ihn interessierten die kleinen wuseligen Viecher mehr als das Geschäft. Vor allem hatte ihn seit jeher der Schwänzeltanz fasziniert, diese eigenartige und noch weitgehend unerforschte Sprache der Hautflügler. Gut, der alte Ritter von Frisch hatte das alles schon vor fünfzig Jahren erforscht, aber eigentlich nicht so richtig, fand Schratzenstaller. In einer Zeit, in der jeder stinkfaule Physik-Grundkursler die letzten Spin-Quark-Quanten-Ψ-Neutrino-Geheimnisse des Atomkerns kennt, gab es immer noch viele unerforschte Bereiche des Lebens: den Föhn, die linke Hirnhälfte, die niederbayrische Mentalität. Und dann eben die Bienen mit ihren eigenartigen Begrüßungsritualen. Hatten die Tänze am Eingang des Stocks überhaupt etwas zu bedeuten? In regelmäßigen Abständen behaupteten aufgeregte Wissenschaftsjournalisten, dass das alles ganz anders sei, dass die Bienen nämlich nur

zu ihrer eigenen Gaudi herumtanzen würden. Schratzenstaller
hatte diese Liebe zum Kleinsttier von seinem Vater geerbt. Der
alte Schratzenstaller hatte die Gewohnheiten der schweigsa-
men Geschöpfe jahrelang studiert – mangels Unibesuch reichlich unakademisch, aber dafür umso engagierter. Und dann,
im Januar des Jahres 1973 hatte der Werdenfelser Imker zur
Feder gegriffen und mit deutscher, strenger Schrift und mit
der übergroßen Naivität, die manchmal zum großen Erfolg
führt, einen Brief nach Stockholm geschrieben.

»– um Antwort wird gebeten – der Schratzenstaller Alois aus
dem Loisachtal!«, hatte er nach der Vorstellung seiner Werdenfelser Insektenart geschrieben, aber es kam keine Antwort
vom *Karolinska Medikokirurgiska Institutet* in Stockholm, das
war auch auf Eigenbewerbungen für den Nobelpreis nicht so
direkt eingestellt. Im Jahre 1973 wurde Schratzenstaller auch
nicht berücksichtigt, den Preis für Physiologie bekamen: der
Ritter von Frisch (Bienen), Konrad Lorenz (Graugänse) und
Nicolaas Tinbergen (Odinshühnchen) – nichts wurde es mit
einer *Nematocera schratzenstalleri*. Schratzenstaller senior
schrieb ähnliche Briefe an biologische Institute, Forschungs-
einrichtungen, Universitäten – kein Interesse.

»Ein bisserl lateinischer musst du es machen, Schratzi«, hatten ihm seine Schafkopffreunde empfohlen. Aber auch mit ein
paar biologischen Termini lief nichts. Vielleicht beherrschte
auch niemand von den Adressaten die deutsche Schrift. Einer
der Schafkopfer riet ihm schließlich, sich ans Militär zu wenden. Die vom Militär sollen – trotz allen zuwiderlaufenden
Vorstellungen – die Flexibelsten und Unbürokratischsten sein.
Das tat er. Er bot dem deutschen MAD, dem österreichischen
HAA und sogar dem Schweizer SND sein fliegendes und summendes Ortungssystem an. Aber damals, in den Anfangszeiten
des Computers, als man alles, was nicht digital war, als stein-

zeitlich abgetan hatte, hielt man solch einen analogen Vorschlag für eine abwegige Idee. Überall grünten und blühten Bits und Bites, darüber starb Schratzenstaller senior.

Alois Schratzenstaller junior hatte die Briefe seines Vaters gelesen. Und er hatte mit ein paar Spezis darüber gesprochen. Dann war dieser Mann bei ihm aufgetaucht und hatte sich interessiert gezeigt. Der Mann wollte seine Identität nicht preisgeben. Es war kein Vertreter einer großen Firma oder gar ein Staatsbeamter, so einen hätte Schratzenstaller erkannt, gezielt beleidigt und anschließend hinausgeworfen. In den letzten Jahren waren sie ihm hauptsächlich damit auf die Nerven gefallen, dass sie eine Biathlon-Loipe quer durch das Grundstück der ehemaligen Imkerei legen wollten. Für irgendwelche Olympischen Spiele, Weltmeisterschaften oder ähnlichen Quark. Durch die Stätten seiner Kindheit! Der Bürgermeister, der Gemeinderat Toni Harrigl, eine juristische Schnepfe vom Freistaat Bayern – sie alle hatten gebettelt, am Ende sogar gedroht. Das hatte endgültig den Rebellen in ihm geweckt, den Räuber Kneißl des Oberlandes. Schratzenstaller war, wie gar nicht so wenige Alpenländler, im tiefen Inneren Anarchist, Gegner jeglicher Staatswillkür und Feind größerer Zusammenballungen von Kapital, Schwerindustrie und preußischem Ordnungszwang. Dieser Mann aber hatte um Diskretion gebeten, die hatte Schratzenstaller ihm zugesichert. Und der Mann hatte ihm viel geboten. Nicht nur Geld. Sondern Hilfe bei seinem Kampf gegen die Vertreter der Öffentlichen Ordnung.

Jetzt lag Alois Schratzenstaller auf dem neuen Bett mit dem schönen Namen *Träumereien*, und er wartete auf die, die sich als die ›Investoren‹ bezeichnet hatten. In Situationen, in denen jeder andere ein ungutes Gefühl gehabt hätte, verspürte Schratzenstaller ein gutes. Sogar ein sehr gutes.

13

$$H-\overset{\overset{\displaystyle H}{|}}{\underset{\underset{\displaystyle H}{|}}{C}}-\overset{\overset{\displaystyle H}{|}}{\underset{\underset{\displaystyle H}{|}}{C}}-O\overset{\displaystyle H}{}$$

Jauchzender Pheromon-Ausstoß eines Insekts bei Entdeckung einer Futterstelle

Hubertus Jennerwein schlenderte noch eine Weile herum in der Fußgängerzone des Kurortes: Trachtenmodegeschäfte, Trachtenmodegeschäfte, Trachtenmodegeschäfte. Er brauchte aber keine todschicke Lederhose mit handvernähtem Ludwig-I-Eingriff und Hosenträgern in Wittelsbacher Blau. In einer Viertelstunde begann die Besprechung. Noch konnte man ja nicht hundertprozentig sagen, ob ein Verbrechen vorlag – oder nicht doch einer von den vielen Bergunfällen, die in dieser Gegend zum Alltag zählten. Die Nachforschungen in den Datenarchiven des BKA hatten ergeben, dass derzeit niemand als vermisst gemeldet war, auf den das Profil dieses Mannes zutraf. Wieder einmal so ein armes Würstchen, dessen Verschwinden auch nach sechs Wochen überhaupt nicht auffiel?

»Hallo, Herr Kommissar!«

Vor ihm stand Michelle, das vierzehnjährige Girls'-Day-Girl, das Pathologin werden wollte.

»Sind Sie schon weitergekommen mit dem vertrockneten Mann?«

»Wenn Du mich so direkt fragst: nein.«

»Überhaupt nicht?«

»Wir sind ja erst am Anfang der Ermittlungen. Bis alles untersucht ist, dauert es schon seine Zeit.«

»Wie lange dauert so etwas?«

»Oft ein paar Wochen. Manchmal Jahre.«

»Wissen Sie schon, wo er die Sauce béarnaise gegessen hat?«

»Nein, da haben wir noch nicht weitergeforscht. Wir müssen zuerst einmal die Todesursache ermitteln.«

Michelle schien enttäuscht zu sein. War die ganze Aktion im *Pfanndl* umsonst gewesen? Sie konnte dem Kommissar ja schlecht auf die Nase binden, dass sie heimlich ein Foto von der Leiche geschossen und damit im Sternerestaurant für einigen Aufruhr gesorgt hatte.

»Und dass er Hans heißt«, fuhr sie fort, »und dass er eine Freundin hat, die Evi heißt, das nützt auch nichts?«

»Wenn man sonst noch gar nichts weiß, nützt das leider nichts. Was meinst du, wie viele Leute es gibt, die Hans und Evi heißen!«

»So viele sind es wahrscheinlich gar nicht«, sagte Michelle listig.

»Wie kommst du denn da drauf?«

»Der Müller, unser Mathelehrer, hat uns das ausgerechnet. Das heißt: Er hat uns eine ganze Stunde damit gequält, wie man das ausrechnet.«

»Dann erzähl mal.«

»Also, die Frage war: Wie viele Leute gibt es, die erstens Hans heißen, zweitens eine Freundin mit Namen Evi haben, drittens um die dreißig sind, viertens ab und zu mal auf den Berg klettern und fünftens keine Familie haben.«

»Warum fünftens?«, fragte Kommissar Jennerwein.

»Nach so langer Zeit hätte sich doch die Familie gemeldet, oder?«

»Das ist eine gute Schlussfolgerung. Willst du nicht lieber zur Polizei gehen anstatt Pathologin zu werden? Pathologinnen gibt es inzwischen wie Sand am Meer.«

»Tatsächlich?«

Jennerwein nickte. Seit der deutschen Erstausstrahlung von Quincy, spätestens aber seit CSI konnten sich die Universitäten gar nicht mehr retten vor Pathologinnen. Pathologinnen quollen frühmorgens aus den Bussen, Pathologinnen verstopften die Hauptverkehrsstraßen, es war inzwischen kaum mehr möglich, eine Frau kennenzulernen, die den Leichenöffnungs-Y-Schnitt nicht drauf hatte. Und die Wahrscheinlichkeit, nach dem Verschlucken einer Fischgräte im Restaurant und dem klassischen Ruf *Ist ein Arzt im Lokal?* von einer Pathologin versorgt zu werden, war ausgesprochen hoch.

»Also«, fuhr Michelle fort, »erst haben wir gegoogelt, wie viele Jungs vor dreißig Jahren auf die Namen Hans, Johannes, Johann, Hänschen und so weiter getauft wurden. Das war ja noch ganz interessant.«

»Und?«

»Na, raten Sie mal?«

»Weiß nicht.«

»Es gibt zweihundertfünfzigtausend Hänse im deutschsprachigen Raum.«

»Evis?«

»Sechzigtausend.«

»Da hätte ich auf mehr getippt.«

»Das war ja noch ganz knitz, das rauszugoogeln. Aber jetzt kommt der Müller mit einer Riesenformel daher, damit hat er fast die ganze Tafel vollgeschrieben. Die Dufont'sche Gleichung oder so ähnlich.«

»Dufont'sche Gleichung? Kenne ich nicht.«

»Aus der Wahrscheinlichkeitsrechnung. Haben Sie bestimmt vergessen, ist ja schon lange her bei Ihnen. Fünf Millionen Dreißigjährige bei hundert Millionen deutschsprachigen Leuten. Zweihundertfünfzigtausend Hänse und sechzigtausend Evis, zwei Millionen Bergliebhaber und achthunderttausend Familienlose.«

»Und mit dieser Dufont'schen Gleichung –«

»– kann man ausrechnen, dass es im deutschsprachigen Raum nur achtzig oder neunzig Stück solcher dreißigjährigen Hänse geben kann.«

»Das ist schön, aber damit weiß ich natürlich nicht, wo die alle sitzen.«

»Sag ich doch, dass der Müller mit seiner Dufont'schen Gleichung ein Idiot ist. Und vielleicht ist alles ja auch ganz anders.«

»Nämlich?«

»Nämlich dass es gar kein Liebespaar Hans & Evi gibt. Vielleicht hat sich dieser Hans nur gewünscht, dass die Evi seine Freundin ist. Vielleicht ist es eine frühere Freundin, die gar nichts mehr von ihm weiß. Die ihn einfach vergessen hat.«

Da hatte sie recht. Man sollte sich nicht in unleserliche Tattoos auf vertrockneten Leichen verrennen.

»Wird er eigentlich irgendwann beerdigt? Auch wenn man überhaupt nichts herausfindet?«

»Wenn wir ihn nicht identifizieren können, wird er anonym beerdigt.«

»Und was steht dann auf dem Grabstein?«

»Man könnte doch *Hans* draufschreiben.«

»Aber das weiß man doch nicht sicher.«

»Wie wäre es mit *Vielleicht Hans*?«

»Kann man ihn nicht einfach oben lassen?«

»Du meinst, dass wir ihn wieder in die Felsnische legen sollen?«

»Ja, vielleicht wollte er das. Ich habe mich erkundigt. Viele Völker beerdigen ihre Toten nicht, sondern machen das anders. Es gibt Indianerstämme, die legen ihre Verwandten auf die Bäume.«

»Wirklich?«

»Ja, da gibt es eigene Wälder dafür. Und da gehen die dann durch und rufen auf die Bäume hinauf: Hallo Tante Gertrud, hallo Onkel Klaus!«

»Glaubst du denn, dass unser Hans freiwillig zum Sterben dort hinaufgekraxelt ist?«

»Es sieht doch so aus, als ob er nicht entdeckt werden wollte, er hat noch eine letzte Mahlzeit unten gegessen, etwas Feines, für einen besonderen Anlass und dann hat er sich bequem hingelegt.«

»Du glaubst nicht an ein Verbrechen?«

»Nein«, sagte Michelle spitzbübisch. »Ich glaube, dass es eine Liebesgeschichte war, die einfach nur tragisch ausgegangen ist.«

O friedfertige Jugend, dachte Jennerwein. Sie will in dem hässlichen Vorfall eine Romanze sehen. Er aber hatte nicht das Gefühl, dass es sich hier um eine Liebesgeschichte handelte. Ganz im Gegenteil.

14

*Steiles Felsenufer. Das Meer nimmt den größten Teil
der Bühne ein; finsteres Wetter; heftiger Sturm. –*
Matrosen *(während der Arbeit).*
Johohe! Hallajo! Hohoha! Hallojo!
Ho! Ha! Ha! Ja! Hallajo! Hallaha! Hallajoha!
Richard Wagner, Der fliegende Holländer, Erster Aufzug

Die Archicnephia klappte ihr Fahrgestell ein und zog es dicht
an den stahlharten Rumpf, dann schoss sie fast senkrecht in
die Höhe. Nach wenigen Sekunden erfasste sie ein scharfer
Windstoß, und sie ließ sich in die dickflüssige Luft fallen. Unter ihr breitete sich ein Meer von blühenden Zitronenbäumen
aus, und sichtbehindernde Wolken aus Blütenpollen trieben
dahin. Doch sie ließ sich nicht davon beirren, sie flog nicht
auf Sicht. Sie erhöhte die Schlagzahl auf fünfhundert Schwin-
gungen pro Sekunde und hielt Kurs auf Ost-Nordost. Die
Wolken rissen auf, die Sonne kam heraus, und innerhalb von
wenigen Sekunden schien die Luft um ihren Chitinpanzer herum zu brennen. Ihre Tracheensysteme glühten, und ihre Trieb-
werke kochten. Doch sie orientierte sich weiter strikt an dem
großen goldenen Anhaltspunkt dort oben.

Sie war eine ausgewachsene Archicnephia, eine aus der
artenreichen Familie der Kriebelmücken, ein saugendes
und stechendes Weibchen. Die Männchen waren Vegetari-
er und ernährten sich ausschließlich von Blütennektar, sie
hingegen benötigte zur Entwicklung der Eier zusätzlich täg-
lich eine warme Blutmahlzeit. Momentan zitterten ihre An-

tennen wankelmütig, denn dort unten im Tal hatte sich ein herrliches Pheromongebirge aufgetürmt, eine olfaktorische Herausforderung, fast eine Zumutung an die Sinne: Duftschwaden von frisch gemähtem Gras, würzig-pikante Geruchsschauer blühender Kapernsträucher, die stoßweise pulsierende Witterung des faulsumpfigen Flusses. Und immer wieder die Dünste der verschiedensten Säugetiere, herrliche Verheißungen auf frisches, warmes, sprudelndes Blut. Sie roch fauligen Abfall und gammeligen Müll, wie eine Peitsche schlugen ihr die scharfen Gerüche gärender Essensreste ins Gesicht: leckere Überbleibsel von blutdurchtränkten Eiweißfasern, der schimmelige Hautgout für verwöhnte Netzflügler, Schmackofatz aller Insekten. Sie war eine erfahrene Archicnephia, sie hatte im Laufe ihres langen sechswöchigen Lebens gelernt, die verschiedenen Säuger zu unterscheiden, sie roch einzelne schweißtriefende Pferde heraus, Ratten, Hunde, dünnhäutige Schweine und Esel. Und immer wieder Menschen. Diese Säuger mit ihrer millimeterdünnen, kaum behaarten Haut standen auf dem Beiß-, Sauge- und Speichelplan ganz, ganz weit oben. Sie konnte der Versuchung nicht widerstehen, sich zwei oder drei Faden tief hinunterzulassen, um kurz, aber heftig an den Ausdünstungen der Zivilisation zu schnuppern. Doch schließlich siegte das übergeordnete Ziel. Sie ließ sich nicht hinabziehen ins Tal der Sechsfüßlerträume, in den Delikatessenladen der Aasfresser. In ihrem stecknadelkopfgroßen Gehirn war kein Platz für überflüssige Gedanken, nur die wohlgeordneten Erinnerungen an Jahrmillionen von Flugstunden.

Sie hatte ein Ziel, einen Plan, eine Mission – denn bugseits roch sie einen Feigenkaktus, dessen stechend scharfe Ausdünstungen ihre Art seit jeher anzogen. Es waren lediglich ein paar vereinzelte Moleküle, doch das genügte, um ihre Antennen, ihre fein gewirkten Riechzellen beben zu lassen. Und wenn irgendwo ein Feigenkaktus stand, dann waren auch besonders schmackhafte und dünnhäutige Exemplare von Säugern nicht weit. Da bestand auch die Aussicht, in straff gespannte Häute feister Nackenwülste zu stechen, dass das warme Blut tröpfchenweise heraussickerte. Die Archicnephia speichelte merklich, so sehr hatte sie Appetit bekommen.

Doch sie flog nicht für sich allein, sie war Kundschafterin für ihren Stamm. Als sie durchs offene Fenster ins Innere des Zimmers schoss, zeichnete ihr Hexapodenhirn minutiös all die Wege und Gerüche, die Biegungen und Geruchslandschaften auf – für die Kameradinnen, für die Nachwelt, für die ganze Gattung. Und hätte sie Ohren gehabt zu hören, dann hätte sie die kratzige Stimme des Padrone Spalanzani vernommen, der sich gerade eben wieder einmal an einer Marlon-Brando-Imitation versuchte.

»Ein wunderbares Projekt, Luigi«, heiserte er. Spalanzani beugte sich etwas vor, so dass sein Kragen nach unten rutschte und seine Nackenwülste frei lagen.

»Nenn mir ein paar Details.«

»Ihr Interesse beschämt mich«, sagte Luigi Odore, einen Ticken zu devot. Der Padrone blickte ihm in die Augen. So wie die Kriebelmücke ein paar Moleküle des Kaktusfeigensaftes kilometerweit riecht, so roch Spalanzani allzu große Eilfertigkeit schon im Ansatz. Und allzu große Eilfertigkeit gefiel ihm nicht. Und noch etwas anderes gefiel ihm nicht. Wie war es möglich, dass diese Viecher ihren Weg hierhergefunden hatten, in ein absolut todsicheres Versteck? Dieser Odore hatte etwas Interessantes herausgefunden. Aber auch etwas Gefährliches. Er musste beobachtet werden.

»Ich habe«, fuhr Luigi fort, »schon vor längerer Zeit einen ehemaligen Imker und Hobby-Insektenforscher in einem kleinen verschnarchten Ort in Süddeutschland aufgetan. Er und sein Vater haben über Jahre hin Aufzeichnungen gemacht. Da sich jedoch niemand dafür interessiert hat, haben sie schließlich die Lust an den Experimenten verloren. Der Vater ist inzwischen gestorben, aber der Sohn ist genau der richtige Mann für uns.«

Der Padrone beugte sich vor und schlug mit der flachen Hand auf seinen Nacken. Verdammte Insektenplage diesen Sommer. Aber nein, das waren ja sicher wieder diese lästigen Kundschafter. Die kleinen Spione kamen an den sichersten Ort der Welt, und keiner merkte es. Eine prickelnde Sache. Aber auch eine höchst bedenkliche Sache.

»Wie willst du weiter vorgehen, Luigi?«

Odore strahlte. Der ganze Aufwand, die monatelange Entwicklungsarbeit hatte sich offenbar gelohnt.

»Wir wollen dieses System vor Ort testen.«

»Wir? Du arbeitest nicht allein?«

»Leider nicht. Mein Deutsch ist dazu nicht flüssig genug. Auch beherrsche ich diesen komischen Dialekt nicht, den sie ganz im Süden von Deutschland sprechen. Ich habe einen geeigneten Mann aufgetrieben, der sich in der Gegend jenseits der Alpen auskennt, dort jedoch glücklicherweise nicht bekannt ist.«

Luigi Odore winkte einem drahtigen Mann Mitte Dreißig, der lässig in der zweiten Reihe gestanden hatte. Bisher hatte man nur seine scheinbar ziellos von Punkt zu Punkt springenden Augen bemerkt. Jetzt trat er einen Schritt vor. Die dünnen Haare waren entgegen allen Moden streng in die Fünfzigerjahre zurückfrisiert, die Gesichtshaut war fleckig und die Ohren spitz. Das markante Kinn war von einem dünnen Geißbart bedeckt, der aufgeklebt wirkte. Er war aufgeklebt.

Vor einiger Zeit war der Österreicher Karl Swoboda bei der Familie in Ungnade gefallen, aber es hatte sich schnell herausgestellt, dass seine großen organisatorischen und logistischen Fähigkeiten dringend gebraucht wurden. Er war ein Problemlöser, ein *risalvatore*, einer jener freien Mitarbeiter, wie ihn jede international agierende Firma brauchte.

»Karl Swoboda, wenn ich mich richtig erinnere«, sagte der Padrone wohlwollend. »Dieser Name hat einen guten Klang. Die Familie ist stolz darauf, so einen Mann exklusiv in ihren Reihen zu haben.«

Karl Swoboda nickte. Wenn du wüsstest, dachte er. Exklusiv – von wegen! Aber bei Spalanzani namentlich in Erinnerung geblieben zu sein war wertvoller als die geladene Uzi im Handgepäck. Die Bekanntschaft mit dem Padrone konnte aber auch nach hinten losgehen, wie der Schuss aus einer Uzi.

»Habe die Ehre«, sagte Swoboda. »Das Kompliment mit dem guten Namen kann ich nur zurückgeben.«

Luigi Odore trat einen Schritt vor. Er wollte sich durch Swoboda nicht die Schau stehlen lassen.

»Ja, ja, unser Verkleidungskünstler! Das ist ein guter Mann«, sagte der Neffe von Respighi und tätschelte Swoboda jovial die Schulter. »Jedenfalls kennt sich der österreichische Problemlöser bestens in diesem Kurort aus. Er hat mir dort schon wertvolle Handreichungen geboten. Anfang Juli fahren wir wieder zum bewussten Imkerhof. Um Transportwege zu sparen, testen wir die Mücken direkt im Werdenfelser Land.«

»Und dieser Imker? Was ist das für einer?«

»Alois Schratzenstaller? Das ist ein verbohrter, quertreiberischer Narr. Wenn er uns nicht mehr nützlich ist, dann liquidieren wir ihn.«

»Immer liquidieren, Burschen, das ist alles, was ihr könnt«, raunzte Swoboda. »Das gefällt mir nicht.«

»Aha, der gewaltfreie Herr Österreicher schon wieder!«, spottete Odore. »Ich erinnere nur daran –«

»Lass es Swoboda auf seine Art machen«, unterbrach ihn der Padrone mit einer unwirschen Handbewegung. »Luigi Odore, Neffe des ehrenwerten Paolo Respighi, du hast die Sache an Land gezogen, ich ernenne dich hiermit zum First Senior Manager. Du bleibst hier in meiner Nähe –«

»Aber ich –«

»Als First Senior Manager machst du die Resource Allocation und berichtest mir von den Fortschritten des Projekts. Du sorgst dafür, dass Swoboda das Projekt vor Ort weiter bezahlen kann und immer flüssig ist. Füll den Geldkoffer auf. Ich möchte von dir regelmäßig Berichte auf meinem Schreibtisch sehen. Swoboda ist der Disturbance Handler. Er fährt in dieses Nest und leitet dort das Projekt. Er beherrscht die Sprache, er kennt die Leute, er bewegt sich dort wie ein Fisch im Wasser.«

»Aber das Projekt! Das Projekt ist ganz anders geplant!«, winselte Odore und hielt sein Fläschchen hoch, als käme noch ein zweiter Dschinn heraus, der ihm jetzt helfen würde.

»Die Projektstrukturpläne! Alles ist schon genau durchdacht, jedes Stellschräubchen habe ich persönlich –«

Aber Spalanzani hatte sich schon erhoben.

»Bis zum August möchte ich Ergebnisse sehen. Basta.«

Die Gesellschaft der ehrenwerten Familienmitglieder löste sich auf, in eine Kaffeepause mit furchtbar dünnem Kaffee. Die international gesuchten Brüder Salvatore und Dino Strozzapreti, die auf verschlungenen Pfaden aus Detroit angereist waren, sahen es überhaupt nicht ein, im heimatlichen Italien schlechten Kaffee zu trinken, sie schlugen alle Warnungen in den Wind und gingen in eine Cafeteria um die Ecke. Sie wurden dort von Daniele Marchetti erkannt und noch am selben Abend ins Fundament einer im Bau befindlichen Supermarktkette eingemauert. Doch sonst lief das Meeting der Familie reibungslos. Am Nachmittag gab es einige Vorträge über Mitarbeitermotivation, kundenorientiertes Marketing und eine Einführung in die amerikanische Buchhaltungssoftware TAX.

Karl Swoboda, der österreichische Problemlöser, war zufrieden. Er hatte jetzt einen verantwortungsvollen Posten, noch dazu in dem Ort, in dem er schon öfter gearbeitet hatte. Er hatte die unscheinbare Gemeinde inzwischen liebgewonnen, er kannte sie fast besser als den VIII. Wiener Bezirk, in dem er aufgewachsen war. Der Kurort, das waren gestärkte und auf turboweiß gebleichte Spitzenvorhänge vor den quietschend blank geputzten Fenstern – wenn man sie nur ein Stückchen zurückzog, lauerte oft das nackte Grauen dahinter. Der Kurort, das war die unermüdliche Pflege uralter Bräuche, das waren Wadlstrumpfträger in bestens organisierten Volkstrachtenvereinen und preisgekrönten Vorgärten. Viel internationales Publikum, harmlos scheinende Treffpunkte, eine Polizei, die sich mit Handtaschendiebstählen und Bierzeltraufereien herumschlagen musste – und sich am liebsten ohnehin um die perfekte Parküberwachung kümmerte. Noch dazu waren die Flucht- und Versteckmöglichkeiten durch die unwegsame Alpenlage fast paradiesisch. Swoboda pfiff ein altes Wiener Heurigenlied, als er im Auto saß und Richtung Norditalien fuhr. ♫ Ein kleines Goulasch wird nicht größer ... Der einzige Wermutstropfen war dieser Kommissar Jennerwein. Der war genauso unauffällig wie er selbst. Und das machte ihn so gefährlich.

Johannisbeergelee (1 Esslöffel)
Ochsenschwanzjus (500 Milliliter)
Dunkles Bier (1 Flasche)
Lavendelblüten (1 Teelöffel)
Estragon (1 Zweig)
Reherl (½ Pfund)

Seltenes Beispiel für ein bayrisches Akrostichon: Eselsbrücke für die Zutaten der berühmten Werdenfelser Wildsoße

»Sie schon wieder«, sagte Toni Harrigl.

»Ja, ich schon wieder«, entgegnete Jennerwein. »Bei uns sagt man übrigens *Grüß Gott.*«

»Immer wenn Sie auftauchen, gibt es Ärger.«

»Lieber Herr Harrigl, da verwechseln Sie aber jetzt Ursache und Wirkung. Erst kommt der Ärger, dann kommt der Jennerwein. Nicht umgekehrt.«

»Sie immer mit Ihrem siebeng'scheiten Dahergered'!«

Es waren nur noch wenige Minuten zur nachmittäglichen Teambesprechung, das Polizeirevier lag schon in Sichtweite, und Gemeinderat Harrigl musste Jennerwein ausgerechnet jetzt noch über den Weg laufen. Gemeinderat Harrigl war nicht gut auf den Kommissar zu sprechen. Was heißt *Gemeinderat* Harrigl – es gab kaum einen Verein, Verband oder Interessenszusammenschluss weit und breit, in dem er nicht Vorstand, Kassier, Schriftführer, Zeugwart oder wenigstens Ehrenmitglied war. Jetzt stand er aber bloß in seiner Eigenschaft als Bürger vor ihm: Mein Name ist Bürger. Besorgter Bürger.

»Also, was wollen Sie?«, sagte Jennerwein mit einem Anflug von Ungeduld. »Ich habe gleich eine Besprechung.«

»Ich wollte es ja bloß einmal gesagt haben. Wie schaut denn das aus, an einem Ort wie dem unseren, der so im Blickpunkt der weltweiten Öffentlichkeit steht! An einem solchen von internationalem Publikum frequentierten Ort, da hängt wochenlang eine Leiche in der Bergwand, und nebendran gehen die Touristen vorbei.«

»Ich habe sie da nicht hingehängt, das können Sie mir glauben. Wenden Sie sich an den Mörder. Ich bin gerade dabei, seine Adresse zu eruieren.«

»Vorsicht, gell! Sie wissen genau, was ich meine. Sie haben doch teure Computer, wo Sie die Vermisstenfälle sammeln. Da müsste doch schnell festgestellt werden können, wer das da droben auf dem Schneeferner war. Immer die teuerste Software, dazu noch einen Haufen Personal. Es wird von Jahr zu Jahr mehr. Und alles von unseren Steuergeldern bezahlt!«

»Wir haben leider noch keine Hinweise, dass jemand vermisst wird, der mit unserem Opfer übereinstimmt, Herr Harrigl. Sie können gerne jetzt gleich mit mir mitgehen, wir haben eine Teambesprechung, da können Sie sich vor Ort ein Bild machen, wo Ihre Steuergelder hingehen.«

»So lange, wie Sie gebraucht haben, die letzten beiden Fälle zu lösen, ist es ja kein Wunder.«

»Was ist kein Wunder?«

»Dass sich kriminelle Elemente hier sammeln. Wenn ich Verbrecher wäre, würde ich auch hierher in den Kurort gehen und meine schmutzigen Geschäfte da erledigen. Zwischen Bergen und Gehölz sozusagen. Weil ich weiß, dass da ein Kommissar ist, der alles Mögliche aufdeckt, bloß nicht das Verbrechen, mit dem er angefangen hat.«

Da hatte der Harrigl sogar ein klein bisschen recht, dachte Jennerwein.

»Wenn ich meine Küche nicht sauber mache«, setzte Harrigl noch einen drauf, »dann spricht sich das auch herum unter den Silberfischchen.«

»So habe ich das noch nicht gesehen«, spottete Jennerwein.

»Ihre Ermittlungsmethoden locken doch die zwielichtigen Elemente geradezu an!«

»Jetzt hören Sie aber auf!«

»Haben Sie nicht im Gästehaus Edelweiß gewohnt während des letzten Falles?«

»Ja, warum? Hat das mit dem jetzigen Fall zu tun?«

»Ich habe einmal ausgerechnet, was das den Steuerzahler gekostet hat. Die ganzen Monate.«

»Dann rechnen Sie mal weiter. Ich wohne auch dieses Mal im Edelweiß.«

»Drunter gehts wohl nicht?«

Jennerwein verlor langsam die Geduld. Musste er sich das bieten lassen? Er musste wohl, er durfte sich von einem Volksvertreter nicht provozieren lassen.

»Ich habe einen alten Wohnwagen auf einem Campingplatz in Grado, da könnte ich übernachten. Und jeden Tag mit dem Polizeihubschrauber hin- und herfliegen.«

»Wollen Sie jetzt unverschämt werden? Ich bin zweiter Vorsitzender des Hotel- und Gaststättenverbandes. Seit den letzten Vorfällen haben wir einen Buchungsrückgang im zweistelligen Bereich. Und jetzt ist schon wieder was passiert. Immer pünktlich zur Hochsaison. Und wir haben so intensiv an unserem familienfreundlichen Image gearbeitet.«

Vielleicht lockt ja das die Unterwelt an, dachte Jennerwein. Laut sagte er: »Wir tun unser Möglichstes, den Fall schnell aufzuklären.«

»Wissen Sie denn schon was Genaueres? Hängen noch weitere Tote in der Wand?«

»Dafür gibt es keine Hinweise.«

»Aber die Gerüchte! Irgendwo habe ich schon gelesen: *Sterben, wo andere Urlaub machen.* Bei solchen Sprüchen kommt doch kein Mensch mehr hierher.«

»Meine Besprechung beginnt. Kommen Sie mit rein, Herr Harrigl? Polizeiarbeit hautnah – wie wärs?«

Harrigl ging nicht mit. Er hatte keine Lust auf Polizeiarbeit hautnah. Er verabschiedete sich mürrisch und ging in die nahegelegene Bäckerei Krusti. Er hatte zwar keinen Hunger, aber er kaufte trotzdem etwas, aus Zorn darüber, dass er dem Kommissar nichts entgegenzusetzen hatte.

»Geben Sie mir das Weckerl, das da unten rechts liegt.«

»Ein *Werdenfelser Weckerl*?«

»Ja, von mir aus.«

Es gab auch Inlineskate-Stangerl und Passions-Laiberl, Alpspitzsemmeln und Wildwasser-Eckerl – die Bäckerei Krusti war bekannt für Themengebäck. Toni Harrigl, aktives Fördermitglied der Werdenfelser Mittelstandsvereinigung, auch Kassenwart des Vereins Pro-Olympia-2018, war heute auf Randale eingestellt.

»Was ist jetzt das Werdenfelserische an diesem Weckerl?«

Die Verkäuferin war auf Verkaufen eingestellt. Hinter Toni Harrigl bildete sich eine Schlange.

»Was meinen Sie damit?«

»Das frage ich doch Sie. Warum heißt dieses Weckerl Werdenfelser Weckerl?«

»Da müsste ich jetzt den Chef fragen. Er ist unten in der Backstube. Soll ich –«

Einige der Müßiggänger an den Tischen schauten schon auf. Gab es am Ende eine Rauferei? Der Harrigl sah ganz danach aus.

»Packen Sie mir das Weckerl ein, zum Mitnehmen.«

Und jetzt machte die Verkäuferin einen Fehler.

»Wollen Sie nicht zwei Weckerl, Herr Harrigl? Die sind dann billiger.«

»Die sind überhaupt nicht billiger, die sind dann teurer!«, raunzte der Gemeinderat. Und, weil er schon mal in Rage war, setzte er hinzu: »Das ist Konsumterror reinsten Wassers.«

»Das ist ein Angebot von uns, das ist doch nur gut gemeint.«

»Gut gemeint! Das ist ja das Terroristische daran! Verdeckte Nötigung ist das! Wissen Sie, wann es billiger wäre? Wenn die zwei Weckerl insgesamt billiger wären als das eine Weckerl, das ich kaufen will, Himmelherrgottsakra!«

Der Harrigl war heute nicht gut drauf. Er hatte sich festgegrantelt und konnte nicht mehr zurück. Die Schlange war auf acht Personen angewachsen. Die Belegschaft der gegenüberliegenden Drogerie hatte sich an ein freies Tischchen gesetzt.

»Lass gut sein, Harrigl«, sagte ein Drogist im weißen Kittel. Seine Mahnung verhallte ungehört.

An einem anderen Tisch saßen ein paar Handwerker bei der Brotzeit. Sie waren beim Tagesthema: dem Fund auf der Zugspitze.

»Wenn er verdurstet ist, dann hat es ja nicht so lang gedauert«, sagte der Baader Helmut, ein freiberuflicher Installateur.

»Verdursten ist deswegen nicht so schlimm wie verhungern. Weils schneller geht.«

»Der ist doch nie und nimmer verdurstet da droben«, sagte der Schlossermeister Johannes Zitzel. »Nie und nimmer. Da regnet es doch dauernd, da brauchst du bloß das Maul aufsperren und dir das Wasser reinregnen lassen. Nein, verhungert ist er, der arme Teufel. Bis da alle Reserven aufgebraucht sind, dauert es schon ein paar Wochen.«

»Mehrere Monate!«

»Ich hab einmal gehört«, mischte sich eine Drogeriefachverkäuferin vom Nebentisch ein, »dass einer zwei Jahre ohne Essen ausgekommen ist.«

»Jaja. Das Essen ist bloß eine dumme Angewohnheit.«

»Aber man kann doch nicht zwei Weckerl insgesamt billiger machen als ein Weckerl«, sagte die Verkäuferin. »Das geht doch nicht. Das gibts doch auf der ganzen Welt nicht.«

»Ja eben drum«, sagte der Harrigl. »Das wäre doch einmal ganz was Neues. Je mehr man kauft, desto billiger wird es. Aber so, wie Sie das machen, ist das ein Beschiss.«

»Gut, dann gebe ich Ihnen halt nur ein Weckerl.«

»Nein, geben Sie mir zwei Weckerl. Was kosten die?«

»Eins zehn.«

»Miteinander?«, fragte Harrigl und knallte die Münzen auf die Theke.

Die Schlange war auf dreizehn Leute angewachsen.

»Miteinander.«

»Und wenn ich nur ein einzelnes Weckerl kaufe?«

»Das kostet dann sechzig.«

»Hier haben Sie ein Weckerl wieder zurück. Das mag ich nicht, ich habe keinen so großen Hunger.«

»Aber vorher –«

»Mir ist auf einmal der Appetit vergangen.«

»Der ganze Appetit?«

»Der halbe.«

»Nun gut, dann halt bloß ein Weckerl.«

»Und das Geld will ich auch wieder zurück.«

»Natürlich. Hier sind fünfzig –«

»Nein, nein, nein: sechzig! Weil Sie doch gesagt haben, dass *ein* Weckerl –«

»Das geht aber nicht, Herr Harrigl. Auch wenn Sie was weiß ich sind: Das ist doch ein verbilligtes Weckerl, da kann ich Ihnen nicht so viel zurückgeben.«

Sechzehn Leute in der Schlange.

»Und woher weiß dieses Weckerl, dass es ein verbilligtes ist? Ist das vielleicht das Werdenfelserische an dem Weckerl?«

»Nein, das ist ein Weckerl im Sonderangebot, da gebe ich Ihnen nur fünfzig raus. Eins kostet sechzig, auch wenn Sie der Bürgermeister selbst wären!«

»So kriegst du keine Wählerstimmen zusammen, Harrigl!«, rief einer ganz hinten in der Schlange.

»Auf deine Stimme ist sowieso gepfiffen«, sagte Harrigl, ohne sich umzudrehen.

»Erfroren wird er halt sein da droben. Richtiges Bergzeug hat er ja auch nicht angehabt, hört man. Und in der Höhe wird es saukalt in der Nacht.«

»Erfrieren ist, glaub ich, das schlimmste überhaupt.«

»Ich bin schon einmal fast erfroren«, mischte sich der Laiblbauer Kaspar ein. »Im harten Winter 1974/75.«

Die wahre Geschichte war die, dass der Kaspar sturzbetrunken von der Enningalm gekommen war und am Wegrand liegengeblieben ist. Und im Übrigen war der Winter 1974/75 gar nicht so hart. Man ließ den Laiblbauern aber reden. Er hatte daheim wenig zu sagen.

»Oder ertrinken«, sagte die Drogeriefachverkäuferin. »Ertrinken ist auch nicht lustig.«

»Am besten, der Herzkasperl erwischt dich«, sagte der Malergeselle Pröbstl. »Das ist immer noch das ehrlichste.«

Die Flatliner-Gespräche streiften noch die Themen des Erhängens, Erwürgens, Erstechens, Erstickens, Abstürzens – und erstaunlich viele hier kannten jemanden, der schon einmal auf diese oder jene Weise zu Tode gekommen war.

Achtzehn Leute in der Schlange.

»Aber wissen Sie was«, sagte die Verkäuferin und legte die

Münzen wieder auf die Theke, »jetzt nehmen Sie die zwei Weckerl, Herr Gemeinderat, die gehen aufs Haus.«

»Nein, ich möchte nichts geschenkt, ich zahl meine Sachen schon. Wie schaut denn das aus, wenn ein Gemeinderat was umsonst kriegt! Das schaut ja voll nach Siemens aus.«

»Dann zahlen Sies halt.«

»Ja, aber dann zahl ich bloß fünfundfünfzig für die Semmel – die Hälfte.«

»Gut, dann zahlen Sie halt fünfundfünfzig, und die restlichen fünf Cent schenke ich Ihnen.«

»Das will ich aber nicht. Ich will nichts geschenkt.«

»Kennen Sie die Geschichte vom Michael Kohlhaas?«, fragte der Apotheker Blaschek die Dame vor ihm in der Schlange.

Der Disput wäre noch den ganzen Tag so weitergegangen, wenn nicht der Bäcker selbst, Johannes Krustmayer, von der Backstube heraufgekommen wäre.

»Servus Harrigl, hast du meine neue Kreation gesehen?«

Krustmayer hielt einen kleinen Rucksack hoch. Zweiundzwanzig Leute in der Schlange.

»Was ist das?«

»Ich nenne es *Krustis Not-Sackerl*. Ein Rucksack mit dem gesammelten Backwerk der Bäckerei Krusti. Damit kommst du zwei Wochen durch. Ich schenk ihn dir, Harrigl.«

»Der nimmt heute nichts«, sagte die Verkäuferin. »Der Nächste bitte. Wir haben heute Werdenfelser Weckerl im Angebot.«

16

Er (schwer atmend) Endlich! Der Gipfel!
Sie Kolossaler Ausblick.
Er Jodler genehm?
Sie Durchaus angemessen.
Er (singt) Holldri-jo!
Sie Chapeau!
Er Zügiger Abstieg?
Sie (erfreut) Bon.

Carl Sternheim, Dramatischer Nachlass, Entwurf für das Drama
»Die Lederhose«.

In Filmen sieht es immer leicht und elegant aus. Wie herrlich
tanzen Bud Spencer und Terence Hill in *Zwei wie Pech und
Schwefel* das Prügel-Ballett, wie selbstverständlich schlägt Brad
Pitt in *Fight Club* auf Edward Norton ein und wie zielsicher
schickt John Wayne die Banditen reihenweise auf die Bretter
des schmierigen Kneipenbodens!

So unkompliziert wie in den Filmen funktioniert es natürlich
im wirklichen Leben nicht. Der Putzi hatte diese Erfahrung
gleich mit seinem ersten Schlag machen müssen, den er im
Frühjahr bei seinen Vorbereitungen gewagt hatte. Seine
damalige Versuchsperson, ein junger, argloser Mann, an
dem er den Schlag testen wollte und mit dem er ein paar
bewundernde Worte über die Schönheiten der Werdenfelser Natur im wechselhaften April getauscht hatte, blickte
ihn nach seinem Fausthieb verblüfft an. Der Schlag war mit-
telhart gewesen, kurz und ansatzlos, der Putzi hatte das zu
Hause am Sandsack oft geübt. Der junge Mann taumelte, da-

bei griff er sich an den Unterkiefer, an die Stelle, wohin der Putzi gezielt, aber eben nicht ordentlich getroffen hatte. Er hatte sich eigens einen Lederriemen um die Faust gewickelt, einen Ristschutz, wie er ihn in irgendeinem Film mit Bruce Lee gesehen hatte, doch der Schlag hatte das Opfer nicht betäubt. Das musste zu Hause unbedingt noch einmal geübt werden, das durfte im Ernstfall nicht passieren. Der junge Mann mit dem Dreitagebart und den hochgekrempelten Ärmeln knickte in den Knien ein, ruderte mit den Armen, bekam dadurch, völlig unpassend, etwas von einem Betrunkenen, der auf der Berghütte zu viele Schnäpse erwischt hatte. Er stolperte ein paar ziellose Schritte, kam dadurch vom schmalen Bergsteig ab und wäre fast in den nahen Abgrund gestürzt. Der Putzi lief schnell zu ihm hin, stützte das taumelnde Opfer und führte es weg vom Steilhang. Dann trat er einen Schritt zurück und platzierte nochmals einen kurzen, gezielten Schwinger auf die Halsschlagader, die Arteria carotis, deren Unterbrechung die gewünschte Ohnmacht hervorrufen sollte. Doch der Schlag, diesmal mit der nackten Faust, war wiederum zu unpräzise gewesen, der junge Mann hielt sich immer noch auf den Beinen und rang nach Worten.

»Was – was – wer sind Sie –«

Dann ließ er sich ins Gras fallen. Er saß da und starrte den Putzi ungläubig an. Der Putzi trat näher, beugte sich über ihn und boxte ihm mit einem kurzen knappen Uppercut auf die andere Seite unterhalb des Kinns. Endlich war es soweit, der junge Mann versank seufzend ins Reich der Träume. Nur probehalber gab ihm der Putzi ein paar leichte Ohrfeigen, zwickte ihn ins Bein und sprach ihn an.

»Hallo! Hören Sie mich? Ich bin der böse Putzi und habe Sie in meiner Gewalt.«

Der Mann zeigte keinerlei Regung, er war augenscheinlich vollständig ins Land des Vergessens gesunken. Vermutlich fing bereits irgendeine Sektion in seinem Hirn damit an, die letzten zehn Minuten der kleinen grauen Festplatte zu löschen. Von der retrograden Amnesie hatte der Putzi viel gelesen. Praktischerweise tilgt sie die Erinnerung an die Zeit vor dem traumatischen Ereignis, und das war genau das Richtige für ihn. Durch diese eigenartige Schutzfunktion konnte er das arglose Opfer ansprechen, er konnte sich mindestens zehn Minuten mit ihm unterhalten, nach übereinstimmender Neurologenmeinung war das der Zeitraum, der von der RA vollständig und unwiederbringlich ausgelöscht wurde.

Der junge Mann lag im Gras, als ob er schlafen würde, anmutig hingestreckt wirkte er, beinahe malerisch. Wenn Paul Cézanne vorbeigekommen wäre, hätte er sicher eine kleine Wanderpause eingelegt, er wäre stehengeblieben angesichts dieses hübschen Motivs inmitten der Natur. Doch nicht der große Impressionist kam jetzt dort unten den Weg herauf, sondern zwei verschwitzte Wandervögel aus Böblingen bei Stuttgart. Der Putzi beugte sich schnell über den Bewusstlosen. Keine Blutungen, keine Kratzer, keine sichtbaren Schwellungen. Ein Hieb hätte freilich keine Spuren hinterlassen, aber ähnlich wie beim Bierfaß-Anstich auf dem Oktoberfest waren drei Schläge einfach zu viel. Das war nicht nur unelegant, sondern auch gefährlich. Das musste zu Hause noch einmal geübt werden.

»Der Mann hier ist ohnmächtig geworden«, sagte der Putzi, als die Böblinger herangekommen waren. Doch die wussten auch keinen besseren Rat, als dem Mann Flüssigkeit aus ihren Wasserflaschen ins Gesicht zu spritzen. Der junge Mann seufzte, zeigte aber ansonsten keine Regung. Ein sächsisches Professorenehepaar, das dazukam, riet abzuwarten, ein Taxifahrer mit abgebrochenem Tiermedizinstudium drehte den

Mann in eine stabile Seitenlage, eine Gruppe Schweden bot an, die Bergwacht zu rufen, und dann kam sogar eine Pathologin des Wegs. Sie stellte sich als Dr. Michaela Wolkersdörfer vor. Sie fühlte den Puls, legte das Ohr auf die Brust, öffnete die Augenlider, prüfte den Kniereflex, untersuchte die Unterarme, kniff in beide Ohrläppchen, erhob sich wieder und diagnostizierte eine Synkope.

»Das vergeht wieder«, stellte sie fest.

»Eine Ohnmacht«, flüsterten sich alle zu.

Der Putzi genoss die Szene, die Außergewöhnlichkeit des Auflaufs, die Hilflosigkeit und auch die Arglosigkeit dieser Menschen. Ihm gefiel das Idyllische daran. Eigentlich empfand er tiefes Mitleid mit ihnen wegen ihrer Unwissenheit. Nach einiger Zeit öffnete der junge Mann schließlich ganz von alleine die Augen, murmelnd und grummelnd tauchte er aus dem hirnlosen Schlammgraben auf, in den ihn der Putzi gestoßen hatte und den man landläufig das Unbewusste nennt. Und jetzt wurde der Putzi sogar ein bisschen kühn, er drängte sich ganz nach vorn, so dass der Erwachende ihn als Ersten sehen musste. Der junge Mann fixierte den Putzi, aber so, als ob er einen Wildfremden vor sich hätte.

»Was – was ist passiert?«, fragte der junge Mann. Beruhigend tätschelte ihm der Putzi die Schulter. So musste sich ein Frischgeborener fühlen, dachte er. Ein neuer Erdenbürger, der zwar ahnt, dass gerade die größte anzunehmende Katastrophe passiert ist, dass ihn nämlich jemand ungefragt aus dem seligen Nichts herausgerissen hat, der aber nicht weiß, wer zum Teufel das gewesen sein könnte. Noch nicht. Dem jungen Mann wurde aufgeholfen. Ob er alleine weitergehen könnte? Natürlich, natürlich. Der junge Mann schien wohlauf zu sein, die Sache war erledigt, die kleine Menge der Helfer und Ratlosen verlief sich wieder. Der Putzi holte den jungen Mann sogar nochmals ein, sprach ihn erneut an. Ob wirklich alles in Ordnung sei? Ja

klar, selbstverständlich, was soll sein. Der Putzi war stolz auf
sich.

Die Art und Weise der Betäubung selbst war allerdings noch
verbesserungsbedürftig. Seine Gedanken gingen in Richtung
Chloroform, Äther und solche Dinge. Wo aber bekam er diese
Substanzen her? Im Laden führten sie die nicht. Er ging ins
Internetcafé der Bäckerei Krusti, er gab die Begriffe ›Anästhe-
tikum‹, ›Betäubung‹ und ›Äther‹ ein, immer streng darauf ach-
tend, dass ihn niemand beobachtete. Sollte er sich nicht mal
einen eigenen Rechner anschaffen? Lieber nicht. Zu unsicher
für sein großes Vorhaben, zu riskant. Er hatte die anderen Ein-
zelheiten seines Plans bisher auch ohne recherchiert. Im Café
der Bäckerei gab es einen Computerplatz, der vor neugierigen
Blicken geschützt war. Eine Jugendschutzsperre verhinderte
zwar, Seiten mit den Begriffen Sex, Wet und Horny aufzu-
schlagen, nicht aber solche mit den Begriffen Betäubung,
Narkose und K.-o.-Tropfen. Und er brauchte nicht lange zu
suchen. Schnell fand er ein Forum, in dem ein gewisser GUM-
MIBÄR eine Frage stellte:

›10.25‹
Hallo liebe Community. Ich suche Diethyl-Äther.
Weiß jemand, wo man das ohne Rezept herbekommen
kann?

+ + +

›10.27‹
Nirgendwo, du Idiot. Es ist illegal. Was meinst du,
warum man das nur auf Rezept bekommt?

+ + +

›10.32‹
Gibts nicht Versandapotheken, im Ausland?

+ + +

>10.33<

In den USA, ja. Aber die Portokosten von dort sind
echt der Hammer. Ich weiß eine Gratis-Möglichkeit:
Leih dir einen Laborkittel aus, eine Schutzbrille
und eine Mappe, geh zur nächsten Uni mit Studiengang
Chemie, suche dir die Labors für anorganische Chemie, warte bis zum Nachmittag, mische dich unter die
Studenten, füll dir was ab und geh wieder.

+ + +

>11.45<

Die nächste Uni ist hundert Kilometer weg. In die Apo-
theke gehen geht nicht?

+ + +

>11.47<

Zur Not, ja. Sag, du brauchst das Zeug als Starthilfe,
fürs Auto.

+ + +

>15.32<

Der Apotheker hat aber komisch geschaut! Hat mir
auch bloß ein Glas mit 120 ccm gegeben. Eine Tasse.
Ist zu wenig. Die ganzen Apotheken abklappern?

+ + +

>16.07<

Vergiss es. Probiers mal in einem großen Supermarkt.
Frag nach einer Lachgaspatrone für Sahne.

+ + +

>19.53<

Auch der vom Supermarkt hat komisch geschaut. – Was
ich denn damit vorhätte? –

Das wars! Da brauchte der Putzi keinen Internetversand, er brauchte nichts in der Uni zu klauen, er brauchte nicht im Supermarkt nach Sahnekapseln zu fragen, ein paar Schachteln davon hatten sie nämlich im Geschäft, die lagen schon ewig da rum. Er ging sofort heim, um sie sicherzustellen. Sein früh verstorbener Vater hatte zwar immer behauptet, ein großer Sammler zu sein, aber in Wirklichkeit hob er einfach nur jeden Mist auf. Jetzt zahlte sich das endlich mal aus. Im Keller fand der Putzi eine ordentlich beschriftete Kiste mit hundertzwanzig Patronen Sahnesteif. Jetzt war ein Selbstversuch fällig. Der Putzi packte seinen Rucksack und zog Wanderzeug an.

»Wo gehst du denn schon wieder hin, Putzi?«

»Zum Herrgottsschrofen geh ich!«

Doch er ging nicht zum Herrgottsschrofen, er fuhr mit dem Bus in eine der kleinen umliegenden Ortschaften und mietete sich dort in einem Hotelzimmer ein. Er wollte bis zum nächsten Morgen nicht gestört werden. Er legte ein Blatt Papier aufs Nachtkästchen und notierte jeden seiner Schritte, bevor er ihn durchführte. Er legte sich ins Bett und füllte einige Kartuschen Sahnesteif in einen Luftballon ab. Er tränkte einen Lappen mit Alkohol und ließ das Distickstoffoxid darin entweichen. Es war Freitag, der 30. April, Punkt 20.00 Uhr, als er sich den Lappen ins Gesicht drückte. Um Mitternacht erwachte er und war vollkommen verwirrt. Er wusste nicht, was mit ihm geschehen war. Erst die Notizen auf dem Nachtkästchen brachten Licht ins Dunkel. Langsam wird ein Schuh draus, dachte der Putzi.

17

Holijo (Gebärdensprache)

Karl Swoboda schaukelte unauffällig durch das sommerliche Norditalien und sang, summte, raunzte und moserte alle möglichen Wiener Lieder. ♫ Drunt' in der Lobau hab ich ein Mädel geküsst … ♫ Mir hat heut träumt, es gibt kein Wein mehr …

Erst nachdem er den Gardasee hinter sich gelassen hatte, konzentrierte er sich auf den vor ihm liegenden Auftrag. Der Problemlöser, gerade eben noch im inneren Zirkel sizilianischer Macht, jetzt unter dem weiten würzigen Südtiroler Himmel, war guter Dinge. Das konnte diesmal eine wirklich große, eine lukrative und gleichzeitig interessante Sache werden. Das war keine Reparatur von Stückwerk, den irgendwelche Pfuscher angerichtet hatten – so wie es beim letzten Auftrag mit den drei depperten chinesischen Killern geschehen war. Das war diesmal etwas wirklich Produktives und Kreatives: Die Installation eines biologischen Ortungssystems, das hatte was von Moonraker und James Bond. ♫ Wann ich einmal stirb', müssen mich d' Fiaker trag'n … Er verließ die Autobahn und steuerte eine gottverlassene Gegend in Alto Adige an. Er vergewisserte sich, dass ihn niemand, weder Mensch noch Insekt, verfolgte, dann fuhr er über ein paar verschlungene Nebenstraßen zum Domizil des Werdenfelser Bestattungsunternehmerehepaares Ursel und Ignaz Grasegger. Er kam gerade recht zu einem kleinen Ehegeplänkel.

110

»In eine Schweinsbratensoße passt doch kein Safran!«, sagte Ursel und verdrehte die Augen.

»Mein Ururgroßvater hat immer welchen hineingegeben«, schoss Ignaz zurück.

»Das glaubst du doch selber nicht! Wo soll denn der damals, zu König Ludwigs Zeiten, Safran hergehabt haben?«

»Mein Ururgroßvater ist quasi in Safran geschwommen! Die jetzige Ballengasse war damals eine europäische Handelsstraße. Hamburg – Neapel und zurück, verstehst du. Und immer über die Ballengasse. Seit der Römerzeit war das schon so. Der Handel mit Safran ist da ganz weit vorne gestanden. Safran hat es deshalb bei uns in rauen Mengen geben. Und wo der nicht überall reingekommen ist! In die Rohrnudeln, in den Kaffee, in die Brennsuppe, in die Weißwürst, und eben auch in die Schweinsbratensoße.«

»In die Weißwürst auch? Das wird ja immer besser.«

»Das ist das Geheimnis vom alten Metzger Kallinger seine Weißwürste gewesen. Nie hat man gewusst, warum die so besonders gut sind. *Der du zum Tor der Hölle stehst, gib dein Geheimnis preis*, hat der Pfarrer zu ihm am Sterbebett gesagt, natürlich auf Lateinisch. *Safran!*, hat der alte Kallinger noch geflüstert, dann ist er gestorben.«

Ignaz und Ursel Grasegger, Bestattungsunternehmer in der fünften Generation (zurzeit allerdings nicht in diesem Gewerbe tätig), lebten im italienischen Exil, sie konnten sich in ihrer Heimat nicht mehr blicken lassen. Sie wurden steckbrieflich gesucht, hier waren sie in Sicherheit, allerdings auch ohne bayrische Kost, ohne bayrische Volksmusik und ohne den kreativitätssteigernden bayrischen Föhn.

»Ich will ja eure Zärtlichkeiten, eure nuptialen, nur ungern stören«, sagte Swoboda. »Aber ich habe nicht allzu viel Zeit. Und ich hätte einige Fragen an euch.«

Er erzählte ihnen von dem neuesten Projekt der Familie, das im Kurort durchgeführt werden sollte. Nachdem ihm die alleinige Projektleitung übertragen worden war, musste er mit absoluter Sicherheit wissen, ob der Imker Alois Schratzenstaller zuverlässig war.

»Ja freilich«, sagte Ursel. »Der Schratzenstaller, das ist genau der geeignete Mann für so was. Er ist ein richtiger Schwarzseher und Miesmacher. Ein *Grantelhuber* eben.«

»Ja, der ist zuverlässig«, mischte sich Ignaz ein. »Der ist so sauer auf die Behörden, auf die Verwaltung und auf alles, was nach Gesetz und Beamtentum riecht, der macht bei einer staatszersetzenden Aktion gerne mit.«

»Eine Art Werdenfelser Rebell?«

»Ja, so was in der Richtung. Dass wir uns nicht falsch verstehen: Dem Schratzenstaller würde der Mut fehlen, selber etwas Illegales zu drehen, aber er wartet eigentlich schon lange auf die Gelegenheit, es den Bürokraten und Pfennigfuchsern heimzuzahlen.«

»Warum ist er so sauer?«

»Du kennst sein Grundstück – abgelegen und doch ortsnah.«

»So etwas weckt Begehrlichkeiten?«

»Richtig. Sie wollten eine Biathlon-Loipe durch sein Grundstück führen und ihm ein Stückerl von seinem Boden abzwacken. Da ist er zum Wintersportgegner, zum Ökodesperado, zum Anarchisten geworden.«

»Wegen einem sauren Wieserl riskiert der so viel? Dass er sogar bei uns mitmacht?«

»Es geht ihm nicht um die Wiese an sich, es geht ihm ums Prinzip. Zum Schluss wollten sie sogar ein Enteignungsverfahren gegen ihn einleiten. Jetzt nimmt er jede Gelegenheit wahr, die Behörden zu ärgern.«

»Der alte Schratzenstaller, sein Vater, das war ein ähnlicher Querkopf«, bestätigte Ignaz.

»Was habt ihr ihm eigentlich versprochen?«, fragte Ursel. »Geld kanns ja nicht gewesen sein. Davon hat ihm sein Vater einen Haufen hinterlassen.«

»Erstens ist davon nicht mehr allzu viel übrig, das hat er schon ziemlich aufgebraucht für Rechtsanwälte, Gegengutachten und Geldstrafen. Und für Geld alleine hätte er es auch nicht gemacht. Wir unterstützen ihn auf andere Weise. Wir spielen ein bisserl Sancho Pansa und helfen dem Don Quixote mit dem Bienenstachel bei seinem persönlichen Kampf gegen die staatlichen Windmühlen. Mit Rechtsanwälten, Gutachtern, geeigneten Bestechungen, Nötigungen und Drohungen an den richtigen Stellen. Das ganze Register eben.«

Soweit musste es kommen. Dass eine ehrenwerte sizilianische Familie einem Werdenfelser Quertreiber und Misanthropen aus der Patsche hilft. Dass sich das Verbrechen einmischt in die Belange uralter Traditionspflege und Lebensweise. Ein seltsames Völkchen war das schon, dort unten im schönen Loisachtal.

»Als Gegenleistung führt er uns in die aufregende Welt der Insekten ein«, sagte Swoboda. »Da kennt er sich aus wie kein Zweiter. Über Mistkäfer, Stechmücken und Grashüpfer weiß er alles. Ich würde gerne noch weiter mit euch plaudern, aber ich muss weiter.«

»Swoboda, tu uns einen Gefallen. Schau doch einmal, ob es im Kurort die Altmüllerin und ihr Gemüsegeschäft noch gibt. Vielleicht hat auch ihr Sohn den Laden inzwischen übernommen. Jedenfalls hat es dort immer die besten Kartoffeln gegeben. Bring uns bitte zehn Kilo mit.«

»Ui ja«, rief Ignaz. »Ein echter bayrischer Kartoffelsalat, das wär wieder einmal was!«

»Die Kartoffeln in Hühnerbrühe gekocht –«

»Mit viel Kümmel –«

»Hauchdünnen Radieschenscheiben –«

Langes Schweigen, Nicken, dann schließlich:

»Und Safran.«

»Ja, ja, schon gut«, rief Swoboda. »Ba, ba!«

Swoboda überquerte den Brenner, ließ Innsbruck hinter sich und genoss das rauer werdende Klima. Kurz vor der Ausfahrt Zirl-Ost bäumte sich gleich neben der Autobahn eine wuchtige Felswand hoch, ein Ah und Oh jedes preußischen Italienurlaubers. Er schaltete das Radio ein und hörte von dem Leichenfund auf der Zugspitze.

Alle Jahre wieder, sagte er zu sich selbst. Wo diese Touristen überall hinaufsteigen, das ist unglaublich.

Er schaltete das Radio wieder aus, versäumte dadurch ein Interview, das die Polizeipsychologin Frau Dr. Maria Schmalfuß zu dem Fund gab. Sie wurde zum Thema Höhenangst befragt und gab kluge Antworten.

Swoboda überquerte die deutsche Grenze bei Mittenwald, rechter Hand zogen die sanft geschwungenen Hügel des Gschwandt vorbei, linker Hand blinkte schon die weithin sichtbare Sprungschanze.

In einer verschwiegenen Parkbucht machte er seinem Namen als Verkleidungskünstler alle Ehre, selbst Spalanzani hätte ihn nicht wiedererkannt. Dann fuhr er in den Kurort, parkte das Auto und spazierte als rüstiger, eichkätzchenfütternder Rentner den Philosophenweg hoch. Er ging an der Wallfahrtskirche St. Anton vorbei, und als er um eine Biegung kam, breitete sich das Werdenfelser Tal vor ihm aus, sommerlich duftend und in voller Blütenpracht. Sein Blick blieb am Polizeirevier des Kurortes hängen. Vielleicht saß er ja drinnen, der Kommissar Jennerwein? Vielleicht arbeitete er immer noch an den Rätseln, die ihm die Graseggers und er selbst in den letzten Jahren aufgegeben hatten. Swoboda summte das Lied vom Wildschütz Jennerwein, und aus dem leisen Summen wurde ein Trällern, schließlich sang der Österreicher, sozusagen als kleines Willkommens-Gstanzl:

»♫ Es war ein Schütz in seinen besten Jahren,
der wurd hinweggeputzt von dieser Welt ...«

18

Ah, lache, Bajazzo, über deine zerbrochene Liebe!
Lach über den Schmerz, der dir das Herz vergiftet!
Ah! Huhu! Ach-ch! Huhu! Ah! A-haha-hu!
Ruggero Leoncavallo, Der Bajazzo

Jennerwein hätten die Ohren klingen sollen, aber er war viel zu sehr mit dem jetzigen Fall beschäftigt, um ein diesbezügliches Klingen zu hören. Hätte er gewusst, dass nur ein paar hundert Meter entfernt ... Hätte, hätte, hätte. Der Kommissar trat beherzt und ermittlerisch frohen Mutes ins Besprechungszimmer.

»– und weil es etwa zweihundertfünfzigtausend Hänse und sechzigtausend Evis im deutschsprachigen Raum gibt«, erklärte Kommissarin Nicole Schwattke gerade, »ist die statistische Wahrscheinlichkeit, dass es Paare gibt, die Hans & Evi heißen, gleich 0,00001 Prozent der Bevölkerung, also achtzig oder neunzig –«

Jennerwein setzte sich und hörte sich die Ergebnisse der Dufont'schen Gleichung geduldig an, er wollte Nicoles rotbackigen Eifer nicht bremsen. Nicole kam schließlich zum gleichen Ergebnis wie Michelle beziehungsweise ihr nerviger Mathelehrer.

»Dieser François Dufont mag ja ein kluger Mann gewesen sein«, sagte Hölleisen, »aber was bringt uns das eigentlich? Wir wissen ja nicht, wo diese Hänse und die dazugehörigen Evis wohnen.«

»Richtig«, stimmte Maria Schmalfuß ein. »Auch der Inhalt

des Rucksacks führt bezüglich der Identität des Opfers nicht weiter.«

Sie rührte in ihrem Kaffee, diesmal vorsichtig und nur an der Oberfläche. Sie hatte ein Tütchen Kardamom mitgebracht und umständlich eine Messerspitze davon hineingebröselt. Alle sahen dieser neuen Konzentrationsübung Marias interessiert zu. Und glaubten, mitten im örtlichen Polizeirevier, den Duft eines orientalischen Bazars zu schnuppern.

»Es sieht fast so aus«, fuhr Maria fort, »als habe jemand große Sorgfalt darauf verwendet, Dinge in den Rucksack zu packen, die nichts über das Opfer aussagen! Wenn wir, nur um das zu verdeutlichen, einen Hobel im Rucksack gefunden hätten, dann könnten wir bei der Handwerkskammer anrufen, ob es einen Schreiner gibt, der Hans heißt und dessen Freundin –«

»Oder wenn wir einen Malerkübel mit Pinsel gefunden hätten –«

»Oder eine Gießkanne und eine grüne Schürze –«

»Oder eine Dienstpistole der bayrischen Polizei –«

Jennerwein blickte sich streng im Kreis der Ermittler um.

»Wie ich sehe, sitzen Stengele und Ostler, unsere beiden Bergfexe, schon in den Startlöchern. Dann mal los.«

»Unsere Untersuchungen an Fels und Höhle zeigen«, begann Ostler, »dass das schon ein guter Bergsteiger gewesen sein muss, der da hinabgestiegen ist und das Opfer abgelegt hat. Aber den Standplatz, den er unterhalb des Geländers gebaut hat, den würde man heute nicht mehr so machen. Die Haken sind geschlagen – heute würde man einen Akkubohrer verwenden. Und die Haken und Karabiner selbst sind zwar in Ordnung, aber mindestens vierzig Jahre alt.«

»Das zweite«, fuhr Stengele fort, »ist der merkwürdige kleine Haken in der Höhlendecke. Ein Bergsteiger würde so einem Haken nicht vertrauen.«

»Vielleicht sollte der ja gar nicht so viel aushalten«, merkte Jennerwein an.

»Das Opfer hingegen kann kein professioneller Bergsteiger gewesen sein. Denn ein solcher hätte immer noch ein paar Möglichkeiten gefunden, sich bemerkbar zu machen. Und er hätte ganz sicher versucht wegzuklettern, ehe er zu schwach dazu gewesen wäre.«

»Wie hoch wären in diesem Fall die Chancen gewesen?«, fragte Nicole. »Schwierigkeitsstufe XXL?«

Stengele zog die Augenbrauen hoch.

»Das heißt Schwierigkeits*grad* VI, Nicole. Und theoretisch ist es immer möglich«, antwortete Stengele. »Südamerikanische Geckos klettern sogar auf polierten Glasplatten. Bevor ich verhungere, versuche ich das Klettern.«

»Sie bleiben nicht sitzen und hoffen auf Rettung?«

»Ein paar Stunden schon. Aber solange ich noch Kraft und Geschmeidigkeit habe, erkunde ich zumindest die Umgebung. Und dabei hinterlasse ich meistens Spuren, klitzekleine Abrissfetzen von den Bergschuhen zum Beispiel. Aber genau solche Spuren haben wir um die Felsnische herum nicht gefunden.«

Nicole legte nach.

»Wie hoch schätzen Sie beide denn Ihre Chance ein, da rauszukommen?«

Ostler und Stengele blickten sich kurz an und zuckten die Schultern.

»Fünfzig zu fünfzig vielleicht«, sagte Ostler schließlich.

»Also einer von Ihnen käme durch?«

»Nach Darwin der bessere.«

»Und wie sieht so ein Rettungsversuch konkret aus?«, fragte Jennerwein.

»Ich würde die festen Kleidungsstücke ausziehen«, sagte Stengele, »sie zusammenknoten, mich ein paar Meter in den Abgrund hinunterlassen und auf diese Weise Ausschau nach geeigneten Tritt- und Griffmöglichkeiten halten. Ich würde zum Beispiel schauen, ob ich Felsverschneidungen, Bänder oder Kamine finde.«

»Ja, so würde ich es ebenfalls machen«, nickte Ostler. »Unser Opfer hingegen hat seine Kräfte angesichts der gähnenden Tiefe vermutlich mit Schreien verbraucht. Und vor allem mit Angst. Die Angst ist ein ganz schlechter Begleiter am Berg. Sie verbraucht mehr Proviant als fünf nepalesische Sherpas.«

Abgrund – gähnende Tiefe – Angst. Frau Doktor Maria Schmalfuß bekam einen kleinen Schweißausbruch. Ihre Augen flackerten, und ihr Atem ging stoßweise. Am liebsten wäre sie aufgesprungen und schreiend hinausgerannt. Aber sie beherrschte sich. Nach einigen Sekunden hatte sie sich wieder im Griff. Hubertus Jennerwein war der einzige, der diesen kleinen Ausfall bemerkt hatte.

Es klopfte. Das war insofern verwunderlich, weil das Anklopfen im oberbayrischen Raum eigentlich nicht so recht gebräuchlich ist. Man bumpert mehrmals an die Türe, mit der Faust oder mit der flachen Hand, man schlägt mit dem schweren Knotenstock an den Rahmen, man rüttelt an der Türklinke, man tritt mit dem Fuß ans Holz, man schreit durch die geschlossene Tür hinein, ob jemand da wäre – oder aber man reißt eine nicht geöffnete Tür einfach auf und platzt unmittelbar herein. Das Anklopfen hingegen ist eines jener preußischen Importe, die sich nie ganz durchsetzen werden. Jetzt aber hatte es, wenn auch zaghaft, geklopft.

»Der Tod?«, fragte Ludwig Stengele.

»Aber schon so früh?«, setzte Hölleisen hinzu.

Es klopfte erneut. Ostler erhob sich und öffnete die Tür. Draußen stand – genauer gesagt saß – die Gerichtsmedizinerin. Sie trug nicht wie üblich ihren weißen Kittel, sondern ein grelles Hawaiihemd.

»Ich will vorausschicken, dass ich nicht dienstlich hier bin«, begrüßte sie die verwunderten Anwesenden. Sie rollte herein und legte ihren Sonnenhut auf den Schoß.

»Wie Sie sehen, bin ich auf dem Weg in den Urlaub. Warum starren Sie mich alle so an?«

»Wir haben gedacht, es ist jemand anderes«, sagte Nicole. Niemand konnte sich das Schmunzeln verkneifen. Der Tod in Hawaiihemd und Sonnenhut, na klasse.

»So, so«, sagte die Rollfrau. »Wen auch immer Sie erwartet haben, jetzt bin ich da. Mir ist da nämlich noch etwas eingefallen. Es ist reine Spekulation, deshalb gehe ich nicht den papierenen Dienstweg. Wahrscheinlich ist es eine Sackgasse, aber das müssen Sie entscheiden.«

»Kaffee?«

»Ja, gerne. Um es kurz zu machen: Ich habe unseren Hans nochmals unter die Lupe genommen, jeden seiner Körperteile. Der Mumifizierungsprozess der Muskeln ist natürlich schon sehr weit fortgeschritten. Aber eines ist mir aufgefallen, nämlich seine ausgesprochen muskulösen Hände.«

»Ein Handwerker?«

»Ein Bäcker?«

»Ein Masseur?«

»Vielleicht, ja. Das war auch mein erster Gedanke. Aber dann: die Fingerkuppen! Sie sind sehr beansprucht worden, zumindest an einer Hand, an der linken. Die Knochen der äußeren Fingerglieder sind extrem abgenutzt, das habe ich noch bei keiner Bäcker- oder Masseurleiche gesehen. Und jetzt kommt das eigentlich Sonderbare. Die Fingerkuppen an der linken Hand sind muskulöser, wesentlich muskulöser sogar.«

»Er war Linkshänder?«

»Nein, er war Rechtshänder. Die übrigen Muskelgruppen der rechten Hand sind besser ausgebildet. Nur die Fingerspitzen der linken Hand sind muskulöser.«

»Welcher Rechtshänder hat gut ausgebildete Fingerkuppen an der linken Hand?«

»Ich habe auch spaßeshalber die Fingernägel untersucht. Sie waren noch gut erhalten. Außer am Daumen waren die Nägel der linken Hand abgeschliffen oder abgefeilt, die der rechten Hand nicht. Und jetzt fahre ich in Urlaub. Der Kaffee war gut, besser als in der Pathologie. Wenn es ganz dringend ist, rufen Sie mich in Wörgl an: Hier ist meine Telefonnummer.«

Und weg war sie, die Frau mit dem grellen Hawaiihemd.

»Ein Beruf, bei dem man die Hände stark einsetzt«, sagte Jennerwein, »und zwar die eine Hand mehr als die andere. Ich warte auf Vorschläge.«

Die versammelte Denkfabrik der MK IV saß eine Weile stumm und sinnend da.

»Auch abwegige und blöde Vorschläge sind willkommen.«

Jetzt traute sich erst recht niemand mehr.

»Es gibt bestimmte Sportarten«, sagte Stengele, »bei denen man nur eine Hand braucht. Tennis zum Beispiel.«

»Ein Tennisprofi? Aber die Frau Gerichtsmedizinerin hat auch gesagt, dass er kein Berufssportler war. So extrem durchtrainiert war er nämlich nicht.«

»Wie wäre es mit jemandem, der noch viel mit der Hand schreiben muss? Ein Kalligraph zum Beispiel.«

»Ein Kunstmaler?«

»Aber sie sagt, er ist Rechtshänder und die Fingermuskeln der linken Hand sind besser ausgebildet.«

»Er macht also etwas mit den Fingern, nicht mit den Händen. Da kenne ich jetzt, außer Schach, keine Sportart.«

»Bei welcher Betätigung spielt die Fingerkraft noch eine Rolle?«

Ein eigenartiges Bild war das jetzt schon, wie alle Ermittler schweigend in der Luft herumfingerten, die Hände fliegen ließen und aufeinander pressten.

Wenn der Harrigl jetzt hereinkommt, dachte Jennerwein, dann weiß er, wo seine Steuergelder hinkommen.

Maria, die sich nach ihrem kleinen panischen Intermezzo wieder gefasst hatte, schlug sich plötzlich an die Stirn.

»Darf ich kurz telefonieren? Ich habe da eine Idee.«

Sie wählte und erklärte einem gewissen Henning am anderen Ende der Leitung kurz, worum es ging.

»Ja … Aha … Ja, jetzt wo du es sagst, fällt es mir auch auf … Aber es gibt doch auch welche, die mit beiden Händen … Verstehe … Kannst du das noch weiter eingrenzen? … Ja, er hat abgefeilte Fingernägel … Bist du sicher? … Danke, ciao!«

Sie legte auf. Alle starrten sie erwartungsvoll an. Sie genoss das Schweigen, blickte listig drein, ließ sich noch ein wenig Zeit, das Geheimnis zu lüften.

»Nun? Was hat er gesagt?«

»Das war ein Studienkollege von mir. Ist jetzt Psychologe in der Werbebranche, hat damals in einer Band gespielt. Es war eine Tanzcombo mit lauter Psychologiestudenten, die Band hieß *Freudlos* –«

»Jetzt bitte endlich zum Thema!«

Maria verstreute sorgfältig eine Messerspitze Kardamom über dem frisch eingeschenkten Kaffee.

»Die Tanzband bekam kaum Engagements, vor allem im Fasching nicht. Aber sie bestanden auf ihrem Bandnamen.«

Jennerwein hob warnend die Hand.

»Henning ist der Meinung, dass unser Hans Musiker war. Denn Musiker, vor allem solche, die Saiteninstrumente spielen, setzen die Hände unterschiedlichen Belastungen aus. Geiger, Gitarristen, Zitherspieler, sie alle drücken mit der einen Hand in die Saiten, und dort sind die Fingerkuppen platt vom Üben.

Mit der anderen Hand wird lediglich gezupft und gestrichen, das erfordert nicht soviel Kraft. Er hat also ein Saiteninstrument gespielt. Als Henning aber die Geschichte mit den abgefeilten Fingernägeln hörte, war er ganz begeistert. Es gibt ein Saiteninstrument, bei dem man die Finger der Greifhand fast senkrecht aufsetzen muss, um den nötigen Druck zu erzeugen. Lange Fingernägel sind da sowieso im Weg, aber die meisten Kontrabassisten und Cellisten feilen sich die Fingernägel der Greifhand auch noch ab, um die Hornhautbildung an der Fingerkuppe zu unterstützen.«

»Hans könnte Cello gespielt haben?«

»Cello oder Kontrabass. Ziemlich sicher sogar. Kein Mensch hätte sonst einen Grund, sich so zuzurichten.«

Während die Ermittler schweigend dasaßen, platzte noch eine weitere Nachricht herein. Was heißt: platzte. Sie schlingerte herein, sie schob sich leise durch die Querstangen des Fax-Gerätes. Im Nebenraum des Besprechungszimmers, ungehört und unbeachtet, quoll ein Blatt heraus aus dem altehrwürdigen Kommunikationsmittel. Die Bergwacht schickte einen Gruß aus den luftigen Höhen an die Schnüffler und Kombinierer dort unten im tiefen Tal. *Hallo Hölli,* war da zu lesen, *ein Tourist hat am Ettaler Manndl eine weitere, unbewegliche Person entdeckt.* Schlapp hing das Blatt mit der brisanten Nachricht im Schacht des Faxgerätes.

19

*Ich habe einen Freund, der hat statt einem Herzen ein
Bierfilzl, das da schlägt, und unter seine Maß Bier legt
er sein Herz und die Kellnerin macht Striche drauf.
Wenn der Tisch wackelt, legt er sein Herz unter den
Tisch, aber dann wackelt das Bier. Ich gehe jetzt heim
mit meinen Füßen und stell mich die ganze Nacht auf
ein Bierfilzl, damit ich weiß, wie sich ein Weißbier
fühlt.*

Herbert Achternbusch, Gespräche mit Maria Hellwig

Der Putzi stand wanderfertig im Hausgang. Er hatte den
Rucksack umgeschnallt, sogar das grüne Hütchen mit der Zei-
sigfeder hatte er schon aufgesetzt.

»Wo gehst du denn heute schon wieder hin?«, rief die Mutter aus dem Wohnzimmer.

»Auf den Frieder.«

Das war eine Lüge. Aber die Mutter konnte man gut anlü-
gen, die Mutter glaubte alles. Sie kam jetzt in den Flur.

»Hast du auch eine Wetterjacke mitgenommen?«, sagte sie.

Der Putzi nickte.

»Geh' am Friedhof vorbei und zünd' dem Vater eine Kerze
an.«

Es war immer das Gleiche mit der Mutter. Dem Vater
eine Kerze anzünden. Schon am Vormittag! Was sollte
das für einen Sinn haben, am helllichten Tag und unter
freiem Himmel, ohne dass es Weihnachten, Allerheiligen
oder Allerseelen war!

»Hörst du mir überhaupt zu?«

»Ja freilich. Ich habe eine Wetterjacke dabei, ich zünde eine

Kerze an. Auch wenn heute nicht Allerseelen ist. Und ich bin am Abend wieder zu Hause.«

Der Putzi machte sich auf den Weg, und bald stand er am Grab seines Vaters, seiner Tante, der beiden Großeltern und einer Großcousine, die er allerdings nie kennengelernt hatte. Er zündete eine Kerze an, und sie wirkte in der Tat verloren, fast schon fehl am Platz, an einem heißen Sommertag wie diesem. Trotzdem blieb er noch eine Weile stehen und bedankte sich beim Vater wortlos für die Kartuschen mit dem Sahnesteif. Auf dem Grabstein nebenan war zu lesen:

Herbert Roitzenthaler

1931 – 1998

Theresia Roitzenthaler-Tidenhub

1933 –

Die grausige Leerstelle, das aufdringliche Memento mori, den kleinen mahnenden Bindestrich, den man in letzter Zeit auf immer mehr Grabsteinen sah, ließ ihn erschaudern. Flüchtig schlug er das Kreuz, dann machte er sich auf den Weg zur Kuhflucht.

Er setzte sich an die Stelle, an der er schon vor so vielen Jahren gesessen war und hinaufgesehen hatte zum luftigen Grab der Gemse. Die Gebeine mussten natürlich längst verwittert sein, zuerst von Ameisen sauber abgenagt, dann von den Vögeln weggetragen und dadurch wieder dem ewigen Kreislauf der Natur zugeführt. Rein physikalisch war die Gemse dort oben verschwunden. Trotzdem wagte er es auch nach so vielen Jahren immer noch nicht, auf den Felsvorsprung zu klettern und sich davon zu überzeugen, ob nicht doch noch ein kleiner Rest von ihr übriggeblieben war. Himmlisch still war es hier oben, die Luft rieselte warm auf ihn herab, von ferne hörte man, ganz pianissimo, das harmonische Gebimmel von Kuhglocken. Der Putzi nahm einen Grashalm in den Mund und kaute Huckleberry-Finn-artig darauf herum. Er ließ sich rücklings ins Gras sinken, schob den Rucksack unter seinen Kopf und trank einen Schluck Zuckerwasser aus der uralten Thermoskanne, die er bei seinen Streifzügen immer dabei hatte. Schade, dass man an Weihnachten und Allerheiligen nicht hierherkommen konnte. Da blieb ihm nichts anderes übrig, als mit der Mutter auf den Friedhof zu gehen und sich die scheppernde Blasmusik und die stereotypen Sprüche der anderen Friedhofsbesucher anzuhören. Wieder ein Jahr rum, man wird auch nicht jünger, letzte Woche hat sie noch gelebt, Hauptsache gesund. Was hätte er drum gegeben, am Totensonntag abends auf die Kuhflucht zu gehen, um die Gemse dort zu besuchen und sich philosophischen Gedankenspielen über alles Werden und Vergehen hinzugeben. Ob sie wohl Nachkommen gehabt hatte, die arme Gemse? Ob ihre Gefährten, die sie verlassen hatten in der Not, manchmal an sie dachten? Er stand auf, klopfte sich die Hose ab und ging weiter. Der Mann in der Zugspitzwand hatte eine ganze Woche ausgehalten. Er war nicht gesprungen. In den ersten Stunden hatte er nur geschrien, er hatte sich seine Wut und seine Verzweiflung aus dem Leib gebrüllt, als ob er nicht wahrhaben wollte, was mit ihm geschehen war. Dann war der Mann ruhiger geworden. Durch sein Fernglas hatte der Putzi beobachten können, wie er den Rucksack, die Hosen- und Jackentaschen und das Innere der Höhle durchsuchte, immer und immer wieder. Am Ende hatte sich seine Suche nach Fluchtmöglichkeiten zu einer hektischen, fast zwanghaften Betriebsamkeit gesteigert. Dann hatte der Mann resigniert, sich in das Unabänderliche gefügt. Er schien nichts mehr um sich herum wahrzunehmen. Er schien sich darauf zu konzentrieren, keine Schmerzen und keine Angst mehr zu empfinden. Ganz am Schluss schien er sogar zu lächeln. Der Putzi hatte das Gefühl, dass er diesen Mann in irgendeiner Weise glücklich gemacht hatte. Warum aber war er nicht gesprungen? Warum hatte dieser Hans nicht ein paar Sekunden investiert, um von allen Schmerzen frei zu sein? Der Putzi war zu weit entfernt gewesen, um Details erkennen zu können, selbst mit diesem außerordentlich guten Fernglas. Er hatte sich vorgenommen, das nächste Mal eine Stelle auszusuchen, die er genauer beobachten konnte. Zu einer solchen Stelle kam er jetzt. Er verließ den Spazierpfad, kletterte ein paar unwegsame Steilhänge hoch, erreichte eine bewaldete kleine Hochebene und richtete sein Fernglas endlich auf die gegenüberliegende Felswand. Perfekt: Diese Nische lag nicht weiter als fünfhundert Meter entfernt. Dort würde er sein nächstes Opfer hinbringen. Dort würden bald ein Paar klobige Bergschuhe aus der Höhlung ragen. Der Putzi steckte das Fernglas zurück in die Hülle und marschierte mit strammem Schritt weiter. Er hatte heute noch viel vor.

Zunächst hatten den Putzi ganz handfeste Gründe von seinem Vorhaben abgehalten. Das Werdenfelser Land war ein touristisch außerordentlich gut erschlossenes Gebiet. Man hatte den Eindruck, dass jedes Fleckchen schon einmal betreten oder beklettert, jedes Stück Stein fotografiert oder abgemalt, jedes lauschige Plätzchen in Berg und Tal schon einmal von Horden von Erholungssuchenden überfallen worden war. Der Putzi hatte deshalb auch mit dem Gedanken gespielt, sein Vorhaben im Ausland durchzuführen. Aber zum einen wäre das ein Verrat an der Gemse gewesen. Und noch etwas sprach für den Kurort. Der Putzi war eine ortsbekannte Figur, er würde nicht auffallen, weder bei den Vorbereitungen noch bei der Durchführung. Der eigentliche Anstoß für seinen Plan kam dann letzten Sommer. Hubschrauber der Bergwacht kreisten über dem Talkessel. Zwei Bergsteiger wurden vermisst. Er hatte seiner Mutter ein bisschen im Geschäft geholfen, und die Kunden trugen Information über Information herein. Auf dem Jubiläumsgrat wären sie unterwegs gewesen, die auswärtigen Bergsteiger, hieß es, alle Wetterwarnungen in den Wind schlagend, unerfahren und ohne bergkundige Führung. Sie hatten die Länge der Tour unterschätzt und waren auf eine Übernachtung am Berg nicht vorbereitet. Häppchenweise brachten die Kunden die Details und stellten langsam ein Bild zusammen, wie man es *nicht* machen sollte. Zwei Tage hätten die Bergsteiger jetzt schon keinerlei Lebenszeichen mehr von sich gegeben. Drei Tage. Vier Tage. Fünf Tage. Der Putzi verfolgte die Ereignisse gespannt. Nach einer Woche wurde die Suche eingestellt, man fand nicht einmal die Leichen.

»Das kommt öfters vor, einmal im Jahr aber bestimmt«, hatte ein Bergwachtler im Laden zu seiner Mutter gesagt.

»Dann leben wir ja in einer gefährlichen Gegend!«

»Ja freilich. Auf der unzugänglichen Nordseite vom Jubiläumsgrat, da ist es praktisch unmöglich, die Suche mit Hubschraubern gezielt fortzusetzen. Wenn jemand in eine schlecht einsehbare Felstasche rutscht, dann ist es ganz aus.«

Nichts wie hin zum Jubiläumsgrat, hatte sich der Putzi damals gedacht. Seitdem war er viel gewandert und hatte Ausschau gehalten nach verborgenen Felstaschen und uneinsehbaren Naturgrotten, nach überhängenden Wänden, Stichhöhlen und Guffeln. In die eine oder andere Felstasche hatte er sich gekauert, in ein paar davon hatte er sogar übernachtet.

Jetzt ging der Putzi zu solch einer Stelle, und er war guter Dinge. Er hatte sich seit Jahresanfang bestens vorbereitet, und nun klappte alles ohne Zwischenfälle. Der Putzi blieb stehen. Sollte er diesen Menschen nicht helfen, sich auf ihre schwere Entscheidung zu konzentrieren? Sollte er ihnen nicht etwas an die Hand geben, damit sie sich in ihrem neuen Leben, als Wiedergeborene, besser zurechtfinden konnten? Sollte er ih-

nen nicht etwas in den Rucksack packen, bei dem sie sich entspannen konnten, einen Gegenstand, mit dem sie auch mal
wieder zur Ruhe kamen. Etwas zum Lesen? Ein Geduldsspiel?
Vielleicht sogar Papier und Bleistift? Ihm würde etwas einfal-
len. Er ging weiter, und er war so in Gedanken, dass er nicht
bemerkte, dass ihn jemand verfolgte. Die schattenhafte Gestalt
lief durch den Wald, blieb manchmal stehen, um sich hinter
einem Baum zu verbergen. Die Mutter vom Putzi war misstrauisch geworden. Schon längst. Heute hatte sie ein Schild an
die Tür gehängt und den Laden zugesperrt. An so einem heißen Tag wie heute war eh nicht viel los. Sie war ihrem Sohn
bis zum Friedhof gefolgt, immer in sicherem Abstand. Was
sollte sie tun, wenn er sie bemerkte? So schlimm war das auch
wieder nicht, dann bemerkte er sie halt. Aber der Putzi war
so guter Laune, so konzentriert hochgestimmt, dass er nichts
um sich herum wahrnahm. Am Friedhof selbst gab es dann
die große Überraschung: Der Putzi betete. Inbrünstig stand er
dort vor dem Familiengrab, ihr kleiner Putzili, er hatte den
Kopf geneigt, der brave Racker, und seine Lippen bewegten
sich. Hatte er nicht sogar die Augen geschlossen? Tränen der
Rührung stiegen in ihr auf und ein heißes Gefühl der Liebe
drohte sie ganz und gar in Beschlag zu nehmen. Sie schlich
etwas näher. Auch eine Kerze hatte er angezündet. Brav.

Lange stand er dort, mit seinem prallen Rucksack, was sich vor
einem ehrwürdigen Familiengrab einigermaßen seltsam aus-
nahm: Derjenige, der noch wanderte, stand vor demjenigen,
der das Wandern endgültig aufgegeben hatte. Jetzt aber brach
er auf, der Putzi. Die Mutter folgte ihm wieder in gehöriger
Entfernung, über saftige Wiesen, durch kühle Wälder und auf
geschwungenen Wegen. Sie konnte ihm gut folgen, denn er
machte des Öfteren Pausen, schien dann etwas in ein Büchlein
zu notieren. (Was war denn ihr Putzi für einer? Schlug er sei-

nem Vater nach, der ab und zu hitzige Gedichte geschrieben hatte?) Einmal hätte sie ihn fast verloren, da hatte er den Weg verlassen und war auf einer steilen Geröllhalde weitergeklettert. Doch er kam wieder zurück, und sie konnte die Verfolgung erneut aufnehmen. Jetzt ging es etwas aufwärts, der Putzi wurde immer schneller, und sie hatte dann doch Mühe, ihm nachzukommen. Wenn er nicht ab und zu stehen geblieben wäre, um die Landschaft mit dem Fernglas abzusuchen, hätte sie es vielleicht sogar aufgegeben. Jetzt sah er sich um, und sie konnte sich gerade noch hinter einem Baum wegducken. Je weiter sie gingen, desto mehr schämte sie sich für ihr Misstrauen. Es war doch alles ganz harmlos. Ihr kleiner Putzi wanderte halt gern, er durchstreifte den grünen Forst, beobachtete das scheue Reh und den scharfsichtigen Bussard. Einen letzten Blick wollte sie auf ihn werfen, auf ihren unschuldigen Putzi, doch dann traf sie fast der Schlag. Dort, in zwei- oder dreihundert Metern Entfernung stand er und sprach mit einer jungen Frau mit Zöpfen und stechend roten Kniestrümpfen. So hatte sie ihren Sohn noch nie gesehen. Die beiden Turteltauben setzten sich, lachend und scherzend, wie ihr schien. Also doch.

Sie hatte kein Fernglas mitgenommen, sie konnte die Szene nicht genau erkennen. Sie wollte auch ihre Deckung gerade jetzt nicht verlassen. Doch so viel sah sie, dass sich ihr Sohn jetzt über die Frau beugte. Er verdeckte sie. Er redete auf sie ein. Die Frau ließ sich jetzt auf die Wiese fallen, so dass sie auf dem Rücken zu liegen kam. Sie strampelte mit den Beinen, der Putzi beugte sich noch weiter über sie. Ein Kuss? Ein Kuss. Die Mutter glaubte zu wissen, dass das ein Kuss war. Es war kein Kuss. Es war Distickstoffoxid, auch bekannt unter dem Namen Sahnesteif. So kann sich das Mutterauge täuschen.

Tjo tjo di ri,
Tjo tjo di ri,
Tjo tjo ri i di
Jo e tjo i ri.

Andachtsjodler, mit frdl. Genehmigung des Volksmunds

»Kennen Sie diesen Mann?«

Nein, wer ist das, wer soll das sein, muss man den kennen? Sie war mit dem Foto jetzt schon durch halb Europa gefahren, an jedem Wochenende, an jedem freien Tag. Sie war in Neapel gewesen, in Innsbruck, in Hamburg und in Roma Termini. Natürlich auch in Messina. Verdammte Eifersucht, fluchte sie, als sie in der Hitze dieser sizilianischen Stadt ausstieg, verdammte Eifersucht, murmelte sie, als sie das ganze Bahnhofsviertel von Messina Centrale abklapperte und dort mit ihrem Touristenitalienisch herumfragte. Nein, nie gesehen, wer soll das sein? Der passt überhaupt nicht zu Ihnen, hatte einer gesagt.

Verdammtes Fluchttier, verdammter Pferdemensch, flüsterte sie, ich krieg dich noch. Ein Dorfpolizist in Flintbek, der kurz vor der Pensionierung stand, zeigte auf die Deutschlandkarte und stach mit dem Finger auf einen Punkt im äußersten Süden. Wissen Sie, was aus diesem Kurort gemeldet wird? Da wurde in der Zugspitzwand ein Toter gefunden. Sie erschrak fürchterlich. Schon am nächsten Tag stand sie am Bahnhof des Kurorts. Die Morgenluft in den Alpen roch wie frisch eingeschenkter Champagner, so spritzig und frisch wehten die Brisen von allen Seiten, das

Wettersteingebirge schien mit einem funkelnden Mantel aus Aspik und Luft-Gelatine überzogen zu sein. Sie war noch nie im Gebirge gewesen und bestaunte sprachlos die Trillionen Tonnen Kalkstein.

Zuerst ging sie zur örtlichen Polizeistation. Ein gemütlich aussehender Mann tippte gerade ein Protokoll, das sah sie durchs Fenster. Er drückte hastig seine Zigarette aus, als sie hereinkam. Grüß Gott, Fräulein, Sie sind anscheinend nicht von hier. Warum, sieht man das? Ja freilich, wenn jemand so blond und sommersprossig ist, dann muss er von hoch droben aus dem Norden kommen. Der Polizist sprach breites Bayrisch, bei manchen Ausdrücken musste sie nachfragen. Ja, wir haben hier momentan allergrößte Probleme, zeigen Sie mal das Foto her. Nein, dieser Mann ist nicht unser Toter. Danke, auf Wiedersehen, wie heißen Sie bitte? Hölleisen? Komische Namen haben Sie schon hier! Ihrer ist auch nicht viel besser, Fräulein.

Sie ging zurück zum Bahnhof und zeigte das Foto jedem, der ihr über den Weg lief. Sie hielt es dem Schaffner vor die Nase, den Schalterbeamten, der Dame in der Bahnhofsbuchhandlung, den Angestellten in der Bahnhofsimbissstube, den herumlungernden Fahrschülern nach Mittenwald. Sie ging die Bahnhofstraße entlang und redete Passanten an. Sie betrat das Restaurant *Pfanndl*. Gehobene bayrische Tradition, nicht ihre Preisklasse, auch nicht ihr Geschmack, aber sie setzte sich in die glasüberdachte Brasserie. Menschen aus vergangenen Jahrhunderten saßen am Nebentisch. Ein Kaffee, ein Wasser, ein kleines Sandwich. Zahlen bitte, rief sie, und der uralte Kellner erschien mit einer Rechnung in Höhe des amerikanischen Verteidigungshaushalts. Ach ja, eines noch, Herr Ober: Kennen Sie diesen Mann? Nicht, dass ich wüsste. Sie ging in eine Buchhandlung, in ein Café, ins Rathaus. Sie verbrachte den ganzen

Tag in dem Ort. Sie übernachtete in einer Pension, am nächsten Morgen lenkte sie ihre Schritte zum Krankenhaus, sicherheitshalber. Sie ging in Kneipen, Schnickschnackgeschäfte, Friseurläden, Pensionen. Dann stand sie vor einem der vielen Trachtengeschäfte. Sie zögerte. Eine lächerliche Vorstellung, dass er sich eine Tracht gekauft haben könnte. Halbherzig holte sie ihr Foto heraus und zeigte es der Verkäuferin des Modegeschäftes Berndanner & Söhne. Ja, der war hier. Sie musste sich setzen. Der Satz war leise und beiläufig gesprochen, aber sie hörte ihn in Times New Roman Schriftgröße 120, fett, unterstrichen.

Sie japste. Wann? Wann war er hier? Vor ein paar Wochen, ich kann mich genau erinnern. Sind Sie sicher? Ja freilich, der hat bei uns eine feste Wetterjacke gekauft. Sehen Sie, so eine! Die Verkäuferin wies auf einen Kleiderständer mit bunten Jacken. Sind Sie ganz sicher? Ja freilich, er war so fröhlich, so befreit, ein sonniger Typ. Wie bitte – fröhlich und befreit? War er denn allein? Diesen Satz hatte sie sich verkneifen wollen, da war er ihr herausgerutscht. Jetzt schwebte er herum, der Satz, zwischen all den Lodenjoppen und Hirschhornjacken. Die Verkäuferin grinste: Ach so ist das. Sie fasste sich wieder. Wissen Sie, wo er danach hingegangen ist? Nein, leider, wissen Sie, Fräulein, wir verkaufen Jacken und kümmern uns nicht darum, wo die Leute mit den Jacken hingehen, das müssen Sie schon verstehen.

Sie verließ den Laden und stand in der Fußgängerzone des Ortes. Sie schnupperte, drehte sich herum, horchte tief in sich hinein, sie schloss die Augen, wollte praktisch den Weg erschnuppern, den er gegangen sein könnte. Sie drehte sich ein paar Mal um sich selbst, öffnete dann, bei einem gefühlten Jetzt! die Augen, so ähnlich, wie man es bei Flaschendrehspielen macht. Ihr erster Blick fiel auf den Wank, diesen klobigen

133

Berg mit dem komischen Namen. Sie ging nochmals ins Trachtengeschäft. Geben Sie mir auch so eine Jacke. Oben auf dem Wankplateau war herrliches Wetter, sie war noch nie auf siebzehnhundertachtzig Meter Höhe gewesen, sie spürte die frischen und wechselnden, aus allen Windrichtungen kommenden Brisen.

»Entschuldigen Sie, dass ich Sie anspreche.«
    »Was gibts?«
    »Können Sie mir helfen? Mir ist nicht gut. Wahrscheinlich die dünne Luft. Und dann ohne Sonnenöl.«
    »Soll ich Sie stützen?«
    »Ja, bitte. Gleich da hinten ist eine Bank.«

*Den Weltrekord im Dauer-Jodeln hält der Österreicher
Roland Roßkogler mit 14 Stunden 37 Minuten.*

Eintrag im Guinnessbuch der Rekorde

»Ja, wo jetzt genau? Auf dem Schindeltalschrofen oder dem
Schachentorkopf?«

»Allmächt! Sie fragen mich vielleicht Sachen! Die Namen
der Berge weiß ich natürlich nicht mehr.«

»Aber Sie müssen doch wissen, auf welchem Berg Sie gewesen sind!«

Vier Tage war es jetzt her, dass ein Fax im Revier eingetrudelt
war, mit dem brisanten Hinweis auf eine weitere unbewegliche
Person auf dem Ettaler Manndl. Die Suche hatte bisher nichts
ergeben, die Bergwacht hätte das Ettaler Manndl abbauen und
in Disneyland auswendig wieder aufbauen können, so genau
kannten sie es. Eine unbewegliche Person war nicht gefunden
worden, dafür hatte sich jetzt ein neuer Zeuge gemeldet, der
etwas gesehen hatte. Was heißt Zeuge, was heißt gesehen:

Polizeiobermeister Hölleisen verlor langsam die Geduld mit
dem fränkischen Mitbürger. Der nordbayrische Bergliebhaber war persönlich aufs Revier gekommen, frisch
von seiner Wanderung, in schweren, klobigen Bergschuhen, die ihre Spuren auf dem blank geputzten Boden hin-
terließen. Er trug eines jener rotkarierten Hemden, die
dieses Jahr wieder in Mode gekommen waren. Auch der
Hut trenkerte ihm schräg auf dem Kopf, dass es eine Freude
war.

135

»Ich weiß eben nicht mehr so genau, auf welchem Berg ich gewesen bin«, jammerte der Mann. »So ungefähr bloß. Wir sind, daran erinnere ich mich noch, vom Predigtstuhl auf die Wettersteinalm gegangen. Und dann waren wir irgendwann einmal auf der Bunsenkopfspitze.«

»Vom Predigtstuhl kommt man nicht auf die Wettersteinalm, jedenfalls nicht so schnell. Die beiden Berge liegen zehn Kilometer auseinander. Und eine Bunsenkopfspitze kenne ich gar nicht.«

»Dann verwechsle ich das jetzt mit unserem Südtirolurlaub. Vielleicht wars auch die Brennkopfspitze. Ich kann mir einfach keine Namen merken.«

»Eine Brennkopfspitze gibt es hier auch nicht. Jetzt machen wir es einmal so, Herr Heinlein: Sie sagen mir, von wo Sie losgegangen sind.«

»Also, wir, ich und meine Frau, wir sind beide aus Nürnberg, aus Nürnberg-Gostenhof, das ist die Bronx von Nürnberg, und wir fahren jedes Jahr –«

»Jetzt fangen Sie doch nicht bei Adam und Eva an!«

»Sonst glauben Sie mir ja meine Geschichte nicht, Herr Inspektor!«

»Polizeiobermeister.«

»Gestern sitzen wir also in der Wirtschaft, meine Frau und ich, und da hören wir am Nebentisch fränkische Laute. Allmächt! Gostenhofer Slang! Wir haben uns jedenfalls mit dem Dieter und der Tamara angefreundet. Und irgendwann sagt der Dieter: Geht ihr morgen mit auf den *hmhmhm*? Den Namen weiß ich eben nicht mehr, und wir sagen ja, oh!, *hmhmhm*, das klingt gut. Gesagt, getan, um fünf in der Früh holen die uns ab mit ihrem Bbiggabb –«

»Pick-up?«

»Ja, genau. Sie fahren mit uns quer durch den Ort, dann einen Berg rauf. Keine Ahnung, wo wir da hingefahren sind.

Es ist jedenfalls bergauf gegangen, ein ziemliches Stück. Dann haben wir den Bbiggabb stehen lassen und sind zu Fuß weiter-gewandert.«

»Keine Ahnung, wohin?«

»Leider keine Ahnung. Aber warten Sie. Jetzt dämmert mir was: Die Jekkelbergeralm kanns gewesen sein.«

»Das Jakelbergeralpel meinen Sie?«

»Ja, das kann sein.«

»Weiter, Herr Heinlein. Irgendwo da draußen hängt – viel-leicht! – ein Bergopfer in der Wand, und ich brauche genaue Angaben. Wie ging die Wanderung weiter?«

»Also, wir kommen zu einer Almhütte. Die war unbewirt-schaftet. Es war eher ein Stadel. Keine Aufschrift, nichts.«

»Ganz toll.«

»Dann kommt eine kilometerlange Steigung, wir haben uns angeregt unterhalten, auf die Landschaft hab ich jedenfalls nicht geachtet. Dann ein steiler Waldweg mit Serpentinen. Dann eine bewirtschaftete Alm.«

»Aha, jetzt aber!«

»Eine mit einer Terrasse. Sagen wir, so dreißig Plätze.«

»Hat man von der Terrasse aus Berge gesehen?«

»Ja freilich, aber ich weiß ja nicht, welche! Ich habe auch gar nicht hingeschaut, weil – ich habe ehrlich gesagt so was von einem Sau-Durst gehabt. Die Bedienung hat mir ein Glas Leitungswasser gebracht, und dafür hat sie auch noch Geld verlangt –«

»Das ist auf jeder Alm so. Aber die Bedienungen, die sind doch verschieden! Himmelherrschaft! Was war das für eine Bedienung? Groß, klein, mittel?«

»Eine mit einer Hakennase war es, so eine große, muskulö-se. Eine feste, blonde, große, mit einer Hakennase. Einem Rie-sen-Zinken.«

»Das ist die Mühlriedl Resel. Vom Mühlriedl Rudi die

137

Schwester. Die hat früher auf der Kochelbergalm gearbeitet. Und jetzt – arbeitet sie – auf der Esterbergalm. Jetzt haben wirs. Also, Sie waren auf der Esterbergalm.«

»Kann sein.«

»Und wo haben Sie das eventuelle Bergopfer dann gesehen?«

»Da noch nicht. Erst sind wir hinuntergegangen.«

»Richtung Häuslboden oder Richtung Daxkapelle?«

»Es ist durch den Wald gegangen.«

»Also Daxkapelle.«

»Und dann haben wir gestritten. Worum es gegangen ist, weiß ich gar nicht mehr –«

»Weiter! Menschenskinder!«

»Dann sind der Dieter und die Tamara in eine andere Richtung gegangen. Du immer mit deiner Streiterei, hat meine Frau gesagt, und dann hab ich mich mit meiner Frau auch gestritten. Wir haben uns ebenfalls getrennt, ich bin einfach querfeldein gelaufen, so zornig war ich. Irgendwo werde ich schon rauskommen unten, habe ich mir gedacht. Aber dann hab ich mich verlaufen. Ich bin stundenlang umhergeirrt, hab mit dem Fernglas die Berge abgesucht. Und da hab ich die reglose Person gesehen.«

»Ich brauch gar nicht zu fragen, wo das ungefähr –«

»Nein, beim besten Willen nicht. Es war jedenfalls weit ab vom Weg.«

»Und wie sind Sie dann heimgekommen?«

»Das weiß ich auch nicht so genau. Zuerst bin ich immer bergab gegangen, auf einmal war eine Straße da. Dann hat mich ein Auto mitgenommen, und nach einer halben Stunde war ich im Hotel. Ich geh rein, und wer sitzt da? Der Dieter, die Tamara –«

»Danke, Herr Heinlein, ich hab schon verstanden. Danke für Ihre Bemühungen.«

Nachdem der Zeuge den Raum verlassen hatte, überlegte sich Franz Hölleisen, ob er die Befragung dieses Keinbergfranken überhaupt abtippen sollte. Er schaltete das Band aus. Er würde den Chef fragen. Jennerwein sollte sich das einmal anhören. Gerade als er zum Telefonhörer greifen wollte, klingelte es. Der Mann am anderen Ende der Leitung stellte sich mit Winterholler vor. Johnny Winterholler.

»Um was geht es, Herr Winterholler?«

»Grüß dich, Hölli!«

»Wie bitte?«

»Entschuldigen Sie, Herr – Hölleisen, aber wir sind ja eigentlich verwandt. Also deine Mutter – Ihre Mutter hat eine Halbschwester gehabt, die Rosi Hölleisen, und die hat einen Mann geheiratet, den Heinzi, der ihr aus der ersten Ehe ein Kind, den kleinen Wiggerl mitgebracht hat. Aus diesem kleinen Wiggerl ist dann mein Vater geworden.«

»Du bist der Sohn vom Winterholler Wiggerl? So was! – Ja gut, jetzt aber weiter, was gibts?«

»Ich war gestern auf der Friederspitze.«

»Schön.«

»Da habe ich einen komischen Typen rumschleichen sehen. Mir ist er deswegen aufgefallen, weil er – irgendwie kein Bergler war. Er war kein typischer Einheimischer, aber auch kein typischer Tourist. Er hat die Wände mit einem Fernglas abgesucht. Irgendwie ganz auffällig. Als er mich gesehen hat, hat er kehrt gemacht und ist in die andere Richtung weitergegangen. Er hat sich einfach weggedreht und ist abgehauen. Ich habe ihn immer nur von hinten gesehen. Aber irgendetwas an ihm ist mir bekannt vorgekommen.«

»Bist ihm nach?«

»Nein, so verdächtig war er mir auch wieder nicht. Aber auf dem Heimweg hab ich mir gedacht, das melde ich. Einsachtzig, graublaue Hose, altmodische, aber professionelle Bergschuhe, olivgrüner Rucksack, gelbliches Hemd, kurze Haare, Fernglas. Ich glaube, es war ein uraltes Liesegang-Fernglas, aber ich kann mich auch täuschen.«

»Ja, ich hab alles notiert.«

»Seid ihr denn schon weiterkommen?«

»Mit der Leiche auf der Zugspitze? Äh ja, wir stehen kurz vor dem entscheidenden Durchbruch.«

»So, so.«

»Ja, ja.«

»Gut, dann Servus.«

»Servus. Ah, wart einmal, äh – Johnny!«

»Ja, was ist denn noch, Hölli?«

»Von wegen Leiche auf der Zugspitze: Das warst nicht zufällig du, der vor ein paar Tagen eine anonyme Meldung gemacht hat? So was wie: *leblose Person im oberen Teil der Wand der Schneefernerscharte …?*«

»Nein, warum sollte ich eine anonyme Meldung machen?«

»Nur so.«

Beide legten auf. Nachdenklich kratzte sich Franz Hölleisen am Kopf. Mit wem man hier im Kurort nicht alles verwandt war! Er schaltete den winzig kleinen Fernsehapparat an, der im Revier stand.

»Was wollen Sie mit dem Gewinn machen?«, fragte Günther Jauch die Kandidatin gerade.

Johnny Winterholler wollte das nicht wissen, er schaltete ab. Er goss heißes Wasser auf den verbotenerweise selbstgepflückten Misteltee. Dann blickte er drei Minuten nachdenklich aus dem Fenster seines Häuschens. Wolken senkten sich über den rötlich eingefärbten Waxenstein, es braute sich ein Unwetter zusammen. Eine Leiche in einer Bergwand? War das a) ein verunglückter Hobbykletterer, b) eine neue Art der Event-Bestat-

140

tung, c) eine kühne Werbemaßnahme des Tourismusverbandes oder d) eine fehlgeschlagene Aktion organisierter Kriminalität? Der letzte Punkt beschäftigte Winterholler noch den ganzen Abend. Eine nicht einsehbare Felsnische als Gefängnis – dass da bei der RAF oder IRA nie jemand drauf gekommen ist! Das wäre doch ein idealer Platz, um ein verschlepptes Entführungsopfer solange am Leben zu halten, wie man es für die Freipressung von Gefangenen braucht. RAF, IRA, PKK, ETA – spätestens nach seinem Millionengewinn musste er sich diese a) quartäre, b) quartale, c) quartologische, d) quaternäre Weltsicht wieder abgewöhnen.

22

Jazzjodler, scat-singing

Mein schönstes Wochenenderlebnis
Am Sonntag bin ich mit meinen Eltern und meiner kleinen Schwester, die nur doof ist, auf den Berg gewandert. Auf einmal sind wir zu einer Wiese gekommen, auf der sonst die Kühe stehen und fressen. Diesmal waren aber keine Kühe da, sondern viele Menschen, aber auch Polizisten. Die Polizisten haben versucht, alle Menschen wieder wegzuscheuchen, aber sie haben es nicht geschafft, weil immer mehr gekommen sind und zu einem Berg raufgeguckt haben. Wir haben auch geschaut, aber nichts gesehen, weil wir das Fernglas vergessen haben. Papi und Mami haben gestritten, wer denn jetzt. Dann haben wir uns ein Fernglas ausgeliehen, und meine doofe Schwester hat zuerst schauen dürfen, wie immer. Sie hat kurz geschaut, dann hat sie aber gleich zum Schreien angefangen und ist heulend weggelaufen. Als wir sie endlich wieder eingefangen haben, ist sie ganz rot im Gesicht gewesen vor lauter nach Luft schnappen und Plärren. Ich habe nicht durchs Fernglas schauen dürfen, und bis jetzt weiß ich nicht, was da oben auf dem Berg los war. Die Kühe waren aber sicherlich sehr traurig, weil die vielen Menschen das ganze Gras zertrampelt haben. Das war mein schönstes Wochenenderlebnis.
Tobi, 8 Jahre

Der Fund des unbekannten Toten in der Zugspitzwand war gerade mal eine Woche her, da versetzte die Nachricht von einem weiteren Bergopfer die Bewohner des Kurorts schon wieder in helle Aufregung. Kommissar Jennerwein hatte genau das vermeiden wollen. Sein erster Impuls war es gewesen, die Information über eine weitere Leiche noch ein wenig zurückzuhalten. Dass daraus nichts wurde, lag am Tatort selbst, bei dem so etwas wie Diskretion kaum möglich war. Der Berg schweigt nicht, er redet wie ein Buch. Es konnte beim besten Willen nicht geheim gehalten werden, dass dort oben eine Leiche entdeckt worden war.

Der Hubschrauber der Bergwacht war als erstes am Unglücksort gewesen, doch das Rettungsteam war zu spät gekommen. Die junge Frau mit den Zöpfen lag still und blass in einer Nische der Felswand, der Todeszeitpunkt konnte aber noch nicht lange verstrichen sein. Die Gerichtsmedizinerin, die ihren Urlaub in Wörgl unterbrochen hatte, war sich vollkommen sicher, dass die Todesursache wie beim ersten Opfer Kachexie, ein hochgradiger Kräfteverfall, ein düsterer Mix aus Erfrieren, Verhungern und Verdursten war.

»Bei dieser Frau muss es allerdings schneller gegangen sein«, sagte Persephone. »Ich schätze, dass sie nach drei Tagen schon so schwach war, dass sie den darauffolgenden Tag nicht überlebt hat.«

Die Nachricht von einem erneuten Leichenfund sprach sich in Windeseile herum, innerhalb einer halben Stunde wusste es der ganze Landkreis. Die Lokalpresse war schnell vor Ort, auch die überregionale – zur internationalen fehlte nicht mehr viel, ein dritter Toter vielleicht. Viele Schaulustige strömten mit Familie hinauf auf die Greininger-Wiese, um die Bemühungen von Bergwacht und Polizei am Felsen zu beobachten. Und vor allem zu kommentieren.

»Siehst du den Sack, der da unten am Hubschrauber dran-
hängt?«

»Da wird die Leiche drin sein. Ein sogenannter Body Bag.
Unten schaut ein Fuß raus.«

»Die sieht wahrscheinlich so furchtbar aus, dass man uns
den Anblick nicht zumuten kann.«

»Aber jetzt wird sie hochgezogen – Vorsicht! Fast wäre sie
rausgerutscht!«

»Ein paar hundert Meter tät die schon nach unten fallen.«

»Ganz so schlimm wärs nicht. Tot ist sie ja schon.«

Den gut zweihundert Zuschauern, die sich auf der Greininger-
Wiese eingefunden hatten, wurde tatsächlich etwas Aufregen-
des geboten an diesem herrlichen Sonntagnachmittag. Gerade
wurde der geheimnisvolle Sack ins Innere des Hubschraubers
gezogen, der Pilot drehte daraufhin ab, so dass man nichts
mehr sehen konnte. Oh! – ein Aufschrei der Enttäuschung ging
durchs Publikum. Viele hielten das Gesehene mit der Digital-
kamera fest oder gaben ihre Erlebnisse fernmündlich weiter.
Der Pfarrer war da, einige Lehrer und Pensionisten, natürlich
viele Wanderer und Bergsteiger, und mitten unter den braven
Bürgern stand – der Putzi. Ja, auch er hatte sich mitten unter
die Gaffer und Fotografierenden gemischt. Ins Auge des Or-
kans hatte er sich begeben, in den frisch geschlagenen Bomben-
trichter, ins zentrale Mittelfeld der Aufmerksamkeit. Seine
nachvollziehbare Überlegung war die, dass es ja eher auffallen
würde, wenn er sich *nicht* unter die Meute mischen würde, er,
der ortsbekannte Wanderer und Naturfreund. Und so beobachtete auch der Putzi den Hubschrauber, der jetzt den
dunklen Sack vollständig verschluckt hatte und der Sonne ent-
gegenflog. Doch die olivgrüne Plane war beileibe kein Leichen-
sack, sondern vielmehr der bequeme Sitzsack von Ludwig
Stengele, der munter und wohlauf war und nicht leblos heraus-

gezogen worden war aus der Felsnische, sondern sie vielmehr gerade fachmännisch untersucht hatte, mit allerlei Gerät und mit viel bergsteigerischer Sachkunde. Im Inneren des Hubschraubers wartete Johann Ostler schon auf ihn. Mit festem berglerischem Griff hatte er ihm hineingeholfen.

»Und?«, schrie Ostler gegen den Höllenlärm an.

»Gleiches Schema!«, schrie Stengele zurück. »Gleiches Schema wie bei dem anderen Fund.«

Nachdem der Hubschrauber weggeflogen war und sich in der Wand nichts mehr regte, verlief sich die Menge, die meisten strömten wieder nach unten ins Tal, zurück blieb die ehedem saftige Greininger-Wiese, die jetzt deutliche Gebrauchsspuren aufwies: Viele der Schaulustigen hatten ihre Zigaretten auf dem Boden ausgedrückt, Voyeure sind in den meisten Fällen auch Raucher.

Die meisten der Gaffer hatten zwar keinen direkten Blick auf den Fundort der Frau erhaschen können, sie hatten nur den Anflug des Hubschraubers und den Abtransport der Leiche beobachtet. Aber die Phantasie ergänzte das Fehlende. Die Felsnische selbst war nur zu sehen, wenn man die Bergwiese verließ, ein paar geröllübersäte und abschüssige Muren überwand, um schließlich auf eine frei stehende Felsnadel zu klettern, die zweihundert Meter von der Greininger-Wand entfernt in den Himmel stach und einen schwer zugänglichen, aber letzten Endes hervorragenden Beobachtungsposten abgab. Nur ein paar Leute waren bis hierher durchgedrungen, sie hatten die Stellung noch nicht aufgegeben, sie beobachteten das Geschehen fachkundig. Gerade fotografierten und filmten sie zwei Polizisten in Zivil, die unten am Bergfuß der Greininger-Wand, gut achtzig Meter unterhalb der Felsnische, standen und sich über einen altmodisch anmutenden Rucksack beugten.

»Sehen Sie mal unauffällig da hinüber«, sagte Jennerwein zu Nicole Schwattke. »Haben wir immer noch Publikum?«

»Ja, ein paar Gestalten hängen noch rum auf dem kleinen Aussichtsberg«, sagte Nicole. »Sie haben es wohl nicht so gern, Chef, wenn Ihnen Leute auf die Finger sehen?«

»Das stört mich eigentlich weniger. Und bei manchen Tatorten kann man es auch nicht vermeiden, dass viele Leute zusehen. Wir können ja schlecht das ganze Wetterstein-Gebirge sperren lassen. Nein, ich habe aus einem anderen Grund gefragt.«

»Ich kann es mir schon denken«, sagte Nicole eifrig. »Vielleicht hat jemand von da drüben aus etwas gesehen. Die Vorbereitungen zur Tat zum Beispiel, ohne dass ihm das bewusst war. Wir sollten das mal nachprüfen.«

»Ja, sagen Sie Ostler Bescheid. Aber irgendwelche brauchbaren Spuren werden wir wohl nicht mehr finden – nach diesem Massenansturm.«

»Vielleicht ist ja sogar der Täter selbst –«

Nicole schrie auf, ihr Gedanke wurde jäh abgeschnitten. Hölleisen war zwei Meter neben ihr auf den Boden gesprungen, als wäre er vom Himmel gefallen.

»He, passen Sie doch auf. Das ist Beweismaterial!«

Hölleisen schälte sich aus seinem Kletterzeug. Er war die Strecke von der Felsnische bis hierher nochmals abgeklettert, um nach Spuren zu suchen.

»Tut mir leid. Ich habe den Rucksack nicht gesehen.«

»Und?«

»Nichts«, sagte Hölleisen. »Von der Felsnische bis hier unten: weder Kletterspuren an der Wand noch hängengebliebene Gegenstände. Sonst ist alles wie beim letzten Mal. In der Mitte der Höhlendecke gibt es ein Loch, der Haken ist herausgerissen, das Opfer wurde damit angekettet. Von der Nische geht es dreißig Meter nach oben zu einem Standplatz, von da aus hat sich jemand abgeseilt. Ein schwerer Mensch. Oder ein Mensch, der eine schwere Last zu transportieren hatte. Dasselbe Schema wie beim ersten Mal.«

»Aber sehen Sie mal, was wir hier haben!«, rief Jennerwein. Er zog mit der behandschuhten Hand ein kleines, mattglänzendes Kästchen aus der Außentasche des Rucksacks.

»Was wird das sein?«, fragte Nicole.

»Eine Schmuckdose?«

»Ein Döschen Lippenbalsam?«

»Eine bergsteigerische Notration in Form von Traubenzucker?«

Jennerwein nahm das Kästchen in die eine Hand und öffnete es mit den Fingerspitzen der anderen, so langsam und vorsichtig, als wäre es die Büchse der Pandora und alle Übel der Welt wären noch drinnen. Eitelkeit. Missgunst. Völlerei. Unzucht. Herrschsucht. Mordlust.

»*Libera nos ab igne inferni*«, murmelte er und lächelte dazu, als tauchte eine Erinnerung aus ferner Vergangenheit auf.

»Wie bitte? Libera was –?«

»*Libera nos ab igne inferni*, so lautet das passende Gebet dazu. Meine Großmutter hat mir die Zeilen gelernt. Das ist zwar lange her, aber so etwas vergisst man dann nie.«

Hölleisen und Nicole warfen sich einen Blick zu. Auf welchem Trip war der Chef denn jetzt? Dann blickten sie in das Kästchen. Eine kleine glitzernde Schlange schien zusammengerollt da drinnen zu schlafen. Eitelkeit, Missgunst, Völlerei …

»Ein Rosenkranz! Das hätte ich jetzt am allerwenigsten erwartet.«

»Ob es der Rosenkranz der Frau ist?«

»Das glaube ich nicht«, sagte Jennerwein. »Es ist ein Rosenkranz für Männer.«

»Geschlechtertrennung bei Rosenkränzen?«, fragte Nicole.

»Ja, früher gabs die jedenfalls mal, wenigstens in den ländlichen Gebieten Oberbayerns. Feingliedrige, weich durch die Finger gleitende Rosenkränze für Frauen. Und etwas größere, geriffelte für die hornhäutigen Männerpratzen.«

»Und Sie denken, dass die Fingerabdrücke des Täters drauf sind?«

Jennerwein wies mit der Pinzette auf eine einzelne Kugel der Gebetskette.

»Vielleicht nicht gerade die Fingerabdrücke. Aber etwas anderes. Sehen Sie da die Riffelung? Da bleiben Hautfetzen hängen.«

»Na klasse – dann könnten wir doch eine DNA-Analyse machen! Und dann auch gleich Speicheltests bei den Einwohnern«, sprudelte es aus Nicole heraus.

Jennerwein packte den Rosenkranz in ein Tütchen.

»Soweit sind wir noch nicht. Wir sollten Becker erst alles genau untersuchen lassen.«

»Und was heißt jetzt Libera dingsbums?«, fragte Nicole.

» Libera nos ab igne inferni –«, verbesserte Jennerwein. »Ich muss zugeben: Ich weiß es nicht. Jedenfalls nicht mehr so genau. Irgendetwas mit *Unsere Kinder* vielleicht.«

Sie packten zusammen und stiegen mit ihrer Beute über die Greininger-Wiese hinunter ins Tal.

23

*»... eine Form wortlosen Frohlockens, Schreiens oder
Singens, ... das wortlose Ausströmen einer Freude,
die so groß ist, dass sie alle Worte zerbricht.«*

Augustinus von Hippo über den ›Jubilus‹, einen Vorläufer des Jodlers

Er befand sich im Halbschlaf, ein paar unfertige Traumgebilde
umschwirrten ihn noch, schemenhafte Figuren entfernten
sich grußlos und unwiederbringlich, die Haupthandlung des
Traums löste sich langsam auf, als er etwas Spitzes, Stechendes
unter seinem Po spürte. Er wälzte sich auf die andere Seite. Er
hatte das Bedürfnis, noch ein paar Minuten zu dösen. Doch
wieder pikste ihn etwas. Welcher lästige Gegenstand lag da in
seinem Bett? Seine Brille? Sein Buch? Sein Brillenetui? Er hatte
gestern beim Einschlafen kein Buch gelesen. Und die Brille
legte er stets auf dem Nachtkästchen ab. Er wälzte sich abermals auf die andere Seite, der scharfkantige Gegenstand war
immer noch zu spüren. Schlaftrunken und genervt hob er den
Hintern hoch und griff unter seine Hüfte, um das lästige Ding
zu entfernen. Er fingerte ungeschickt herum, bis er es endlich
zu fassen bekam. Zu seiner Überraschung war es ein faustgro-
ßer Stein. Wie kam ein Stein in sein Bett? Er schob ihn
mit der Hand weg und versuchte weiterzudösen. Doch
er fand nicht mehr zu den Traumgebilden von vorhin
zurück. Sie alle hatten sich vollständig verflüchtigt, ihn
beschäftigte momentan nur eine einzige Frage: Warum lag
er auf einem Stein? Er hielt die Augen immer noch geschlossen. Es fühlte sich auch nicht so an, als ob er in einem
Bett läge. So hart war kein Bett. Er lag auf dem Boden. War

er herausgefallen? Unmöglich. Jetzt erst öffnete er die Augen. Er lag auf dem Boden eines ihm unbekannten Raums. Das war auch gar kein Raum, er lag im Freien, in einer Art Höhle, soweit er dies mit seinen schlaftrunkenen Augen überhaupt erkennen konnte. Sein linker Arm schmerzte, er versuchte ihn zu bewegen. Er spürte scharfen Widerstand am Handgelenk. Und jetzt erst bemerkte er, dass er an der einen Hand angekettet war. Ein dünnes, graues Seil, mehr eine Haushaltsschnur, führte nach oben zur schummrigen Decke der Höhle und endete an einem Haken. Er blickte wieder an sich hinunter. Das war nicht seine Hose. Das war überhaupt nicht seine Kleidung, das waren nasskalte, fremde, nach Erde riechende, ekelige Klamotten, die er nie getragen hätte. Er richtete sich ruckartig auf und stieß mit dem Kopf an die feuchte Wand. Er drehte sich um, die Schnur zerrte an seinem Handgelenk. Verwirrt saß er eine Zeitlang da. Er hatte nicht die geringste Ahnung, wie er hierher gekommen war. Panik stieg in ihm auf, Schweißperlen traten auf seine Stirn. Ruhig, ruhig bleiben, dachte er, ruhig bleiben, murmelte er halblaut, ruhig bleiben!, schrie er schließlich laut und versuchte damit, sich die nackte Angst aus dem Leib zu schreien. Er drehte den Kopf in die Richtung, aus der etwas Licht herkam. Das hereinströmende Blau blendete ihn. Er blinzelte. Erst nach einiger Zeit erkannte er ein Stückchen strahlenden, wolkenlosen Himmel. Er schien unverletzt zu sein. In seinem Mund spürte er leichten Geschmack von Blut, aber das konnte auch Einbildung sein. Er versuchte sich zu erinnern. Wie war er in dieses Loch geraten? Was hatte er gestern Abend gemacht? Was hatte er gestern den ganzen Tag über getrieben? Den Tag zuvor? Keine Ahnung. Er konnte sich an überhaupt nichts erinnern. Total erase. Er leckte mit der Zunge über die Lippen, sie waren trocken und rissig, er verspürte großen Durst. Total erase. Wieder packte ihn das Gefühl der nackten Angst. Erase, erase – warum fiel ihm gerade jetzt das Wort *erase* ein? Das wusste er noch: dass er Computerprogrammierer in einer kleinen Firma war. Es war ein Ein-Mann-Betrieb, und der eine Mann war er. Sein schlechtlaufender Betrieb stand wohl jetzt leer. Weg mit diesen überflüssigen Gedanken. Analyse. Erstens: Wie war er hierhergekommen? Zweitens: Wo war er? Drittens: Lösungsmöglichkeiten. Er richtete sich noch weiter auf, diesmal ganz langsam und vorsichtig. Diesmal stieß er sich nicht an der Wand, lediglich das Seil schnitt schmerzhaft in sein Handgelenk. Egal. Er sah, dass die Schnur mit einem Karabiner an der Decke eingehängt war. Er beugte den Oberkörper vor. Er versuchte, sich unten mit den Füßen abzustützen. Dabei geriet er an einen faustgroßen Stein, der sich löste, geräuschvoll wegkullerte, um schließlich über den Rand der Nische zu fallen. Und jetzt kam das Schlimmste: Er hörte keinen Aufprall. Er wartete, bange fünf Sekunden. Zehn Sekunden, zwanzig. Nichts.

24

*Scheußlich klingen die Jodler im oberösterreichischen
Iglhofen. Müde und unsagbar gequält ringen sie sich
aus der Kehle der hässlichen Sänger. Noch schlimmer
ist es in Grantzbichl. Das Gejodle bei den schlecht
besuchten Grantzbichler Heimatwochen ist eine
Kakophonie des Grauens, eine Kartätsche ins Ohr
des Unvorbereiteten.*

(Thomas Bernhard, Reisen durch Oberösterreich)

In der Bäckerei Krusti ging es heute wieder hoch her. Im angeschlossenen Café debattierten die Bürger hitzig über den erneuten Fund. Viele waren gestern droben gewesen auf der Greininger-Wiese, oder sie hatten gerade jemanden getroffen, der droben gewesen war.

»Ich glaube, dass sie erfroren ist«, sagte der Baader Helmut, der freiberufliche Installateur. »Am Berg, da erfrieren die meisten.«

»Aber doch nicht in einer so warmen Sommernacht!«, widersprach der Schlossermeister Johannes Zitzel. »Ich bin mit meiner Frau bis zwei Uhr morgens auf der Terrasse gesessen, wir sind auch nicht erfroren.«

»Aber eure Terrasse liegt nicht auf sechzehnhundert Meter Höhe«, sagte der Laiblbauer Kaspar.

»Verdurstet wird sie halt sein.«

»Ach, Schmarrnkübel! Verdurstet! Am Berg verdurste ich doch nicht! Da halte ich die Hand auf und wart', bis es regnet.«

»Und wenn es nicht regnet?«

»Irgendwann regnets schon. Verdurstet ist noch keiner am

Berg. Auf hoher See: ja. In der Wüste: auch. Aber nicht am Berg.«

Der unvermeidliche Gemeinderat Toni Harrigl kam herein. Er zog eine Handvoll Sympathisanten hinter sich her, und er war äußerst erregt.

»Wenn das so weitergeht, dann können wir einpacken«, eröffnete er. »Dann brauchen wir uns für überhaupt keine Sportveranstaltung mehr zu bewerben. Dann können wir auch die Skischanze wieder abreißen. Und unser international bekannter Kurort wird zurückkatapultiert ins Mittelalter, zu einem kleinen, unbedeutenden Flößerdorf.«

»Wäre sowieso besser«, murmelte der Höhenrainer Wacki, ein renitenter Olympia-, Skisprung-, Skilauf- und überhaupt Sportgegner, der bloß deswegen geduldet wurde, weil man dachte, dass er nicht ganz richtig im Kopf war. Alle hatten sich an die Tischchen gesetzt, Harrigl stand immer noch, er ruderte mit den Armen, er fühlte sich als der Robespierre des Oberlandes.

»Wir müssen radikale Schritte einleiten. Die Polizei ist überfordert. Ich schlage den Aufbau einer spontanen Interessensgemeinschaft für die Sicherheit in unserer näheren Umgebung vor.« Es war schwer für ihn, den Ausdruck *Bürgerwehr* zu vermeiden. »Jeder Einheimische zwischen achtzehn und vierzig bekommt ein Gebiet im Ort, rund um den Ort und auf den Bergen zugeteilt. Die Streifen gehen zu zweit –«

»So viele junge Leute gibts hier gar nicht!«

Gelächter brandete auf.

»Ich melde mich gleich freiwillig«, unterbrach der Malergeselle Pröbstl. »Ich nehm das Gebiet um die Riesserseehütte.«

»Weils beim Riesserseewirt den besten selbstgebrannten Obstler gibt«, rief der Laiblbauer Kaspar.

Alle lachten. Toni Harrigl stieg der Zorn hoch. Er war schon wieder nahe daran, die Verkäuferin mit zwei verbilligten Weckerln zu terrorisieren. Doch er beherrschte sich, so wie er es bei den Politikern in den Talkshows gesehen hatte. Gezügelter Zorn. Robespierre ja, aber diszipliniert – so funktionierte moderne Politik.

»Also, ich geh jedenfalls nicht mehr alleine auf den Berg«, sagte die Drogistin von gegenüber.

»Ja, da sieht mans wieder«, fasste Toni Harrigl nach. »So denken viele. Die Zugspitzbahn wird einen Geschäftseinbruch erleben, der sich gewaschen hat, das prophezeie ich euch.«

»Aber zuerst einmal läuft das Geschäft bei der Zugspitzbahn doch wie geschmiert«, wandte Schlossermeister Johannes Zitzel ein. »Aus ganz Deutschland kommen jetzt die Touristen und fahren auf die Zugspitze, um den Tatort zu sehen. Die stehen doch geradezu Schlange.«

Der Bäcker Johannes Krustmayer kam aus der Backstube, ganz klassisch mehlbestäubt und teigverschmiert. Er hatte noch nichts von dem zweiten Anschlag gehört und ließ sich alles aus verschiedenen Sichtweisen erzählen.

»Ja, das ist doch ganz gut für den Tourismus«, sagte der Trendteigpatzer schließlich. »Das ist gut fürs Image. Da merkt jeder gleich, dass die Berge nichts für Weicheier sind. Wie heißt es so schön: Bergsteigen ist halt nicht Halma. Wer weiß: Vielleicht steckt ja sogar der Harrigl selber dahinter.«

Gelächter in der Bäckerei. Harrigl kochte, musste jedoch mit zusammengebissenen Zähnen mitlachen. Der gemäßigte Robespierre. Nach außen hin weich, innen stahlhart.

»Ja, lachts nur. Ich selber war droben auf der Greininger-Wiese, und das ist überhaupt nicht lustig. Wie die Leiche ausgeschaut hat! So möchte ich nicht enden, das sage ich euch.«

Die meisten nickten und nahmen einen tiefen Schluck aus dem Weißbierglas.

»Nehmen Sie drei Werdenfelser Weckerl, die sind dann *im Verhältnis* billiger als zwei Weckerl«, sagte die Verkäuferin gerade zu einem Kunden.

»Was für ein Verhältnis?«, fragte der Kunde. »Ich möchte zwei Weckerl, sonst nichts.«

Ein grober Klotz von einem Mannsbild verdunkelte kurz die Tür, dann trat er in den Raum und setzte sich an einen Tisch. Er trug einen schmutzigen, blauen Kittel und uralte Gummistiefel. LKW-Fahrer hätte er sein können oder Lagerist in einem Supermarkt, Automechaniker oder Hausmeister – aber dann hätte er die Baskenmütze nicht gar so künstlerisch schräg über die Stirn gezogen. Der grobe Klotz war Melchior Baudinger, seines Zeichens Fotograf, genauer gesagt Hobbyfotograf, denn so richtig leben konnte er von seinen Fotografien nicht.

»Und, warst du auch droben?«, begrüßte ihn der Baader Helmut. Der Melchior nickte.

»Hast was fotografiert?«

Der Melchior nickte erneut. Schweigend legte er einen Stoß Schwarzweißbilder auf den Tisch. Die Bilder wurden sofort herumgereicht und auch von den anderen Gästen anerkennend kommentiert.

»Gut hast du sie getroffen, die Unbekannte«, sagte der Malergeselle Pröbstl. »Auf diesem Foto da schaut sie direkt so aus, als ob sie schlafen würde.«

Melchior Baudinger nickte erfreut. Er hatte viel Mühe auf die Perspektive verwendet, er hatte nicht wie die meisten anderen von der Greininger-Wiese aus fotografiert, er war mit seiner schweren Ausrüstung über die Muren gestapft und auf die Felsnadel gestiegen, er hatte sich dort oben den besten Platz ergattert. Die ganze Nacht über hatte er die Bilder digital

155

bearbeitet, und das Ergebnis konnte sich künstlerisch sehen lassen. Das am meisten bewunderte Bild zeigte die junge Frau, die in einer Felsgrotte auf dem Rücken lag und in der Tat zu schlafen schien. Ein Bein hatte sie leicht angewinkelt, die Unbekannte, die Arme hatte sie entspannt über dem Bauch verschränkt, das Bild hätte fast elegant und gemütlich ausgesehen, wenn man nicht gewusst hätte, dass sie tot war. Auch diese urtümliche, altmodische und abgeschabte Bergkleidung störte den Gesamteindruck. Die gekräuselten Zöpfe fielen ihr bis auf die Schultern, ihr Gesicht war ebenmäßig, sie war knapp an der Grenze zur Schönheit.

»Jaja, der Bergtod ist schon nicht der schlechteste Tod«, sagte der Laiblbauer Kaspar. »Hast du die Bilder schon der Polizei gezeigt?«

»Ja, das habe ich«, sagte der Melchior schüchtern. »Aber die haben gesagt, dass sie ihre eigenen Fotografen haben.«

Einer in der Bäckerei Krusti war der Meinung, dass sie etwas *Slawisches* hätte, die Madonna. Solche Frauen hätte er in Prag und Budapest häufig gesehen, ein anderer hielt dagegen, dass sie doch im Gegenteil ganz typisch *deutsch* aussähe, nämlich kantig und knochig. Ein dritter zweifelte wiederum an der europäischen Herkunft. Da wäre etwas *Indianisches* dabei, da sei er sich ganz sicher. Er hätte letztes Jahr in Mexiko Urlaub gemacht, übrigens recht preisgünstig, hin und zurück, drei Wochen alles in allem, für knapp – da müsste er jetzt nachschauen, aber die Frau auf dem Foto hätte auf jeden Fall etwas Indianisches, Mexikanisches.

»Aber das ist doch die Raab Josepha!«

Jetzt wurden diejenigen Personen identifiziert und kommentiert, die sonst noch auf den Bildern zu sehen waren, sei es unten auf der Greininger-Wiese, sei es oben in der Greininger-Wand. Denn Melchior Baudinger hatte auch die Zuschauer fotografiert.

»Und da schau her! Das muss unser Polizist, der Johann Ostler sein.«

»Der Hansi, ja! Den kenne ich noch als Buben. Ein richtiger
Lausbub war das. Das hätte damals niemand gedacht, dass der
einmal Polizist wird.«

»Und da, da ist der Kommissar Jennerwein.« Der Drogist
betrachtete ein Bild, auf dem Jennerwein mit einer Winde her-
untergelassen wurde.

»Da bist du aber hübsch nah hingekommen, Melchior. Respekt!«

»Der Jennerwein ist schon ein tüchtiger Mann«, fuhr der
Drogist fort. »Da kannst du sagen, was du willst, Harrigl.«

»Ja, und wo ist er denn jetzt, dein heißgeliebter Jennerwein?«, fragte Harrigl. »Siehst du ihn draußen auf der Straße
vorbeigehen mit einem Täter, den er der irdischen Gerechtig-
keit zuführt?«

Toni Harrigl stieg schon wieder der Zorn hoch, denn das
Interesse an ihm hatte nachgelassen wegen den saudummen
Fotos von diesem Dorftrottel. Die meisten der Bäckereibesu-
cher konnten sich der Faszination des Todes, die von dieser
Frau ausging, nicht entziehen.

»Und was sagt dann deine Mutter dazu, Melchior?«, sagte die
Drogistin von gegenüber. »Dass du solche grausligen Fotos
machst? Anstatt im Laden zu helfen?«

25

Tatüü tataa !

Polizeieinsatzjodler

Frau Doktor Schmalfuß dozierte. Das gleichförmige Kratzen und Knirschen des Löffels an der Innenseite ihrer Kaffeetasse war die meditative Hintergrundmusik für ihre psychologischen Ausführungen. Seit sie Kardamom in ihren Kaffee gab, klang das Kratzen noch meditativer, noch analytischer.

»Nach den Theorien des alten Professor Selye gerät das Opfer bei solch einer traumatischen Situation zuerst in einen archaischen Alarmzustand: Kampf oder Flucht? – das ist hier die Frage, seit ein paar Millionen Jahren schon. Wenn alle Kortisone und Hydrokortisone ausgeschüttet sind, dann kommt die zweite, die sogenannte Widerstandsphase, in der Lösungen gesucht, geprüft und verworfen werden. Sie endet in der dritten, in der Erschöpfungsphase.«

»Verwirrung – Rebellion – Resignation«, stellte Nicole fest. »Das klingt ja nicht besonders hoffnungsvoll. Eher wie ein klassisches Drama: Exposition – Peripetie – Katastrophe.«

Kommissar Jennerwein trat ins Besprechungszimmer. Er warf einen Schnellhefter auf den Tisch und beendete damit alle literaturwissenschaftlichen Erörterungen.

»Hab ich es mir doch gedacht!«, rief er. »Es gibt keine Fingerabdrücke auf dem Rosenkranz. Unser braver Becker hat jedoch Hautreste gefunden. Darüber hinaus stimmt die DNA nicht mit der des Opfers überein.«

»Der Täter wird doch nicht so dumm sein, dem Opfer seinen

158

eigenen Rosenkranz in den Rucksack zu stecken«, sagte Ostler. »Nachdem er sich solche Mühe gegeben hat, alle anderen Spuren zu beseitigen.«

»Ja, das glaube ich auch. Es gibt übrigens durchaus Fingerabdrücke. An der Außenseite des Kästchens. Die Frau muss das Kästchen geöffnet haben, sie hat dann mit einem Blick gesehen, dass der Inhalt für einen Rettungsversuch unbrauchbar ist, und hat die Schatulle wieder in den Rucksack gesteckt.«

»Sollten wir nicht sicherheitshalber einen DNA-Test im Ort beantragen?«, fragte Hölleisen.

»Der Aufwand ist enorm«, antwortete Jennerwein. »Und ich glaube auch nicht, dass das zum Täter führt. Aber die Spurensicherer haben noch etwas anderes gefunden.«

Er nahm die kleine Rosenkranzschatulle aus dem Beweismittelbeutel, stellte sie auf den Tisch, öffnete sie, nahm den Rosenkranz heraus und zeigte mit dem Kugelschreiber auf eine der inneren Seitenwände des Kästchens. Alle betrachteten die Stelle mit der Lupe.

»*Devotionalienhandel Droste & Söhne*«, las Hölleisen. »Droste. Das klingt nicht bayrisch. Das klingt auch nicht süddeutsch.«

»Ist es auch nicht. Die Devotionalienhandlung liegt im anderen katholischen Zentrum des deutschsprachigen Raums, in Westfalen, genau gesagt in Münster. Ich habe bei den Kollegen dort angerufen. Und jetzt raten Sie mal!«

»Droste & Söhne gibt es nicht mehr?«

»Richtig. Die letzte dieser Rosenkranzschatullen wurde vor dreißig Jahren verkauft.«

»Wie kommt aber ein münsterischer –«

»Münsteraner«, verbesserte Nicole Schwattke. »Es heißt Münster*aner*.«

»Lernen Sie erst mal, das bayrische dunkle *a* in *So hoass i* richtig auszusprechen!«, sagte Hölleisen.

»Nickoll Schwouttke, so huoss i«, versuchte es Nicole.

»Die Frage ist die«, fuhr Jennerwein lächelnd fort, »wie so ein Münsteraner Rosenkranz nach Bayern kommt. Bis das geklärt ist, halten wir Informationen über den Fund zurück. Für eine DNA-Überprüfung brauchen wir ohnehin handfestere Beweise. Rauchpause.«

Niemand rauchte, aber alle gingen hinaus auf die Terrasse hinter dem Polizeirevier, um sich ein wenig die Füße zu vertreten. Der Junitag war heiß, und so schlug Jennerwein vor, quer über die Wiese zum nahen Wald zu gehen, um die Besprechung im Schatten fortzusetzen. Vergnügt, aber doch konzentriert stapfte das saubere halbe Dutzend zu den kühlenden Bäumen, und die Wanderung glich eher einem spontanen Familienausflug als einer Versammlung staatlich vereidigter Beamter zur Bekämpfung und Aufklärung von Mord und Totschlag. Als sie am Waldrand angekommen waren, durchfuhr ein frischer slowakischer Jinovec-Windstoß die harztropfenden Weißtannen, und der Duft von würziger Walderde umfing die rauchenden Köpfe.

»Sogar Pilze gibt es hier«, sagte Nicole. »*Schwammal*, habe ich recht?«

»Naja, Schwammerl schon, aber was für welche!«, sagte Hölleisen. »Das da ist der Kirschrote Speitäubling – ungenießbar. Und das der Orangefuchsige Schleierling – tödlich giftig.«

»Jetzt zum Täter«, sagte Jennerwein. »Ich nehme mal an, dass es *ein* Täter ist. Rein vom Gefühl her. Wenn das so ist, dann sollten wir uns mit dem Gedanken anfreunden, dass er weitermachen wird. Oder schon weitergemacht hat.«

»Ein Serientäter?«, fragte Stengele.

»Den Ausdruck *Serientäter* würde ich hier nicht verwenden. Ein Serientäter will Öffentlichkeit haben. Er will Kontakt mit der Presse, mit der Polizei aufnehmen.«

»Das ist richtig, Hubertus«, mischte sich Maria Schmalfuß ein. Sie hatte ihre Kaffeetasse an den Waldrand mitgenommen und rührte versonnen darin herum. »Ein Serientäter hat immer die Tendenz, die Taten möglichst dramatisch und spektakulär zu verkaufen, davon ist hier nichts zu finden. Der Serientäter legt auch meist ganz, ganz breite Spuren, die zu seinen Opfern führen. Sowohl Hans als auch die unbekannte Frau hingegen haben wir eigentlich nur zufällig entdeckt. Auf Hans hat uns dieser obskure anonyme Anrufer hingewiesen –«

»– der sich übrigens noch nicht wieder gemeldet hat«, warf Ostler ein.

»Vielleicht hat der Täter doch selbst angerufen?«, gab Nicole zu bedenken.

»Sechs Wochen nach der Tat? Das halte ich für äußerst unwahrscheinlich. Ich glaube, dass es dem Täter völlig gleichgültig ist, ob wir die Leichen entdecken oder nicht. Er will lediglich keine Spuren hinterlassen, die zu ihm führen, das genügt ihm.«

»Vielleicht hat er das, was er wollte, schon erreicht.«

Ein Vogel krächzte heiser in einer Baumkrone, es klang wie KRCHAÁG. Alle blickten hoch, niemand konnte etwas erkennen. Hölleisen identifizierte das Krächzen als das des Gemeinen Blachrallenkauzes.

»Wissen wir schon Genaueres über die Frau?«, fragte Nicole.

»Nein«, entgegnete Jennerwein. »Ich habe gleich als Erstes beim Bundeskriminalamt angerufen. Es gibt bisher keine passende Vermissung, weder national noch international.«

»Unser Täter sucht sich also Personen aus, die nicht oder zumindest nicht sofort vermisst werden. Das schränkt den Opferkreis ein: Obdachlose, Illegale, schwer identifizierbare Asylbewerber.«

»Mit Verlaub gesagt: Beide Opfer sehen mir nicht gerade danach aus. Ein Filetsteak als letzte Mahlzeit, manikürte Fingernägel, Liebhaber klassischer Cellomusik –«

»Auf jeden Fall haben wir es hier mit keinem klassischen Serientäter zu tun, der auffallen will. Wir haben es mit einer Person zu tun, die morden will. Die beobachten will, wie es langsam mit einem Menschen zu Ende geht. Und wenn ich mir die Landschaft um uns herum ansehe, haben wir hier genau die passende Kulisse dazu.«

»Meinen Sie wirklich?«, sagte Ostler zögernd. »Wenn ich jemanden beobachten will, wie er stirbt –«

»– dann nehme ich ihn mit nach Hause«, fuhr Nicole fort, »sperre ihn in den vorbereiteten Partykeller und quäle ihn zu Tode.«

»Die Nachteile dabei: Ich brauche dazu ein möglichst allein-stehendes Haus«, sagte Stengele. »Je einsamer das Haus jedoch steht, desto mehr kann ich auf dem Weg dorthin beobachtet werden. Der Hinweg mit dem Opfer ist riskant, und vor allen Dingen: wohin mit der Leiche?«

»Ich gehe also besser in die freie Natur.«

»Genau. Ich suche mir ein stilles, einsames Plätzchen, fixiere das Opfer dort und suhle mich in dem schrecklichen Wissen, dass es qualvoll stirbt.«

»Das Wissen allein genügt mir jedoch nicht. Ich will auch noch zusehen. Und zwar tagelang.«

Der Vogel in der Baumkrone machte jetzt nicht KRCHAÁG, sondern so etwas wie PIWAARCH! Vielleicht war es aber gar nicht derselbe Vogel.

»Das könnte das Weibchen des Gemeinen Blachrallenkauzes sein«, sagte Ostler.

»Eine Unterhaltung zwischen Eheleuten?«, sagte Nicole.

»Das ist das Perfide an diesem Plan«, fuhr Ostler fort. »Ich wähle mir einen Ort aus, zu dem das Opfer selbst hingeht. Und das ist? Der Berg! Der Berg ist einer der wunderbarsten Tatorte, die es gibt.«

Jennerwein nickte zustimmend.

»Der Meinung bin ich auch. Und wie Sie schon gesagt haben, Ostler: Seniorenerholung und Hochgebirgskletterei liegen im Werdenfelser Land nur ein paar Meter voneinander entfernt.«

Kräftige Schritte kamen durch das Unterholz näher. Es war Hansjochen Becker, der fleißige Spurensicherer mit den abstehenden Ohren und der arttypischen Vernarrtheit in Zahlen und Statistiken.

»Ein lauschiges Plätzchen haben Sie sich schon ausgesucht für eine Besprechung«, sagte er. »Wenn das der Harrigl wieder wüsste! – Hier, sehen Sie, ich habe Ihnen etwas mitgebracht.«

Er zog ein zerknittertes Blatt Papier aus der Brusttasche und reichte es Jennerwein. »Das ist gerade von der Vermisstenstelle des Bundeskriminalamts gekommen.«

Jennerwein las den Zettel laut vor.

»Die Tote ist mit hoher Wahrscheinlichkeit die seit vier Tagen vermisste Susanne Wieczorek, 32, Lehrerin, wohnhaft in Saarlouis. Sie hatte Streit mit ihrer Familie, ist mit unbekanntem Ziel abgereist, war ab da nicht mehr aufzufinden.«

»Ich will mich natürlich nicht in die höhere Philosophie der Ermittlungen einmischen«, sagte Becker. »Wir Spurensicherer sind ja nur kleine Wasserträger, die unbedeutende Informationen heranschaffen, die meist nutzlos und überflüssig sind.«

»Höhö!«, sagte Hölleisen. »Die frische Luft scheint Sie zu frechen philosophischen Exkursen anzuregen.«

»Ja, die frische Luft tut uns Spurensicherern manchmal ganz gut. Sonst vegetieren wir im Labor dahin, eingepresst zwischen Reagenzien, Haarfasern und Blutspuren, da erfährt man ja nichts von der spannenden detektivischen Welt da draußen. Aber jetzt im Ernst: Wie sind Sie denn nun auf die Frau in der Greininger-Wand gekommen?«

»Jedenfalls nicht durch das Fax, das vor vier Tagen bei uns

im Polizeirevier eingetrudelt ist«, sagte Hölleisen. »– *Hallo Hölli, ein Tourist hat am Ettaler Manndl eine weitere, unbewegliche Person entdeckt* – das war blinder Alarm gewesen. Die Person war nicht in Bergnot, die hat einfach nur Brotzeit gemacht – und dann war sie weg. Heute, nach vier Tagen hat sich der Speitäubling, der unterirdische, endlich gemeldet, und wir müssen noch froh sein darüber, sonst würden wir jetzt noch nach ihm suchen. Nein, ein gewisser Herbert Heinlein hat uns, wenn auch auf verschlungenen Pfaden, zu der Greininger-Wand hingeführt. Das war ein ziemlich orientierungsloser Nürnberger, der zwar nicht mehr wusste, wo er sich befunden hatte, als er jemand in der Bergwand hatte hängen sehen, der sich aber dankenswerterweise noch an das Aussehen der Bedienung auf der Esterberg-Alm erinnern konnte – *Anne mid aana Hoggnnosn woass* –«

Hölleisen konnte den fränkischen Dialekt, dem harte Konsonanten vollständig fremd waren, gut nachahmen.

»Hoggnnosn?«, fragte Nicole. »Was ist denn das schon wieder?«

»Hakennase«, sagte Hölleisen. »Die Familie Mühlriedl hat so einen Zinken, seit Generationen schon. Ich habe herausgefunden, dass es sich um die Mühlriedl Resel handeln musste, die zur fraglichen Zeit auf der Esterberg-Alm gearbeitet hat. Ich habe mich mit diesem Herbert Heinlein am nächsten Tag von der Bergwacht hinfliegen lassen. Wir sind die Strecke nochmals abgegangen, sind schließlich und endlich an der fraglichen Wand gelandet.«

»Bundesverdienstkreuz für Hölleisen«, sagte Stengele.

»Eine Woche Urlaub auf einer einsamen Insel wäre mir lieber«, erwiderte Hölleisen. »Vier Stunden Dauerbeschallung mit fränkischem Dialekt – das hältst du als Oberbayer im Kopf nicht aus.«

Jennerwein wandte sich an Becker.

»Gibt es denn neue Informationen über Hans?«

»Verschwundene Cellisten in Staatsorchestern? Bratscher, die nicht aus dem Urlaub zurückgekommen sind? Ratlose Mitglieder eines inkompletten Streichquartetts, die verzweifelt einen neuen Kontrabassisten suchen? Wenn Sie so etwas in der Art meinen – da haben wir nichts herausgefunden.«

»Ich befürchte nur, dass unser Täter bald wieder zuschlägt«, murmelte Jennerwein und massierte die Schläfen mit Daumen und Zeigefinger.

he ſruhe gipfeſruhe gipfeſruhe gipfeſruh gipfeſruhe
feſruhe gipfeſruhe gipfeſruhe gipf gipfeſruhe ſruhe
gipfeſruhe gipfeſruhe gipf gipfeſruhe ſruhe gipfeſruhe
*gipfeſruhe gipfeſr **hollareidulljö!** gipfeſruhe ſruhe*
gipfeſruhe gipfeſruhe gipfeſruh gipfeſruhe feſruhe
gipfeſruhe gipfeſruh gipfeſruhe feſruhe gipfeſruhe ruhe
gipfeſruh gipfeſruhe feſruhe gipfeſruhe gipfeſruhe gipf

Ernst Jandl, »Gipfelruhe«

Am Anfang war Pangäa, der Urkontinent. Vegetationslos und unansehnlich lag der Erdteil vor 250 Millionen Jahren im Urmeer. In der Mitte des Jura gab es die ersten Risse in der Kontinentalplatte, im Jungpaläozoikum zerbrach Pangäa in zwei Teile, in Laurasia und Gondwana, die beiden Urkontinente.

Der Atlantische Ozean entstand und trennte Afrika von Amerika. Ab dem Eozän driftete Afrika nach Norden und trieb so die adriatische Platte wie einen Sporn in den südlichen Bereich von Europa hinein, worauf sich die Alpen aufwarfen. Die Evolution kam in Gang, und immer wieder schoben sich die beiden Platten übereinander, das letzte Mal vor fünfzigtausend Jahren, als schmallippige Affen das Tal bevölkerten. Langsam beruhigten sich die tektonischen Bewegungen, Menschen siedelten sich in den Alpen an, nur manchmal brodelte es im Untergrund, zum Beispiel in der Mitte der Jungsteinzeit, an der Bruchstelle zwischen der ehemaligen adriatischen Platte und dem europäischen Festland. Genau über dieser Stelle, weitere dreizehntausend Jahre später, einen Kilometer höher, im Werdenfelser Talkessel, am Fuße des Kramergebirges, in der geräumigen Bauernstube des

Schratzenstallerischen Anwesens, öffnete der Hausherr zwei Weißbierflaschen und schenkte sich und Karl Swoboda die Gläser voll. Der Österreicher wickelte sein Gastgeschenk, zwei Pfund dampfenden Leberkäse, aus.

»Ist der auch wirklich vom Metzger Kallinger?«, raunzte Schratzenstaller misstrauisch.

»Eh klar«, erwiderte Swoboda.

Das Grundstück befand sich am Ortsrand, etwas erhöht, auf dem Kramerplateau, mit einem prächtigen Blick auf den Kurort. Unzugänglich und stolz lag es da, grantig und abweisend wie Alois Schratzenstaller selbst. Weil das Riesengrundstück gar so eine unverbaubar ruhige Lage hatte, war es auch kein Wunder, dass schon viele Interessenten ihre Finger danach ausgestreckt hatten: die Gemeinde (für einen Biathlon-Schießstand mit angeschlossenem Snow-Village), die Jesuiten (für eine elitäre Knabenschule), der Freistaat Bayern (für ein Forschungszentrum mit noch nicht ganz festgelegtem Forschungsziel), eine Partei (für ein dubioses Strategie-Zentrum), die amerikanische Garnison (für ein Wiederaufpäppelungs-Center). Schratzenstaller hatte immer und immer wieder abgelehnt, schon aus Prinzip. Den Vorsitzenden des Pro-Olympia-Vereins, Toni Harrigl, hatte er sogar mit der Schrotflinte von seinem Grundstück vertrieben – vier Monate mit Bewährung war das Ergebnis, doch der grantige Desperado trug diese Strafe wie ein Ehrenabzeichen. Alois Schratzenstaller musste aber bei seinen jahrelangen Kämpfen und Eulenspiegeleien mit den Behörden und Firmen feststellen, dass ihm langsam das Geld ausging. Ein begehrtes Grundstück zu haben war eine schöne Sache, aber der Besitz allein konnte ihn nicht sattmachen. Und so war ihm das Angebot von Luigi Odore und Karl Swoboda gerade recht gekommen. Die Akquisiteure der ehrenwerten Familie waren die ersten, die nicht das Grundstück kaufen wollten, sondern sich für seine Forschungsarbeiten interessierten und dafür einen Haufen Geld hinblätterten. Und auch schon, bar, hingeblättert hatten. Das war garantiert kein Geld vom Staat, das war aufregend gefährliches Geld, das roch nach außerbuchhalterischen Einnahmen.

»Natürlich ist das ein einheimisches Weißbier und keines aus einer Münchner Brauerei«, sagte Schratzenstaller und schenkte die zwei Flaschen gleichzeitig in die Gläser. »Ich stecke doch diesen Münchner Halsabschneidern und Bazis kein Geld in den Rachen.« Die beiden Schaumsäulen stiegen hoch wie zwei junge Lipizzanerschimmel beim Oktoberfestumzug.

»Also dann, auf ein gutes Gelingen!«

Sie hoben die Gläser, stießen an und tranken genussvoll. Karl Swoboda, das Verbindungsglied zur ehrenwerten Familie, der Disturbance Handler, der österreichische Problemlöser, wischte sich den Schaum vom Mund und war zufrieden, dass alles so glattgegangen war. Schratzenstaller wickelte den zeitungsumschlungenen Leberkäse hastig auf und verzehrte ihn gierig, aus dem Papier heraus, ohne Teller, nur mit dem Stichmesser, das er, ganz klassisch, immer im Messertascherl seiner Lederhose stecken hatte. Swoboda hatte um Besteck und eine Papierserviette gebeten.

»Ich bin Angehöriger einer Kulturnation«, sagte er.

»Leberkäse muss man schlingen, sonst schmeckt er nicht.«

»Aber so wie du den reinschlingst, merkst du ja gar nicht, dass es der supergute Leberkäse vom Metzger Kallinger ist.«

»Was ist eigentlich mit dem Italiener, diesem Odore?«, fragte Schratzenstaller.

»Ach der!«, sagte Swoboda so beiläufig wie möglich. »Das ist ein vielbeschäftigter Mann, der wird in Italien gebraucht. Ich bin jetzt deine Kontaktperson.«

»Da weiß man wirklich nicht, was schlimmer ist: ein parfümierter Katzelmacher wie der Odore oder ein Wiener Vorstadt-Striezi wie du.«

»Erzähl mir lieber nochmals genau, was deine Viecherl so alles können, ich habe nur die Hälfte davon mitgekriegt.«
Die Wahrheit war, dass er bisher gar keine Details davon mitbekommen hatte, wie diese Insekten funktionierten.
»Na gut, dann nochmals ganz langsam, für alle Österreicher am Tisch.«
Nachdem zwei Pfund Leberkäse vertilgt waren, begann der Ex-Imker mit seinen Ausführungen.
»Ich muss vielleicht vorausschicken, dass ich kein Wissenschaftler, also kein studierter Insektenforscher bin. Mein Vater hat mir eine ganze Bibliothek mit entomologischen Fachbüchern hinterlassen, und viele habe ich auch gelesen, aber auf Dauer fehlt mir einfach die Geduld für den trockenen Stoff. Und dann regt mich auch sonst noch einiges auf am Wissenschaftsbetrieb und an diesen bierernsten Eierköpfen. Zum Beispiel wird immer bloß das erforscht, was sich auch zu Geld machen lässt. Die derzeitige Forschung ist eigentlich bloß ein Anhängsel der Industrie. Aber wer sollte die sauteuren Apparaturen sonst sponsern? Mein Vater hatte noch die Illusion, dass das, was er entdeckt hat, etwas Besonderes ist, etwas Weitreichendes, Außergewöhnliches. Er wollte hinter Geheimnisse kommen.«
»Die Insekten haben es dir aber angetan!«, sagte Swoboda bewundernd, als er sich in der Stube umschaute. Zeichnungen von überlebensgroßen Grillen und in der Luft stehenden, kampfmaschinenähnlichen Stubenfliegen waren da zu sehen, überall lagen Bücher und Broschüren herum, mit immer wieder demselben Thema: Insekten.
»Das kannst du laut sagen«, erwiderte Schratzenstaller. »Ich habe geforscht, aber ohne das ganze wissenschaftliche Brim-

borium, verstehst du. Man vertut viel zu viel Zeit mit der Systematik und übersieht dabei naheliegende Dinge. Was es bei den Insekten alles gibt! Eigentlich kann man sich nichts, aber auch gar nichts ausdenken, auf was die Viecherl nicht schon vorher gekommen wären.«

Schratzenstaller machte sich noch ein Weißbier auf.

»Und ruppige Sitten und Gebräuche haben sie auch, die angeblich so sozial kompetenten Insekten. Nehmen wir die Bienen. Woran denken wir bei Bienen? An ausschwärmende Honigsammlerinnen, an herrliches Summen in der Luft, Blütenpracht auf grünen Wiesen, an Frühlingsgefühle und erwachende Liebe. Was ist aber in Wirklichkeit los? Die Arbeitsbereiche in einem Bienenstock sind streng geregelt. Da gibt es Brutpflegerinnen, Putzerinnen, Heizerinnen und alles Mögliche sonst. Die Honigsammlerinnen jedoch sind alte Tiere in ihrem letzten Lebensabschnitt. Was wir im Frühjahr sehen, sind die Senioren unter den Bienen.«

»Wegen der Erfahrung? Wegen der Verantwortung?«

»Das sicherlich auch, ja. Der Hauptgrund aber ist der, dass für die gefährliche Aufgabe keine jungen Tiere verwendet werden. Neunzig Prozent der Bienen sterben außerhalb des Stocks. Das wäre so, wie wenn wir nur alte Leute in den Krieg schicken würden.«

»Wehrpflicht ab fünfundsechzig. Ein interessanter Gedanke.«

Der Ex-Imker war mit großem Ernst bei der Sache. Odore, das musste Swoboda zugeben, hatte den richtigen Mann ausgewählt.

»Jetzt aber zu der Entdeckung meines Vaters«, sagte Schratzenstaller. »Der Schwänzeltanz der Bienen ist dir ein Begriff?«

»Das lernt man in der Schule«, sagte Swoboda, »selbst in Österreich. Soweit ich mich erinnere, ist es so, dass eine

Sammlerin, die eine gute Futterstelle gefunden hat, zum Stock zurückfliegt und den anderen den Weg vortanzt, wie man da hinkommt.«

»Verkürzt ausgedrückt ist das richtig. Habt ihr aber in der Schule auch gelernt, dass schon Aristoteles darüber geschrieben hat? Und dass er vermutet hat, dass auch andere Insektenarten diesen Tanz veranstalten? Der alte Grieche ist bei seinen Forschungen nicht weiterkommen, mein Vater allerdings schon. Mein Vater hat hier im Werdenfelser Land eine Stechmückenart gefunden, die durch den Schwänzeltanz Informationen weitergibt. Es ist eine Abart der bekannten Kriebelmücke. Sie hat noch gar keinen wissenschaftlichen Namen. Man könnte sie *Archicnephia schratzenstalleri* nennen: zwei, drei Millimeter groß, staatenbildend, saugend.«

»Kriebelmücken, die kenne ich. Das sind doch diese lästigen Zeitgenossen, die so klein sind, dass man sie mit bloßem Auge gerade noch erkennt. *Kratzhutscher* heißen sie bei uns. Sie fallen bloß auf, wenn sie als Schwarm über einem Teich stehen. Auch den Stich spürt man fast nicht. Man muss schon genau aufpassen, dass man was spürt. Und hauptsächlich stechen sie in den Nacken.«

»Ja, Kriabla oder Kreibler, Kratzhutscher oder Kriebelmücken, das ist ganz egal. Die Männchen dieser Mücken ernähren sich vegetarisch, die Weibchen hingegen brauchen für die Entwicklung der Eier Blut von Säugetieren, und zwar Blut von stressfreien, gesunden Tieren. Sie bilden Schwärme, auf Futtersuche gehen aber nur die Kundschafter. Wenn sie zurückkommen, setzen sie sich auf glatte Flächen wie Steine oder Blätter und tanzen den Tanz, auf den sich unser Hauptaugenmerk richtet. Komm einmal mit.«

Auf Schratzenstallers Geheiß hin schlüpften beide in wallende Insektennetze. Sie gingen durch den verwilderten Garten in das Gewächshaus. Im hinteren Teil befand sich das Labor, das Insektarium, das man nur durch eine gesicherte Schleuse betreten konnte.

»Die Mücken haben ebenfalls eine Schleuse, sie können ein- und ausfliegen, wann sie wollen.«

Im Insektarium selbst roch es feucht und dumpf, fast modrig. Es waren viele, komplizierte Gerätschaften aufgebaut, die frische, meeresbrisenartige Luft in den Raum bliesen. Der alte Schratzenstaller hatte hier einen künstlichen Teich angelegt, über dem der Schwarm schwebte, ein fliegender Staat, eine zementsackgroße Zusammenballung von winzigen, wabernden und zuckenden Körpern.

»Wie viele sind das?«

»Zwanzig- oder dreißigtausend werden es schon sein.«

»Und wenn die sich jetzt alle auf einmal auf unser Genick –«

»Keine Angst, die sind auf andere Genicke programmiert, sozusagen. Und auf die Pflanzen, die hier rumstehen. Du siehst, dass für die Männchen reichlich gesorgt ist. Hier steht ihre Lieblingsspeise, ein Kaktus. Die Weibchen aber brauchen Blut, und das holen sie sich von außerhalb. Da schau her.«

Schratzenstaller wies auf einen glatten Stein. Darüber war eine große, bewegliche Glaskugel angebracht, die man auf den ersten Blick für eine exzentrische Dekoration gehalten hätte.

»Was ist das?«

»Eine Schusterkugel. Besser als jedes Mikroskop.«

Swoboda warf einen Blick in das archaische Vergrößerungsglas, das seinen Zweck jedoch bestens erfüllte, denn auf der ebenen Steinfläche war das chaotische Gewirr von krabbelnden und sich gegenseitig betastenden Insekten gut zu sehen.

»Ein paar davon habe ich markiert, mit verschiedenfarbigen Punkten. Das sind die Kundschafter. Sie zeigen uns an, wo sich das Beuteobjekt gerade befindet, welchen Weg es gegangen ist, mit welcher Geschwindigkeit, in welcher Höhe. Die Kundschafter richten sich immer nach dem Sonnenstand.«

»Und wenn keine Sonne scheint?«

»Sie können die Sonne auch orten, wenn der Himmel wolkenverhangen ist. Und wenn ich das alles nachzeichne und mit einer guten Wanderkarte vergleiche, kann ich erkennen, wo das Beutetier ist.«

»Die Insekten nehmen sich nur *ein* Beutetier vor?«

»Ja, nur eines, und zwar aus einem ganz einfachen Grund. Die schwierigste Arbeit ist der Biss selbst. Um eine Wunde zu öffnen, sind Hunderte von Versuchen nötig, die für die Mücken alle im Mückenhimmel enden. Da das so aufwändig ist, bleiben sie meistens bei einem Beutetier, wenn sie eine Bohrstelle aufgetan haben. Erst wenn das Blut des Tieres ihren Anforderungen nicht mehr genügt, suchen sie sich ein neues.«

»Wenn wir sie auf ein bestimmtes Objekt hinleiten wollen, wie machen wir das?«

»Wir lassen ein paar der Kundschafter an einer Geruchsprobe des zukünftigen Objektes schnuppern, an ein paar Haaren, an Blut, zur Not auch an Kleidungsstücken. Dann verbinden wir das mit einem starken Anreger wie zum Beispiel Kakteensaft.«

»Und dann nimmt die Mücke wie ein Hund Witterung auf?«

»Ja, so ähnlich. Es fliegen allerdings immer mehrere hin. Sie bilden eine Kette, verständigen sich wahrscheinlich über Duftstoffe untereinander. Diese Sprache können wir natürlich nicht verstehen. Aber hier auf ihrem Stein tanzen die Kundschafter ihren Schwänzeltanz. Und wenn man den nur halbwegs lesen kann, kann man ihnen ein paar ihrer Geheimnisse entlocken, wenn auch beileibe nicht alle.«

»Bis zu welcher Entfernung bilden die Viecherl diese Geruchskette?«

»Das ist eine der erstaunlichsten Tatsachen. Zwanzig, drei-ßig Kilometer scheinen für die Mücken kein Problem zu sein. Ich schätze aber, dass sie ein Wirtstier noch viel weiter lokalisieren können.«

Schratzenstaller betrachtete das scheinbar chaotische Knäuel liebevoll. Wenn es möglich gewesen wäre, hätte er die schwebende Masse gestreichelt.

»Wir haben ja zurzeit einen Wirt da draußen, auf den ich sie angesetzt habe.«

»Ja freilich, den Bergsteiger, diesen Winterholler.«

»Schau her, ein paar der markierten Kundschafter sind gerade durch die Schleuse hereingekommen. Sie beginnen sofort mit ihrem Tanz.«

»Ich sehe hier nur ein einziges Gewusel, sonst nichts«, sagte Swoboda.

»Du kannst ja auch nicht Mückisch. Wobei auch ich nur Grundkenntnisse im Mückischen habe. Sie tanzen immer im Verhältnis zum Sonnenstand.«

Schratzenstaller streckte einen Arm schräg nach oben, Richtung Sonne, die andere Hand geradeaus, er stand jetzt da wie ein Verkehrspolizist.

»Da steht die Sonne jetzt, der Kundschafter hat nach Nordosten gezeigt, die Richtung haben wir schon. Die Entfernung berechnet sich aus den Achter-Kreisen, die er läuft. Ein Achter entspricht etwa neunhundert Metern.«

Schratzenstaller wies auf eine Karte des Werdenfelser Talkessels und fuhr mit dem Bleistift darauf herum.

»Hier ist unser Standpunkt, diese Richtung hat die Mücke angegeben, es sind etwa zwei Kilometer: Unser Objekt befindet sich also gerade in der Waxenstein-Wand. Und wenn du das mit der Anweisung vergleichst, die er bekommen hat, wirst du sehen, dass es fast auf den Meter und fast auf die Minute stimmt.«

Swoboda war beeindruckt. Die Werdenfelser Kriebelmücken hatten Winterholler immer brav lokalisiert. Bei nahen, einfachen Wanderungen, bei gebirgigen Klettertouren, auch wenn er zu Hause blieb, sogar bei einem Ausflug ins zwanzig Kilometer entfernte Ehrwald – immer konnten die sechsfüßigen Kundschafter seinen Aufenthaltsort lokalisieren.

»Jetzt kommt aber das eigentlich Interessante«, sagte Schratzenstaller und zog ein paar Aufzeichnungen heraus. »Letzte Woche haben wir doch den Winterholler in die Loifenwand geschickt. Die Tiere haben das, wie immer, bestätigt, wenn ich das so sagen darf.«

Schratzenstaller wies stolz auf die Karte. Dann nahm er einen Bleistift und zeigte auf einen markierten Punkt.

»Hier aber, bei den Vierthaler Höhen, weicht Winterholler von der vorgeschriebenen Route ab und klettert zu einem bestimmten Punkt. Es ist eine ziemlich unzugängliche Steilwand. Genau diese Stelle hat er schon öfter angesteuert, eigentlich immer, wenn er in der Nähe war.«

»Das ist aber doch normal beim Bergsteigen? Ich kenne mich da nicht so aus, aber man sucht doch immer wieder Stellen mit einer schönen Aussicht auf, vielleicht welche mit schönen Erinnerungen. Man will vielleicht fotografieren oder etwas mit dem Fernglas betrachten. In der Wand gibt es auch bestimmte Rastplätze, in denen man bequem verschnaufen kann.«

Schratzenstaller schüttelte den Kopf.

»Das habe ich zunächst auch gedacht«, sagte der Imker. »Aber etwas Beschauliches oder Gemütliches kann es nicht sein, was ihn dort hinführt. Der Doktor Schratzi hat nämlich noch etwas herausgefunden. Eine Mücke kann die Richtung angeben und die Entfernung, in der sich das Objekt befindet. Aber sie kann noch etwas viel Wichtigeres angeben: dessen emotionalen Zustand. Ist das Beutetier nämlich hochgradig erregt, hat es zum Beispiel Angst oder ist es in Balzstimmung, dann läuft die Mücke ihre Achterkreise schneller ab. Je erregter die Beute, desto schneller die Achter.«

»Was hat das für einen Sinn?«

»Der Mücke geht es um das Blut des Opfers. Ist es beispielsweise schon verletzt und daher geschwächt, hat es also Angst oder gar Todesangst, ist es für die Mücke nicht so interessant. Auch ein Wirtstier, dessen Blut vollgepumpt ist mit Sexualhormonen, das sich also in Balzlaune befindet, wird nur im Notfall angeflogen. Die Mücke bevorzugt sozusagen kühles, reines Blut.«

»Und unser Winterholler –?«

»– war hochgradig erregt, als er zu der Stelle hingeklettert ist. Eine heiße Liebschaft kann es ja schlecht gewesen sein, dort oben in luftiger Höhe.«

»Was denn dann?«

»Ich bin der Meinung, dass er dort etwas versteckt hat. Etwas, was ihm wahnsinnig viel bedeutet. Du kannst ja bei Gelegenheit mal hinklettern und das nachprüfen.«

»Das ist natürlich schon der reine Wahnsinn«, murmelte Swoboda. »Wir bekommen Auskunft darüber, wie das Objekt drauf ist – das geht mit keinem Peilsender, mit keinem noch so ausgefeilten Lauschangriff, mit gar nichts Technischem! Man könnte die Mückerl, die ausgefuchsten, sogar als Lügendetektor einsetzen.«

»Ja«, erwiderte Schratzenstaller. »Absolut zuverlässig. Und vor allem: ohne dass der Proband etwas davon weiß. Hast du was dagegen, wenn wir unter uns einen kleinen Test machen?«

Swoboda schüttelte den Kopf.

»Gut, da du ja nichts dagegen hast, hast du sicher auch nichts dagegen, dass ich ihn schon gemacht habe. Einer von uns beiden hat in den letzten zwei Stunden gelogen.«

Swoboda begriff nicht gleich. Dann verzog er sein Gesicht:

»Du hast eine auf mich angesetzt, du Wittelsbacher, du bayrischer!«

»Ich hätte es aber auch so rausgeschmeckt, gleich beim ersten Bissen«, sagte Schratzenstaller versöhnlich. »Der Leberkäse war viel zu fettig für den Kallinger.«

Sie machten sich wieder auf den Weg ins Wohnhaus. Schratzenstaller verriegelte die Schleuse sorgfältig.

»Blöd gelaufen«, sagte Swoboda zerknirscht. Seine Buße bestand darin, vier weitere Flaschen Weißbier aus dem Keller zu holen.

»Jetzt hast du einen ersten Überblick«, sagte Schratzenstaller. »Es gibt noch tausend Sachen, die mein Vater herausgefunden hat. Wenn man die alle berücksichtigt, kann man ein Ortungssystem basteln, wie es die Welt noch nicht gesehen hat.«

»Das ist wirklich der Wahnsinn. Den Winterholler lassen wir weiterklettern. In unwegsameres Gelände. Wenn wir die Sache einigermaßen im Griff haben, testen wir die Mückerl an Personen des öffentlichen Lebens. Am Bürgermeister, am Scheich von Dubai, am Reinhold Messner, wer eben gerade im Ort ist.«

Swoboda war begeistert von diesem Projekt, das konnte man ihm ansehen. Er strich das Papier, in das der Leberkäse von der Metzgerei Moll eingewickelt war, glatt. Er strich und strich, er faltete es klein zusammen, und bevor er es in den Papierkorb warf, blieb sein Blick auf dem Zeitungspapier hängen. Sofort faltete er das Papier wieder auf.

»Das gibt es doch nicht!«, rief er. »Hast du das gelesen, Professor? Da sticht mir doch ein Name ins Auge, den ich schon lange nicht mehr gehört habe. Jennerwein! Kommissar Jennerwein. Ein ganzer Artikel über ihn!«

»Der ist keine Gefahr für uns«, sagte Schratzenstaller, »das ist ein Artikel über einen Bergunfall. Der Jennerwein kümmert sich um irgendwelche verirrten und hängengebliebenen Bergsteiger.«

»Die Mordkommission ermittelt bei einem Bergunfall? Das ist schon merkwürdig.«

»Reine Routine, da bin ich mir sicher. Wir könnten ja mal ein paar Archicnephia auf ihn ansetzen. Dann sehen wir auch gleich, was der Hauptkommissar privat so treibt.«

»Reizvolle Idee.«

Man kam überein, an diesem lauen Juniabend nicht weiterzuarbeiten, denn die Dämmerung senkte sich bereits über den Talkessel. Man besuchte noch einmal das biologische Labor, das Treibhaus, die Kammer der Kuriere. Der Schwarm hatte sich verkleinert, viele hatten sich auf den Wänden und am Boden niedergelassen.

»Im Dunkeln fliegen sie nicht?«

»Doch, sie senden bloß nicht mehr so viele Kundschafter aus. Abends sind ihre Hauptfeinde unterwegs, die Vögel. Aber die Weibchen fliegen auch nachts und stillen ihren Durst an den schlafenden Wirtstieren.«

»Drum schlafe ich in Zukunft immer auf dem Rücken«, sagte Swoboda.

Die Dunkelheit bemächtigte sich des Anwesens. Drinnen wurde erzählt, draußen, im verwilderten Vorgarten, zwischen den zerfallenen Bienenstöcken, schlich eine Gestalt herum. Die Gestalt sah verdammt nach Luigi Odore aus.

27

Den Weltrekord im Schnell-Jodeln hält der
Schweizer Peter Hinnen mit zweiundzwanzig
Jodeltönen in einer Sekunde.
Eintrag im Guinnessbuch der Rekorde

Alois Schratzenstaller war zu Bett gegangen, Karl Swoboda
hatte es sich am Küchentisch gemütlich gemacht. Er trank den
letzten Schluck seines Weißbieres aus, als die Kirchturmuhr
Mitternacht schlug. Er stand auf, ging zum Fenster, zog den
Vorhang beiseite und lugte hinaus. Das Gelände war ungesi-
chert, keine Schäferhunde umliefen es, kein Stacheldrahtzaun
stand unter Strom, von waffenstarrender Security ganz zu
schweigen. Aber das war auch gar nicht nötig, denn niemand
wusste, dass sich etwas so überaus Wertvolles auf dem ehemaligen Imkerhof befand – oder zumindest interessierte sich niemand dafür. Noch nicht. Im Gegenteil, dachte Swoboda, es
wäre sogar aufgefallen, wenn man jetzt mit Sicherungsmaß-
nahmen begonnen hätte. Swoboda öffnete das Fenster und
lehnte sich weit hinaus in die schwüle Luft. ♫ Wenn ich mit
meinem Dackel von Grinzing heimwärts wackel … Er beobachtete das Gelände, soweit das in der Nacht möglich
war. Irgendetwas stimmte da draußen nicht. Es raschel-
te und knackte. Er schlüpfte in seine Turnschuhe und
schlich aus dem Haus. Der verwilderte Garten Schratzenstallers wäre gerade heute das Nonplusultra eines ro-
mantischen und mondbeschienenen Nachtspaziergangs gewesen, Liebesschwüre lagen in der Luft, Glühwürmchen
flimmerten, Katzen raunzten. Doch Swoboda war nicht ro-

mantisch zumute, er durchstreifte den Garten in anderer Absicht, sorgfältig und leise, wie Winnetou zu seinen besten Zeiten. Der österreichische Nachtindianer untersuchte den Boden sorgfältig nach abgeknickten Zweigen und frischen Trittspuren: nichts. Vielleicht hatte ihn sein Gespür auch getrogen. Er wollte gerade wieder ins Haus zurückgehen, als er aus dem Gewächshaus ein Geräusch hörte.

Swoboda schlich näher. Im Inneren bemerkte er eine schnelle, schattenhafte Bewegung. Dort drinnen war ein Rechen oder ein anderes Gartengerät umgefallen, er meinte sogar einen unterdrückten Fluch gehört zu haben. Luigi Odore. Da drinnen trieb der Italiener sein Unwesen, da war sich Swoboda ganz sicher. Die ganze Aktion war viel zu auffällig angelegt, zu ungeschickt, sie roch nach einer Falle. Doch Swoboda machte durchaus nicht den Fehler, das Gewächshaus zu betreten. Er beschloss zu warten. Er wartete eine halbe Stunde und noch eine halbe Stunde.

Die Kirchturmuhr schlug eins, da wurde die Tür mit einem krachenden, splitternden Geräusch aufgerissen. Die Angeln quietschten, der Kies spritzte auf. So schnell die Gestalt auch herausschoss und das Weite suchte, Swoboda erkannte Odore sofort. Er vergewisserte sich noch schnell, dass sich sonst niemand mehr im Gewächshaus befand und dass die Schleuse zum Insektarium unversehrt war, dann nahm er die Verfolgung auf. Der Schatten lief über das Grundstück, sprang über den morschen Zaun und hastete die kleine, unbelebte Straße entlang.

Was wollte Odore hier? Nach zehn schweißtreibenden Minuten waren sie am Ortsrand. Sie überquerten die Loisach, sprangen über sauber gepflegtes Gebüsch, eilten an schwach beleuchteten Schaufenstern vorbei. Der odorische Schatten blickte sich manchmal hastig um, Swoboda konnte sein Keuchen deutlich hören.

Natürlich war in einer Gemeinde wie dieser um halb zwei Uhr nachts kein Mensch mehr auf der Straße. Tote Hose war der falsche Ausdruck, denn eine tote Hose flattert immer noch ein bisschen. Sie waren jetzt am Marktplatz angelangt, einem Zentrum europaweiter Erholung, jetzt schreiend still wie das Innere eines Neutronensterns. Sogar der unvermeidliche Stadtkern-McDonald's schloss hier um halb elf abends, vermutlich war auch das europaweit einzigartig.

»Hey, Flascherlgeist! Drah di' um!«

Swobodas Ruf hallte über den Platz. Er erhielt keine Antwort von dem schmalen Hemd, von dem Sizilianer, der vermutlich hier in den Ort gekommen war, um die Projektleitung wieder an sich zu reißen. Der halbseidene Luigi Odore, der wahrscheinlich sogar ohne Wissen Spalanzanis hier war – diesem Nudelaug' würde er schon hineinhelfen in die Schuhe.

»Ja, wen haben wir denn da?«

Eine Hand griff nach Swoboda. Wie aus dem Nichts war sie aus der Hauswand gekommen, behaart, mit schmutzigen Fingernägeln, eine mit billigen Blechringen bestückte Hand. Ein übelriechender Zweimeter-Koloss gehörte zu der Hand. Im Hauseingang bewegten sich weitere vier oder fünf dunkle Gestalten, die jetzt langsam auf ihn zutraten. Sie trugen speckige Lederjacken mit abgeschnittenen Ärmeln, sie hatten kurzgeschnittenes Haar, und sie stanken nach kastenweise Bier und billigen Schnäpsen – Swoboda war sich schnell darüber im Klaren, dass das keine Mitglieder der ehrenwerten Familie waren, sondern ordinäre Radaubrüder.

»Ja, wen haben wir denn da? Einen Spitzbart haben wir da!«

Das schien der Anführer zu sein. Auf seine Lederjacke waren Buchstaben aufgeklebt: RITTER VON HALT. Irgendwann in letzter Zeit hatte Swoboda diesen Namen schon einmal gehört. Oder gelesen? Er konnte erkennen, dass jeder der vier Rabauken diesen Namen hinten und vorne auf der Jacke trug.

»Wir sind die *Bewegung Fünfter August*! Und heute ist der fünfte August«, lallte der Anführer, die anderen grunzten nur. »Weißt du, wer heute seinen Todestag hat?«

»Es ist doch erst Ende Juni, du aufg'stellter Mausdreck«, sagte Swoboda.

»Für uns nicht!«, lallte der Armfreie weiter. »Also, wer hat heute seinen Todestag?«

»Vielleicht der Ritter von Halt?«, riet Swoboda.

»Steh gefälligst stramm, wenn du von dem Ritter redest.« Die jungen Burschen bildeten einen bedrohlichen Kreis um Swoboda. Sie waren auf Randale aus. Neonazis, und wahrscheinlich nicht einmal das so richtig. Sie hatten ihn jetzt so umkreist, dass eine Flucht kaum mehr möglich war. Ritter von Halt, was war das für einer? Swoboda hatte davon gehört, dass im nahen und lieblichen Murnau regelmäßig neonazistische Umtriebe stattfanden, die sich auf eine alte nationalsozialistische Tradition der Gemeinde am Staffelsee beriefen. Aus dem ganzen deutschsprachigen Raum reisten sie an, um ihre Thingfeste zu feiern. Karl Swoboda hatte eine Idee.

»Ich bin Gruppenführer Edler von Seysenegg«, bellte er unvermittelt, einer plötzlichen Eingebung folgend. »Artillerieregiment dreiunddreißig, ehemalige Legion Schladerer.«

Immer noch markig, aber jetzt herablassend kameradschaftlich fügte er hinzu: »Aus der befreundeten österreichischen Ostmark. Rührt euch.«

Lange hielt der Effekt nicht an, aber die Randalinskis stutzten, nahmen für eine Sekunde, ganz mechanisch, sogar irgendeine Art von verkrampfter militärischer Haltung an. Diese

Sekunde nutzte Swoboda, er duckte sich, startete, flitzte katzengleich zwischen zwei der Lederjacken hindurch. Unter normalen Umständen hätte er keine Chance gehabt. Sie hätten nur ihre Arme ausstrecken müssen, um ihn zu fassen – aber das Bier hatte ihre Muskeln müde gemacht, schlapp und ungelenk griff die Bewegung Fünfter August, die sich hier im Kurort zum Todestag des unseligen Karl Ritter von Halt getroffen hatte, daneben. Zwei der Burschen strauchelten und fielen, ihr Wutgeheul glich dem eines Wolfsrudels auf einer treibenden Eisscholle. Swoboda gewann mit ein paar Schritten sicheren Abstand, dann hatten sie keine Chance mehr. Er hörte sie weiter durch die Nacht grölen: Dem Ritter von Halt, dem haben wirs geschworen. Swoboda sah sich um – und wäre fast Luigi Odore in die Arme gelaufen.

Odore hatte die Szene wohl die ganze Zeit beobachtet und seine helle Freude daran gehabt, anscheinend hatte er nicht erwartet, dass Swoboda so gut aus der Sache herauskam. Jetzt rannte er schnell über den Platz, die Fußgängerzone entlang.

»Italiener, greisliger!«, schrie ihm Swoboda nach und gab Gas. Diesen Katzelmacher musste er fassen. Er verschärfte das Tempo, irgendwann würde Odore die Luft ausgehen. Vor ihnen lag der Kurpark der Gemeinde, umzäunt, ummauert, nachts durch zwei auffallend große Sperrgitter gesichert. Odore würde nichts anderes übrigbleiben, als außen herumzulaufen, rechts oder links, in beiden Fällen würde Swoboda zum Schlussspurt ansetzen, sich auf ihn hechten und ihn fassen. Doch Odore lief direkt auf den Eingang zu. Was hatte der Italiener vor? Keine Chance, da durchzukommen, der Eingang war ganz sicher verschlossen. Doch Odore hatte nicht vor, den öffentlichen Eingang zu nehmen. Etwas seitlich stand – saubere Gemeinde! – ein großer blauer Müllcontainer, auf den Odore mit letzter Kraft kletterte. Er sprang von dort auf die Mauer und war im nächsten Augenblick im Inneren des Kurparks verschwunden.

»Na wart', Bürscherl, dir werde ich helfen!«, keuchte Swoboda wütend und setzte zu einem Anlauf an, sprang ebenfalls auf den blauen Müllcontainer, auf die Mauerbrüstung, wieder von ihr herunter, auf den moosigen Boden des Parks. Er hörte verräterisches Geraschel in der Nähe, Swoboda rannte in die Richtung, bekam jedoch nichts zu fassen, sah den Italiener vielmehr hinter einem Baum hervorgrinsen.

»Ach sieh an, der Herr Problemlöser«, sagte Luigi Odore hämisch, und Swoboda fragte sich, woher er diese Frechheit, diese hämische, eigentlich nahm. Er blickte sich um und wusste sofort Bescheid. Dort hinten, in zehn Metern Entfernung, stand niemand anderes als Rocco ›Joe‹ Manzini. Der ehemalige Profikiller, jetzt tätig im Geschäftsbereich *Drugs & Arms Trade*, war durchaus nicht unbewaffnet, ganz im Gegenteil. Karl Swoboda saß in der Falle.

28

J-Kurve: Nach einer negativen Entwicklung zu Beginn folgt ein lang anhaltender Aufwärtstrend

War er ein Helfershelfer a) der Mafia, b) der Camorra, c) der 'Ndrangheta oder sogar d) der FIFA? Johnny Winterholler brühte Misteltee auf, während er seinen Rucksack packte. Er hatte heute Abend noch eine Tour vor sich.

Die Quizshow war zu Ende, und Johnny Winterholler zappte noch ein bisschen herum. Auf allen Kanälen kamen jetzt Nachrichten über die Leichenfunde im Kurort. Er wunderte sich, wie sehr sich die Berichte und Bilder glichen: Zuerst, als Einstieg, war immer eine grüne Wiese mit Kühen zu sehen, dazu Zithermusik: Achtung, Idylle! Dann wurde der Hubschrauber gezeigt, der mit einem Sack davonflog, aus dem ein Bergschuh herausschaute. Dazu schräge Musik: Gestörte Idylle, wegtreten. Er schaltete ab, ging in die Küche und nahm das Teenetz aus der Kanne. Ein unbehagliches Gefühl beschlich ihn. Innerhalb kürzester Zeit hatte es zwei Leichenfunde gegeben, bei denen sich die Kriminaler einschalteten. Hatten diese Vorfälle irgendetwas mit seinem derzeitigen Job zu tun? War er vielleicht in etwas Gröberes hineingeschliddert? Er drehte das Netz mit dem Misteltee um und entsorgte die ausgekochten Misteln sauber im Behälter für Kompostmüll. Hatte die namenlose Organisation die grausigen Funde auf den Bergen zu verantworten? Dieser wortkarge Kommissar Jennerwein hatte ein Interview gegeben.

»Können Sie uns etwas über die Hintergründe der Anschlagsserie sagen, Herr Kommissar?«

»Wir verfolgen zurzeit mehrere Spuren.«

»Wohin führen diese Spuren?«

»In alle Richtungen.«

»Gibt es eine Spur, die besonders heiß ist?«

»Ja.«

»Können Sie uns mitteilen, wohin diese Spur führt?«

»Nein.«

Ein recht einsilbiger Zeitgenosse, dieser Kommissar Jennerwein. So, wie der aussah, hätte er auch Bergsteiger sein können. Winterholler lächelte. Er nahm einen Schluck Misteltee und verzog das Gesicht. Er hatte ihn viel zu lange ziehen lassen. Nein, das konnte doch nicht sein, dass dieser Österreicher, der vor ein paar Wochen bei ihm aufgetaucht war, ein gemeiner Mörder war, der seine Opfer in den Bergen aussetzte, um zuzusehen, wie sie elendig zugrunde gingen. Und um so etwas durchzuführen, musste man das Bergsteigen gut beherrschen. Der Österreicher hingegen sah überhaupt nicht danach aus. Überhaupt nicht. Andererseits: Woher sollte das viele Geld kommen, wenn nicht von einer kriminellen Organisation? Winterholler schob die müßigen Gedanken von sich. Denn wie auch immer, jetzt konnte er nicht mehr zurück. Was hätte er denn tun sollen? Zur Polizei gehen? Dem Österreicher einen Zettel hinlegen: ›Habe keine Lust mehr‹? Winterholler beruhigte sich wieder. Auf dem Küchentisch lag ein dicker Packen Geldscheine. Er hatte heute im Gemüsegeschäft Altmüller wieder einmal ein paar Fünfziger gewaschen.

»Haben Sie noch Senfkörner da, Frau Altmüller?«

»Moment, ich schau mal.«

»Nein, Sie müssen nicht extra in den Keller gehen.«

»Das tu ich doch gerne für Sie, Herr Winterholler. Sie sind mir sympathisch, sie erinnern mich so an meinen Sohn. Sie sind ja auch im gleichen Alter.«

»Ihr Sohn, soso. Wo ist er denn?«

»Wenn ich das wüsste! Unterwegs ist er, der Hallodri. Wo genau, das kann ich Ihnen freilich nicht sagen. Wenn man ihn braucht, ist er jedenfalls nie da. Ach ja, Ihre Senfkörner. Was gibts heute denn Feines bei Ihnen?«

»Ja, äh – Fischsuppe.«

Und weg war sie, die Frau Altmüller. Jetzt lag ein Päckchen sauberes Geld auf Johnny Winterhollers Küchentisch. Von wegen Fischsuppe. Er hatte vor, diesen Packen heute Nacht noch in den Bergtresor zu bringen. Ja, richtig, heute Nacht, denn der letzte Zettel hatte folgende Anweisung enthalten:

Achtung: Nachtklettertour!
Start nach Einbruch der Dunkelheit
Ziel: frei wählbar, aber nicht unter 1.800 Höhenmeter
Rückweg soll noch vor der Morgendämmerung stattfinden
Anweisung einprägen, Zettel vernichten!

Er freute sich auf die vor ihm liegende Nachttour, denn er hatte sich etwas besonders Schönes ausgewählt. Schnell machte er sich bergfertig, er hatte alles, was er brauchte, griffbereit daliegen, er vergaß auch die Stirnlampe nicht. Den Zettel hatte er natürlich wie immer nicht vernichtet. Er steckte in einer Plastikhülle im Rucksack. Johnny Winterholler trank seinen bitteren Misteltee aus und verließ das Häuschen. Ein schöner romantischer Spaziergang war das, quer über die nächtlichen Felder, *die Ähren wogten sacht*, vorbei an schlafenden Kühen und Ziegenböcken, die auf Blumenwiesen dahindösten. Er spazierte quer durch das ganze Loisachtal, immer am Ortsrand entlang.

Einige Holzstadel, die sich gegen die blaue Nachtluft scharf abhoben, warfen verschwommene Mondschatten auf die Felder. Warum hatte ihn Franz Hölleisen gefragt, ob er, Winterholler, die Leiche auf der Zugspitze entdeckt und gemeldet hatte? Irgendjemand musste das anscheinend getan haben. Aber von wo aus hatte der Unbekannte das Opfer gesehen? Von einer gegenüberliegenden Wand? Das war nicht möglich, denn der Schneefernerscharte gegenüber lag nur die Ehrwalder Ebene. Da hätte man schon ein Forschungs- oder Militärteleskop gebraucht, um die Wand zu beobachten. Die zweite Möglichkeit war, dass der Anrufer selbst in der Wand geklettert war und den Unglücklichen in der Nische entdeckt hatte. Aber die Schneefernerscharte war eine schwierige Wand, dafür kamen nur erfahrene Kletterer in Frage. Und die wussten, was es bedeutete, die Bergwacht zu rufen, die hätten sicher ihren Namen genannt. Die dritte Möglichkeit war die, dass sich der Täter selbst gemeldet hatte. Aber warum sollte er das tun? Und so lange nach der Tat? Winterholler wäre fast gestrauchelt und ausgerutscht – natürlich, ihm war noch eine vierte Möglichkeit eingefallen. Es gab immer vier Möglichkeiten. Alle Dinge auf der Welt konnte man von vier Seiten sehen. Die vier Elemente. Die vier Jahreszeiten. Die vier Temperamente. Die vier sephardischen Synagogen. Die fantastischen Vier. Der Weg wurde jetzt steiler. Johnny Winterholler stapfte dahin und überlegte. Die zwölf Apostel. Naja, nicht alles konnte man von vier Seiten sehen. Aber das Problem Schneefernerscharte schon, denn die vierte Möglichkeit war ein Gleitschirmflieger, der die Leiche entdeckt hatte. Einer mit einem Fernglas, der meinte, mit der Alarmierung der Bergwacht seine Pflicht erfüllt zu haben.

Winterholler stapfte weiter. Dann war da auch noch der Mann, den er beobachtet hatte und den er Hölleisen als braver Staatsbürger am Telefon gemeldet hatte. Der Mann mit dem Liesegang-Fernglas. Könnte der etwas mit der Sache zu tun haben? Ein solches Fernglas war stark, aber nicht so stark, um von Ehrwald aus eine bewegungslose Leiche in der Wand zu erkennen. Winterholler nahm sich vor, diesen Mann, wenn er ihn nochmals treffen würde, anzusprechen. Oder ihm wenigstens nachzugehen, vielleicht sogar nachzuklettern. Irgendwie war ihm dieser Mann bekannt vorgekommen. Andererseits: Wozu sollte er das machen? Was ging ihn das an? Er hatte der Polizei genug geholfen.

Oder etwa doch nicht? Er zog einen Mistelzweig aus der Hosentasche und kaute darauf herum. Johnny Winterholler war jemand, der weder zum braven Bürger noch zum Outlaw taugte. Der Mond war verschwunden, es herrschte tiefschwarze Dunkelheit. Bevor er den steilen Rösslesprung hinaufstieg, schaltete er die Stirnlampe an. Er hatte sich für seine Nachttour einen mittelschweren Klettersteig ausgesucht, und er genoss die Tour. Blindklettern – das wäre doch was für diese gspinnerten Eventagenturen, die ihren ausgelaugten Managern immer wieder neue Herausforderungen bieten mussten! Der Rösslesprung war zu Ende, er setzte sich und sah ins Tal hinunter. Viele Lichter brannten nicht mehr, der Kurort war allerdings auch nicht gerade für sein pulsierendes Nachtleben berühmt. Aber zuckten dort, in der Mitte des besiedelten Gebietes, an der Nahtstelle zwischen den beiden zusammengewachsenen Ortsteilen, nicht flackernde Lichter auf? Oder hatte er sich getäuscht? Da, schon wieder! Ein halbes Dutzend scharf gebündelte Strahlen tanzten dort umher, verloschen wieder, um erneut aufzublitzen. Was machten die dort? Spielten sie den Krieg der Sterne mit Laserschwertern nach?

Sollte er sicherheitshalber einen zweiten Tresor anlegen? Oder sollte er vielleicht nur die Zahlenkombination ändern? Aber wer außer einem absoluten Fan von Luis Trenker sollte auf dessen Lebensdaten kommen? Er kramte die Mundharmonika aus dem Rucksack. Was war das für ein Auftrag? Warum zahlten die ihm so viel Geld dafür, nur damit er wochenlang in der Gegend herumkletterte? Und wie lange würde das noch gehen? Ein kleines Insekt krabbelte auf seinem Nacken herum, er scheuchte es weg. Die waren aber lästig dieses Jahr! Er spielte ♫ Bergsteigerglück ... Es war eine windstille Nacht, und die Melodie war weithin zu hören.

29

u-🖐 u-🖐 u-🖐 u-🖐 u-🖐 u-🖐 u-🖐 u-🖐 u-🖐 u-🖐

(Angriffsschrei der Utah-Indianer)

War da nicht was gewesen? Eine Mundharmonika? Unmöglich. Holger lauschte weiter angestrengt in die Nacht hinein. Im Inneren seines Kopfes dröhnte und schepperte es, das alles fühlte sich nach einem schweren Kater an. Aus dem ganzen Gelärme und schmerzhaften Gejaule war jedoch der scharfe Klang einer Mundharmonika herausgestochen. Oder doch nicht? Warum drehte sich alles in seinem Kopf? War er mit seinen Dart-Kameraden versumpft und abgestürzt? Er hatte keine Erinnerung mehr daran, wenn, dann musste es ein ziemlicher Absturz gewesen sein. Er spürte, dass er leichtes Fieber hatte, Kopfweh, einen geschwollenen Hals und Gliederschmerzen. Hatten sich die Dartfreunde einen Scherz mit ihm erlaubt? Toller Scherz. Bleierne Müdigkeit übermannte ihn, er hatte das dringende Bedürfnis, sich zusammenzurollen und wieder einzuschlafen, selbst auf diesem unbequemen Untergrund. Mit einer Hand hing er immer noch dort oben an der Decke. Er zog und zerrte an seiner Fessel, doch die Aufhängung war fest. Er drehte sich, so gut es ging, zur Seite, um in eine bequemere Lage zu kommen. Diese Gliederschmerzen! Aber jetzt wieder – eine Mundharmonika! Ein Windstoß hatte den Klang herangetragen, zwei Töne nur. Hatte ihn jemand gerufen? Er sollte antworten, das gehörte wohl zum Spiel. Doch er brachte nicht mehr als ein kraftloses und halbherziges *Hallo!* zustande, dann schlief er wieder ein. Morgen früh, dachte er, morgen früh würde er weitersehen.

30

jIQong vIneH ji
Klingonischer Jodler

Unten im Tal hatte sich die Nacht vollständig auf den Kurort gelegt, kaum ein Licht brannte, selbst im Kern der Gemeinde nicht, die Straßen waren leer, die Ampeln ausgeschaltet, und am allerdunkelsten war der gemeindeeigene Kurpark. Schritt für Schritt kam Rocco ›Joe‹ Manzini auf Karl Swoboda zu, und mit jedem Schritt wurde es brenzliger für den österreichischen Problemlöser.

So ein Kurpark ist, wie es beide Wortteile schon andeuten, ein Hort der Erholung, eine Oase des bürgerlichen Lustwandelns inmitten floristischer Kunstwerke und kühner gärtnerischer Einfälle. Der Kurpark der Gemeinde lag zentral, eine grüne Lunge im Herzen der Stadt. Tagsüber schlenderten hier Senioren durch und setzten sich gichtig und seufzend auf die Bänke, Äste von Trauerweiden klopften ihnen auf die Schultern – *Warte nur, balde / Ruhest du auch* –, so eine liebliche Stimmung war das. Einen einzigen Aufreger hatte der Kurpark erlebt, in den neunziger Jahren: Michael Jackson soll einmal hier gewesen sein, ganz alleine, ohne Leibwächter, er soll hier Schrittfolgen geübt haben, und der Platz war äußerst gut gewählt, denn niemand von den Senioren kannte Michael Jackson. Ja, wenn Johannes Heesters hier aufgetaucht wäre! So aber hatte der King of Pop seinen Ghettoblaster aufgestellt, auf zehn gedreht und volle Pulle *Dangerous* gespielt.

»Der Kurpark ist auch nicht mehr das, was er einmal war«, hatte die Herzogin von Guermantes gesagt.

»Ja, alles eine Folge der Ostverträge«, hatte ihr Fürst Myschkin ins Hörrohr geschrien.

Darum gab es auch ein sonderbares Bild ab, dass hier, im Hort der Ruhe, in der gepflegten Floristik des Gemeindegärtners Ägidius Glockschlager der waffenstarrende Rocco ›Joe‹ Manzini dastand und Schritt für Schritt auf Swoboda zuging. Der Problemlöser musste erkennen, dass er in die Falle getappt war. Luigi Odore hatte vermutlich keine andere Aufgabe gehabt, als ihn hierherzulocken und ihn in die Arme dieses Schlägers zu treiben. Wäre er doch nur bei den fünf Rechtsalkoholikern geblieben, mit denen wäre er leichter fertig geworden als mit einer ausgebildeten Kampfmaschine der ehrenwerten Familie.

Der Plan der beiden war klar. Swoboda sollte hier im Kurpark bloßgestellt werden, um Spalanzani zu zeigen, wie unfähig der österreichische Mitarbeiter war. Einer, der sich in die nächstbeste Falle locken ließ. Einer, der für den Job als Problemlöser vollkommen ungeeignet war.

Swoboda suchte verzweifelt nach einem Ausweg. Seine Augen sprangen blitzschnell hin und her, von Punkt zu Punkt. Er hielt kurz Heerschau bei seinen Verbündeten, er hatte heute nur zwei, nämlich die Dunkelheit und die Dummheit seiner Gegner, andere Bundesgenossen waren momentan nicht greifbar. Mit der markigen Stimme des Gruppenführers Edler von Seysenegg vom Artillerieregiment dreiunddreißig brauchte er Manzini nicht zu kommen, damit konnte man zwar aufgeregte Neonazis – er entspannte sich. Er entspannte sich auffällig deutlich, atmete seufzend durch und setzte sich mit sichtbar hängendem Kopf auf einen Kieshaufen, den die Gemeindegärtner hier aufgeschichtet hatten, um morgen am Kieselweg weiterzuarbeiten.

»Gut«, sagte Swoboda, »ihr habt gewonnen.«

Er mischte eine Prise Resignation in seine Stimme, einen Hauch Kompromissbereitschaft, eine Messerspitze Angst, eine Spur Unterwürfigkeit.

»Also, was wollt ihr?«

Eine vollkommen überflüssige Frage war das, aber er sah, trotz der Dunkelheit, dass sich Manzini auch ein wenig entspannte, dass er seine Hand nicht mehr gar so krampfhaft nahe an sein geschmackloses Sakko und die darunter steckende Waffe hielt. Manzini schüttelte seine Hand sogar ein bisschen aus, er lockerte seine Finger, und in diesem kleinen Augenblick sah Swoboda seine Chance. Er steckte beide Hände tief in den Kies und schleuderte zwei Ladungen besten Wegebelags auf den zwei Meter entfernten Manzini. Der hielt sich reflexhaft die Hände vors Gesicht, die knappe Sekunde der Blendung und Verwirrung nützte Swoboda aus, er sprang auf, lief über den sauber gepflegten Ägidius-Glockschlager-Rasen, direkt auf das Kurhaus zu, das kolonial und verschnörkelt inmitten der Grünfläche thronte. Hohngelächter verfolgte Swoboda.

»Lass ihn, der kommt nicht weit!«, hörte er Manzini nach hinten zu Odore rufen. »Du bleibst hier und bewachst die Mülltonne an der Mauer. Lass niemanden rein und raus.«

Gleich darauf hörte Swoboda kräftige Spurtschritte auf Kies, in fünfzig Meter Entfernung, es waren athletische, weit ausgreifende Schritte. Dass Manzini nicht schoss, lag wohl einerseits an der Dunkelheit, andererseits daran, dass er noch vorhatte, ihm einige Informationen über Schratzenstaller und seine possierlichen Haustiere zu entlocken. Manzini kam schnell näher, im direkten Vergleich hatte Swoboda keine Chance. Vor ihm lag das Kurhaus. Er dachte fieberhaft nach.

Der Haupteingang war nachts sicherlich verschlossen, aber die Hausmeisterwohnung im zweiten Stock hatte hinten am Gebäude einen eigenen Zugang, und dort lag seit urdenklichen Zeiten ein Schlüssel unter der Fußmatte. Das hatte ihm Ignaz Grasegger erzählt, der dort einmal eine Freundin gehabt hatte, die Tochter des Hausmeisters. Als Swoboda am Gebäude angekommen war, warf er einen kurzen Blick die Fassade hoch, um Fluchtwege und Rückzugsmöglichkeiten abzuschätzen. Mehrere verwinkelte Balkönchen und Mauervorsprünge umliefen das Gebäude, und einige Nadelbäume standen dicht daneben. Zur Not, dachte Swoboda, zur allergrößten Not, rutsche ich später eben an einer der Fichten hinunter. Er hob die Fußmatte hoch: nichts. Manzini war vierzig Meter entfernt. Ein Griff nach oben, auf die Querlatte über der Tür. Nichts. Dreißig Meter. Ein Blumenkübel. Swoboda zerkratzte sich die Finger an spitzen Zierkieseln, steinharter Erde und Rosendornen: kein Schlüssel zu finden. Zwanzig Meter, letzter Versuch, Swoboda hob den Blumenkübel auf einer Seite hoch und tastete weiter. Manzinis Schritte knirschten auf dem Kies, überdeckten aber nicht das hässliche Geräusch der Pistole, die entsichert wurde. Swoboda griffelte und scharrte, auf seiner Stirn bildeten sich Schweißtropfen. Zehn Meter. Endlich, der Schlüssel. Swoboda steckte den Schlüssel ins Schloss und schlüpfte katzengleich durch die Tür. Fünf Meter. Um von innen abzusperren, war keine Zeit mehr. Er sah im Halbdunkel eine Holztreppe, die nach oben führte. Manzini konnte hier im Haus nicht schießen, ohne den Hausmeister zu wecken. Und der schlug garantiert sofort Alarm. Swoboda hastete die Treppe hoch, sie führte direkt zur Hausmeisterwohnung, auf halber Höhe befand sich eine Tür. Schweratmend drückte Swoboda die Klinke und betrat leise die Ausstellungsräume des Kurhauses. Manzini würde ihn bald entdecken, aber Swoboda hatte ein bisschen Zeit gewonnen.

Die weiträumigen Hallen des Kurhauses beherbergten gerade eine Ausstellung des ortsansässigen Landschafts-, Natur- und Heimatmalers Matthias Wotzgössel. Schwergewichtige Wildsauen starrten Swoboda böse und zähnefletschend aus dem Unterholz an. Er schlich vorbei an gischtsprühenden Wasserfällen und morgendlich reinen Waldlichtungen, pralleutrigen Milchkühen und röhrenden Hirschen, alles mit zentimeterdick aufgetragener Ölfarbe, ein Traum mancher japanischer Kunstsammler, die Baselitz, Immendorff und Kippenberger satthatten und sich einen echten Wotzgössel ins Arbeitszimmer hängten. Swoboda hatte momentan keinen Sinn für Ölpatzereien, er hastete vorbei an in der Luft stehenden Gamsböcken, jäh aufragenden Bergwänden und ins Tal rasenden Hornschlitten, im Erkerraum wurde er fündig. Hier führte eine kleine Tür auf einen schmalen Balkon, nicht für den Publikumsverkehr bestimmt, aber als Fluchtweg hervorragend geeignet. Swoboda öffnete die Tür und glitt hinaus in die frische Luft. Die öl- und terpentingeschwängerte Atmosphäre dort drinnen hatte ihm ein starkes Kribbeln in der Nase verursacht, er konnte ein herzhaftes Niesen gerade noch zurückhalten. Rasch ließ er seinen Blick über den Kurpark schweifen, und jetzt sah er deutlich, was er vorher unten, auf dem Kieshaufen sitzend, durch das Eisengitter des Kurparks nur schemenhaft wahrgenommen hatte: Die Jugendlichen in den Lederwesten waren ihm bis zur Kurparkmauer gefolgt, sie schlichen jetzt um das Gelände herum und suchten ihn, das war von hier oben zu sehen. Sie schwenkten blitzende Taschenlampen und suchten jeden Winkel damit ab. Und noch etwas anderes war im Schein der starken Taschenlampen zu erkennen: Es war nicht bei den Fünfen geblieben. Sie hatten Verstärkung geholt und waren auf ein Dutzend angewachsen. Swoboda sprang vom Balkon auf eine breite Brüstung, die eine gute Plattform bot, um den Burschen etwas zuzurufen. Und Swoboda ließ den verirrten Seelen eine

Nachricht zukommen, die sich gewaschen hatte. Er legte die Hände trichterartig vor den Mund und schrie es hinaus in den würzigen Nachthimmel.

»Hallo! Bewegung Fünfter August! Alle mal herhören! Ritter von Halt war ein jüdisches Weichei! Ritter von Halt war eine schwule Schwuchtel. Kommt rein in den Kurpark! Wenn ihr euch traut!«

Hastig wurden dort unten Zigaretten ausgedrückt, eilig wurde ein letzter Schluck aus der Pulle genommen, splitternd krachten Glasflaschen auf den Asphalt. Gegrunze, Gescharre, Flüche und Befehlsfetzen, dann entdeckten sie – saubere Stadt für saubere Bürger! – die blaue Mülltonne, Gegröle, Getrampel von schweren Springerstiefeln auf Plastik war zu hören, die Ersten sprangen schon über die Mauer in den Kurpark und stießen auf den entsetzt flüchtenden Odore. Manzini war, mit gezogener Waffe, inzwischen auf dem Balkon erschienen und starrte höchst ärgerlich hinunter auf die Szene. Er stieß einen italienischen Fluch aus. Sein Herr und Brötchengeber dort unten hatte sich schon die ersten Ohrfeigen und Stöße eingefangen, Manzini entschied sich dafür, Odore zu Hilfe zu eilen und die Verfolgung Swobodas vorerst zu unterbrechen – um den wollte er sich später kümmern. Swoboda hatte sich auf einem Mauervorsprung im Schatten einer Sandsteinfigur versteckt. Manzini verließ den Balkon hastig, er rannte an den Wotzgösselschen Wasserfällen und Wildsauen vorbei, der Niesreiz übermannte auch ihn, er blieb stehen und prustete laut los. Als er weiterspurtete, lief er dem Hausmeister in die Arme. Hausmeister Mehl, eher das Darmol-Männchen mit Nachthemd und Zipfelmütze, hatte sich oben in seiner Wohnung lediglich das Stichmesser vom Nachtkästchen gegriffen und ging damit, die Kräfteverhältnisse und Bewaffnungsunterschiede nicht richtig einschätzend, auf Manzini los. Swoboda hörte von seinem luftigen Versteck aus keuchendes Gerangel, ein Splittern, das Fallen von Bildern. Manzini versetzte dem Hausmeister schließlich einen wuchtigen Schlag in die Magengegend. Dann eilte er nach unten.

Swoboda wollte das Gebäude nicht wieder betreten. Er hatte nicht vor, etwas zu riskieren. Er dachte an Hausmeistertöchter mit spitzen Scheren und heißen Bügeleisen, Kalfaktorengattinnen mit geschärften Küchenmessern und Pfefferspraydosen – Swoboda nahm lieber den Blitzableiter nach unten. Als er die zwei Stockwerke glücklich überwunden hatte, brannten seine Hände wie Feuer, aber für was brauchte er jetzt seine Hände. Seine Beine brauchte er, um schnell zu laufen. Er blickte noch einmal um, Manzini kam bereits angespurtet, in beiden Händen hielt er eine Waffe, er hatte sie hoch erhoben, er zielte auf die Jugendlichen, die Odore in der Mangel hatten. Doch die blendeten ihn mit einer Salve von Lichtstrahlen. Und in diesem Spot-Feuerwerk sah man es: In der rechten Schulter Rocco ›Joe‹ Manzinis steckte ein mittelgroßes Messer mit einem zitternden Griff aus kunstvoll geschnitztem Hirschhorn. Die Schläger ließen von Odore ab und stürmten auf den anderen Italiener zu – genau diesen Augenblick nutzte Swoboda, um ins Unterholz zu tauchen und an ihnen vorbeizuhuschen. Er kletterte die Mauer hoch, von der er vorher heruntergesprungen war. Das Hochklettern war wesentlich mühsamer, aber hinter ihm waren zehn rechtsradikale Schläger, ein Mafiakiller und ein Hausmeister, der vermutlich gerade sein Ersatzstichmesser holte – die Mischung beflügelte Swoboda. Mit letzter Kraft zog er sich auf die Mauer. Verdammt, sie hatten eine Wache abgestellt! Ein glatzköpfiges Jüngelchen mit Baseballschläger. Swoboda betrachtete seine Hände. Vom Unterarm abwärts bestanden sie nur aus Schmerz. An der rechten Hand hing die Haut in Fetzen herunter, er blutete stark. Kurz entschlossen fuhr er sich damit ein paar Mal über das Gesicht.

Dann sprang er von der Mauer auf die Mülltonne, der Baseball-schläger drehte sich um.

»Wir haben die Sau da drin gefasst!«, sagte Swoboda mar-kig, jung und in seinem besten Bayrisch. »Der Chef will, dass du reinkommst. Ich halte solange Wache.«

»Was ist mit dir?«, fragte der Baseballschläger und deutete auf Swobodas Gesicht.

»Nur ein Kratzer«, sagte Swoboda. Das wollte er schon im-mer mal sagen. Der Baseballschläger kletterte auf die Tonne. Als er über der Mauer verschwunden war, lief Swoboda wei-ter, wieder Richtung Marktplatz. Am Brunnen wusch er sich Hände und Gesicht. Es dämmerte bereits, als er auf dem Schratzenstallerischen Anwesen ankam. Alois war schon auf.

»Was ist denn mit dir passiert?«, fragte Schratzenstaller.

»Nur ein Kratzer«, wiederholte Swoboda.

Faust *Habe nun, ach!*
Klassischer Jodler

(*Auf dem Polizeirevier*)

Polizeiobermeister Ostler (tippt in die Schreibmaschine) Nachdem der Verdächtige versucht hatte, durch das Fenster zu fliehen, blieb er in demselben stecken –

Ein Mann (tritt ein) Guten Tag.

Ostler (ohne aufzusehen) Ja, Grüß Gott, wartens' einen Moment, ich bin gleich fertig.

Mann Ich hätte aber einen dringenden Fall.

Ostler Dieses Protokoll noch, dann sind Sie dran. – blieb er in demselben stecken – Warum stehen Sie denn so da? Setzen Sie sich bitte.

Mann Mein Fall ist wirklich dringend.

Ostler Himmelherrgottnocheinmal! Ich bin gleich fertig, hab ich gesagt. Die Schwierigkeiten kamen dadurch zustande, dass der Tatverdächtige so im Fenster steckengeblieben ist, dass er von innen nicht ansprechbar war, so dass mein Kollege, Polizeiobermeister Hölleisen, das Gebäude verlassen und außen herumgehen musste – Also, wenn da jemand dauernd zuhört, kann ich mich nicht konzentrieren.

Mann Ich hör ja gar nicht zu.

Ostler Setzen Sie sich auf den Stuhl da, bitte.

Mann Ich kann auch im Stehen n i c h t zuhören.

Ostler Gut, also, was wollen Sie jetzt? Sie haben gesagt, es eilt.

Mann Jetzt schreiben Sie halt Ihren Bericht in Gottes Namen noch schnell zu Ende, so eilt es mir auch wieder nicht.

Ostler Ah, da schau her: So eilt es ihm auch wieder nicht. Als Hölleisen nun endlich draußen war und vom Tatverdächtigen den Personalausweis verlangte entgegnete dieser, dass derselbe in seiner Hosentasche steckte, zu der er nicht hinkäme – wörtlich: ›net hikemma tatat‹ –, weil seine Arme schon draußen waren, so dass der Kollege Hölleisen wieder den langen Weg um das Gebäude herum und in dasselbe hinein nehmen musste.

Mann Das ist ja eine verrückte Geschichte! ›Net hikemma tatat‹!

Ostler Ruhe jetzt! Zefix! Wieder innen angekommen, wollte Hölleisen also dem Tatverdächtigen die Brieftasche aus der Gesäßtasche –

Mann Zweimal ›Tasche‹.

Ostler Jetzt reichts mir aber! (springt unwirsch auf) Weswegen sind Sie jetzt da?

Mann (bleibt wirsch sitzen) Wegen meiner Frau.

Ostler Und, was ist mit ihr?

Mann Sie ist verschwunden.

Ostler Seit wann?

Mann Seit heute Morgen. Sie ist zum Zeitungholen gegangen und hat einen Zettel auf den Küchentisch gelegt: ›Komme gleich wieder‹.

Ostler Komme gleich wieder. Das Übliche.

Mann Wie: das Übliche. Kommt das öfter vor?

Ostler Ja was glauben Sie! In unserer Asservatenkammer haben wir tausende von Zetteln mit ›Komme gleich wieder‹.

Mann Ich muss mir also ernsthafte Sorgen machen.

Ostler Die muss man sich immer machen. Aber vielleicht ist sie ja schon wieder daheim, die Frau.

Mann Nein, bevor ich hierhergegangen bin, habe ich ebenfalls einen Zettel geschrieben: ›Bin auf dem Polizeirevier‹.

Ostler Das ist geschickt.

Mann Was machen wir aber jetzt mit meiner Frau?

Ostler Wir schreiben eine Fahndung aus.

Mann Ist das nicht noch etwas zu früh für eine Fahndung?

Ostler Wärens' halt später kommen, dann wär's nicht zu früh.

Mann Und dann hätten Sie gesagt: »Und da kommen Sie erst jetzt?«

Ostler Freilich hätt ich das gesagt. Wir haben unsere Routine bei solchen Fällen. Für die Fahndung bräuchte ich eine Beschreibung von Ihrer Gemahlin. Haarfarbe?

Mann Haarfarbe? (träumerisch) »Ô toison, moutonnant jusque sur l'encolure! –«

Ostler Kreuzhimmel! Was ist denn das?

Mann Das ist Baudelaire, ›Die Blumen des Bösen‹.

Ostler Auf Deutsch, bitte.

Mann Charles Baudelaire übersetzen! Das ist völlig unmöglich! Das kann man nur im Französischen so ausdrücken. »Oh Vlies, dessen krause Wellen gräulich bis zur Schulter schäumen –« Sehen Sie, es funktioniert nicht.

Ostler Also: Haarfarbe steingrau.

Mann Oh nein, ›steingrau‹ trifft es überhaupt nicht!

Ostler Steingrau, basta. Haben Sie kein Foto von Ihrer Frau dabei?

Mann Nein, aber einen Schal.

Ostler Was tu ich denn mit einem Schal?

Mann Wegen der Spürhunde vielleicht.

Ostler Spürhunde? Sie scheinen sich ja ziemlich sicher zu sein, dass mit Ihrer Frau was Gröberes passiert ist.

Mann Nein, aber ich habe von den Vorfällen gehört. Und vielleicht hängt sie schon in irgendeiner Wand. Ohne Schal –

Ostler Und wie sollen da die Spürhunde hinkommen, in die Wand?

Mann (zeigt plötzlich auf einen Stapel Fotos) Aber da ist sie ja!

Ostler Um Gottes Willen. Ist das Ihre – Aber das kann ja gar nicht sein – (Ostler muss sich setzen, er stützt den Kopf in beide Hände. Er wischt sich den Schweiß ab, überlegt kurz, wirft einen flüchtigen Blick zu dem Mann, atmet kräftig durch, nimmt sich aber dann doch zusammen und blickt dem Mann fest in die Augen. Er ringt nach den rechten Worten, dann greift er zu dem Foto und hält es hoch.)

Ostler Wenn das Ihre Frau ist –

Mann Das? Nein, das ist nicht meine Frau. Lassen Sie mal sehen: Das ist doch die Tote, die man in dieser Greininger-Wand gefunden hat. Das Foto daneben, das ist meine Frau.

Ostler Gott sei Dank. Das Bild haben die Kollegen von der Verkehrskontrolle gemacht. Vierzig Stundenkilometer zu schnell ist Ihre Frau gefahren, und auch noch in eine Einbahnstraße verkehrt hinein –

Mann Aber nein, die meine ich auch nicht. Auf dem Foto rechts daneben, das ist sie.

Ostler Warum sagen Sie das nicht gleich? Das ist ein Bild von einem Hobbyfotografen, der alle Zuschauer auf der Greininger-Wiese fotografiert hat. Er war der Meinung, es könnte ja auch der Täter drunter sein –

Mann Ach so, die alte Geschichte. Dass der Täter immer an den Tatort zurückkommt?

Ostler Macht er eigentlich nie, der Täter. Aber weiß mans. (Das Telefon klingelt, er hebt ab.) Ja? Ja. Ja. Ja. Sie haben also den Zettel gefunden. Ja, der sitzt hier bei mir. Ja, es geht ihm gut. Aha. (zum Mann) Sie sollen auf dem Heimweg Milch mitbringen –

Mann H-Milch?

203

Ostler (ins Telefon) H-Milch? (zum Mann) Nein, ganz normale Milch.

Mann Und wie viel?

Ostler (ins Telefon) Wie viel? (zum Mann) Bittschön, reden Sie doch gleich selbst mit ihr. Ich geb Ihnen den Hörer.

Mann (ins Telefon) Was? Was? Zwei Liter?

Ostler (tippt weiter) Als der Kollege Hölleisen wieder innen im Gebäude angelangt war und in die Gesäßtasche des Verdächtigen griff, musste er feststellen, dass sie leer war.

Mann Ja, zwei Liter. Aber warum keine H-Milch?

Ostler Er ging also wieder hinaus und stellte den Verdächtigen zur Rede. Der gab an, es wäre gerade jemand dagewesen und hätte ihm die Brieftasche hinten herausgenommen. »Das war i c h aber nicht!«, rief Kollege Hölleisen, und jetzt gab es einen Wortwechsel, bei dem beleidigende Worte fielen –

Mann (gibt Ostler den Telefonhörer wieder zurück) Entschuldigen Sie, aber das ist nicht meine Frau.

*... so ist der Jodler, da er die Ideen des Liedes übergeht,
auch von der erscheinenden Welt ganz unabhängig,
ignoriert sie schlechthin, könnte gewissermaßen,
auch wenn die Welt gar nicht wäre, doch bestehn:
was von dem Lied selbst sich nicht sagen läßt.*

*Arthur Schopenhauer, Die Welt als Wille und Vorstellung, § 52,
Über Musik*

»An Ihrer Interviewtechnik müssen Sie aber noch arbeiten,
Hubertus«, sagte Maria und drohte scherzhaft mit dem Zeigefinger.

»War ich wieder einmal zu knurzig?«, fragte der Kommissar
lachend. »Ich gebe es zu: Interviews sind nicht so mein Ding.«

Genau das mochte Maria so an Jennerwein, dass er auch
mal einen Fehler, eine Schwäche zugeben konnte. Die beiden
blickten sich kurz an, Maria hielt den Blick länger als Jennerwein. Nicht dass Jennerwein ihrem Blick ausgewichen wäre,
aber er wurde abgelenkt, denn Nicole Schwattke und Ludwig
Stengele waren laut diskutierend hereingekommen.

»Ich hätte die Felsnadel die ganze Zeit über filmen sollen«,
sagte Nicole gerade.

»Ich gehe mal eben in den Asservatenraum«, sagte Maria. »Ich will mir die beiden Rucksäcke nochmals ansehen. Mit Yijing-mu und Spucke –«

»Mit was?«, fragte Jennerwein.

»Yijing-mu, eine fernöstliche Konzentrationsübung.
Man assoziiert frei, entfernt sich scheinbar von seinem Ziel,
kommt aber dann ganz schnell zum Punkt.«

»Ja, Maria, machen Sie das, wie auch immer. Sehen Sie sich

die Gegenstände nochmals an. Der Täter hat die Rucksäcke sorgfältig und nach einem bestimmten Plan gepackt, ich bin mir sicher, dass irgendeine Spur zu ihm führt.«

Jennerwein hatte einen schärferen Ton angeschlagen, alle blickten zu ihm hin.

»Ja, ich bin sauer. Wir haben viel Ermittlungsarbeit getrieben, nur um herauszubekommen, dass das erste Opfer – vielleicht! – Cellist war. Das hat uns aber eigentlich nicht sonderlich weitergebracht, dem zweiten Opfer hat das nichts mehr genutzt. Wir müssen diesen Täter fassen, das hat oberste Priorität. Prüfen Sie jeden Ihrer Schritte, ob er dieser Priorität entspricht.«

Maria verschwand, Ostler kam ins Besprechungszimmer und knallte seine Dienstmütze wütend auf den Tisch.

»Als ob wir sonst nichts zu tun hätten!«, schimpfte er. »Erst nervt mich ein Typ, der seine Frau vermisst, schon nach zwei Stunden zur Polizei gelaufen kommt und dann Charles Baudelaire zitiert. Und zu allem Überfluss noch diese Schlägerei.«

»Die Schlägerei im Kurpark?«, fragte Nicole. »Was war denn da los?«

»Ein paar Skinheads haben einen unbescholtenen ausländischen Mitbürger angegriffen und übel zugerichtet«, sagte Ostler. »Einen italienischen Geschäftsmann aus Mailand. In der Modebranche tätig. Die Personalien sind in Ordnung. Nach eigenen Angaben wollte er einen Abendspaziergang in der Fußgängerzone machen. Mitglieder der *Bewegung Fünfter August* haben ihn zum Kurpark geschleppt, über die Mauer geworfen, mit einem Messer auf ihn eingestochen und ihn liegengelassen. Ich war gerade im Krankenhaus bei ihm.«

»Ist ja übel.«

»Ja, aber irgendetwas stimmt da nicht«, fuhr Ostler fort. »Erstens sieht mir der Typ nicht wie einer aus der Modebranche aus, sondern wie ein Bodybuilder der schmierigsten Sorte.

Was auch komisch ist: Zehn gegen einen, und die zehn sehen ziemlich mitgenommen aus, die Hälfte von ihnen liegt ebenfalls im Krankenhaus. Einer allein kann die eigentlich nicht so zugerichtet haben. Aber was sollen wir machen? Ich kann ihn ja nicht deswegen festhalten, weil er Italiener ist und wie ein Bodybuilder aussieht.«

»Und was sagen die Skinheads?«

»Die sagen gar nichts. Die halten dicht.«

»Sollen wir den Italiener noch einmal vernehmen?«

»Seine Verwandten sind gekommen und haben ihn schon abgeholt.«

Maria Schmalfuß ging durch den langen, neonbeleuchteten Gang, der zur Asservatenkammer des Polizeireviers führte. Sie blickte zerstreut in die zerknitterten Blätter, die sie in der Hand hielt. Sie wollte die Inhaltslisten der beiden Rucksäcke noch einmal mit den Gegenständen drinnen vergleichen. Die beiden Rucksäcke lagen auf dem ausnehmend hässlichen Resopaltisch eines kleinen, schmucklosen Raumes. Maria schloss die Tür und setzte sich. Irgendetwas hatten sie alle übersehen. Irgendetwas war ihnen nicht aufgefallen, da war sie sich ganz sicher. Die Gegenstände in den Rucksäcken waren fotografiert und vermessen worden, gewogen, bepinselt, durchleuchtet, dann wieder aus den Beweismittelbeuteln genommen und in die Rucksäcke zurückgegeben worden. Maria legte den Kopf in den Nacken und konzentrierte sich. Das kalte Neonlicht strahlte prall von oben, sie musste blinzeln. Dann starrte sie wieder auf die beiden Rucksäcke und dachte nach. Hansjochen Becker und seine Spurensicherer hatten die Gegenstände natürlich nicht in der ursprünglichen Reihenfolge wieder hineingelegt. Es war zwar alles dokumentiert und fotografiert worden, die Reihenfolge spielte aber ohnehin keine Rolle. Die Opfer hatten den Rucksack sicherlich immer wieder durchwühlt. Maria Schmalfuß beugte sich über den Rucksack der Frau. Die Frau mit den Zöpfen, Susanne Wieczorek, 32, Lehrerin, wohnhaft in Saarlouis. Sie verglich jeden einzelnen Gegenstand im Rucksack mit der Liste.

Ganz oben fand sich ein einzelner Handschuh, eine kleine Fotokamera mit aufgeschraubtem Blitz, eine Rolle Nähgarn, ein leeres Päckchen, das einmal Fruchtbonbons enthalten hatte, zwei Kugelschreiber ohne Mine und ein verbogener Kuchenlöffel. Maria schob die Gegenstände beiseite, beugte sich über den Rucksack und starrte hinein. Sie nahm jetzt beide Hände zu Hilfe. Sie förderte einen noppigen alten Tennisball ans Licht, dann eine flache, fettverschmierte Dose mit Sonnenöl, eine kleine Muschel, eine Streichholzschachtel, einen Tannenzapfen und einen zerschlissenen Plüschhasen mit einem Auge, ein Stück Plastik, das irgendwann einmal der Griffschutz von einem Fahrrad war. Sie nahm den Griffschutz fest in die Hand und zog ihn aus dem Gewühl heraus. Der Griffschutz war noch an einer Lenkstange befestigt, die Klingel darauf hatte keine Kappe mehr. Sie räumte ein Bündel getrockneter Ahornblätter beiseite, einen Stapel Zeitungspapier, ein paar Bücher, eine Kiste mit leeren Marmeladengläsern, eine zerschlagene Beethoven-Büste, schließlich wischte sie den Staub vom Sattel ab. Das Fahrrad ließ sich jetzt mühelos herausnehmen, sie schwang sich darauf und fuhr los. Es war ein altmodisches Fahrrad ohne Gangschaltung, aber abgesehen von der beschädigten Klingel war es noch gut in Schuss. Das Wetter war prächtig, sie atmete die würzige Luft ein, grüßte einige Nachbarn und kam endlich an ihrem kleinen Vorstadthäuschen an. Sie stieg ab und lehnte das Rad an den Gartenzaun. Stolz blickte sie in den gepflegten Garten, dessen Rasen frisch geschnitten worden war. Oben im ersten Stock öffnete sich das Fenster, und Hubertus Jennerwein blickte heraus.

»Hallo Schatz«, rief er, »denkst du daran, dass wir heute die Hölleisens eingeladen haben?«

»Ja, das Essen steht schon im Ofen«, wollte sie sagen, aber sie brachte kein Wort heraus.

»Was gibt es denn Feines? Hallo, Maria! Maria! Was ist los?«

»Nudelauflauf«, wollte sie sagen, aber die Stimme versagte ihr wieder.

»Maria!«

Hubertus Jennerwein war jetzt ganz nahe an ihrem Ohr.

»Hallo, Maria, ist Ihnen nicht gut?!«

Maria öffnete die Augen und blickte in die von Jennerwein. So nahe waren sie sich nie gewesen. Doch an ihrer Yijing-mu-Technik musste sie noch arbeiten. Schon beim autogenen Training war sie immer eingeschlafen, das fernöstliche Konzentrationszeug schien aber auch nicht viel besser zu funktionieren.

»Kommen Sie bitte mit in den Konferenzraum«, sagte Jennerwein. »Ich möchte, dass alle bei der Besprechung dabei sind.«

»Ich muss Sie leider enttäuschen«, sagte Becker. »Auf der Felsnadel, die vielen Gaffern als Beobachtungsposten gedient hat, waren keine brauchbaren Spuren mehr zu finden. Alles zertrampelt, alles voller Unrat und Abfall.«

»Wir hätten diese Felsnadel ebenfalls sperren sollen«, sagte Nicole.

»Ich weiß nicht, ob wir dann was gefunden hätten. Der Täter praktiziert das Opfer in die Wand, dann bezieht er Stellung. Wenn er in der Wand schon keine Spuren hinterlässt, dann wird er auf seinem Beobachtungsposten auch nicht gerade seine Telefonnummer hinterlassen.«

»Der Meinung bin ich auch«, sagte Jennerwein. »Denken Sie alle bitte daran: Unsere oberste Priorität ist es, zukünftige Taten zu verhindern. Wir müssen jetzt Orte im Gelände suchen, die Folgendes gemeinsam haben: ein Kletterfels, in dessen Nähe ein Wanderweg vorbeiführt; eine Wand, die eine Nische enthält, in der sich das Opfer schreiend nicht bemerkbar machen kann; drittens eine Wand, die einen gegenüberliegenden Beobachtungsposten bietet.«

»Ganz spontan würde ich sagen, dass es nicht viele solcher Stellen geben kann«, sagte Ostler. »Aber ich kann mich täuschen.«

»Stengele, Sie sind der Bergkundigste. Ostler, Sie sind der Ortskundigste«, sagte Jennerwein. »Sie beide nehmen sich Karten vor und markieren die Stellen, die diese drei Bedingungen erfüllen.«

»Darf ich eine Theorie einbringen«, sagte Nicole Schwattke. »Wir haben einen Typen, der Wanderer anspricht und in die Wände praktiziert. Dann beobachtet er sie. Dabei haben wir ihn jetzt gestört, indem wir ermitteln. Könnte es nicht sein, dass er jetzt aufhört? Er kann doch jetzt keinen Wanderer mehr ansprechen. Das ist viel zu gefährlich.«

»Das ist richtig, Nicole. Wir können aber nicht ausschließen, dass er noch mehr Opfer ausgesetzt hat. Wenn das so ist, müssen wir die auf jeden Fall finden. – Maria, wie steht es mit Ihnen? Haben Sie neue Erkenntnisse bezüglich des Inhalts der Rucksäcke?«

Jennerwein war in Fahrt gekommen. Maria wusste nicht, ob er nur so tat, als ob er ihr kleines Yijing-mu-Nickerchen nicht bemerkt hatte. Sie hatte natürlich keine neuen Erkenntnisse. Aber sie wollte sich vor Jennerwein auch keine Blöße geben. Sie stand auf, ging zu einem Regal, suchte ein bisschen herum, fand dann ein Winkeleisen, das von der Kaffeemaschine abgebrochen war. Sie legte es auf den Tisch.

»Was halten Sie davon? Was ist das?«

Misstrauisch und verwundert beäugten die Beamten das undefinierbare Eisenteil. Sie wussten nicht so recht, worauf Maria hinauswollte.

»Sie überlegen jetzt, was das für ein Gegenstand sein soll«, sagte Maria nach einiger Zeit. »Wenn ich zum Beispiel einen Bleistift hierhergelegt hätte, hätten Sie ihn nicht weiter beachtet und mich gleich für verrückt erklärt. Bei diesem undefinierbaren Gegenstand aber strengen Sie alle Ihr Hirnschmalz an. Was ist das? Was hat das mit dem Fall zu tun? Wo habe ich das schon mal gesehen? Und in den Rucksäcken befinden sich viele solcher Gegenstände. Unnütze Dinge, bergsteigerisch unbrauchbar, fürs Überleben ungeeignet. Und genau deshalb, weil sie so unnütz sind, halten sie das Opfer in dieser aussichtslosen Situation auf Trab. Weil es überlegt, ob ein tieferer Sinn, ein System, ein Plan dahintersteckt.«

»Also sozusagen eine Art von – äh – Spielzeug, das von der schrecklichen Lage ablenken soll?«

»Und das dadurch ein kleines bisschen Hoffnung gibt. Nur ein Beispiel: Man denkt darüber nach, ob die scheinbar sinnlosen Gegenstände nicht einen Hinweis auf die Person geben, die einen hierhergebracht hat.«

»Das ist ein guter Gedanke«, sagte Jennerwein. »Er ist ein Spieler?«

»Ja, er will sie geistig fit halten. Sie sollen nicht aufgeben zu hoffen. Er braucht ihre geistige Fähigkeit noch für irgendetwas. Für einen Plan. Für eine Entscheidung, die sie treffen sollen.«

»Gut, aber warum hat er dafür lauter alten Plunder ausgewählt? Diesen Effekt könnte er doch mit neuen Sachen besser erreichen. Außerdem sind sie leichter zu beschaffen.«

»Dafür habe ich auch keine Erklärung«, sagte Maria.

»Es ist Plunder vom Flohmarkt«, sagte Hölleisen. »Wenn man Ihre Theorie weiter denkt, Frau Doktor: Die Opfer sollen gezwungen werden, sich gerade darüber Gedanken zu machen, warum das lauter alter Plunder ist. Ihre Aufmerksamkeit soll vielleicht in die Vergangenheit gelenkt werden.«

»Nein, das glaube ich nicht«, schaltete sich Nicole ein. »Ich denke, das mit dem alten Plunder hat ganz prosaische Gründe. Bei solchem Zeug verlieren sich die Spuren leichter. Denken Sie nur an das Rosenkranzkästchen. Der Weg von Münster bis hierher ist auch von hundert Hansjochen Beckers nicht mehr zu eruieren.«

»Ja, das stimmt«, sagte Becker und verneigte sich dankend. »Wenn ich einen Erpresserbrief schreiben will, hole ich mir eine Schreibmaschine vom Flohmarkt, das Papier dazu von einem anderen Flohmarkt. Die Spurensicherung hat kaum eine Chance.«

»Also gut«, sagte Jennerwein. »Hölleisen, Sie erforschen die Flohmarkt-Szene hier im Ort. Wo sind die Standplätze? Gibt es feste Termine? Kann sich jemand an einen Interessenten erinnern, der zum Beispiel ein Rosenkranzkästchen gekauft hat. Zeigen Sie Fotos von unseren Fundstücken herum.«

»Mach ich, Chef«, sagte Hölleisen.

»Wir haben noch ein weiteres Problem bekommen«, sagte Jennerwein seufzend. »Gemeinderat Toni Harrigl hat eine Bürgerwehr zusammengetrommelt. Einige durchstreifen die Gegend und belästigen harmlose Wanderer. Es ist auch schon zu Handgreiflichkeiten gekommen. Er wirbt seine Helfer in dieser Bäckerei an und schwingt dort große Reden.«

»Dann nichts wie hin«, sagte Maria. Sie hoffte, dass Jennerwein die Yijing-mu-Geschichte endgültig vergessen hatte.

33

*Der Komponist Richard Strauss hat in seiner Oper
›Arabella‹ für die Rolle der Fiakermilli einige nahezu
unsingbare Jodler komponiert.*

Eintrag im Opernlexikon

Holger versuchte sich aufzurichten, dabei schnitt ihm die
Schnur schmerzhaft ins Handgelenk. Um seine Fesselung wollte er sich später kümmern, erst musste er nachsehen, wo er
sich befand. Der katerähnliche Zustand und das Fieber waren
zurückgegangen, geblieben waren heftige Kopfschmerzen.
Umständlich richtete er sich in einer unbequemen Hocke auf
und verlagerte sein Gewicht so, dass er seine Beine nach hinten
in die Höhle strecken konnte und mit dem Kopf zur Öffnung
hin zu liegen kam. Die Felsnische war gerade so hoch und so
breit, um dieses schmerzhafte Manöver durchführen zu können. Endlich lag er auf dem Bauch. Das Seil hatte sich wieder
gespannt, es schien elastisch zu sein, es gab ihm noch ein bisschen Spielraum. Langsam robbte er noch ein paar Zentimeter
weiter, endlich konnte er einen Blick über den Rand des Felsens
werfen. Der Abgrund tat sich gähnend auf, er schloss die Augen
und versuchte das Schwindelgefühl in den Griff zu bekommen. Dort hinunter war also der Stein gestern gefallen, unendlich tief, grauenvoll tief. Dort hinunterzustei-
gen war menschenunmöglich. Er hob den Kopf etwas.
Vor ihm breitete sich ein riesiger Talkessel aus, es war die
pure, steinige, hässlich schroffe Natur, frei von jeglicher
menschlichen Behausung. Keine Hütte, kein Wanderer, keine Freunde, die ein Spruchband hochhielten:

HALLO HOLGER! GUTER SCHERZ, NICHT?

Wo war er? In einem nepalesischen Bergtal? Er musste sich irgendwie bemerkbar machen. Er musste gegen diese Tiefe anschreien, gegen die Leere anbrüllen. Sein Mund war trocken, die Lippen rau. Er schrie ein paar Mal in das garstige Tal hinunter, in die bleierne Luft hinein, hoch hinauf in den hämatomblauen Himmel, irgendwohin, nach irgendwem. Bereits nach ein paar Rufen wurde ihm klar, dass es sinnlos war. Hier konnte ihn niemand hören. Wieder schloss er die Augen, um sich zu konzentrierten, dann robbte er noch ein paar Zentimeter weiter hinaus. Das Seil schnitt nun bereits äußerst schmerzhaft ins Handgelenk. Aber er konnte jetzt die direkte Falllinie nach unten erkennen. Es war eine Tiefe, wie er sie noch nie im Leben gesehen hatte. Er hatte zu wenig Erfahrung, um die Höhenmeter zu schätzen. Er hatte überhaupt keine Bergerfahrung. Er hatte sich noch nie mit Bergklettern abgegeben, war noch nie auf irgendeinen Berg gegangen. Wieso war er dann hier? In Nepal, in den Pyrenäen – oder sonst irgendwo auf der Welt? Noch ein letztes Mal schrie er nach unten, und das krächzende HILFE! schien wattig in die Tiefe zu fallen, es schien hinunterzutrudeln und sich irgendwo aufzulösen. Er wiederholte den Schrei, ließ ein paar Sekunden verstreichen, lauschte, ob nicht wenigstens ein schwaches Echo zu hören war. Das Schreien hatte keinen Sinn, er verschwendete damit bloß seine Kräfte. Mühsam drehte er sich auf den Rücken, um nach oben blicken zu können. Als er die Körperdrehung endlich geschafft hatte, bekam er einen Schweißausbruch. Schon wieder drückte ein spitzer Stein in seinen Rücken, er rückte ein Stück zur Seite. Wer um Gottes willen konnte ihm das angetan haben? Er schloss die Augen, er drückte sie fest zu und stellte sich vor, an seinem Schreibtisch zu sitzen. Ein weißes, unbeschriebenes Blatt Papier lag da und ein sauber gespitzter, unbenützter Bleistift des Härtegrades sieben. Er nahm den Bleistift auf und begann mit einer Check-Liste.

Wer hatte ihn in diese Lage gebracht? Wer hatte Grund, ihm so etwas anzutun? Erstens: Doblinger. Heinz Doblinger war ein unzuverlässiger Mitarbeiter gewesen, dem er vor ein paar Monaten gekündigt hatte. Er war ständig zu spät gekommen, ein paar Mal gar nicht erschienen, und er hatte sich ständig verrechnet. Aber war der unzuverlässige, flatterhafte Doblinger wirklich einer, der ihn wegen einer gerechtfertigten Kündigung in einer nepalesischen Bergwand schmoren ließ? Zweitens: Hagemann. Laura Hagemann. Die Chefin von Hagemann Systems & Solutions. Seine Hauptkonkurrentin. Ein öffentlicher, gutdotierter Auftrag, den er bekommen hatte, nicht sie. Der Auftrag war riesig gewesen, er wusste, dass sie sich mächtig geärgert hatte. Aber der Verdacht ihr gegenüber war lächerlich. Beide Verdächtigungen waren lächerlich. Er strich die Namen Doblinger und Hagemann mit seinem gedachten extraharten Bleistift durch. Er öffnete die Augen und blickte in den Himmel. Drittens? Dritte Möglichkeit? Er dachte nach. Er war ein verträglicher Mensch, er hatte keine Feinde, er hatte niemandem etwas getan. Drittens: ein Scherz, ein Jux, ein Streich, wie man ihn bei einem Junggesellenabschied macht. Das war eine ganz unwahrscheinliche Möglichkeit. Ein nachträgliches Geburtstagsgeschenk von seiner Darts-Clique? Ein verspäteter Streich seines Abiturjahrgangs? Unwahrscheinlich, unmöglich, abartig. Vor allem wegen des Aufwands. Wie sollten sie ihn hierhergebracht haben? Mit einem Hubschrauber? Viertens. Den vierten Punkt konnte man gleich durchstreichen: Eine gefährliche Outdoor-Event-Situation, an der Manager manchmal teilnehmen. Er war nie in solch einer Firma gewesen, er hatte nur davon gelesen. Hatte man ihn verwechselt? Er schloss die Augen wieder, strich die vier Punkte im Geiste durch, zer-

215

knüllte den Zettel und warf ihn in den Papierkorb, der neben seinem Schreibtisch stand. Alles im Geiste. Er holte den Knäuel wieder heraus, strich ihn glatt und schrieb einen weiteren Punkt auf. Fünftens: Roswitha. Er starrte den Namen an. Je länger er darüber nachdachte, desto wahrscheinlicher erschien ihm diese Möglichkeit. Er öffnete die Augen wieder. Roswitha, ja, das lag im Bereich der Möglichkeiten. Er stemmte sich mit beiden Beinen im Inneren der Felsnische ab und rutschte dadurch noch ein paar Zentimeter nach außen.

»Hilfe!«, schrie er nach oben in die Felswand, dann wartete er ein paar Sekunden. Die Wand hatte einen leichten Überhang, er konnte nicht sehen, wo sie endete. Er schob sich noch etwas weiter hinaus. »Hilfe!«, schrie er nochmals, diesmal mit voller Kraft. Er wartete wieder ein paar Sekunden und lauschte, ob es Reaktionen gäbe. Geflüster? Gekicher? Dem werden wirs schon zeigen da unten? Nichts. Roswitha. Alle Mosaiksteine passten plötzlich zusammen. Er griff mit der freien Hand hinaus, bekam einen vorspringenden Stein zu fassen, konnte sich dadurch noch weiter hinausziehen und aufrichten. Er ragte jetzt bis zur Brust aus der Nische heraus und bekam einen genaueren Eindruck davon, wie es dort oben aussah. Mit einem knirschenden Geräusch riss das Seil aus der Halterung an der Nischendecke, und er rutschte mit dem Oberkörper über die Kante. Sofort verlor er das Gleichgewicht, er ruderte mit den Armen, doch er bekam den Stein von vorhin nicht mehr zu fassen und glitt vollständig aus der Felsnische heraus. Er war zu keinem Schrei mehr fähig. Roswitha.

And the coloured girls said
»doo do doo do doo doo doodoo,
doo do doo do doo doo doodoo, DOOOOO!«
Lou Reed, Walk on the Wild Side

»Wir müssen jeden einzelnen Bürger am Kampf gegen das Verbrechen beteiligen«, sagte Maximilien Robespierre am 26. Juli 1794 im Nationalkonvent zu den versammelten Parlamentariern. Er stellte sich dabei auf die Zehenspitzen und führte mit den Armen eine fast balletthafte Bewegung durch, eine halbkreisförmige Armbewegung, um die Wucht seiner Worte zu unterstreichen. Genau dieselbe Pose nahm jetzt Gemeinderat Toni Harrigl in der Bäckerei Krusti ein, und seine Stimme zitterte ähnlich wie damals die von Robespierre.

»Wir haben schon zwanzig Leute auf dem Wank, am Kramerplateauweg und rund um die Partnachklamm postiert. Sie streifen unauffällig herum, haben die Aufgabe, die Augen offenzuhalten und sich alle Wanderer genauer anzusehen. Wer also mitmachen will bei unserer präventiven Aktion –«

Toni Harrigl war gerade dabei, das Gewaltmonopol des Staates etwas anzukratzen. Vielen gefiel das. Langsam war durchgesickert, dass der Täter nicht etwa ein Fremder war, ein afghanischer Radikalterrorist zum Beispiel. Es musste sich vielmehr um einen Einheimischen handeln, weil er sich in der Gegend gar so gut auskannte. Er konnte auch kein durchgedrehter Irrer, kein outgeburnter Psycho sein, dazu ging er viel zu planvoll und zielstrebig vor.

»Die Polizei tut, was sie kann«, sagte Toni Harrigl. »Aber was kann sie?«

Auf diesen rhetorischen Kniff, die *Epanalepsis*, eine Figur, die schon die alten griechischen Redner einsetzten, war Harrigl sehr stolz, nach seiner kleinen Bäckerei-Krusti-Epanalepsis machte er eine Kunstpause und kostete sie aus. Alle nickten, viele murmelten nachdenklich: Ja, was kann sie schon, die Polizei!

»Ich hingegen setze auf Selbstheilungskräfte«, fuhr er fort. »Wir müssen es alleine anpacken. Wir müssen versuchen, diesen Lumpen, diesen ausg'schaamten, der uns da im Fleisch sitzt wie eine Laus im Pelz, selbst zu entfernen. Seien wir doch ganz ehrlich: Wer kennt denn jeden Stein im Umkreis von zehn Kilometern? Das sind keine eingeflogenen Hauptkommissare aus der Stadt, keine Allgäuer und Recklinghäuser Zugereisten und Hergeschmeckten, keine studierten Polizeipsychologinnen, sondern doch nur wir selber!«

»So ist es!«, hörte man aus allen Ecken.

Sofort meldeten sich einige Tapfere, und es wurde gar nicht lange nach einem Lohn gefragt. Das lauwarme Gefühl, das einem den Rücken hinunterläuft, wenn man etwas für die Heimat tun konnte, war Lohn genug. Vorerst wenigstens.

»Also, das war so«, sagte der Hausmeister Mehl zu den Umsitzenden an einem kleinen Tischchen. »Ich habe seit Jahren schon auf so einen Moment gewartet. Weil ich gewusst hab, dass so ein Schlamassel einmal passiert. Ich höre Geräusche unten im Kursaal, ich denk gleich an Bilderdiebe, die die wertvollen Ölgemälde vom Wotzgössel krampfeln wollen. Ohne an mich und meine Gesundheit, an meine Familie und an die Zukunft zu denken, lange ich nach dem Stichmesser auf meinem Nachtkastel und stürze hinunter. Einer von den Eindringlingen steht schon da und will ein Bild herausschneiden aus dem Rahmen. Die schämen sich ja gar nicht, die Bilderdiebe, die rechtsradikalen. Du kommst mir grade recht, habe ich mir gedacht. ›Was machen Sie da!‹ – mit diesen Worten habe ich ihn zur Rede gestellt, den Hallodri, den gräusligen, und er will fliehen. Ich renne ihm nach und bekomme ihn an einem Haxen zu fassen. Es gibt einen Kampf zwischen uns, der sich gewaschen hat. Gut, es ist ein paar Jahre her, aber ich war einmal in der Ringerabteilung vom Turnverein. Ich also: Nelson, Doppelnelson, Spaltgriff, Beindurchzug – wenn man das einmal gelernt hat, hat man es für immer drauf. Ich habe ihn im Schwitzkasten, er kann nicht mehr aus, und ich will gerade mein Handy aus der Tasche ziehen und die Polizei verständigen, da kommen noch andere in den Raum gestürmt, und ich muss den einen wieder auslassen und gegen die entfesselten Kräfte der Dunkelheit kämpfen. Paketgriff, Ausheber, Durchdreher, Übersteiger, seitlicher Aufreißer, amerikanische Wende, Hammerlock – die habe ich ganz schön vermöbelt. Fünf gegen einen ist natürlich viel, aber als die Not am größten war, habe ich einem das Stichmesser in die Schulter gerammt, da sind sie abgehauen.«

Der Hausmeister Mehl nahm einen tiefen Schluck aus seiner Kaffeetasse.

»Kennen Sie die Geschichte von Don Quixote und den Windmühlen?«, sagte der Apotheker Blaschek zu den Damen, die bei ihm am Tisch saßen.

Toni Harrigl ging im Café herum und notierte die Namen der engagierten Bürger.

»Ja, ich mach auch mit«, sagte der Pöschl Alfred, ein alter Bergführer mit einem ungetrimmten Vollbart bis zur Brust. »Das denkt man gar nicht, dass so etwas bei uns passieren kann. Ich war gestern auf dem Königstand. Wie ich da droben gestanden bin und hinuntergeschaut habe in das friedliche Tal, habe ich es gar nicht glauben können, dass da unten jemand rumschleicht, der solche bösen Gedanken hat.«

Ein alter Quertreiber mischte sich vom Nebentisch aus ein.

»Wenn *ich* da hinunterschaue ins Tal«, sagte der Höhenrainer Hansl und zog ein säuerliches, olympiagegnerisches Gesicht, »dann träume ich davon, ein saudi-arabischer Scheich zu sein, alle Neubauten zu kaufen, abzureißen –«

»– und wieder grüne Wiesen draus zu machen!«, skandierten ein paar im Chor, die den Höhenrainer Hansl und seine Gedankenspiele schon kannten.

»Ich dagegen, ich würde alles zubetonieren«, sagte ein junger Mensch, der unter dem Tisch ein abgewetztes Skateboard hin und her rollte. »Wenn ich vom Königstand aus so runterschau in den friedlichen Kurort, denke ich an eine riesige Halfpipe, die man aus dem Talkessel machen könnte. Ich würde alles abreißen und den historischen Ortskern aufs Zugspitzplatt verpflanzen, für die Touristen. Die Loisach unterirdisch weiterführen, damit die Münchner ihr sauberes Wasser weiter kriegen. Dann alles zubetonieren und eine Halfpipe draus machen. Irgendeine Autofirma sponsert das sicher gern, und in zwei, drei Jahren kann man sich den Kurort gar nicht mehr anders vorstellen.«

Gelächter brandete auf in der Bäckerei. Harrigl hasste Gelächter. Er hatte es auch nicht gern, wenn man jemand anderem zuhörte. Er wollte gerade zu einem erneuten rhetorischen Schlag ausholen, da vernahm er hinter sich eine leise, eindringliche Stimme.

»Herr Gemeinderat, dürfte ich Sie einmal kurz sprechen?«

»Aber sicher, was gibts denn?«, sagte der jovial und ohne sich umzudrehen.

»Es ist ja schön, dass Sie sich engagieren, aber wir müssen uns darüber unterhalten, wo die Grenzen sind.«

Jetzt drehte sich Harrigl um, und er schaute so überrascht, wie Robespierre damals am 27. Juli 1794 überrascht war, als er von den Mannen der Nationalgarde verhaftet wurde.

»Ach, Sie sind es, Kommissar. Ich habe Sie gar nicht reinkommen sehen. Was für Grenzen? Ich kenne nur die österreichische Grenze.«

»Ich muss Sie bitten, sich etwas mehr zurückzuhalten. Es sind bei uns schon die ersten Beschwerden eingegangen von Wanderern, die durch Ihre Bürgerwehren belästigt worden sind.«

»Belästigt? Wer unschuldig ist, der hat auch nichts zu befürchten.«

»Es sind schon die ersten Leute tätlich angegangen worden. Ich weise Sie darauf hin, dass Sie für solche Vorfälle verantwortlich gemacht werden können.«

Jennerwein hatte leise geredet, trotzdem hatten die Bäckereibesucher mitbekommen, dass Robespierre in Schwierigkeiten war. Alle hatten mit ihren Gesprächen aufgehört, nur der Hausmeister Mehl sagte in die Stille hinein:

»Bauerngriff, Innenarmklammer, Kopfdurchdreher, Schulterzange – da hamms g'schaut, die Burschen!«

Die Nachmittagspause war zu Ende, viele zahlten, die Anwesenheit der Staatsmacht in Form von Jennerwein und Maria Schmalfuß machte sie überdies ein bisschen nervös. Harrigl war stinksauer, Jennerwein hatte ihm die ganze Anwerbeaktion verdorben.

»Ich werde mich bei Ihrem Chef beschweren«, sagte er. »Weils wahr ist. Wir helfen, wo wir können, wir unterstützen Sie, und Sie haben nichts anderes –«

»Sie unterstützen uns eben nicht. Sie behindern uns. Aber ich will mich nicht weiter mit Ihnen streiten. Beschweren Sie sich bei meinem Chef. Und schildern Sie ihm, was Sie hier so treiben. Der wird begeistert sein.«

Harrigl packte seine Rekrutierungslisten zusammen und rauschte mit hochrotem Kopf ab.

»Trinken wir noch einen Kaffee?«, fragte Maria und wies auf eines der Tischchen. Jennerwein wollte sich schon setzen, da fasste ihn jemand sanft am Arm.

»Darf ich Sie mal allein sprechen, Herr Kommissar?«

»Ach, du bist es. Ja, freilich. Maria, gehen Sie bitte ins Revier und stellen Sie fest, wie weit die einzelnen Teammitglieder schon sind. Stengele und Ostler studieren Landkarten. Hölleisen sucht Flohmärkte ab. Nicole sitzt am Computer und sieht sich die Bilder durch, die an der Greininger-Wiese gemacht worden sind. Rufen Sie bitte sicherheitshalber auch meinen Chef, den Dr. Rosenberger, an und bereiten Sie ihn auf einen Anruf Harrigls vor.«

»Geht klar, Chef«, sagte Maria und trollte sich.

»Und nun zu dir, meine Liebe«, sagte Jennerwein und drehte sich um. »Willst du immer noch Pathologin werden? Oder kommst du vielleicht doch lieber zur Polizei?«

»Das überlege ich mir noch«, sagte Michelle. »Ich war gerade auf dem Revier, da hat man mir gesagt, Sie hängen hier ab.«

»Darf ich dich zu einer Cola einladen?«

»Gerne. Sagen Sie, die Frau, die Sie jetzt gefunden haben: Ist das die Evi?«

»Leider nicht.«

»Schade.«

Michelle machte ihr listiges Und-dann-ist-da-noch-was-Gesicht.

»Haben Sie sich das Tattoo schon mal daraufhin angesehen, von welchem Tattoostecher es gemacht sein könnte?«

»Ja, das haben wir. Es gibt keinen Hinweis darauf. Die Gerichtsmedizinerin hat bloß gesagt, dass es etwa ein Jahr alt ist.«

»Tattoostecher machen nicht einfach ihren Servus drauf. Sie verstecken ihre Unterschrift oft in einem Buchstaben.«

»Echt? Das wusste ich nicht.«

»Gibt es ein Foto von dem Tattoo?«

»Michelle – das geht nun wirklich nicht.«

»Ich will es ja nur mal anschauen. Nicht rumzeigen. Vielleicht fällt mir was auf.«

»Na gut. Geh nochmals zum Revier und frage Kommissarin Nicole Schwattke. Sag ihr aber, ich hätte dich geschickt.«

»Parole?«

»Wie?«

»Haben Sie keine Parole? Sonst könnte ja jeder kommen und sagen, Jennerwein hätte ihn geschickt.«

»Also gut, sie fragt, ob du meinen Handyklingelton kennst. Er ist *Und den Martini bitte geschüttelt, nicht gerührt.*«

»Aus James Bond? Ist ja cool.«

Jennerwein ließ ein paar Münzen auf dem Tisch liegen und ging mit dem Mädchen hinaus auf die Straße.

»Und noch was, Michelle.«

»Ja?«

»Arbeite bitte nicht auf eigene Faust. Versprichst du mir das?«

»Natürlich.«

»Es ist momentan wichtiger, den Täter zu stoppen, als die Identität der bisherigen Opfer zu erforschen.«

Michelle verabschiedete sich artig. Insgeheim war sie ein bisschen enttäuscht. Sie hatte noch eine Idee, die wollte sie dem Kommissar aber nicht verraten. Man müsste dazu einen Peilsender auftreiben. Man müsste ihn so am Körper verstecken, dass ihn der Täter nicht findet. Dann müsste man in den Bergen ein bisschen spazieren gehen. Jennerwein blickte Michelle beunruhigt nach. Irgendetwas heckt die aus, dachte er. Er rief Nicole an und gab ihr die James-Bond-Parole durch.

»Was soll das?«
»Nachwuchsarbeit, Nicole.«

Der nachmittägliche Brotzeitansturm in der Bäckerei war zu Ende, Harrigl war mit seinen Getreuen weitergezogen, Jennerwein ging noch mal hinein in das verwaiste Café.

»Wollen Sie noch was, Herr Kommissar?«, fragte die Verkäuferin. »Eine Rechnung für die Cola vielleicht? Oder eines von diesen Werdenfelser Weckerln?«

»Nein, ich möchte für fünfzehn Minuten ins Internet.«

»Wenn Sie eine halbe Stunde nehmen –«

Jennerwein schaute die Verkäuferin scharf an. Das wirkte.

»Ist ja schon gut.«

Der Kommissar wählte einen Computerplatz aus, bei dem ihm so leicht niemand über die Schultern schauen konnte. Er loggte sich ein, rief seine Mails ab und beantwortete die wichtigsten. Wie immer, wenn er an einem öffentlichen Computer saß, googelte er auch noch den Begriff *Akinetopsie*. Dafür wollte er weder sein eigenes Notebook noch das Ungetüm von Computer auf dem Revier benützen. Die Liste der Ergebnisse erschien, es gab keine wesentlich neuen Informationen über diese Krankheit. In den USA hatte sich eine Selbsthilfegruppe gebildet, er klickte sich auf deren Homepage. Er bemerkte gar nicht, dass Maria wieder zurückgekommen war und neugierig auf den Bildschirm lugte.

tyrolienne, f.
1. *Tirolerin, 2. Gleitseilbahn, 3. Jodler*
Dt.-franz. Lexikon

Auf diesem Spazierpfad war der Putzi schon oft unterwegs gewesen, er hätte ihn mit verbundenen Augen gehen können. An einer ganz bestimmten Stelle kletterte er ein paar unwegsame Steilhänge hoch, erreichte eine bewaldete kleine Hochebene und richtete sein Fernglas auf die gegenüberliegende Felswand. Diesmal war er zur rechten Zeit gekommen. Dort, in fünfhundert Meter Entfernung, bewegte sich etwas. Das Paar klobiger Bergschuhe, das aus der Nische ragte, zappelte in unregelmäßigen Abständen. Holger war aufgewacht. Der Putzi nannte den Eintritt der Opfer in ihren neuen und letzten Lebensabschnitt *Die Wiedergeburt*.

Im Geschäft seiner Mutter hatte er einige Bücher gefunden, die sich mit genau diesem Thema beschäftigten. Reinkarnation, Rückführung, Wiedergeburt oder wie immer man das nennen mochte. Die Upanishaden und der Hinduismus haben ihm besonders gut gefallen. Aber was diese Inder und Tibeter veranstalteten, das war doch nichts gegen das, was er seinen Schützlingen bot! Er schenkte ihnen ein zweites Leben, das auf eine Entscheidung reduziert war: Springen oder Bleiben. Durchhalten oder Aufgeben. Festhalten oder Loslassen. Er hatte auch schon daran gedacht, ob er den Novizen den Aufenthalt im Fels nicht verlängern sollte, indem er ihre Rucksäcke mit ein paar Notrationen bestückte.

Das würde er beim nächsten Mal ausprobieren. Die Bergschuhe dort drüben zappelten jetzt stärker, stießen auch bald einen größeren Stein herunter, der lautlos in die Tiefe fiel. Er konnte ihn nicht ganz nach unten fallen sehen, denn zwischen ihn und die Felswand dort drüben schob sich ein Hügel ins Blickfeld. Der Putzi wandte sich wieder den vorigen Gedanken zu. Vielleicht wäre es sogar noch interessanter, den Menschen eine Art von Carepaketen herunterzulassen, jeden zweiten oder dritten Tag, zu einer bestimmten Zeit, zum Siebenuhr-Abendgeläute? WRRRONG! WRRRONG! – und dann eine herzhafte Nachtvesper? Auch das wollte er ins Auge fassen. Er gab all diesen Menschen so viel, dass sein eigenes Vorhaben fast in den Hintergrund geriet, sein großer Plan, hinter das Geheimnis des Lebens zu kommen. Alle Felsopfer hatten sich bisher fürs Bleiben entschieden, alle waren sie oben auf dem Altar geblieben, keiner war gesprungen: kein Alter, kein Junger, kein Mann und keine Frau, kein Reicher, kein Armer – es schien das Wesen des Menschen zu sein, auszuharren und der Mutter Natur die Entscheidung zu überlassen, wann und unter welchen Umständen der rechte Zeitpunkt gekommen war. Der Putzi lehnte sich befriedigt zurück. Kali-Yuga, das Zeitalter des Verfalls war gekommen. Und er gab den unwissenden Menschen am Schluss noch die große, außergewöhnliche Chance, das Glück zu erleben. Er hatte vor, noch möglichst viele mit diesen Momenten zu beschenken.

Die klobigen Schuhe dort drüben verschwanden in der Felsnische, nach kurzer Zeit kam ein Kopf heraus, dann ein Arm, mit dem sich der Mann, der sich als Holger vorgestellt hatte, ganz bis zum Rand der kleinen Höhle zog. Holger, naturgemäß unrasiert, blickte nach unten, schien jedoch nicht sonderlich überrascht zu sein, was er da sah, hatte sich vorher in der Höhle vielleicht schon gedacht, auf was es hinauslaufen würde.

Er schob, zog und quetschte sich noch ein Stück weiter heraus, blickte jetzt genau in Putzis Richtung. Der verbarg sich instinktiv hinter einem Strauch. Der Putzi musste lauthals auflachen – der Mann konnte ihn auf keinen Fall sehen, so ganz ohne Fernglas. Jetzt legte Holger seine freie Hand halbtrichterförmig an den Mund und stieß ein paar Schreie aus, in alle Richtungen, doch der Putzi konnte aus dieser Entfernung natürlich nichts hören. Er musste seine Stellen in Zukunft so wählen, dass er noch näher dran war. Dann gab Holger das Schreien auf. Kluges Kerlchen, dachte der Putzi, du hast begriffen, dass du so nicht weiterkommst. Er richtete sein Fernglas auf die Felskante oben, von der aus er den bewusstlosen Mann mühsam abgeseilt hatte. Sie lag etwa dreißig Meter über der Felsnische, die Möglichkeit, dass dort oben jemand vorbeikam und die Schreie hörte, war äußerst gering, aber es war natürlich möglich. Genau dafür hatte der Putzi einen Plan B entwickelt. Für den Fall hatte sich der Putzi ein Gewehr zugelegt. Dann konnte das Opfer nicht mehr reden. So ein Gewehr war natürlich nicht über ein Internetforum zu bekommen gewesen, auch im Laden hatte er keines gefunden. Das Gewehr hatte er sich beim Onkel, dem Jäger, besorgt. Dem alten Deppen war noch immer nicht aufgefallen, dass ihm eines fehlte. Und so trug der Putzi jetzt einen französischen Repetierstutzen der Marke Lacombe im Gepäck. Das Gewehr hatte einen abnehmbaren Lauf, das war praktisch, weil es so gut in den Rucksack passte. Er hatte es noch nie benutzen müssen, er hatte seine Verstecke gut genug gewählt. Holger schien hellwach zu sein. Er erkundete das Terrain. Er wälzte sich auf den Rücken und schob sich langsam heraus. Er erkundete die Felswand, die nach oben führte. Mensch, kriech zurück und löse den Gurt, murmelte der Putzi halblaut, dann tust du dich leichter! Der Mann rutschte noch weiter nach vorn, und dann ging alles sehr schnell. Mit einem Ruck kippte er mit dem Oberkörper über die Kante, rutschte mit dem ganzen Körper aus der Höhle. Er versuchte sich mit den Armen irgendwo festzuhalten, aber da gab es keine Griffmöglichkeiten mehr, er stürzte hinunter. Der Putzi sah den Mann nach unten fallen, zehn oder fünfzehn Meter weit, dann verschwand er aus seinem Blickfeld, denn der Hügel versperrte dem Putzi die Sicht auf die weitere Falllinie des Mannes.

Dem Putzi wurde ganz schwindlig vor Schreck. Stürzte dieser Idiot ab! Er ließ das Fernglas sinken und fluchte. Er musste in Zukunft unbedingt mehr Sorgfalt auf das Befestigungsseil verwenden. Das war eigentlich lediglich dafür gedacht, dass die Ausgesetzten im Schlaf nicht versehentlich aus der Höhle stürzten. Wenn sie aufwachten, sahen sie sofort, dass ein Arm an einem Haken befestigt war, der Karabiner war leicht zu lösen. Die meisten Opfer hängten sich deshalb auch nachts wieder an. Dieser Idiot aber hatte den Haken herausgerissen. Der Putzi hätte ihn intelligenter eingeschätzt, den siebengescheiten Computerfuzzi, der beim Spaziergang auf dem leicht ansteigenden Feldweg von sich behauptet hatte, das Leben logisch und mit kühlem Kopf anzugehen. Nach eigenen Angaben war er Softwareentwickler gewesen, und jetzt hatte sich Holger gleich zu Beginn seines zweiten Lebens diesen verhängnisvollen Fehler geleistet.

Den Putzi schauderte es. Was sollte er jetzt tun? Er musste hinuntersteigen, ins Tal, er musste am Bergfuß unten nach dem abgestürzten Mann suchen. Den Putzi überlief es heiß und kalt. Es blieb ihm wahrscheinlich nichts anderes übrig, als ihn zu begraben. Das hatte er noch nie im Leben gemacht. Ob er das schaffte? Er hoffte, dass er ihn an Ort und Stelle begraben konnte und ihn nicht noch lange transportieren musste. Denn wie der Körper nach einem Fall aus ein paar hundert Metern

Höhe aussah, das konnte er sich schon vorstellen. Er hatte sich bisher gar keine Gedanken gemacht, was denn geschehen würde, wenn wirklich einer spränge. Er hatte eine vage Vorstellung, dass dann der Versuch beendet sein würde. Aber es war ja bisher noch keiner gesprungen. Dieser Stümper war abgestürzt. Das brachte seinen Tagesablauf vollkommen durcheinander. Am Morgen hatte er wie immer seinen Routinegang gemacht, zum Grab des Vaters dackeln, Kerzen anzünden, dann war er zur Kuhflucht gelaufen und hatte die Gemse gegrüßt. Dann war er zum Philosophenweg gegangen, in die kleine St.-Anton-Kirche. Dort hatte er für jedes seiner Opfer eine Kerze angezündet. Sollte er die Nische von Holger nochmals verwenden? Warum eigentlich nicht? Aber erst dann, wenn er dessen Leiche von dort unten weggeschafft hatte. Der Putzi packte seine Sachen zusammen, achtete peinlich genau darauf, dass er nichts zurückließ, und machte sich auf den Weg nach unten. Er überlegte fieberhaft. Der Körper war durch den Aufprall sicherlich in einem Zustand, bei dem sich die Tiere des Waldes sofort über ihn hermachten. Das hoffte er zumindest. Er würde bis morgen warten. Die gütige Mutter Natur, Samsara, die wachsame Hüterin des beständigen Wanderns, sorgte hoffentlich auch in diesem Fall dafür, dass sich die zwölfgliedrige Kette des bedingten Entstehens lindernd und reinigend über das Geschehene im Tal legte.

Aber verdammt nochmal, dieser Kommissar Jennerwein ging ihm langsam auf die Nerven. Der brachte alles durcheinander. Dass der mit einem Riesenteam hier anrückte, damit hatte er auch nicht gerechnet. Klar, irgendwann einmal würden sie die Felsengräber entdecken, dann musste er seine Versuchsreihe ohnehin aufgeben. Aber bis dahin wollte er seine Beobachtungen natürlich weiterführen, auch wenn die Ermittlungen auf Hochtouren liefen. Er fiel bestimmt nicht auf in der Menge der vielen Wanderer und Kletterer hier im Werdenfelser Land. Er hatte ohnehin vor, sich Harrigls Truppe der besorgten Bürger anzuschließen. Vielleicht wäre es gar nicht schlecht, noch einen Schritt weiterzugehen und eines der Bergopfer selbst der Polizei zu melden. Nicht anonym, sondern ganz offen, mit gespieltem Entsetzen. Dann käme doch kein Mensch mehr auf die Idee, dass er etwas mit den Wiedergeborenen zu tun hatte! Und er konnte in Ruhe weiterarbeiten. Zwei Novizen hatte dieser Kommissar Jennerwein schon von den Bergen geholt. Wer weiß, was er mit ihnen anstellte, anstatt sie in Frieden ruhen zu lassen. Diesem Jennerwein musste er eine Warnung zukommen lassen. Etwas, das ihn dazu brachte, ehrfürchtiger mit seinen Schützlingen umzugehen. Der Putzi hatte auch schon eine Idee, und die Idee nahm nun rasch Gestalt an. Das wog den Unfall von vorhin durchaus auf. Darüber hätte er fast vergessen, bei einer Weggabelung in Richtung Punzerhöfle weiterzugehen. Als er an einer Wiese vorbeikam, sah er eine Frau auf einer Bank sitzen. Sie spielte mit einem Kind von vielleicht vier oder fünf Jahren. Das Kind riss sich los und lief lachend und singend mit einem Teddybären im Arm über die Wiese. Es lief dahin und dorthin, es hatte keinen Plan, es machte das, was ihm gerade einfiel. Bald pflückte es Blumen, bald deutete es hoch zu einer Wolke. Solch ein unschuldiges, unverdorbenes Wesen, dachte der Putzi. Solch ein Bündel an Kraft und purer Lebensfreude, das da auf der Wiese herumtollt! Da hat die Zivilisation noch keine Spuren hinterlassen, das ist die unverfälschte Natur! Das Kind blieb stehen und sah zu ihm her.

Der Putzi lächelte.

Bist du, Schrei, der glockenhell die Gipfel dort umhüllt,
nicht eng verwandt dem Schrei des Todesschmerz's ...
Rainer Maria Rilke, nach einem Jodelkurs

Blut! Frisches, in einem mächtigen Strahl nach oben schießendes Blut! Hoch spritzte die Gischt der rotglänzenden Fontäne auf, dünne, schlierige, immer wieder abreißende Streifen, längliche, gefaserte Tropfen umrankten den Hauptstrahl und sanken mit ihm zugleich nieder neben dem Einstichloch. Doch gleich mit dem nächsten Pulsstoß gab es ein eruptives Feuerwerk an explodierendem flüssigen Glitzerkram. Der reißende Strom, der lange im Inneren des Körpers gefangen und heiß durch die elastischen Bahnen des Säugers gebrodelt war, schoss nun frei und ungezähmt hoch in die Luft. Die Archicnephia klappte ihren Stechrüssel ein und sprang in die rote, warme Lache. Sie saugte sich voll mit dem süßen Gesöff, das sie so dringend für ihre weitere Entwicklung brauchte. Nachdem sie den gröbsten Durst gestillt hatte, setzte sie ihren Stachel nochmals auf die weiche Nackenhaut. Hätte sie Ohren gehabt zu hören, hätte sie eine weinerliche Stimme vernommen, die aus dem Protokoll der Gemeinderatssitzung vorlas.

»Wir kommen zum Tagesordnungspunkt dreizehn Strich eff, zum Thema ›Sicherheit in den öffentlichen Anlagen‹. Der Vertreter der örtlichen Polizei, Herr Polizeiobermeister Johann Ostler, hat uns ja schon die Statistiken erläutert –«

Blut! Herrlich süßes Blut! Ein zweiter Strahl spritzte himmelweit auf. Heute ging es besonders leicht. Wenn später ihre

Kameradinnen kamen, mussten mehrere saubere Bohrlöcher fertig sein, ein halbes Dutzend sollte sie schon schaffen. Sie war eine erfahrene Kriebelmücke, eine verdiente Pionierin mit muskulösen Beinen und einem mächtigen Stechborstenbündel, in dessen Inneren noch eine zweite Röhre verlief, mit der sie eine Essenz in die Wunde spritzen konnte, die die Blutgerinnung und Wundheilung hinauszögerte und den Stich durch ein Narkotikum möglichst schmerzfrei machte. Der Wirtssäuger, dessen Nacken sie gerade bearbeitete, war momentan abgelenkt, er achtete nicht darauf, ob er gestochen worden war oder nicht – da ließ es sich leichter arbeiten als bei den nervösen, mit ätherischen Ölen zugeschmierten Exemplaren, die man im Sommer um die Seen herum fand. Dieser energiegeladene Mensch hier war ein ideales Wirtstier. Sie roch seinen hohen sozialen Status.

»Ich glaube, wir können den TOP 13 eff abschließen«, sagte der Bürgermeister gerade. »Die fehlgeleiteten rechtsradikalen Jugendlichen, die übrigens nicht aus dem Kurort stammen, das möchte ich betonen, sind verhaftet und in die JVA eingeliefert worden.«

Eine blonde Frau am Rande des Tisches stieß angriffslustige Pheromone aus.

»Hätte unser Sportstadion nicht so lange ›Ritter-von-Halt-Stadion‹ geheißen«, sprühte sie, »dann wären die Jugendlichen gar nicht auf die Idee mit dem Jahrestag am 5. August gekommen!« Die Archicnephia fuhr ihre Antennen aus und drehte sie in Richtung der Sprecherin. Sie nahm eine dünnhäutige, sensible Ausstrahlung wahr. Zu der würde sie danach noch hinfliegen. Doch im Moment schlürfte sie weiter das Blut des Bürgermeisters.

»Jedenfalls ist der italienische Kurgast längst wieder wohlbehalten in seiner Heimat angekommen«, sagte der. »Wir hoffen, dass er unsere schöne Gemeinde bald wieder besucht. Die

Kurgäste sind unser Kapital. Sie bringen Geld in den Ort. Und im Kurpark herrscht jetzt wieder Ruhe, nicht zuletzt dank der rührigen Mithilfe unseres Gemeindehausmeisters, Herrn Mehl, dem ich hiermit die silberne Ehrennadel des Kurortes verleihen möchte.«

Während der Hausmeister linkisch vortrat und seine Ehrung entgegennahm, saß Gemeinderat Harrigl auf der anderen Seite des Rathaussaals. Er tat nach außen hin cool, blätterte beiläufig in einem Prospekt, kochte aber vor Wut. *Er* hätte die Ehrennadel verdient, nicht dieser abgewrackte Don Quixote, der sich einbildete, einen millionenschweren Bilderdiebstahl verhindert zu haben. *Er* hatte doch viel mehr geleistet. Er hatte diese Bürgerinitiative auf die Beine gestellt. Harrigl war auf hundert, er stellte in der gegenwärtigen Verfassung eine schlechte Mückenspeise dar. Da war der Bürgermeister schon schmackhafter.

»Zefix, Sauviecher, narrische«, zischte dieser gerade und schlug mit der flachen Hand auf seinen Nacken. Die Archicnephia war klug genug, nicht zu warten, bis der Schlag saß. Bei Säugern dauerte es uuuuuuuunendlich lange, bis sie einen einmal gefassten Entschluss durchführten. Sie flog durchs offene Fenster hinaus. Sie war ohnehin nicht mehr durstig. Und sie hatte eine perfekte Baustelle vorbereitet. Sie flog vom Rathaus weg Richtung Westen, flog direkt auf das Kramermassiv zu, *flog durch die stillen Lande, als flöge sie nach Haus*, steuerte schließlich ein verwildertes Grundstück an, zwängte sich durch eine trichterartige Röhre, setzte sich auf einen Stein und begann vor ihren Kameradinnen zu tanzen.

»Give me five!«

Eine halbe Stunde später klatschten die Handinnenflächen zweier Männerpratzen aneinander, dass es nur so krachte. Alois Schratzenstaller und Karl Swoboda hatten in der Tat etwas zu feiern, hatten sie es doch geschafft, keinen Geringeren als den Ersten Bürgermeister der Marktgemeinde zu lokalisieren. Die Archicnephia hatte dessen Position genau beschrieben. Es dauerte nicht lange, da ließen sich auch andere Tiere auf dem Stein nieder und bestätigten die Koordinaten des Bürgermeisters, draußen musste sich bereits die gewünschte Pheromonkette gebildet haben, die garantierte, dass man, mit einer kleinen Verzögerung, immer auf dem aktuellen Stand war.

»Brav, Mäderln, gut habts es g'macht!«, flüsterte Swoboda bewundernd.

»Da, schau hin, die Sitzung ist aus, jetzt geht er grade aus dem Rathaus!«

Sie würden ihn ab jetzt auf Schritt und Tritt verfolgen können.

Schratzenstaller blieb über der Schusterkugel sitzen und übertrug die wechselnden Positionen des Bürgermeisters auf eine Ortskarte.

»Das hätte ich nie gedacht, dass die kleinen Viecherln zu so was fähig sind«, schwärmte Swoboda und schaute ihm über die Schultern. »Als ich von dem Projekt erfahren habe, war ich, ehrlich gesagt, ziemlich skeptisch.«

»Du glaubst gar nicht, zu was Insekten alles fähig sind«, sagte Schratzenstaller stolz, als hätte er die Insekten zu dem gemacht, was sie jetzt waren. »Die alten Ägypter haben schon recht gehabt, einen Mistkäfer, den Heiligen Skarabäus, als Gott zu verehren. Es gibt Insekten, die eine Wasserwaage am Bauch tragen, der Taumelkäfer benützt ein Echolot zur Fortbewegung, Stubenfliegen sind mit einem Geschmacksfühler an der Sohle ausgestattet, Honigbienen mit einem Tempomesser am Auge, Feuerkäfer haben einen Brandmelder am Bauch, Hornissen bauen Paläste aus Papier, Kakerlaken überleben wahrscheinlich sogar einen Atomschlag – und dabei ist das meiste noch nicht einmal erforscht.«

»Dumme Frage: Warum hat sich dann keine intelligente Lebensform herausgebildet?«

»Sie *sind* eine intelligente Lebensform, Swoboda.«

Swoboda betrachtete seine in einem Eimer hängende Hand. »Wie viele Ameisenbäder muss ich denn noch nehmen?«

Seine rechte Hand war vom Abrutschen an der Dachrinne ziemlich lädiert gewesen. Schratzenstaller hatte darauf bestanden, ein altes Werdenfelser Naturrezept anzuwenden, nämlich Ameisen über die Wunde laufen zu lassen. Hunderte der Tiere krabbelten nun über seine Hand und besprühten ihn mit Essenzen, die laut Schratzenstaller den Wundheilungsprozess beschleunigen sollten.

»In zwei Tagen ist deine Hand wieder wie neu. Da kannst du ein Klavierkonzert geben.«

Swoboda sah aus dem Fenster und pfiff ein altes Wiener Lied, so etwas wie ♫ Es wird ein Wein sein ... Seine Augen sprangen ziellos von Punkt zu Punkt, ein Zeichen von höchster Konzentration.

»Unser Mückenprojekt revolutioniert alle bisherigen Verfolgungstechniken und stellt sogar polizeiliche und militärische Überwachungsmöglichkeiten in den Schatten. Wir können jetzt einen Menschen, von dem wir bloß eine benützte Serviette oder eine Haarlocke haben, auf der ganzen Welt lokalisieren. Wir brauchen ihm keinen Peilsender mehr zu verpassen. Darüber hinaus erfahren wir sogar etwas über seine Stimmung und seine momentanen Gefühle. Aber ein paar Fragen bleiben noch offen. Arbeiten die Mückerl beispielsweise auch nachts für uns? Wie ist es bei extremen Temperaturen? Bis zu welcher Höhe fliegen sie? In welchem Radius können sie sich bewegen? Kann man die Viecherl ablenken, zum Beispiel mit anderen Düften? Was ist, wenn sich die Objekte in geschlossenen Räumen bewegen?«

235

»Dafür haben wir doch den Winterholler engagiert. An dem testen wir die Rand- und Grenzsituationen. Ich habe da jede Menge Daten zum Auswerten. Aber lass uns schauen, was der Bürgermeister nach der Gemeinderatssitzung so treibt.«

Schratzenstaller widmete sich wieder seiner Schusterkugel, machte Notizen, zeichnete Punkte, Striche und kryptische Zeichen in die Karte. Swoboda sah ihm lächelnd zu. Ein Fanatiker. Ein Verrückter. Genau solche Leute brauchte man heutzutage. Schließlich drehte sich Schratzenstaller zu ihm um und wies auf die Karte.

»Vor einer halben Stunde hat er das Rathaus verlassen, gemeinsam mit Toni Harrigl. Sie haben sich getrennt. Der Bürgermeister ist in nordöstliche Richtung gegangen, Toni Harrigl nach Süden.«

»Der Gemeinderat Toni Harrigl?«

»Ja, auch auf ihn habe ich ein paar Spione angesetzt. Schon vor längerer Zeit. Das ist eine andere Geschichte, eine eher private. Der Harrigl ist im Moment, wie eigentlich immer, hochgradig erregt, heute sogar äußerst aggressiv.«

»Und was macht der Bürgermeister?«

»Der hat zuerst seine Wohnung angesteuert, dort hat er sich zehn Minuten aufgehalten. Auch er ist emotional erregt, aber mit positivem Ausschlag. Das freut die Mückerl besonders. Das gibt ihnen scheinbar genau die Hormone, die sie brauchen. Schau hin, jetzt ist er wieder unterwegs. Er ist am Friedhof vorbeigegangen, geht jetzt den Kramerplateauweg hinauf Richtung Kriegergedächtniskapelle am Grasberg.«

»Ui jeggerl, der kommt ja direkt auf uns zu!«

»Ja, er ist ganz in der Nähe.«

»Komm, den schaun wir uns einmal an.«

Diesmal waren es gleich zwei rüstige eichkätzchenfütternde Rentner, die zum Grasberg hinaufgingen. Und rüstige eichkätzchenfütternde Senioren, die fielen hier im Loisachtal nun wirklich nicht auf. Swoboda hatte die verbundene Hand in die Tasche gesteckt. Beide trugen Ferngläser, und bald entdeckten sie den Bürgermeister, wie er quer durch den Wald ging. Er war allein, er schien in Gedanken versunken, er schlenderte dahin.

»Das ist euer Bürgermeister?«, sagte Swoboda. »Kann der sich keine bessere Wanderausrüstung leisten?«

»Vielleicht ist er ja inkognito unterwegs und will nicht erkannt werden.«

»Geh zu, den kennt doch sicher jeder hier. Auch wenn er sich eine alte Jacke umwirft.«

Die beiden rüstigen Rentner gingen dem Bürgermeister eine Weile nach, immer in sicherer Entfernung. Auf Höhe der Kapelle verließ das Gemeindeoberhaupt den ausgetretenen Spazierweg. Er blickte sich ein paar Mal um, Swoboda und Schratzenstaller duckten sich rechtzeitig weg, gelernt ist gelernt. Plötzlich sahen sie ihn auf einem Hügel stehen. Doch der Bürgermeister traf sich nicht heimlich mit einer Frau, er verscherbelte auch nicht seine Amtskette, um sie zu klingender Münze zu machen – der Bürgermeister stand einfach nur napoleonisch da und sah ins Tal hinunter, auf seinen Kurort, auf sein Schlachtfeld. Dann nahm er eine klassische Rednerpose ein: Standbein, Spielbein, rechte Hand auf der Brust, linke Hand vorgestreckt in Regnets-heute?-Haltung. Schließlich begann er zu deklamieren, der demokratisch gewählte Bürgermeister, zwar tonlos für die beiden Lauscher, sie spürten jedoch das griechische Versmaß, den sechshebigen Jambus einer großen, staatstragenden Rede.

»Komm, gehen wir, wir haben genug gesehen«, sagte Schratzenstaller. »Der ist harmlos.«

»Niemand ist harmlos«, sagte Swoboda. »Jeder hat ein Geheimnis.«

Als sie sich ein paar Schritte entfernt hatten, bebte das Mobiltelefon Swobodas. Er nahm es heraus, warf einen kurzen Blick aufs Display, hob ab und verfiel sofort ins Italienische. Schratzenstaller verstand kein Wort. Ein paar Mal glaubte er die Namen Odore und Manzini zu hören, aber er konnte sich auch täuschen. Swoboda pfiff ein paar Mal überrascht durch die Zähne, machte große Augen. Er legte schließlich auf.

»Und? Nachrichten aus Italien?«

»So ist es. Wenn wir mit unseren Versuchen fertig sind, haben wir einen Auftrag. Einen großen Auftrag. Da geht es nicht mehr um den Bürgermeister eines kleinen alpenländischen Kurorts. Da geht es um ganz andere Kaliber.«

»Wie groß sind die Kaliber?«

»Gigantisch groß.«

Garmisch, Gasthaus Zum Raben. Schreckliche Nacht.
Blitze zucken, Gewimmer hinter Mauern, ein heraus-
geschnittenes Herz auf dem Nachttisch. Gottserbärm-
liche Schreie im Nebenzimmer. Ich reiße die Tür auf:
Jodelunterricht.

Edgar Allan Poe, Reisetagebücher

Kommissar Jennerwein verließ das Revier gut gelaunt. Das war eine äußerst interessante Idee gewesen, die die Kommissarin Schwattke da eben in die Diskussionsrunde eingebracht hatte.

»Das alte Gerümpel, das unser Täter den Opfern in die Rucksäcke steckt, und das Zeug, das die anhaben, kommt meiner Ansicht nach aus einem Krimskramsladen. Es wäre nämlich viel zu auffällig und zu aufwändig für ihn, auf Flohmärkte zu gehen und das alles zusammenzukaufen. Noch riskanter wäre es, eigene Sachen aus dem Speicher oder Keller zu nehmen. So aber holt er die Requisiten, die er braucht, aus dem eigenen Geschäft, vielleicht einem Secondhandshop oder einem Antiquitätenladen. Auf diese Weise ist es fast unmöglich für uns, den Weg zu den ursprünglichen Besitzern zurückzuverfolgen. Und vor allem: Es ist auch sinnlos. Denn wenn wir wissen, dass die Schuhe vor zwanzig Jahren – sagen wir mal – einer Emma-Maria Melkeimer in Buxtehude gehört haben, bringt uns das in den Ermittlungen überhaupt nicht weiter. Schlaues Kerlchen! Er hat darauf gehofft, dass wir viel Zeit damit verplempern, die Besitzer der Sachen zu eruieren.«

»Und die Kleidungsstücke, die er den Opfern abnimmt? Wirft er die weg? Das ist sehr riskant.«

»Nein, die könnte er sogar wieder in die Gebrauchthandels-
kette zurückführen, indem er sie einfach im Laden weiterver-
kauft. Aber so dumm wird er nicht sein. Ich vermute, dass wir
im Keller irgendeines Secondhandladens fündig werden.«

Ostler war aufgesprungen und hatte das Branchenbuch geholt. Schnell stellte er fest, dass es im näheren Umkreis genau
siebzehn Secondhandshops und Antiquitätenläden gab, und er
blickte tatendurstig in die Runde. Doch Jennerwein schüttelte
den Kopf.

»Für so eine Aktion bekommen wir nie und nimmer einen
Durchsuchungsbefehl. Wir machen es dezenter. Schwattke und
Stengele, Sie sind im Ort am wenigsten bekannt, Sie sehen sich
mal um in diesen siebzehn Ramschläden. Ich glaube allerdings
nicht, dass einer der Besitzer unser Täter ist. Wenn, dann ist
es ein Mitarbeiter, der vielleicht nur sporadisch dort arbeitet.
Versuchen Sie, so viel wie möglich über die Mitarbeiter der
Läden herauszubekommen. Sollte man Sie als Polizisten erkennen, können Sie sich immer noch ganz offiziell eine Liste
all derer geben lassen, die in dem Laden arbeiten – oder gearbeitet haben. Ostler und Hölleisen, Sie erkundigen sich bitte
auf dem üblichen computergestützten Dienstweg über die La-
denbesitzer: Sind es Einheimische, die Sie kennen? Ist da schon
einmal etwas vorgefallen?«

Jennerwein schloss die Besprechung. Endlich kam Bewegung in die Ermittlungen. Sie hatten alle das Gefühl, dass sie
auf dem richtigen Weg waren, dass sie den Täter schnappen
konnten, bevor eine weitere Leiche in einer Felswand gefunden wurde.

Jennerwein verließ das Revier voller Energie. Er steuerte zielstrebig auf das Auto Marias zu, das auf dem polizeieigenen
Parkplatz stand. Der uralte Blechofen war wie immer unverschlossen, er stieg ein und setzte sich auf den Beifahrersitz. Seit

er seine Akinetopsie-Anfälle bekommen hatte, war er nicht mehr Auto gefahren. Er hatte Maria gebeten, ihn ins Gästehaus Edelweiß zu bringen, und bald schaukelten sie auch schon gemütlich durch den Ort, in dem es jetzt von Kurgästen wimmelte. Sie wichen zwanzig Kühen aus, die mampfend und muhend durch die kleinen Straßen stapften, sie beugten sich an roten Ampeln hinaus aus den geöffneten Seitenfenstern, um das glasklare Panorama der Berge zu bewundern und auf Gleitschirmflieger dort oben zu deuten.

»Wie wäre es einmal mit einem Tandemflug, Maria?«

Hubertus Jennerwein hätte sich auf die Zunge beißen mögen. Maria schwieg zu dem Vorschlag. Beim Gästehaus Edelweiß angekommen, steuerte Maria in die kleine Parkbucht und stellte den Motor ab.

»Wollen Sie noch mit raufkommen, Maria? Mit dem Versprechen, dass kein dienstliches Wort fällt?«

Jennerwein wandte seinen Kopf nach rechts, um nach der altmodischen Fensterscheibenkurbel zu suchen.

»Aber gerne, wenn Sie eine Flasche – – –«

Maria griff sich ans Gesicht, versuchte sich das klatschnasse Tuch von Mund und Nase wegzureißen, warf auch einen hilfesuchenden Blick zu Jennerwein, der seltsam weggekrümmt auf dem Beifahrersitz saß, sie strampelte noch kurz verzweifelt mit den Beinen, doch es war zu spät, jegliche Spannung wich aus ihrem Körper, sie erschlaffte und sank über dem Lenkrad zusammen. Die Hand mit dem klatschnassen Tuch war allzu blitzschnell vom Rücksitz her aufgetaucht, Maria hatte keine Chance mehr gehabt, sich zu wehren. Jetzt fiel sie in einen traumlosen Schlummer.

Die Pensionswirtin des Gästehauses Edelweiß hatte ihr Zimmer oben im ersten Stock, mit direktem Blick auf die Auffahrt. Neugierig wie alle Pensionswirtinnen, Herbergsväter und Con-

cierges dieser Welt nun mal sind, hatte sie von dort oben beobachtet, wie das Auto der Psychologin langsam auf den Parkplatz gerollt war. Der Motor wurde ausgestellt, dann hatte der
schäbige alte Citroën eine Weile dagestanden. Was hätte sie
darum gegeben, einen Blick ins Innere des Wagens zu werfen.
Die Pensionswirtin seufzte. So eine nette Frau! Schon Dutzende von Malen hatte sie den Kommissar hierhergebracht, um
ihn dann bloß abzuladen, nichts weiter. Sie wären so ein schönes Paar gewesen! Doch diesmal war ihr berühmter Gast nicht
ausgestiegen. Der Motor wurde wieder gestartet, das Auto fuhr
ruckelnd an, wendete umständlich und setzte sich in Richtung
des Waldwegs am Köhlerbichl in Bewegung. Die Pensionswirtin seufzte nochmals. Endlich. Vielleicht gingen sie ein bisschen
spazieren, lustwandelten Hand in Hand durch den nachmittäglichen, sommerlichtdurchfluteten Köhlerwald. Sehr roman-
tisch. Mit einem Gast war auch sie einmal dort hinaufgegangen.
Vor Jahren. Das Telefon klingelte und riss sie aus ihren leise
dahinpilchernden Gedanken.

»Gästehaus Edelweiß. Ach, Sie sind es, Frau Kommissarin
Schwattke. Nein, der ist nicht da. Das heißt: Der war da. Gerade eben. Die beiden sind nochmals weggefahren.«

»Sie haben keine Nachricht hinterlassen?«

»Nein, sie sind gar nicht ins Haus gekommen.«

Sonderbar, dachte Nicole, das ist gar nicht die Art vom
Chef, das Telefon einfach ins Leere klingeln zu lassen. Und
auch die Psychologin war nicht zu erreichen.

»Lassen Sie mich um Gottes Willen vorbei!«, schrie Maria.
»Machen Sie Platz, ich will innen rein an die Wand!«

Jennerwein begriff nichts. Blinzelnd öffnete er die Augen,
er wusste nicht, wo er sich befand. Langsam schälte er sich
aus einem Traum heraus. Er versuchte sich etwas aufzurichten,
doch das funktionierte nicht so recht, sein Arm war festgebun-

den. Hatte er wieder einen Anfall gehabt? Nein, ein Anfall fühlte sich anders an. Wo war er? Was war hier los? Und warum war Maria so dicht neben ihm? Sie klammerte sich an ihm fest, rüttelte an ihm herum. Maria schrie ihm nochmals etwas Unverständliches ins Ohr. Er kniff die Augen zusammen und riss sie wieder auf, Marias Gesicht war in Kussnähe. Warum schrie sie so? Mit der anderen Hand schien sie auf einen Punkt über sich zu zeigen, Jennerwein richtete seinen Blick dorthin. Maria und er waren mit einer Hand dort oben an der niedrigen Decke angekettet. Jennerwein war mit einem Schlag hellwach. Sie hockten beide dicht aneinandergekauert in einer Höhle, in einem felsigen kleinen Loch, in genau solch einer Nische, in der die beiden bisherigen Opfer gelegen hatten. Jennerwein blickte hastig um sich. Die Höhle war nicht größer als zwei mal zwei Meter, die Decke war so niedrig, dass man sich nicht aufrichten konnte. Er kauerte im Inneren, an der Wand, Maria war außen, gefährlich nahe am Rand der Höhle, mit dem Rücken zur Öffnung. Der Boden der Höhlung war leicht abschüssig – nach außen! Halb lag sie auf ihm, halb kniete sie auf ihm.

»Ich halte das nicht aus. Ich habe den Fehler gemacht, nach draußen zu schauen«, kreischte sie. »Mir geht es überhaupt nicht gut.«

Ein Krampf schüttelte sie, sie boxte ihn jetzt schmerzhaft in die Brust.

»Maria, atmen Sie tief durch. Versuchen Sie, sich bequem hinzusetzen. Machen Sie eine Konzentrationsübung. Mit Yi-jing-mu und Spucke –«

Maria lachte nicht. Sie japste und keuchte, auch von *tief durchatmen* konnte keine Rede sein.

»Lassen Sie mich ins Innere hinein«, schrie sie.

Jennerwein packte sie mit der freien Hand an einer Schulter und rüttelte sie.

243

»Ich weiß, dass Sie Höhenangst haben, Maria«, sagte er mit so ruhiger Stimme, wie es ihm möglich war. »Ich weiß es schon seit einiger Zeit. Wir kommen da wieder raus, das verspreche ich Ihnen. Wir machen es so: Ich schiebe Sie an mir vorbei, nach dort hinten. Sie sind dann in einer sicheren Position. Lassen Sie mich jetzt vorsichtig los und richten Sie sich auf, soweit es geht.«

Maria lockerte ihre Umklammerung, Jennerwein konnte dadurch an die Decke greifen und die beiden Karabiner aufschrauben. Er schüttelte seine Hand aus, Maria hatte die Befreiung gar nicht bemerkt. Sie lag jetzt ganz auf ihm und brabbelte unverständliches Zeug. Sie presste den Kopf auf seine Schultern und wimmerte und stöhnte. Beide klebten so eng aneinander, dass sie gemeinsam atmeten. Jennerwein löste sich etwas von ihr.

»Maria, hören Sie mir zu. Bevor wir die Plätze tauschen, brauche ich noch einige Kleidungsstücke von Ihnen. Hören Sie, es ist wichtig.«

»Bitte, lassen Sie mich vorbei!«

Maria bestand nur aus diesem einen Satz, ihre Stimme klang schon heiser und rau vom vielen Schreien. Ihr Gesicht war rot angelaufen, und ihre Augen traten hervor. Jennerwein musste sie schnellstmöglich beruhigen. Er strich ihr übers Gesicht und massierte ihre Schläfen. Maria war ein äußerst verstandesfixierter Mensch, vielleicht klappte es mit dem Prinzip der *Verwissenschaftlichung*.

»Maria!«, schrie er sie an. »Maria!«, flüsterte er. »Versuchen Sie mir bitte zu erklären, was Höhenangst bedeutet. Sprechen Sie mit mir, geben Sie mir einen kurzen Überblick über die aktuelle Forschungslage, was weiß ich. Sie sind Wissenschaftlerin, Sie sind die einzige Wissenschaftlerin hier, nur Sie können mir das erklären!«

Die Vernunft gewann Überhand bei Maria Schmalfuß.

»Spezifische Phobie ... phobische Reaktionen ...«, stieß Maria heraus, »... isolierte Phobie ... Kennziffer F40.2 ... Akrophobie ...«

Jennerwein sah, dass sie sich ein wenig beruhigt hatte. Er war ihr so nah, dass er ihren Herzschlag spürte. Ihr Atem ging langsamer, sie entspannte sich. Maria hatte die spinnendünnen Beine um Jennerweins Hüfte geschlungen, und ihre Hände waren in seinem Nacken verkrallt. Er griff hinter sich und versuchte ihre Finger zu lösen. Er hatte den Eindruck, dass sie in diese Höhle hineingestopft worden waren, so fühlte es sich jedenfalls an. Der Täter musste über einige Leibeskräfte verfügen. Oder – sie waren zu zweit.

»Ich werde Ihnen die Strickjacke ausziehen«, sagte Jennerwein. »Sprechen Sie weiter mit mir, erklären Sie mir, was für Symptome bei einem Anfall von Höhenangst zu beobachten sind.«

»Beschleunigter Herzschlag ...«, keuchte sie. »Blutdruck, Muskeltonus und Körpertemperatur steigen ... Die Bartholinschen Drüsen schwellen an ... Es kommt zum klinischen Bild einer akuten Schockreaktion ... Stockender Atem ... Schreckstarre ... Ohnmacht ...«

Jennerwein zog den Reißverschluss ihrer Jacke nach unten, er hatte einige Schwierigkeiten, ihn ganz aufzubekommen, von der ungewohnten anderen Seite her.

»Was tun Sie da!«, schrie Maria, inzwischen schon ganz heiser vor Angst. Doch Jennerwein hatte es jetzt geschafft. Mit beiden Händen griff er ihr vorsichtig an die Schultern und streifte ihr die Sommerjacke ab. Sie zitterte.

»*Der Weg durch die Angst*, Oldenbourg, 1993«, winselte sie. »Standardwerk von Professor Heemagen ...«

»Jetzt das Hemd. Es dauert nicht mehr lange«, flüsterte er. »Ich ziehe Ihnen das Hemd aus, dann die Hose. Denken Sie an die Worte von Stengele. Ich werde versuchen, aus unseren

Kleidern eine Kletterhilfe zu machen und die Lage dort draußen erkunden. Sie können hier in der sicheren Höhle bleiben.«

»Halten Sie mich ganz fest, Hubertus.«

»Ja, das tue ich«, sagte Jennerwein und öffnete den Reißverschluss ihrer Hose. Der zitternden und bebenden Maria die engen Jeans auszuziehen, war erheblich schwieriger als bei der Oberbekleidung, die er sorgsam in eine Ecke gestopft hatte.

»Sie müssen jetzt mithelfen und Ihren Hintern etwas anheben.«

»Blick durch den Glasboden des Canadian National Tower in Toronto ... dreihundertzweiundvierzig Meter direkt nach unten ...«, keuchte Maria und stemmte sich ab. Jennerwein hatte große Mühe, ihr die Beinkleider abzustreifen. Auch die Jeans stopfte er in die Ecke. Jetzt kam der schwierigste Teil der Aktion, sie mussten sich aneinander vorbeiquetschen. Sie begann wieder zu stöhnen, er musste sie ablenken.

»Was haben Sie da am Bein, Maria?«

»Eine Narbe.«

»Erzählen Sie mir davon.« Bei Verhören funktionierte dieses Ablenkungsmanöver. »Erzählen Sie mir, wie Sie sich diese Narbe zugezogen haben!«

Der Wind pfiff jetzt stoßweise und kalt zur Höhle herein, Jennerwein nahm an, dass sie sich in erheblicher Höhe befinden mussten.

»Was ist mit dieser Narbe?«, setzte Jennerwein sein Ablenkungsmanöver fort und umfasste Marias Nacken, um sie ein wenig mehr ins Innere der Höhle zu ziehen.

»Als Kind ... wollte ich es einem Nachbarjungen zeigen. Bin auf einen Baum geklettert ... viel zu hoch ...«

Jennerwein zog ihren Kopf ganz nah zu sich heran, verlagerte seine eigene Position in eine noch unbequemere, und so drehten sie sich, so gut es ging, um sich selbst.

» ... immer höher geklettert ... oben werden die Äste immer dünner ...«

Jennerwein hatte sie ein Stück zu sich herangezogen, sie nahmen jetzt so etwas wie eine verkrampfte Tango-Position ein, allerdings eine sitzende. Er kniete fast auf Maria, doch sie achtete nicht auf die Schmerzen.

»Weiter, Maria. Oben werden die Äste immer dünner. Was dann?«

»Plötzlich brach ein Ast, ich konnte mich nicht mehr halten. Ich war damals noch erheblich ... moppeliger.«

Auf Marias Gesicht erschien, endlich, ein kleines Lächeln.

» ... runtergefallen ...«

Jennerwein drehte die willenlose Maria ganz um, so dass sie mit dem Gesicht an der Wand zu liegen kam. Er machte sich daran, sich selbst zu entkleiden. Er löste die beiden Gürtel von den Hosen und prüfte alle Kleidungsstücke auf ihre Reißfestigkeit. Immer noch eng an Maria gepresst, knotete er alles zusammen und bekam schließlich einen Behelfsgurt von drei Metern Länge zustande. Ein Gedanke schoss ihm durch den Kopf: Das hier waren ihre eigenen Kleider, und er hatte auch keinen Rucksack hier in der Höhle gefunden. Der Täter war von seinem Schema abgewichen. Aber vielleicht hatte er auch zu wenig Zeit gehabt. Jennerwein griff in die Tasche seiner eigenen Hose, er durchsuchte Marias Jeans, in beiden steckte kein Mobiltelefon. Es wäre auch zu schön gewesen.

»Nicht der Aufschlag unten war das Schlimmste, an den ... kann ich mich gar nicht mehr erinnern. Sondern der Fall ...«, brabbelte Maria weiter.

Jennerwein prüfte die Festigkeit des Behelfsgurts. Er rüttelte am Deckenhaken, der schien bombensicher zu sein. Er hängte seinen Gürtel mit dem Karabiner in den Deckenhaken ein und schob, auf dem Rücken liegend, den Oberkörper vorsichtig und langsam aus der Höhle. Es war merklich kälter hier draußen. Sein erster Blick ging nach oben, eine unwirtliche vegetationslose Steilwand führte direkt in den blauen Himmel – keine Felsverschneidungen, keine Bänder, keine Kamine. Nur glattes Felsgestein. Keine Chance, da wegzukommen. Jennerwein selbst hatte keine Höhenangst, aber er zögerte doch ein wenig, den Blick nach unten zu richten. Maria erzählte drinnen weiter brav ihre Geschichte, ihre Stimme war merklich ruhiger geworden. Sie erzählte von dem herausstehenden Ast, der ihr diese Narbe gerissen hatte.

»Der Standardtraum von mir!«, rief sie. »Ich hänge an einer Dachrinne, die sich langsam löst. Der zweitliebste Traum: Ich springe aus Spaß auf das Untergestänge eines Flugzeugs. Es startet, ohne dass ich wieder abspringen kann. Nummer drei: Ich fahre mit einer Berggondel, bei der plötzlich der Boden herausbricht. Viertens: Ich gehe bergwandern, ein Paraglider erfasst mich und zieht mich in die Stratosphäre hoch.«

»Reden Sie weiter, Maria«, rief Jennerwein, als er bemerkte, dass sie eine Pause machte. Sie erzählte weiter. Es beruhigte sie zu erzählen. Jennerwein wandte seinen Blick vorsichtig nach links über die Schulter, ein gigantisches Alpenpanorama breitete sich vor ihm aus. Ein Junitag, ein herrlicher Urlaubstag in den Voralpen. Er versuchte, einige der Berge zuzuordnen. War das dort hinten nicht die Alpspitze? Oder hatte sie der Unbekannte außerhalb des Werdenfelser Landes ausgesetzt? Waren sie über die Grenze gebracht worden? Nach Österreich? Nach Südtirol? Und wann war das geschehen? Er hatte jegliches Zeitgefühl verloren. Er wandte den Kopf auf die andere Seite, auch hier schien ihm die Gegend vollkommen unbekannt. Und auch hier dasselbe Bild: glatte, tritt- und grifflose Wände. Jennerwein schnaufte durch und schaute nach unten. Doch was er dort sah, ließ ihm den Atem stocken.

38

Gol! Gol! Gol!
Goooooohoijohojolüdirüeioooooooooooooooooooooool!
Brasilianischer Sportreporter beim 1:0 des FC São Paulo über den
CR Vasco da Gama

»Jetzt fahr halt weiter, du damischer Depp, du belgischer!«

Polizeiobermeister Johann Ostler saß übelgelaunt im Polizeifahrzeug, und er wäre dem ausländischen Touristen da vorne fast draufgefahren. Ostler war das arme Schweinchen, das heute damit beauftragt war, die ganz normale Tagesarbeit zu tun. Denn auch wenn ein großes Verbrechen geschieht, müssen die kleineren Delikte weiter bearbeitet werden. Klau immer im Schatten eines Mordes, betrüge nur im Kielwasser der Gewalt – sagte schon Cicero, natürlich auf lateinisch, wo es natürlich immer besser klingt.

Johann Ostler fuhr mit dem Polizeiauto in einer solchen Angelegenheit die Hauptverkehrsader ortsauswärts. Die belebte Straße schien an einem solch klaren Tag wie heute direkt an der Zugspitze vorbei auf den Daniel zuzuführen, einen Berg, der schon über der Grenze in Österreich lag und von dort frech spitzkegelig hinüberprotzte, so, als wollte er sagen: *Wollwoll, kommts nua eina ins Uolaubsparadies Tiroi!* Ostlers Auftrag war kein angenehmer, denn er hatte einen Haftbefehl in der Tasche, ausgestellt auf eine Frau, die er gut kannte und die, wie könnte es anders sein, mit ihm auch über ein paar Ecken verwandt war. Momentan war niemand sonst im Revier, der diesen Auftrag hätte erledigen können. Es half alles nichts. Die Beweise, die die Staatsanwaltschaft und die Kollegen vom Falschgelddezernat ihm geschickt hatten, waren erdrückend. Er parkte das blauweiße Polizeiauto vor der Gemüsehandlung Altmüller, das allein war ihm schon peinlich genug.

»Ah, der Herr Ostler«, sagte die Gemüsehändlerin, die stets freundliche Frau Altmüller. »Wie immer – drei Kohlrabi?«

Sie rief ihm das über eine Schlange von mindestens sieben Leuten zu, die sich jetzt umdrehten und ihn beiläufig grüßten. Was sollte er antworten? Nein, Frau Altmüller, heute keinen Kohlrabi, ganz im Gegenteil, packen Sie bitte das Nötigste zusammen und kommen Sie mit mir! Das erschien ihm allzu hart zu sein. Schließlich drohte keine Flucht- oder Verdunkelungsgefahr. Aber er hatte doch keine Zeit zu warten, bis er an der Reihe war – dann käme ja noch mehr Falschgeld in Umlauf! Und im Revier war außerdem unendlich viel Papierkram zu erledigen – er hatte ganz sicher keine Zeit. Er war gezwungen, die bedauernswerte Frau Altmüller jetzt und hier vor den Kunden bloßzustellen, es blieb ihm gar nichts anderes übrig.

»Frau Altmüller –«, begann er vorsichtig, doch die hatte sich inzwischen umgedreht und drei Kohlrabi aus dem Regal genommen, vermutlich die schönsten, die sie gefunden hatte.

»Äh, drei Kohlrabi? Ja, ich weiß nicht«, stotterte er, so unsicher, dass sich die ersten Kunden schon umdrehten und den Kopf schüttelten: Ja, wenn ein uniformierter Beamter bei drei Kohlrabi schon so unsicher ist, wie soll das dann erst werden, wenn es gilt, Gefahren abzuwenden von Staat und Bürgertum? Ostler wurde nervös. Was sollte er tun? Sollte er einfach sagen: Bitte, Frau Altmüller, packen Sie das Gemüse weg, ich komme heute dienstlich, wir haben etwas zu bereden. Kaum hatte er Luft geholt, da fuhr ihm Frau Altmüller ins Wort:

»Wir hätten heute auch noch schöne Erdbeeren, Ihre Frau macht die doch immer so gerne ein. Jetzt ist die beste Einmachzeit.«

»Ja, freilich, meine Frau würde sich freuen, aber heute –«

»Gell, das ist schon hart, das Leben bei der Polizei«, sagte der zweite Kunde in der Reihe ironisch, ein pensionierter Oberstudienrat. »Da will man einen Mörder fassen, der die Gegend unsicher macht, und dann muss man dazwischen auch noch Kohlrabi kaufen.«

»Ich will ja gar keinen Kohlrabi kaufen«, sagte Ostler, etwas zu frech für einen Staatsbeamten.

»Ach so, keinen Kohlrabi«, sagte Frau Altmüller. »Was gibts denn dann heute bei Ihnen Feines?«

»Mir eilt's ein bisschen«, sagte die Vierte in der Reihe, »können Sie Ihren Disput nicht ein andermal weiterführen?«

Ein anderer in der Reihe hatte schon das Mobilfunkgerät gezückt. Er wählte eine eingespeicherte Nummer.

»Gemüsehandlung Altmüller«, flüsterte er, »an der Hauptstraße kurz vor Ortsende.«

»Sagen Sie mal, Herr Polizist«, sagte der Erste in der Reihe, »haben Sie jetzt nichts anderes zu tun, als hier herumzustehen? Fangen Sie doch lieber diesen Felsnischenmörder.«

Ostler war ins Schwitzen gekommen. Dumme Sache, wenn man ein so gutmütiges Naturell hatte. Er schüttelte sich und bereitete sich auf einen frontalen Angriff vor. Mit fester Stimme sagte er:

»Bitte, Frau Altmüller, ich habe mit Ihnen zu reden.«

Frau Altmüller packte gerade Kartoffeln ein.

»Um was geht es denn, Herr Ostler?«

»Das muss ich Ihnen unter vier Augen sagen.«

Die Kunden im Laden beäugten Ostler misstrauisch. Der eine oder andere schüttelte den Kopf. Frau Altmüller ließ die Kartoffeln sinken.

»Ach, Sie wollen mir das vor den Kunden nicht sagen? Vielleicht bin *ich* ja hinaufgeklettert auf die Zugspitzwand, in meinem Alter! Vielleicht bin *ich* die Felsnischenmörderin!«

Gelächter, alle gegen einen. Gemein.

»Vielleicht hat die Frau Altmüller ja einen Kletterkurs für Senioren besucht«, setzte ein Mann mit Hut und Gamsbart noch drauf.

Die Leute im Laden lachten. Es waren sämtlich Menschen zwischen Mitte fünfzig und Mitte sechzig, alle aufgewachsen in Zeiten, in denen es chic war, dass der Kasperl dem bösen Polizisten eins mit der Pritsche draufgab. Die Anwesenheit eines Vertreters der Staatsmacht war ein gefundenes Fressen für sie, eine kleine Reminiszenz an alte Zeiten. Das grundsätzlich Anarchistische des Bajuwaren brach sich hier in der Gemüsehandlung Bahn.

»Das täte uns aber jetzt schon interessieren, was die arme Frau Altmüller ausgefressen haben soll«, sagte ein verhutzeltes Weiberl mit einem riesigen Haarknoten im Nacken, die Sechste in der Reihe. »Hat sie vielleicht Gemüse verkauft über dem Ablaufdatum? Oder genveränderte Schwammerl angeboten?«

»Ja, groß genug wären sie ja, die Schwammerl, die sie da immer hat.«

Gelächter, Gekicher. Wie sollte Ostler da eine ernsthafte Verhaftung durchführen?

Frau Altmüller war heute gut gelaunt. Sie stach der Hafer. Sie spielte das Spiel mit. Sie kreuzte beide Handgelenke neckisch übereinander und hielt sie dem geplagten Polizeiobermeister hin.

»Ja, verhaften Sie mich, Herr Ostler. Ich wars, ich gebs zu. Wie viel werd ich kriegen? Fünf Jahre? Zehn Jahre?«

Diese Frau schien nichts von dem Falschgeld in ihrer Kasse zu wissen. Oder sie war ultra-abgebrüht. Das traute ihr Ostler allerdings nicht so recht zu.

»Herrschaft, Frau Altmüller, sind Sie doch vernünftig. Ich habe ein paar Fragen an Sie. Und die würde ich Ihnen gerne ungestört stellen, sonst nichts.«

»Nein, ich wollte eh' schon lang einmal in einem Polizeiauto sitzen.«

Sie zog ihre Schürze aus, warf sie theatralisch in die Ecke, nahm die riesige Glocke vom Ladentisch auf und läutete. Dann kreuzte sie die Handgelenke wieder übereinander und ging an der Reihe vorbei, auf die Eingangstür zu. Ostler lief ihr nach, beschwichtigend, wie er meinte. Draußen vor dem Geschäft hielt ein Auto mit quietschenden Bremsen, zwei Leute sprangen heraus, einer davon mit gezücktem Fotoapparat. Die Lokalpresse, gerufen von einem aufmerksamen Bürger. Jetzt gab es für Frau Altmüller kein Halten mehr.

»Ich bin verhaftet!«, schrie sie und öffnete die Eingangstür, »ich bin in der Gewalt der Schergen.«

»Was ist los, Mutti?«, fragte ein mürrisch aussehender Mann Mitte dreißig, der aus dem hinteren Teil des Ladens gekommen war.

»Mach du derweilen weiter«, sagte Frau Altmüller und ging auf das Polizeiauto zu. »Meine Rechte! Was ist mit meinen Rechten! Belehren Sie mich!« Der Vertreter der freien Presse knipste wie wild.

»Gut, wenn Sie wollen«, sagte Ostler. »Dann steigen Sie bitte ein, Frau Altmüller.«

Als sie drinnen saß, sah sie sich neugierig im Wagen um. Sie betastete einen Gummiknüppel und eine Kelle, die auf dem Rücksitz lagen.

»Ich müsste Ihnen eigentlich dankbar sein, Herr Ostler. Dann muss er endlich auch was arbeiten, der Bub. Hängt dauernd hinten im Internet.«

Ostler lugte ins Geschäft. Der junge Mann dort drinnen werkelte missmutig herum, griff jetzt ins Regal und holte Bananen hervor.

»Warum spannen Sie ihn dann nicht öfter ein, Frau Altmüller?«

»Der hat doch zwei linke Hände. So, jetzt ist es genug mit dem Spaß, jetzt lassen Sie mich wieder raus.«

»Frau Altmüller – äh – das ist kein Spaß.«

Ostler drehte sich um und erklärte ihr, weswegen er hier war. Die Gemüsehändlerin schlug die Hand vor den Mund. Und Ostler dachte: So schlägt nur ein völlig Unschuldiger die Hand vor den Mund.

Der missmutige Mann kam heraus und klopfte an die Scheibe des Polizeiautos.

»Mutti, sag, wo sind denn die Lorbeerbäumchen?«

»Im zweiten Regal rechts«, seufzte Frau Altmüller und sah ihren Sohn genervt, aber doch liebevoll an. Vielleicht wird ja doch noch was aus ihm.

jodelkurs
sennerin taub
schade
Haiku von Mishima Shusaku

Jens Milkrodt war ein sportlicher Zweimetermann, sein Markenzeichen war eine uralte Schiebermütze, er trug einen Rucksack, der prall gefüllt war mit zerlesenen Büchern und Prospekten. Die Einmerkzettel wuchsen aus den Romanen heraus, als wären sie immer wieder frisch gedüngt worden. Jens Milkrodt, eigentlich Professor Doktor Milkrodt, war landesweit bekannt durch seine *Literarischen Spaziergänge*, die er dort durchführte, wo sich Künstler und Bohemiens sammelten: in München. Manchmal aber verließ er diese gewaltige Gemütlichkeit, die dort herrschte, und schwärmte in andere Stätten aus, in denen Literaten gewirkt hatten. Dafür umrundete er, auf den Spuren von Oskar Maria Graf, den Starnberger See, dafür spürte er, in Augsburg, dem Treiben von Bertolt Brecht nach, dafür schnüffelte er die Tegernseer Luft, die Ludwig Thoma geatmet hatte. Einiges hatte Bayern ja doch zu bieten in Hinblick auf die schreibende Zunft. Diesmal hatte er eine festes-Schuhwerk-ist-mitzubringen-Exkursion ins wirklich Südliche gewagt, und er führte seine bestens vorbereiteten Teilnehmer des Kurses *Thomas Mann im Werdenfelser Land* den Köhlerbichl hinauf. Der Weg war breit, gut befestigt und bot von allen Punkten aus eine gnadenlos schäfchenwolkige und heitere Aussicht. Etwas anderes hätte man sich bei Thomas Mann auch gar nicht vorstellen können.

»Hier«, sagte Jens Milkrodt, »hat er gestanden.«

Die zwanzig andächtig lauschenden Literaturliebhaber stellten sich vor, wie Thomas Mann hier mitten auf dem Spazierweg stehen geblieben war, damals, seinerzeit, genau an diesem Platz, mit Gamaschen und Vatermörder. Und mit Bauschan, dem gelehrigen Hühnerhundmischling, den er so liebte. Ein wohliges Schaudern durchströmte die Jünger: Da also auch! Gerade gestern noch in Venedig herumgewagnert und durchgemahlert, heute schon hier am Köhlerbichl, vermutlich wieder mit einer neuen Idee des stetigen Verfalls im Kopf. Es war ein einseitig ausgesetzter Spazierweg, auf der einen Seite ging es anmutig hinunter in die Köhlerschlucht und zum Köhlerwald, auf der anderen Seite ragte der Fels steil auf, wie um symbolisch zu zeigen: Hier rechts, meine Damen und Herren, sehen Sie die Niederungen des Alltags – dort links die Höhenflüge der Kunst, bitte nicht blitzen, die Ideen sind rar und scheu.

»Wo hat er eigentlich gewohnt, unten im Dorf?«, fragte ein Mann vom Typ allseits-interessierter-Rentner.

Jens Milkrodt war ein wandelndes Lexikon, keine Frage konnte ihn überraschen:

»In der Pension Waxensteiner Hof. Der Page, der ihn damals bedient hat, lebt heute noch. Wir gehen später hinunter und sprechen mit ihm.«

Dieser Milkrodt! Wahnsinn.

»Meinen Sie, dass Thomas Mann auch geklettert ist?«

»Ich denke nicht. Im Gegensatz zu Lyrikern klettern Romanciers selten. Können Sie sich vorstellen, dass der berühmte Sohn Lübecks hier hochgeklettert ist?«

Milkrodt deutete die steile Felswand hinauf, die sich, mit kleinen Grasbüscheln und Latschen durchsetzt, neben dem Wanderweg erhob. Alle der literarisch Interessierten legten den Kopf in den Nacken, blickten hoch und ließen ihre Phantasie von der Leine.

Jennerwein hatte sich, bevor er hinunterschaute, natürlich eine Vorstellung davon gemacht, was ihn erwartete, eine bedrohliche Tiefe von fünfzig oder hundert Metern vielleicht. Eine abgrundtiefe Leere von zweihundert oder fünfhundert Metern hätte es auch sein können, vielleicht sogar ein gähnender Abgrund, der meilentief ins Nichts hinunterführte. Selbst einen gerade wieder aktiv gewordenen Vulkan, auf dessen Kraterrand er ausgesetzt worden war, hätte er schaudernd hingenommen, und wenn er unten eine rotglühende Hölle aus brodelnder Lava gesehen hätte, wäre er nicht so erschrocken wie jetzt. Sein Blick war auf Tiefe, auf Entfernung, auf gähnende Leere eingestellt gewesen. Doch was er jetzt sah, lag für Jennerwein so fern von allen schrecklichen ausgemalten Erwartungen, es kam so vollkommen anders, dass er das Gefetze aus zusammengeknoteten Kleidern fast losgelassen hätte. Denn dort unten, wo er die entsetzliche Tiefe erwartet hatte, standen, nicht weiter als zehn oder zwölf Meter entfernt, ein paar behäbige Wanderer auf einem breiten, sauber gepflegten Kiesweg. Sie scharten sich um einen groß gewachsenen Mann mit Schiebermütze und Rucksack, der ein offenes Buch in der einen Hand hielt, während er mit der anderen zu ihm hinaufdeutete. Die Wanderer dort unten schienen genauso erschrocken über seinen Anblick, sie standen mit aufgerissenen Augen da, manche schlugen beide Hände vor den Mund. Maria und er waren nicht weißgottwo am Ende der Welt ausgesetzt worden, sondern direkt über einer geharkten Seniorenpromenade!

Jennerwein gewann seine Fassung bald zurück, er umklammerte das Kleiderband mit beiden Händen und stemmte sich mit den Beinen ganz aus der Nische heraus. Die ineinandergewirkten Hosen und Jacken hielten gut, und er konnte sich mit dem ganzen Körper herausziehen. Er fand bequemen Tritt auf dem Felsen unterhalb der Nische, er ließ sich eine Körperlänge herunter und sah weiter unten schon die nächste Standmöglichkeit. Die literarischen Wanderer hatten ihre Phase der Sprachlosigkeit überwunden, einige kreischten auf, denn sie glaubten nichts anderes als einen halbnackten Faun, einen bocksfüßigen Satyr dort oben zu erblicken, der sich von der schlafenden Phyllis entfernt hatte und sich nun über sie, die lediglich literarisch Interessierten, herzumachen begann. Professor Doktor Milkrodt fasste sich als Erster.

»Hallo! Sind Sie in Bergnot?«, rief er mit markanter Stimme hinauf. Jennerwein fehlte die Kraft für eine scherzhafte Erwiderung, im Stil von *Nein, ich übe nur Nacktklettern.*

»Ja«, schrie er vielmehr nach unten. »Ich springe auf die Latschen! Fangen Sie mich auf!«

»Nein, stopp, das brauchen Sie nicht«, schrie Milkrodt. »Steigen Sie noch einen halben Meter weiter nach unten und dann nach rechts. Dann sehen Sie schon die Eisensprossen, die herunterführen.«

Jennerwein ließ sich noch etwas ab, und jetzt wurde die Situation fast peinlich. Breiteste Wandhaken für Wochenendkletterer, für Vorschulkraxler zierten die Wand und führten von dem bequemen Spazierweg dort unten ganz gemütlich zu ihm herauf in die Höhe, die er vorher als so unwirtlich und kalt eingeschätzt hatte. Jennerwein überlegte kurz, ob er nicht sofort zu Maria hochsteigen sollte. Doch er entschied sich dagegen. Sie musste sich noch ein paar Sekunden gedulden, denn – Höhenangst kennt keine Höhe – der Abstieg mit ihr würde nicht leicht werden.

Jennerwein stieg Schritt für Schritt herunter. Die Teilnehmer des literarischen Spaziergangs wussten nicht so recht, wie sie sich verhalten sollten. War das jetzt echt? Milkrodt war bekannt dafür, dass er ab und zu solche Überraschungen einbaute.

Am Gardasee hatte er einen Schauspieler engagiert, der den alten Goethe nachstellte. In Augsburg war Bertolt Brecht plötzlich aus einer Seitengasse aufgetaucht. Aber wen sollte dieser Mann darstellen, der jetzt, in gestreiften Boxershorts, die Eisen herunterkletterte? Milkrodt half ihm von der letzten Sprosse.

»Ist alles in Ordnung mit Ihnen?«

»Ja, alles in Ordnung. Auch wenn es momentan nicht so aussieht: Ich bin Hauptkommissar Hubertus Jennerwein, ich ermittle in den Felsmörder-Fällen. Sie haben vielleicht davon gehört?«

Flüchtig hatte man davon gehört. Man hatte genug damit zu tun gehabt, sich lesend und einfühlend auf die heutige Wanderung vorzubereiten, man studierte *Sinn und Form* und nicht die RTL-News.

»Ich habe natürlich keine Dienstmarke und keinen Ausweis dabei«, sagte Jennerwein, als er die skeptischen Blicke der Wortkunstinteressierten auf seiner nackten Haut spürte.

»Sie müssen mir eben glauben. Es eilt, dort oben befindet sich noch eine Frau in einem wesentlich schlechteren Zustand. Und ich habe auch kein Mobilfunkgerät. Hat jemand von Ihnen eines?«

Niemand hatte eines, natürlich nicht. Die Teilnehmer taten fast entrüstet. Ganz glaubten sie dem Kommissar immer noch nicht.

»In die Oper nehme ich doch auch kein Handy mit«, sagte eine der Wanderinnen in Milkrodts Kreis.

»Dann klettere ich nochmals hoch«, sagte Jennerwein.

»Nein, lassen Sie mal«, sagte Milkrodt. »Sie bleiben hier und ruhen sich aus. Sie sehen, mit Verlaub gesagt, nicht gut aus.«

Milkrodt zog die eigene Jacke aus und legte sie Jennerwein um, der setzte sich hin, und plötzlich schlugen die Wellen der Müdigkeit, der Erschöpfung über ihm zusammen. Eine Nacht in der Kälte (und er schätzte, dass es mindestens eine Nacht gewesen sein musste) hatte aus ihm ein bibberndes Häuflein gemacht. Er kämpfte mit der Müdigkeit. Sein Kopf dröhnte, und ihm war schwindlig.

»Danke«, sagte Jennerwein. »Wo ist das nächste Telefon?«

»Eine Dreiviertelstunde von hier«, entgegnete Milkrodt.

»Ich bitte Sie, dorthin zu gehen und die Polizei anzurufen. Wenn Sie unterwegs jemanden mit einem Handy treffen –«

»Bin schon unterwegs«, sagte Milkrodt. »Wie war nochmals Ihr Name?«

»Jennerwein. Hauptkommissar Hubertus Jennerwein.«

»Wie der Wildschütz?«

»So ist es.«

Milkrodt warf den Rucksack ab und nickte.

»Und eines sage ich Ihnen«, rief Milkrodt und drehte sich nochmals um. »Wenn das ein übler Scherz ist, dann können Sie was erleben! Ich bitte alle Teilnehmer des Kurses, ein wenig auf ihn aufzupassen.«

Da saß er jetzt also, der dienstmarkenlose Retter der Menschheit, misstrauisch beäugt von bebrillten Intellektuellen. Einige musterten ihn, als ob sie erraten wollten, welcher Dichter er nun sei.

Jennerwein schloss die Augen. Er fror und ihn schwindelte, doch bald begannen seine Gedanken in Richtung Fall zu schlingern. Der Täter musste Maria und ihn betäubt und hierher verschleppt haben, wann, wusste er nicht, auch an den Überfall selbst erinnerte er sich nicht. Der Täter hatte sie hierhergebracht. Hatte er sie heraufgefahren? Er hatte sie in eine leicht zugängliche Felsnische gesteckt. Eine Warnung? Oder war es eher eine Aufforderung, sich in die Opfer hineinzuversetzen? Viele Serientäter halfen der Polizei sozusagen bei ihren Ermittlungen. Da wusste Maria besser Bescheid. Maria! Rasch sprang er auf, ging ein paar Meter von der Wand weg und schaute hoch. Seine Beine gaben unter ihm nach. Ein paar Teilnehmer stützten ihn und führten ihn sanft zu seinem Sitzplatz zurück. Eine Dame zog ihren Strickmantel aus und gab ihn Jennerwein als Beinkleid. Jennerwein lehnte sich an die Felswand, eine wohlige Wärme überkam ihn, er schlief ein. Er erwachte erst wieder, als ein Jeep scharf bremste.

Sofort war Jennerwein auf den Beinen.

»Wo ist sie?«, rief Stengele und sprang aus dem Jeep. Nicole tat es ihm nach. Auf dem Rücksitz saß Milkrodt, der gemächlich aus dem Jeep kletterte.

»Da oben, die Trittleiter hoch, in etwa zwölf Metern Höhe, linker Hand, ist eine Nische.«

Ludwig Stengele, der Allgäuer Cliffhanger, war schon auf dem Weg nach oben.

»Wie haben Sie uns gefunden?«, fragte Jennerwein Nicole.

»Ich habe bei Ihrer Pension angerufen. Die Wirtin sagte, Sie wären nicht da, sondern zusammen mit Maria nochmals Richtung Köhlerbichl losgefahren. Dann sind weder Sie noch Maria ans Telefon gegangen. Das sieht Ihnen beiden nicht ähnlich. Selbst wenn –«

»Selbst wenn was?«

»Selbst wenn Sie privat unterwegs gewesen wären.«

»Ist schon gut.«

»Dann bin ich mit Stengele zum Parkplatz unten am Köhlerbichl gefahren – dort stand Marias Auto. Wir hatten ein ungutes Gefühl, haben Becker und seine Spurensicherer geholt, die haben den Wagen gleich untersucht. Das alarmierende Ergebnis: Das Lenkrad war abgewischt, genauso die Türgriffe. Wir sind den Weg mit dem Jeep langsam raufgefahren, bis wir auf Herrn Milkrodt gestoßen sind.«

Die Hände der Exkursionsteilnehmer zeigten plötzlich mit

einem Ah! und Oh! nach oben. In luftiger Dreistockwerkshöhe erschien Ludwig Stengele. Auf dem Rücken hatte er Maria übergeschnallt, mit einem improvisierten Tragegurt, den er aus den Kleidungsstücken geflochten hatte. Er stieg erstaunlich rasch herunter. Als er die untersten Sprossen erreichte, flogen ihm helfende Hände entgegen. Sanft wurde Maria auf den Boden gelegt. Sie war ohnmächtig.

In rasender Fahrt ging es mit dem Jeep nach unten. Stengele saß am Steuer und fuhr wie der Henker. Maria und Jennerwein waren in warme Decken gehüllt, Maria lag flach auf dem Rücksitz, Jennerwein hielt sie fest. Nicole orderte über Funk einen Krankenwagen. Dann telefonierte sie mit Hansjochen Becker.

»Sie fahren einfach den Köhlerweg hinauf, bis sie auf eine Gruppe von Wanderern stoßen. Ein netter Herr erklärt Ihnen alles weitere.«

Gut, dass Maria ohnmächtig war, dachte Jennerwein. Wenn sie gesehen hätte, wie Stengele den Weg hinunterknüppelte, das hätte ihr nicht gefallen.

»Gut gemacht, Nicole«, rief Jennerwein nach vorn in Richtung Beifahrersitz.

Nicole errötete, das konnte man trotz der rasanten Fahrt sehen.

»Eines noch. Weswegen haben Sie mich gestern Abend noch angerufen?«

»Gestern Abend? Ich habe Sie heute Nachmittag angerufen.«

»Was?«

Der Motor heulte dieselig auf. Nicole beugte sich zu Jennerwein und brüllte ihm die Worte ins Ohr:

»Ich habe leider noch eine schlechte Nachricht. Die Bergwacht hat eine weitere Leiche entdeckt. Hinten in den Gwölbgängen. Ein Hamburger Seemann. Wir konnten ihn bereits identifizieren – der hatte endlich mal ein ordentliches Tattoo! Eine Vermisstenanzeige liegt nicht vor. Gleiches Schema wie immer. Seit vier Wochen tot.«

40

Gebraillter Jodler

»Na, da schau her. Das wird den Padrone Spalanzani aber freuen.«

Karl Swoboda warf Schratzenstaller die Zeitung hin. Gleich auf der Titelseite des Lokalteils war ein Bild von Rocco ›Joe‹ Manzini aus dem Geschäftsbereich *Drugs & Arms Trade* zu sehen. Der Killer saß aufrecht im Bett des örtlichen Krankenhauses, durch das Fenster sah man die nahe Skischanze, die steil und in vollem Schwung bergab führte. Manzini trug ein schlabbriges Nachthemd, die übliche Sonnenbrille fehlte, sein Gesicht war mit Pflastern verklebt. Unter dem Foto stand: Unser italienischer Kurgast, der Mailänder Geschäftsmann Carlo L., ist schon auf Weg der Besserung. Alles Gute!

»Der ist weg vom Fenster, das kannst du mir glauben. Der kann froh sein, wenn er dem Padrone noch ein wenig beim Kokainabwiegen zur Hand gehen darf.«

»Unser Duftexperte, der Luigi Odore allerdings, ist spurlos verschwunden«, sagte Schratzenstaller. »Ich habe es nochmals nachgeprüft. Er ist im Umkreis von mindestens dreißig Kilometern nicht zu orten.«

»Das heißt leider nicht, dass er sich außerhalb dieser dreißig Kilometer befindet«, sagte Swoboda nachdenklich. »Odore ist außer uns beiden der einzige, der weiß, mit welchen olfaktorischen Tricks man sich der Kontrolle dieser Mücken entziehen kann. Es ist durchaus möglich, dass sich der Flascherlgeist, der sizilianische, ganz in der Nähe aufhält, in einem Hotelzimmer vielleicht oder in einem hohlen Baumstamm, was weiß ich. Er hat sich den ganzen Körper mit Rasierwasser eingeschmiert und ist dadurch für unsere kleinen Helfer nichts als bäh!«

Schratzenstaller machte eine auffordernde, ungeduldige Handbewegung.

»Jetzt sag schon, Swoboda, was für einen Auftrag hat dir der Padrone gegeben? Gegen wen schlagen wir los?«

Swoboda stand vom Tisch auf und ging in der Wohnküche auf und ab. Sollte er den Imker so weit in das Projekt einweihen? Er zögerte noch. Aber warum eigentlich nicht. Schratzenstaller schien vertrauenswürdig zu sein. Es war unwahrscheinlich, dass er zur Polizei ging. Und er war auch nicht der Typ, der vorhatte, so ein Projekt an sich zu reißen und allein weiterzuarbeiten. Dazu war er zu unorganisiert.

»Also? Was ist?«

Andererseits: Man konnte niemandem trauen. Swoboda überflog ein schlampig eingeräumtes Bücherregal, das in einer Ecke der Küche stand und von dort aus gerade durch seine überquellende Unordnung Respekt einflößte. Das meiste war entomologische und bienenkundlerische Literatur. Swoboda blätterte in einem der Schinken herum. Die Seiten waren übersät mit unleserlichen Randnotizen Schratzenstallers.

»Was darf ich mir unter einem Gemeinen Schwemmscheibenduckling vorstellen?«, fragte Swoboda.

»Eine Schnakenart. Der Schwemmscheibenduckling ist ein Verwandter des –«

»Schon gut.«

Dazwischen stieß Swoboda auf allerlei abgegriffene Bücher mit Schwarzweißfotos von bärtigen Desperados auf dem Umschlag. Er zog ein Buch heraus und hielt es hoch.

»Michail Bakunin! Den kenn ich, den Urvater aller Querulanten. Aber wer ist Sergei Netschajew?«

»Ebenfalls ein Anarchist. Noch einen Dreh nihilistischer als Bakunin. Von dem musst du einmal was lesen. Aber jetzt lenk nicht ab. Wen müssen wir beobachten?«

Swoboda stellte das Buch wieder zurück.

»Gut, ich sag es dir. Du bist so in das Projekt involviert, dass du es wahrscheinlich über kurz oder lang eh herausbekommst.«

Swoboda zog ein Blatt Papier aus der Innentasche seines Jacketts.

»Die Namen auf dieser Liste werden dir als weltabgewandtem Eremiten vielleicht nichts sagen. Kennst du Mark van Bommel und Wesley Sneijder? Nicht? Das sind zwei Mitglieder der holländischen Fußballnationalmannschaft, die gerade im Ort zu Besuch sind. Dann habe ich hier einen internationalen Fußballschiedsrichter, der Name wird dir gleich zweimal nichts sagen. Er ist passionierter Kletterer und wohnt in der Pension Seeblick. Der Nationaltorhüter von Kroatien wiederum hat hier ganz in der Nähe eine Villa –«

Schratzenstaller war enttäuscht.

»Was – lauter Fußballer? Ich dachte, da kommen jetzt Wirtschaftsbosse, Bundesrichter, Spitzenpolitiker, Kurienkardinäle – am Ende vielleicht sogar der Papst selbst.«

»Ja, von denen sind auch welche hier, aber ich sage dir: Selbst mit dem Papst kann man nicht so viel Geld verdienen wie mit Fußball.«

Schratzenstaller zog die Augenbrauen misstrauisch hoch. Es ging also ums nackte Geld, nicht um aktionistische Anarchoaktionen, die den Staatsbetrieb wenigstens für eine kurze Zeit blockierten.

»Du scheinst dich nicht sehr für Fußball zu interessieren, Schratzenstaller.«

»Nicht besonders.«

»So gehts mir auch. Aber von der Weltmeisterschaft wirst du doch schon einmal gehört haben? Alle vier Jahre wieder, hä? An dieser Veranstaltung kommst du inzwischen eigentlich nicht mehr vorbei. 2006 in Deutschland? Das Sommermärchen?«

»Habs am Rande mitbekommen.«

»Pass auf, dann muss ich dir ein bisschen Nachhilfe geben. Wir springen zurück in dieses märchenhafte Jahr 2006. Im Endspiel hat Frankreich gegen Italien gespielt, Italien ist damals Weltmeister geworden. Vier Jahre später, bei der WM 2010 in Südafrika, sind die Katzelmacher dann auf klägliche Weise ausgeschieden. Die nächste WM ist 2014 in Brasilien. Und jetzt rate einmal, was wir für einen Auftrag haben. Wir werden dafür sorgen, dass Italien Weltmeister wird. Entweder beim nächsten Mal oder spätestens vier Jahre darauf. Und mit diesem Vorhaben, das aus einem Spiel mit unsicherem Ausgang eine voll durchgeplante Generalstabsaktion macht, lässt sich unendlich viel Geld verdienen.«

Swoboda setzte sich wieder zu Schratzenstaller an den Küchentisch und tat verschwörerisch.

»Die Idee zu diesem Projekt ist der Familie beim WM-Endspiel 2006 gekommen. In dem erwähnten Endspiel Italien gegen Frankreich ist in der 109. Minute eine sehr merkwürdige Sache passiert. Auch absolute Fußballmuffel haben die Bilder gesehen. Der französische Spielmacher, der absolute Fußballgott und Weltfußballer Zinédine Zidane, fliegt nach einem gezielten Kopfstoß gegen den Italiener Marco Materazzi mit Rot vom Platz. Alle fragen sich, was den Zidane jetzt so furchtbar narrisch gemacht hat. Die offizielle Version ist die, dass Materazzi den Franzosen am Leiberl festgehalten hat, der Franzose dann mit dem uralten Standardspruch gekommen ist: Wenn du willst, kannst du das Trikot nach dem Spiel haben! Materazzi gibt eine Antwort, die einen noch längeren Bart hat: Deine Schwester wäre mir lieber. Das ist zwar saugrob, sicherlich, aber ist es nicht sonderbar, dass Zidane deswegen vor hundert Millionen Zuschauern so ausrastet und sein Wahnsinns-Image und den möglichen WM-Titel mit einem unbeherrschten Kopfstoß zerstört?«

»Ja, davon habe ich gehört.«

»Irgendwie klingt die Geschichte zu konstruiert. Viele haben den Verdacht, dass der Materazzi ganz was anderes gesagt hat.«

»Und was?«

»Das weiß kein Mensch. Aber genau dieser Vorfall war der Anstoß für unser Projekt *Campioni del mondo*. Wir haben da nämlich gesehen, wie strategisch bedeutsam es ist, einen gegnerischen Spieler unbrauchbar zu machen, indem man ihm kurz vor dem Spiel oder während des Spiels etwas zuruft, was ihn völlig aus der Fassung bringt. Und jeder Mensch hat so eine Schwachstelle.«

»Ach ja?«

»Ganz sicher, Schratzenstaller. Ich, du, der Klomann an der Raststätte, der Bundespräsident und Jesus. Alle haben sie eine Schwachstelle. Es kann ein Geheimnis sein, eine üble Geschichte aus der Vergangenheit, die unter keinen Umständen an die Öffentlichkeit soll. Irgendetwas Ekliges, Undelikates, Charakterschwaches. Dass er in seiner Jugend Tiere gequält oder regelmäßig den Nachbarsjungen verprügelt hat. Dass er kannibalische Phantasien hat oder von der Nachbarstochter verprügelt worden ist. Es kann auch etwas ganz Normales sein, das aber im Kontext der Nationalmannschaft vollkommen tabu ist: Wenn er zum Beispiel schwul ist oder mit der Frau des Trainers ein Verhältnis angefangen hat. Es kann etwas gänzlich Harmloses sein, das aber so ins Private hineingeht, dass es schmerzt – die Erinnerung an eine alte Liebe zum Beispiel oder einen verstorbenen Freund.«

»Irgendeine alte Wunde, die aufgerissen wird?«, sagte Schratzenstaller leise. »Mitten in einem Spiel, bei dem Hunderttausende von Leuten zuschauen. Das ist ein teuflischer Plan.«

»Dann kann es natürlich, im Gegenteil, auch was richtig Kriminelles sein: Drogenhandel, eklige Spielarten des geschlechtlichen Verhaltens, üble finanzielle Machenschaften. Und zum Schluss kann es etwas Stinknormales sein, etwas, das zwar jeder wissen dürfte, das aber den Angesprochenen dadurch erschreckt, dass er sich fragt, woher um Gottes Willen der andere denn diese Information hat. Verstehst du: Woran Teampsychologen, Trainer und Mannschaftsberater das ganze Jahr arbeiten, nämlich dass die Sportler während dieser neunzig Minuten tunneln, abschalten, bündeln und sich voll und ganz auf ihre abzurufende Leistung konzentrieren – diese Arbeit wird mit einem völlig unerwarteten Satz über den Haufen geworfen.«

»Du flüsterst dem Torhüter kurz vor dem Elfmeterschießen ein böses Wort ins Ohr?«

»Du hast das Prinzip verstanden.«

»Und wenn du bei niemandem eine Schwachstelle findest?«

»Bisher haben wir noch bei jedem eine gefunden.«

»Wer ruft dem gegnerischen Spieler den Satz zu?«

»Ein Spieler der Azzurri natürlich, wer sonst. Wir sammeln die nächsten Jahre solche delikaten Informationen über die Spieler aller Teams, die sich für die Weltmeisterschaften 2014 in Brasilien qualifizieren. Wenn die Spiele bei der WM ausgelost sind, lernt unser Mann die Informationen auswendig und legt los.«

»Muss man nicht fürchten, dass die Angesprochenen petzen?«

»Kannst du dir vorstellen, dass einer im Aktuellen Sportstudio bestätigt, dass er Daumen lutscht, Bettnässer ist, Schmiergelder annimmt oder die Miete für seine Villa auf Mallorca nicht mehr zahlen kann? Das glaubst du doch selber nicht.«

»Ist es nicht schwierig, einen italienischen Spieler zu finden, der das macht? Er muss ja eingeweiht werden, er muss ja mit euch zusammenarbeiten.«

»Einen italienischen Spieler? Im italienischen Sportverband?«

Swoboda musste kurz durchatmen, er schnappte nach Luft und schüttelte sich, er begann zu zittern, hielt die Hand vor den Mund, dann konnte er sich nicht mehr beherrschen. Er platzte los, bekam einen Lachkrampf, hielt sich den Bauch und die Seiten, er musste schließlich aufstehen, sich mit einem Tüchlein die Tränen abtrocknen.

»Verstehe«, sagte Schratzenstaller, als sich Swoboda wieder gefangen hatte. »Und unser Job ist es jetzt, die Spieler zu lokalisieren, auf hochemotionale Verhaltensweisen zu warten und dadurch den Königsweg zu ihren Geheimnissen zu finden.«

»Das ist richtig. Das geht mit deiner wunderbaren Ortungstechnik wesentlich leichter als mit meiner herkömmlichen.«

»Du hast also schon angefangen?«

»Aber ich bitte dich! Seit Jahren stelle ich eine Datenbank von Prominenten zusammen. Spezielle Informationen über diese Leute sind genau das Handwerkszeug, das ich für meinen Beruf als Problemlöser brauche. Sie sind auch, nebenbei gesagt, meine Lebensversicherung. Ich sammle Daten von allen, die du vorher genannt hast: Wirtschaftsbosse, Bundesrichter, Spitzenpolitiker, Kurienkardinäle – am Ende vielleicht sogar vom Papst selbst.«

»Über den Papst hast du auch Daten?«

»Du musst nicht alles wissen. Sportler hatte ich bisher wenige. Aber in letzter Zeit habe ich auch damit angefangen. Bei den Fußballern. Mit der Nation, die uns am nächsten steht. Und die wir gleichzeitig am inbrünstigsten hassen.«

Swoboda nahm ein Blatt Papier und schrieb ein paar Namen darauf, in der Art der Mannschaftsaufstellungen, wie man sie im Sportteil der Zeitungen liest.

»Das ist das aktuelle Nationalteam der Piefkes.«

Swoboda schrieb unter jeden Namen einen hässlichen Ausdruck, einen unschönen Satz, ein paar ausgesprochen böse Worte. Er fing mit dem deutschen Torwart an, kam über die Verteidigung und das Mittelfeld in den Sturm, und Schratzenstaller sah ihm dabei stumm und mit wachsender Spannung über die Schulter. Er traute seinen Augen nicht. Er war entsetzt. Er bedeckte den Mund mit beiden Händen.

»Was?«, rief er. »Der ██████? Das glaube ich nicht!«

»So, das glaubst du nicht? Du kannst es ganz leicht nachprüfen. Der ██████ kommt regelmäßig hierher in den Ort. Er hat in ein paar Wochen eine Suite hier im Hotel Restaurant Pfanndl gebucht. Inkognito natürlich.«

»Der ██████! Das hätte jetzt niemand gedacht.«

»Das ist ja der Witz dabei.«

»Sag einmal, Swoboda: Du bist doch Österreicher. Hast du nicht das Bedürfnis, das alles an die österreichische Fußballnationalmannschaft zu verraten?«

»Ich glaube nicht, dass die so viel zahlen wie die Italiener. Und stell dir einmal vor, wenn die Rotweißroten Weltmeister werden. Da kommt doch jeder drauf, dass das nicht mit rechten Dingen zugegangen sein kann. Außerdem halte ich mich an Absprachen. Auch deshalb habe ich bisher in dem Geschäft überlebt.«

Swoboda nahm das Blatt, zündete es an und warf es in den Ofen.

»Soweit zu den deutschen Spielern. Ihre jeweiligen Schwachpunkte werden ständig aktualisiert. Aber wir brauchen Listen von insgesamt einunddreißig Ländern. Die Zeit drängt, denn die Sponsoren, die auf den Sieg Italiens setzen, wollen wissen, ob sie sich voll und ganz auf uns verlassen können.«

»Wie bitte? Ihr arbeitet mit legalen Firmen zusammen?«

»Na, das ist aber eine Überraschung, Schratzenstaller!«, sagte Swoboda mit gespieltem Erstaunen. »Um die Listen der in Frage kommenden Länder zu vervollständigen, sind wir hier im Kurort genau richtig. Da wimmelt es von prominenten Sportlern. Auf der Zugspitze halten sie ihre Meetings ab, beim Neujahrsspringen drängen sie sich in der VIP-Lounge zusammen. Ihre Fingerabdrücke und andere biologische Spuren liefern sie uns im Pfanndl, die Nematocera schratzenstalleri enthüllen uns ihre weiteren Geheimnisse.«

»Schön, dass du sie so nennst. Aber sag einmal, dann sind wir beide ja die einzigen, die das wissen.«

»Richtig. Und damit das auch so bleibt: Sicherheits-Check.«

Sie machten sich an ihren täglichen Abendsport. Sie gingen durch das ganze Haus, überprüften alle Türen und Fenster, sie durchforsteten den Garten und checkten das Insektarium. Keine Auffälligkeiten. Sie gingen beruhigt schlafen.

»Gute Nacht, Mückenbändiger«, rief Swoboda. »Morgen gehts los. Die Schweizer Nationalmannschaft hat eine Besprechung auf der Zugspitze. So eine Gelegenheit, dass wir die komplette Mannschaft zusammenhaben, kommt nie wieder.«

»Der ████! Da schau her«, murmelte Schratzenstaller, bevor er das Licht auslöschte. »Alles hätte ich gedacht, bloß das nicht.«

Dreihollarodirieij-roöi –
I jodel weiter in der Höll!
Grabinschrift des »Jodelkönigs« Korbinian Steinrieder

»Kennen Sie diesen Mann?«

Sie war blond, sie war sommersprossig, sie war jung, sie hieß Nele, sie war ein beharrlicher Fördekopf, das Foto in ihrer Hand war schon abgegriffen, es war fleckig, aber sie besaß kein anderes. Nein, kenne ich nicht, noch nie gesehen, wer soll das sein? Einer hatte schon gefragt, ob das ihr Vater sei (die Ähnlichkeit: unverkennbar!), er hatte wohl vom Zustand des Bildes auf das Alter des Mannes geschlossen. Die Eisenbahnstrecke von der Ostseeküste bis hinunter nach Messina war zu ihrer zweiten Heimat geworden, eine längliche, 1.435 Millimeter breite, eiserne Heimat quer durch Europa, ein ratternder Doppelstrang, der doch irgendwann einmal zu ihm, diesem Kerl führen musste! Oder ging es schon lange nicht mehr um ihn? Dieser Verdacht stieg ihr manchmal auf, erst ganz leise, in letzter Zeit immer stärker. Ging es ihr eher darum zu zeigen, dass auch sie stur sein konnte? Von holsteinischer Beharrlichkeit, von Laboe'scher Ausdauer, von ostseeischer Prinzipientreue. Jedes Mal, wenn sie wieder heimgekommen war von einer Exkursion, hatte sie sich geschworen, dass das jetzt endgültig – unwiderruflich! – die letzte Reise gewesen sei, dass sie jetzt nicht mehr weitermachen wolle, dass sie die Suche ergebnislos aufgeben würde. Dass er da bleiben konnte, wo er war, wo der Pfeffer wächst, *weir de Düwel wount*, wie ihr Großvater aus Dänischenhagen immer gesagt hatte.

»Kennen Sie diesen Mann?«

In letzter Zeit hatte sie sich dabei ertappt, dass sie den Satz ziemlich halbherzig und resignativ heruntergebetet und die Antwort gar nicht mehr richtig abgewartet hatte. In diesem bayrischen Kurort hatte es einen dritten Toten gegeben, sie war natürlich hingefahren, wieder mit zitternden Knien und in banger Erwartung. Der Seppel dort unten, der Polizist mit dem knorrigen Namen, dieser Franz Hölleisen, der kannte sie jetzt schon. Aha, unsere Ostseenixe ist wieder da, hatte er gesagt. Da, schauen Sie her, so sieht unser Toter in der Wand diesmal aus. Wenn Sie sich das unbedingt antun wollen, dann werfen Sie halt mal einen Blick drauf. Aber ich glaube nicht, dass das Ihr Freund ist. Er hatte recht gehabt, auch dieser Tote war nicht ihr Freund. Der Seppel hatte ihr auch ein bisschen gut zugeredet, hatte ihr erzählt, wie sich die Polizei bei Vermissungen verhält. Dass sie die Akten nie ganz schließt, dass es da kein Zeitfenster gibt. Dass das immer eine diffizile Sache ist. Sucht man oder sucht man nicht? Nimmt man den, der aufs Revier kommt, ernst oder nicht? Fingerspitzengefühl ist da gefragt. Sie verabschiedete sich von Hölleisen, dem freundlichen, aber überlasteten Polizisten, und fragte in der Pension, in der sie schon öfter übernachtet hatte, ob sie ganz spontan und unangemeldet ein Zimmer bekommen könnte.

Aha, das Fräulein aus Kiel, aber gerne, wie immer das Zimmer mit Blick auf den Wank? Ja, gerne, aber ich komme nicht direkt aus Kiel, sondern aus Laboe. Laboe ist das Grainau Kiels? So ähnlich. Sie ging in ihr Zimmer und blickte aus dem Fenster. Der Wank. Beim letzten Mal, als sie da war, hatte sie diesen Typen kennengelernt, auf dem Wank. Er hatte so getan, als ginge es ihm schlecht, als hätte er Sonnenbrand, Höhenkoller, Atemschwierigkeiten, Heimweh, was auch immer. In Wirklichkeit war es nur eine plumpe Anmache in siebzehnhundertachtzig Metern Höhe gewesen, aber im weiteren Gespräch schien er ganz in Ordnung zu sein, der komische Bayer, den sie kaum verstand. Er hatte ihr seine Telefonnummer gegeben, vielleicht sollte sie ihn anrufen, wenn sie schon mal da war. Ja, das würde sie machen, morgen vielleicht, eher übermorgen. Oder noch heute Abend.

»Kennen Sie diesen Mann?«

Nein, wer ist das, noch nie gesehen, ist der wichtig?

Einmal hätte sie fast *Kennen Sie diesen Idioten?* gesagt, es war wirklich allerhöchste Zeit, die Suche aufzugeben und die Sache zu vergessen. Sie ging durch den Ort, ihre zielstrebigen Schritte wandelten sich zum Schlendern, sie steckte das Foto weg, die Schritte wurden wieder schneller und zielgerichteter, sie ging jetzt zur Talstation der Wankbahn. Vielleicht einen aller-allerletzten Versuch noch? Damit sie nicht das Gefühl hatte, etwas versäumt zu haben. Damit ihr dieses Gefühl nicht wie Kaugummi am Schuh klebte. Sie fuhr mit der Seilbahn hinauf, ging dort oben in einen der Berggasthöfe, kann ich die Chefin sprechen bitte? Sie kommen von ganz oben im Norden, das hört man gleich, wie bitte heißen Sie? Nele Tienappel, wirklich komischer Name. Als ob Ihre Namen hier besser sind: Grasegger, Hölleisen, Wotzgössel. Da haben Sie recht. Wann können Sie anfangen? Gleich? Umso besser, da hinten ist ein Dirndl von der Vorgängerin, vielleicht passen Sie rein. Haben Sie überhaupt schon einmal bedient?

Sie war zwar studierte Kommunikationswissenschaftlerin, aber jetzt war sie eben Bedienung. Sie bediente Touristen, Menschen wie sie selbst, blonde, staksige Ostseenixen. Sie hatte das zerschlissene Foto auf DIN-A-4 hochkopiert, sie hängte es mit dem Einverständnis der Chefin gleich am Eingang des Lokals auf. Wer kennt diesen Mann, bitte melden Sie sich unter folgender Nummer. Einige der Gäste betrachteten das Foto neugierig, manche machten sich darüber lustig. Eine Familie hängte einen Zettel daneben: Katze entlaufen. Sie bekam Anrufe von Wahrsagerinnen und Wünschelrutengängern.

Der Schankkellner, der hier oben im Berggasthof arbeitete, hatte ebenfalls Kommunikationswissenschaften studiert. Er war groß gewachsen wie sie, er war blond wie sie, er war ein großgewachsener blonder Bayer mit einer markanten Nase und einem mächtigen, herrlich unmodernen Backenbart. Seine Augen gingen ins Bodenlose, seine Stimme war warm und samtig, seine Hände konnten beherzt zupacken. Nach und nach gingen seufzende Blicke hin und her, Wangen röteten sich, Handinnenflächen wurden schweißnass. Sie hieß Nele Tienappel, er hieß Manfred Werlberger, sie fuhren jeden Abend gemeinsam hinunter ins Tal. Irgendwann nahm sie das Foto ab.

jooOoOO

Expressionistischer Jodler

Es klopfte an der Tür.

»Herein!«, rief Kommissar Jennerwein, und Maria Schmalfuß betrat das Krankenzimmer. Sie trug einen gepunkteten Bademantel und einen dicken Schal. Ihre Augen waren gerötet.

»Danke«, sagte sie leise.

»Schon gut«, sagte Jennerwein. »Jeder an meiner Stelle –«

»Ich danke Ihnen eher dafür«, unterbrach Maria, »dass Sie meine – wie soll ich sagen – Unpässlichkeit nicht erwähnt haben.«

»Warum sollte ich? Wir fassen erst einmal diesen Kerl, um kleine Unpässlichkeiten kümmern wir uns nach Abschluss der Ermittlungen.«

Maria schwieg verlegen. Auf dem Nachtkästchen stand eine Vase. An eine der drei offenbar kunstvoll angeordneten Seerosen hing ein Zettel mit der Aufschrift:

> Gute Besserung für ›Kashami‹ Jennerwein,
> dem Meister der Äußersten Grenze!
> Von der Tai-Chi-Abteilung des Polizeisportvereins Weilheim.

Maria wollte gerade etwas sagen, als sie draußen auf dem Flur lärmende Stimmen vernahmen. Die gutgelaunten Teamkollegen brachen herein und verwandelten das Krankenzimmer vollends in ein Blumenmeer.

»Danke für Ihre Anteilnahme«, sagte Jennerwein lachend. »Mir geht es allerdings viel zu gut für den Aufwand. Ich habe ja nicht mal einen Kratzer. Frau Doktor doch wohl auch nicht?«

»Einen Schnupfen, eine harmlose Erkältung, wegen allzu leichter Bekleidung im Freien, weiter nichts.«

Jennerwein richtete sich auf.

»Ich freue mich natürlich sehr über Ihren Besuch. Danke für die Blumen. Trotzdem habe ich angesichts der dramatischen Ereignisse das dringende Bedürfnis, hier und jetzt eine spontane kleine Dienstbesprechung anzusetzen. Das würde meine Gesundung sehr fördern. Ich bin nämlich ehrlich gesagt ausgesprochen wütend.«

»Das sind wir auch, Chef. Es hätte uns alle –«

»Ja klar, aber der Warnschuss hat eindeutig mir gegolten. Gibt es denn schon Spuren?«

»Ja, jede Menge«, nickte Becker. »Der Arzt hier im Krankenhaus hat gesagt, dass Sie beide mit Lachgas betäubt worden sind. An den Überfall selbst werden Sie sich vermutlich nicht mehr erinnern können.«

»Retrograde Amnesie«, sagte die Polizeipsychologin. »Naja, auf diese Weise hatte man wenigstens mal Gelegenheit, die Erinnerungstrübung am eigenen Leib zu verspüren.«

Schon wieder ganz schön frech, die Frau Doktor, dachte Jennerwein. Angesichts dessen, was vorgefallen ist.

»Daraufhin hat der Täter Sie beide bis zum Parkplatz unten am Köhlerbichl gefahren«, fuhr Becker fort. »Dort hat er Sie umgeladen, vermutlich in einen Jeep. Mit Verlaub, Frau Schmalfuß, aber mit Ihrer alten Schrottkarre, dem Citroën, wäre er den Weg nicht hinaufgekommen.«

»Ich glaube eher, dass das zu auffällig gewesen wäre«, warf Maria schnippisch ein, »wenn da plötzlich ein Privatauto – ein Oldtimer – eine Rarität aus den Neunzigern – hinaufgekurvt wäre. Deshalb der unauffällige Jeep.«

»Weiter«, mahnte Jennerwein.

»Er hat an der Stelle angehalten, wo die eisernen Trittleitern die Wand hinaufführen. Die Stelle hat den zusätzlichen Vorteil, dass man den Spazierweg in beide Richtungen gut einsehen kann. Der Täter musste dort nicht befürchten, von Wanderern entdeckt zu werden, die plötzlich um die Ecke kommen. Dann hat er seine beiden Opfer ausgeladen, hat ihnen Sitzgurte verpasst und ist mit ihnen die Sprossen des Trimm-dich-Klettersteiges hochgeklettert. Oben hat er sie in die kleine Nische gesteckt, die er nur insofern präpariert hat, als er einen Haken in die Decke gebohrt hat. Das kann er schon vorher gemacht haben. Dann hat er auf der kleinen Wiese gewendet, die sich ein Stück weiter oben neben dem Weg ausbreitet, und ist wieder nach unten gefahren.«

»Es muss ein gut durchtrainierter Kerl sein«, sagte Jennerwein. »Ich bin ja nun nicht gerade eine zarte Elfe. Ich meine: im Gegensatz zu Maria.«

Frau Doktor errötete.

»Er hat Lachgas verwendet?«, fuhr Jennerwein fort. »Soviel ich weiß, ist das doch als Betäubungsmittel vollkommen außer Mode.«

»Vollkommen richtig«, sagte Becker. »Ärzte verwenden Distickstoffoxid schon Jahrzehnte nicht mehr. Zahnärzte nehmen es noch manchmal, bei Kindern. Aber auch hier ist die Tendenz rückläufig.«

»Passt voll zu seinem Stil«, ergänzte Nicole. »Eigentlich eine geniale Idee, konsequent Tatwerkzeuge zu benützen, deren Herstellungsdatum nicht mehr zu eruieren ist. Das ist doch spurenverwischtechnisch ideal.«

»Jedenfalls wollte er uns alle zum Narren halten«, sagte Johann Ostler. »Fehlt eigentlich bloß noch, dass er auf dem Parkplatz seine alten Reifen hingelegt hat und auf den Felgen weitergefahren ist, nur um zu zeigen: Seht her, wie schlau ich bin.«

»Auch so ist das Ganze ziemlich dreist«, sagte Jennerwein. »Aber schließen wir die Erkundigungen in eigener Sache vorerst mal ab. *Wir* sind ja wohlauf. Wie sieht es mit dem dritten Bergopfer, dem Hamburger Matrosen, aus?«

Becker hielt eine kleine Mappe hoch.

»Sie werden es sich sicherlich schon denken können: Dasselbe Schema wie bei den beiden anderen. Ein abgewetzter Rucksack, gefüllt mit Krimskrams. Uralte Klamotten, Tod durch Kachexie. Die Bergwachtler haben ihn hinten in den Gwölbgängen gefunden, er war schon vier Wochen tot. Man kann die Stelle von einem gegenüberliegenden Hügel beobachten. Sonst keine weiteren Auffälligkeiten.«

»Trotzdem ist dieser Fund so etwas wie ein erster Fahndungserfolg«, sagte Stengele. »Er ist das erste Opfer, auf das wir nicht zufällig gestoßen sind, sondern das wir systematisch gefunden haben. Wir haben so an die fünfzig Stellen in den Bergen identifiziert, die den Anforderungen des Täters genügen müssten. Wir haben die Hüttenwirte und Jäger informiert und sie gebeten, die Augen offen zu halten. Außerdem haben wir die Stellen sofort an die Bergwacht weitergegeben. Sie sind mit zwei Hubschraubern losgeflogen, und schon an der fünften angeflogenen Stelle, eben in den Gwölbgängen, haben sie den Hamburger Seemann entdeckt und geborgen.«

»Fliegen die Hubschrauber weiter?«

»Natürlich. Gestern bis Einbruch der Dunkelheit, heute seit der Morgendämmerung.«

»Fünfzig Stellen? Das ist ja unglaublich.«

»Man hat fast den Eindruck, dass die Werdenfelser Berge für solche grausigen Versteckspiele erschaffen wurden. Sozusagen ein Tal des Teufels.«

»Gut gemacht«, sagte Jennerwein. »Fordern Sie auch noch

Polizeihubschrauber an. Verwandeln Sie den Kurort in ein summendes Bienennest. Das ist unsere Antwort auf seinen kläglichen Warnschuss. Es könnte gerade einer da draußen mit dem Tod ringen. Vielleicht finden wir auf diese Weise einen Überlebenden. Das wäre dann der Verdienst der beiden Bergspezialisten Stengele und Ostler.«

»Danke, aber die eigentliche Idee kam von Ihnen«, sagte Ostler verlegen.

»Ich könnte mich trotzdem ohrfeigen«, erwiderte der Kommissar. »Wir haben viel zu viel Zeit damit vertan, die Identität der toten Opfer zu ermitteln. Ich weiß, ich weiß, das ist die übliche Ermittlungsrichtung: Das Opfer führt zum Täter. Aber in diesem speziellen Fall hätten wir anders vorgehen müssen. Denn hier führen die Opfer nicht zum Täter, ganz im Gegenteil, sie lenken von ihm ab. Hölleisen, wie sieht es also mit der Secondhand-Szene hier im Ort aus? Sind Sie da schon weitergekommen?«

»Ich bin zusammen mit Nicole heute früh, gleich zu den Ladenöffnungszeiten, in alle siebzehn Krimskramsshops und Antiquitätenläden gegangen, leider ohne Ergebnis. Die meisten der Gebrauchtwarenhändler haben uns natürlich erkannt und waren ziemlich beleidigt, dass wir sie ins Visier genommen haben. Eine Ladenbesitzerin hat uns eine tolle Szene vorgespielt. Sie hat sich theatralisch an die Brust gegriffen, wie wild herumgejapst und dann, mit ersterbender Stimme, die böse, unfähige Polizei verflucht. *Dass ich das noch erleben muss! Die Gendarmerie in meinem Laden!*«

»Wenn sie nicht so übertrieben hätte«, sagte Nicole, »hätten wir es ihr sogar geglaubt.«

»Die Theorie von Nicole hat sich aber im Großen und Ganzen bestätigt. In einem solchen Laden kann man die Kleidung der Opfer wirklich unauffällig verschwinden lassen.«

»Die Warenfluktuation an Krempel und Plunder ist nämlich

riesengroß. Eingekauft wird das Zeug von den Touristen, aber auch von den gastronomischen Betrieben, die ihre Läden bajuwarisch dekorieren wollen. Besonders groß ist der Run auf alles, was nach Bergsteigen aussieht.«

»Klar. Wenn man in Bayern Urlaub macht, will man keinen getrockneten Seestern mit nach Hause bringen.«

»Was da an Rucksäcken weggeht, an Bergseilen, Eispickeln, Karabinern und Ferngläsern – nur um den Partykeller damit zu schmücken, unglaublich!«

»Und wo kommt es her, das Zeug?«

»Aus unübersichtlich vielen Quellen. Von einheimischen Nachlässen, aufgelösten Secondhandshops, pleitegegangenen Touristenrestaurants. Alles ohne Lieferschein und Quittung.«

»Kommissarin Schwattke hat sich eine Lederhose gekauft«, sagte Hölleisen grinsend.

»Psst, mussten Sie das jetzt unbedingt verraten!«

Die Inhaberin des kleinsten der siebzehn Secondhandläden hängte das handgeschriebene Schild *Komme gleich wieder* in die Glastür. Dann setzte sie sich auf einen Stuhl und atmete ein paar Mal kräftig durch. Das war ja gerade noch einmal gutgegangen. Da hetzen die einem auch noch eine preußische Kommissarin auf den Hals! Eine, die hier vollkommen fremd ist und die sich hinten und vorne nicht auskennt. Ganz typisch. Am Ende sollte das vielleicht sogar eine Provokation sein. Aber sie hatte sich eben nicht provozieren lassen! Sie war ruhig geblieben. Und umgeschaut haben die sich im Laden, direkt unverschämt. Alles haben sie angetatscht und hochgehoben, vieles nicht wieder richtig hingestellt. Wenn da jetzt was runtergefallen wäre – wer das wohl gezahlt hätte? Die Polizei? Bestimmt nicht. *Ist das alles?* hatte der Franz Hölleisen gefragt, der ungehobelte Kerl, den sie sowieso nicht leiden konnte. Sein Vater war auch Polizist gewesen, den hatte sie gut gekannt. Das war auch so ein Klotz von Mannsbild. Alle in der Familie Hölleisen waren gleich. *Ist das alles?* hat er gefragt und hat sich im Laden umgeblickt. Dieselben Augen wie der Vater hatte er, der junge Hölleisen. Gottseidank wollten sie nicht in den Keller, die zwei neugierigen Gendarmen, sonst hätten sie natürlich das riesige Lager gesehen. Dann wären die noch länger dageblieben und hätten herumgeschnüffelt in Sachen, die sie nichts angingen. Und gottseidank waren sie nicht hinten hinaus in den Garten gegangen. Der riesige Findling war nicht zu übersehen, die vielen Bohrlöcher darin auch nicht. *Wer hat denn die Löcher gebohrt?* hätte die Preußin vielleicht gefragt. Aber andererseits: Was war schon dabei? Was beweist ein löchriger Stein? Die Inhaberin des kleinsten Secondhandladens im Ort tauschte das Komme-gleich-wieder- mit dem Geschlossen-Schild und zog sich um. Sie legte ihr gutes, ihr bestes Gewand an, dann ging sie in die Kirche und zündete dort ein paar Kerzerln an. Für ihren Putzibuben eines. Und für jedes der Bergopfer eines. Vielleicht wars ja doch nicht wahr. Vielleicht konnte man alles wegbeten. Als sie wieder heimkam, rührte sie Gips an und spachtelte die Löcher auf dem Findling zu. Jetzt fielen die Löcher erst recht auf. Sie nahm eine Farbtube mit der Aufschrift Chamois № 5 und übermalte die weißfleckigen Stellen. Sah sowieso besser aus.

Ostlers Mobilfunkgerät klingelte. Er bedeutete allen zu schweigen.

»Was? Der Empfang – ist ganz schlecht! – Sag das noch mal!« Er legte auf, das ganze Team starrte ihn erwartungsvoll an.

»Die Bergwacht. Sie haben ihn. Wahrscheinlich auf frischer Tat ertappt.«

»Wo?«

»Am Steinköflerberg.«

»Auf gehts!«, sagte Kommissar Jennerwein.

43

jOoOₒₒₒ

Impressionistischer Jodler

Zuerst hatte der Putzi ziemlich geflucht. Sein ganzer Zeitplan war durcheinandergekommen. Aber er wusste natürlich auch, dass man beim Bergsteigen nichts auf die Sekunde genau planen konnte. Er hatte gelernt, von Fall zu Fall zu entscheiden. Die Improvisationskunst gehörte zur Bergausrüstung wie die Brotzeit, der eiserne Wille, das karierte Hemd und die Feder am Hut. Bei der Aktion mit diesem unscheinbaren Kommissar und der spindeldürren Psychologin hatte er auch improvisieren müssen – und es hatte alles wunderbar geklappt. Die waren vermutlich fürs Erste einmal außer Gefecht gesetzt.

Er war jetzt am Bergfuß angelangt. Er lehnte sich an den heißen Fels und verschnaufte ein wenig. Hier führte kein bequemer Wanderweg entlang, er musste sich durch dichten Latschenbewuchs kämpfen, und hinter jedem neuen Latschenbüschel, das er zurückbog, musste er befürchten, auf die unkenntliche Leiche dieses tollpatschigen Softwareentwicklers zu stoßen. Trotzdem lächelte der Putzi zufrieden. Wie schlau war er doch schon wieder gewesen! Was für einen großen Fehler hatte er vermieden! Er hatte eben *nicht* bei der Polizei angerufen und die Leiche Holgers gemeldet. So hatte er es eigentlich vorgehabt. Aber niemand konnte aus der Ferne eine Leiche am Boden liegen sehen, wenn der Bewuchs so dicht war. Er hätte sich durch den Anruf nicht aus der Reihe der Verdächtigen katapultiert, er hätte sich ganz im Gegenteil erst richtig verdächtig gemacht. Von wo aus haben Sie die Leiche gesehen, woher wussten Sie aus dieser Entfernung, dass er schon tot war, was haben Sie in dieser Gegend überhaupt zu suchen – das wären lauter Fragen gewesen, bei denen er böse ins Schlingern gekommen wäre. Die Sonne brannte herunter, der Putzi wischte sich mit dem Sacktücherl den Schweiß von der Stirn. Bei jedem Latschenzweig, den er zurückbog, musste er sich auf einen ausgesprochen unschönen Anblick gefasst machen. Er ging zwanzig Meter an der Wand entlang, das war der Bereich, innerhalb dessen Holger abgestürzt sein musste. Doch er fand ihn nicht. War der Körper tatsächlich schon von Tieren weggetragen worden? Aber es gab doch in diesen Breiten keine Wölfe oder Bären, die einen ganzen Menschen schleppen konnten. War es möglich, dass der Kadaver von kleineren Waldbewohnern an Ort und Stelle aufgefressen worden war – restlos, und ohne ein Knöcherl zu hinterlassen? Waren es Ameisen? Aber in so kurzer Zeit? Der Putzi ging die zwanzig Meter nochmals ab. Wieder nichts. Das wäre ja gleich doppelt peinlich gewesen, wenn er der Polizei einen Absturz gemeldet hätte, und man hätte dann niemanden hier unten gefunden. Oder war die Leiche aus irgendeinem Grund weiter hinausgeschleudert worden? Dieser Holger bereitete ihm nichts als Schwierigkeiten, auch über seinen Tod hinaus. Von Anfang an war es schon kompliziert gewesen mit ihm. Ein Computerfuzzi, der etwas von einem einsamen und inspirierenden *sabbatical weekend* erzählt hatte, er ließ sich leicht und schnell betäuben – aber er war schon nach fünf Minuten wieder aus der Narkose aufgewacht. Er war irgendwie resistent gegen das Lachgas, der Putzi hatte ihm das Tuch insgesamt fünfmal ins Gesicht drücken müssen. Deshalb hatte er dann später vielleicht auch so lange geschlafen. Der Putzi blieb an einer Stelle stehen, die ausnahmsweise frei von Latschenbewuchs war. Er lehnte sich an die Felswand, die schroff und steil hinaufführte auf die Steinköflerspitze. Er senkte den Kopf, um sich zu konzentrieren. Was er heute noch alles erledigen musste! Er nahm das Taschentuch und wischte sich den Schweiß vom Nacken. Auf dem Boden bemerkte er eine kleine, glitzernde Stelle, er ging in die Knie, um sie genauer zu untersuchen. Der Boden war steinig, hart und ausgedörrt, er war überall von gelblicher bis bräunlicher Farbe. Der auffällige Fleck war die einzige feuchte Stelle auf dem trockenen Boden, er beugte sich dicht über ihn. Er schwitzte schon wieder. Schon zum zweiten Mal innerhalb kürzester Zeit musste er sich mit dem Taschentuch den Nacken abtrocknen. Als er das Tuch wegstecken wollte, spürte er, dass es feucht und klebrig war. Er betrachtete es: Es war mit blutigen Flecken übersät. Blitzschnell drehte er sich um und blickte hoch. Verdammt, von dort oben tropfte es herunter! Er konnte einem weiteren fallenden Blutstropfen gerade noch ausweichen, er sprang auf und lief voller Entsetzen von der Wand weg. Herrgott, lass es nicht wahr sein! Lass es nicht Holger sein, der da oben hängt und herunterblutet! Als der Putzi ein paar Meter gelaufen war, drehte er sich um, zückte das Fernglas und sah hoch. Er konnte ihn nicht gleich finden, die Tarnkleidung, die er ihm angezogen hatte, verschmolz zu gut mit dem Fels. Doch dann sah er, dass der widerspenstige Wiedergeborene an einer schrägen, zackigen Felsenkante hing. Er lag auf dem Rücken, der Kopf ragte frei über den Abgrund. Der Putzi hastete weiter, auf eine gegenüberliegende Anhöhe zu. Der Weg dorthin war ein ziemliches Auf und Ab, er musste einen ausgetrockneten Wasserlauf und mehrere steinige Abhänge überwinden. Der Putzi war völlig außer Atem, als er nach einer Viertelstunde des Rennens und Kletterns endlich an einer Stelle angelangt war, von der aus er einen guten Blick auf den unteren Teil der Wand hatte. Wieder zückte er das Fernglas. Tatsächlich. Dieser Holger musste sich bei seinem Absturz an einem Felsvorsprung verfangen haben. Er hing regungslos da, er hatte eine unnatürliche, verdrehte Haltung eingenommen, er war vermutlich tot. Aber wie war das nochmals: Tote bluteten doch nicht mehr! Der Putzi überlegte fieberhaft. Was sollte er jetzt tun? Er wollte das Fernglas gerade senken, da schob sich ein grellbunter Fleck von oben ins Bild. Er schwenkte und stellte scharf. Den Putzi überlief es heiß und kalt. Kruzitürken, was war denn das wieder für eine Katastrophe! Da kletterte ein auffällig gekleideter Bergsteiger putzmunter herum, die Wand herunter, direkt auf den Felsvorsprung zu, auf dem Holger lag. Der Putzi musste eilig von hier verschwinden. Obwohl. Plan B. Der Putzi öffnete seinen Rucksack, wickelte die uralte Lacombe aus dem Papier und steckte sie zusammen.

Johnny Winterholler war heute verdammt früh aufgestanden, aber das machte ihm nichts aus, Bergsteiger sind so etwas gewohnt. Die Gemüsehandlung Altmüller war noch geschlossen, deshalb versteckte er den Stapel ungewaschener Geldscheine sorgfältig unter dem Blumentopf im Garten, riss ein paar Lexikonseiten heraus und brach auf. Er war guter Dinge. Wer ertrank im September 1913 im Ärmelkanal? a) Rudolf Diesel b) Nicolaus August Otto, c) Carl Friedrich Benz oder d) Gottlieb Wilhelm Daimler? Das Geld würde er eben dann morgen altmüllern und in seiner luftigen Dependance verstecken. Er stapfte die Gletschwanne hinauf, ging über den Trösselsteig zum Hochanger, stieg dann von oben in die Steinköflerwand ein. Als er um eine Felskante blickte, bemerkte er, leicht schräg unter ihm, einen Gurt, der sich im Wind bewegte. Dieses flatternde Etwas musste der Tragegurt eines Rucksacks sein. Winterholler kletterte einige Meter weiter, um eine Felskante herum. Er erschrak. Der Mann, dem der zerfetzte Rucksack gehörte, lag in zehn Metern Entfernung auf dem Rücken, seine Arme waren verdreht, der Kopf war nach hinten gefallen und ragte über den Abgrund. Der Mann trug feldgraue Tarnkleidung, Johnny Winterholler musste sofort an etwas Militärisches denken.

Der Felsvorsprung, auf den das Bergopfer gefallen war, war schmal und bot dem Daliegenden kaum Platz. Die Oberfläche des Vorsprungs war nicht eben, sie fiel stark nach außen ab, und der Mann wäre unter normalen Umständen sicherlich abgerutscht. Winterholler sah sofort, warum er auf dem Felsvorsprung geblieben war: Er war auf einen spitz heraustehenden Felszacken gefallen. Solche *Perchtenscheucher* waren eine Folge von Gesteinsauswaschungen, sie kamen in Kalksteingebirgen öfter vor. Der Zacken ragte aus dem Oberschenkel des Mannes und hielt ihn auf diese Weise fest. Da er auf dem Rücken lag, sah Winterholler, dass seine Augen geöffnet waren. Es war aus dieser Entfernung nicht festzustellen, ob er überhaupt noch lebte. Winterholler konnte jedoch sehen, dass die Wunde blutete. Wie war das noch mal? Hatte er nicht irgendwo mal gehört, dass Tote nicht mehr bluteten? Winterholler musste augenblicklich zu dem Mann absteigen und nachsehen, in welchem Zustand er sich befand. Der Abstieg war leichter als gedacht, Winterholler war nur noch ein paar Tritte über der Unglücksstelle, da geschah etwas, mit dem er überhaupt nicht gerechnet hatte. Etwas schräg über ihm brach ein spaghettitellergroßes Stück Fels heraus, einfach so, ohne das vorherige Knistern, das bei Kalksteinbrüchen typischerweise zu hören war. Nach einer Schrecksekunde blickte er nach oben, um nachzusehen, was da geschehen war. Der herausgebrochene Stein hatte einen Krater hinterlassen, der unmöglich von einem gewöhnlichen Steinabbruch herrühren konnte. So etwas konnte nur – ein Einschussloch sein! Unmöglich! Unmöglich? Im nächsten Augenblick splitterte wieder ein Stück Fels ab, einen Meter rechts neben ihm, diesmal konnte er sich sicher sein, dass es ein Schuss war, er hatte den dumpfen Aufprall gehört. Um Gottes Willen, was war hier los? Ohne irgendwelche Dreipunkteregeln zu beachten, kletterte er hastig nach unten, über ihm wurde schon wieder ein Stück Fels herausgerissen. Er fand keinen Griff mehr, er ließ sich fallen, er hoffte, dass es ihm nicht so erging wie dem Aufgespießten da unten. Er kam mit den Beinen auf der Felsnase auf, direkt neben dem Mann, der keinerlei Regung zeigte. Winterholler duckte sich. Welcher verdammte Idiot beschoss ihn hier? Er war sich ganz sicher, dass das mit dem unsauberen Job zusammenhing, den er gerade verrichtete. Er hätte sich ohrfeigen können. Sie hatten ihn hierhergelockt, in eine Falle, und versuchten ihn jetzt zu töten. War der Verunglückte hier vielleicht sogar ein Köder? Er beugte sich über ihn, fühlte seinen Puls, war aber zu aufgeregt, um so etwas Diffiziles und Kleines wie einen Pulsschlag zu spüren. Er beugte sich über das Gesicht des Mannes, um die Pupillenreflexe zu testen – und in diesem Augenblick vernahm er ein wohlbekanntes, äußerst beruhigendes Geräusch.

Es war das unverkennbare Wummern und Brüllen eines sich nähernden Hubschraubers. Er blickte auf. Es war ein Rettungshubschrauber der Bergwacht. Oder des Roten Kreuzes? Oder der Polizei? Gleichgültig. Der Hubschrauber kam jetzt auf seine Höhe und drehte bei. Winterholler machte gar nicht mehr den Versuch zu winken. Sie hatten ihn entdeckt, sie würden ihn und das Opfer hier rausholen. Dann plötzlich, durch den Lärm der Rotoren hindurch, hörte Johnny Winterholler eine quäkende Lautsprecherstimme:

»Dies ist ein Polizeieinsatz. Ich wiederhole: Dies ist ein Polizeieinsatz. Nehmen Sie die Hände von dem Opfer und verhalten Sie sich still.«

Johnny Winterholler sah auf seine Brust. Auf seinem Bergsteigerhemd tanzte ein lustiges rotes Pünktchen auf und ab. Der Infrarotstrahl eines Präzisionsgewehrs hatte ihn erfasst.

44

Wie lang aber soll so ein Jodler dauern? So lange,
wie ein herzigs Dirndl und ihr Allerliebster brauchen,
um wieder in ihr G'wand neizumschlupfen, wenn der
Vater früher heimgekommen ist vom Feld.
Volksweisheit

»Das müssen Sie schon verstehen, Herr Winterholler, dass es
uns brennend interessiert, was Sie da oben bei dem Bergopfer
zu suchen hatten.«

»Was ich da zu suchen hatte!? Ich bin in die Steinköflerwand eingestiegen, das war meine geplante Tour. Dann habe
ich jemanden in Bergnot gesehen und bin so rasch als möglich
hingeklettert. Ich wollte erste Hilfe leisten.«

»Warum haben Sie nicht zuerst die Bergwacht angerufen?«

»Ich habe kein Handy.«

»Warum haben Sie nicht wenigstens eine Signalpistole abge-
schossen?«

»Ich wollte zunächst erste Hilfe leisten. Dann hätte ich mich
schon bemerkbar gemacht.«

Stengele nickte.

»Und welche Untersuchungen haben Sie an dem Opfer vorgenommen?«

»Eigentlich gar keine. Ich habe kurz den Puls gefühlt,
aber ich war völlig von der Rolle.«

»Warum?«

»Kurz bevor ich den Unglücksort erreicht habe, bin ich
beschossen worden. Ich bin abgerutscht und fast auf den
Verletzten gefallen.«

»Herr Winterholler! Sie sind beschossen worden! In der Steinköflerwand! Das glauben Sie doch selbst nicht.«

Stengele stand auf und verließ den Verhörraum grußlos.

»Ja, dann schauen Sie halt nach!«, rief ihm Johnny Winterholler wütend nach. »Klettern Sie zu der Stelle hin, da werden Sie drei frische Steinabbrüche finden. Alle Brüche rühren von Schüssen her!«

»Ja, er hat recht, es gibt frische Steinabbrüche«, knurrte Stengele, als er wieder im Beobachtungsraum und außerhalb der Hörweite von Winterholler war. »Ob die allerdings von Schüssen herrühren, da bin ich mir nicht so sicher. Könnte aber sein. Becker liefert die Ergebnisse erst in ein paar Stunden.«

Stengele setzte sich. Alle wandten ihre Blicke zur Glasscheibe, durch die man ins Innere des Verhörzimmers sehen konnte.

»Mein Name ist Kriminalkommissarin Schwattke«, eröffnete Nicole dort gerade die Befragung. »Herr Winterholler, ich will ganz offen sein. Wir haben Ihr Haus durchsucht. Der ganze Keller ist voll von altem Bergsteigerzeug. Wir haben Dutzende von Rucksäcken gefunden, unendlich viele verschiedene Seile, von einem Arsenal an Bergsteigerkleidung und alpinen Ausrüstungsgegenständen ganz zu schweigen. Warum sammeln Sie das alles?«

»Wir hatten – ich hatte mal eine Kletterschule. Vor langer Zeit. Und ich mag nichts wegwerfen. An jedem Stück Seil hängt eine Erinnerung. Zu jedem Karabiner gibt es eine Geschichte. Das ganze Zeug ist zwar alt, aber jedes einzelne Stück ist noch voll funktionsfähig. Außerdem –«

»Außerdem?«

Winterholler überlegte. Von der erträumten Himalaya-Expedition, von der Extremtour auf die Annapurna II wollte er nichts erzählen. Das ging niemanden etwas an.

»Ich habe daran gedacht, eine historische Bergtour auf die

Zugspitze anzubieten, in alten Ausrüstungsgegenständen, der Erstbesteigung durch Josef Naus nachempfunden. Aber warum haben Sie mein Haus durchsucht?«

»Herr Winterholler, ich will wieder ganz offen sein. Sie stehen unter dem dringenden Verdacht, etwas mit den vier Bergopfern zu tun zu haben, die bisher gefunden worden sind.«

»Vier Bergopfer?«

»Tun Sie nicht so. Lesen Sie keine Zeitung? Gucken Sie kein Fernsehen?«

»Ich habe keine Zeitung abonniert. Und im Fernsehen schaue ich nur bestimmte Sendungen. Worauf wollen Sie eigentlich hinaus? Ich bin leidenschaftlicher Bergsteiger, ja, zugegeben. Ich sammle Bergausrüstung, auch richtig. Aber mit diesen vier Bergopfern habe ich nichts zu tun.«

»Sie wissen also doch von den Bergopfern.«

»Ja, ich habe am Rande davon gehört. Hier in den Bergen gibt es alle paar Wochen ein Bergopfer. Wenn ich auch einmal offen sein darf.«

Die Frau, die sich als Kommissarin Nicole Schwattke vorgestellt hatte, nickte, notierte etwas und ging hinaus. Nach einiger Zeit kam ein unauffälliger Mann von undefinierbarem Alter herein. Er schloss die Tür langsam, setzte sich schweigend an den Tisch und blickte ihn an. Er massierte seine Schläfen mit Daumen und Zeigefinger, dann schaute er ihm direkt in die Augen. Johnny Winterholler hielt dem Blick stand. Der Mann machte keine Anstalten, das Gespräch zu eröffnen und das Verhör weiterzuführen. Dieser Mann kam sich wohl ganz furchtbar schlau vor. Das war irgendeine Verhörtechnik, die in irgendeinem Lehrbuch stand oder in irgendeinem James-Bond-Film vorkam. Mürbe machen durch Schweigen. Aber da war er bei ihm an den Falschen geraten. Ein Bergler ist es gewohnt zu schweigen. Es gibt keinen Ort, wo so viel und intensiv geschwiegen wird wie am Berg. Der Bergsteiger ist der Wächter des Schweigens. Er ist der Gärtner, der das empfindliche Gewächs der Stille gießt. Johnny Winterholler entspannte sich. Vor einer Woche war schon bei Gewinnstufe eins eine schöne Frage gekommen: Wenn ich einen frisch eingerichteten Computer vollschreibe, wird der Computer dadurch a) schwerer, b) leichter, bleibt er c) gleich schwer, oder kommt es d) darauf an, welche Daten ich eingebe? Ich kenne mich mit Computern nicht aus, hatte der Kandidat gesagt und war ausgeschieden. Er ging noch ein paar Rätsel im Geiste durch, der Mann ihm gegenüber schwieg eisern. Er ließ Winterholler dabei nicht aus den Augen. Er schien jetzt spöttisch zu lächeln, als ob er bei diesem sonderbaren Verhör schon ein gutes Stück weitergekommen wäre. Bisher war noch kein einziges Wort gefallen. Sollte *er* vielleicht das Gespräch eröffnen? So, ich habe nicht unendlich lange Zeit, meinen Namen kennen Sie, bitte stellen Sie sich vor und kommen Sie endlich zur Sache. Der unauffällige Mann dort drüben erwartete das vielleicht. Wer zuerst das Schweigen brach, hatte verloren.

»Toll«, sagte Nicole Schwattke draußen im Beobachtungsraum. »Ich würde das nicht so lange aushalten.«

»Von was leben Sie, Herr Winterholler?«
    Plötzlich, ohne Ansatz, ohne erkennbares Atemholen, ohne die vielen Signale, die normalerweise im Bugwasser eines Satzes schwimmen, stand die Frage im Raum, wie eine Ratte war sie plötzlich auf den Tisch gesprungen, sie schnupperte und schmatzte schon, die seuchenbeladene Frageratte, bereit zuzubeißen. Genau diese Frage hatte er befürchtet. Er überlegte fieberhaft. Er wollte auf keinen Fall von seinem reichlichen und steuerfreien Einkommen erzählen, das in einer unzugänglichen Wand des Wettersteingebirges gebunkert war. Das dort

so sicher versteckt war, dass nicht einmal die Mafia – – – Gut, er war vielleicht doch in irgendetwas Unsauberes hineingeraten, würde vielleicht sogar eine Strafe verbüßen müssen. Aber er hatte nicht vor, schon gleich ganz am Anfang seine sauer verdienten Ersparnisse, sein Startkapital für die Annapurna-II-Expedition preiszugeben. Und wenn er jahrelang im Gefängnis schmorte. Wie war das eigentlich? Ob Jauch wohl auch Gefängnisinsassen als Kandidaten nahm? Ob er dann mit einer Fußfessel auf dem Stuhl Platz nehmen dürfte? Stünde ein bulliger Polizeibeamter hinter ihm? Herr Winterholler, jetzt kommt eine Frage, die Sie sicher lösen können. Was ist im deutschen Recht straffrei? a) Drogenbesitz, b) Gefängnisausbruch, c) Vielehe oder d) Beleidigung des Bundespräsidenten?

»Also. Von was leben Sie, Herr Winterholler?«

»Von meinen Ersparnissen.«

»Seit zwei Jahren?«

»Ich lebe genügsam.«

»Mhm.«

In dem *Mhm* des unauffälligen Mannes war mehr Schärfe als in der grünen Meerrettichpaste beim Japaner um die Ecke.

»Ich habe ein bisschen was gespart. Und das brauche ich jetzt auf. Ich klettere. Das ist eine preiswerte Beschäftigung.«

»Warum haben Sie Geld unter dem Blumentopf im Garten versteckt?«

Wieder so eine Ratte von Satz.

»Ich musste schnell weg, die Haustür lasse ich immer offen stehen, ich hielt es für das Sicherste so.«

»Warum haben Sie es nicht eingesteckt?«

»Weil ich zum Bergsteigen gegangen bin. Gletschwanne – Trösselsteig – Hochanger – Steinköflerwand, wenn Sie es genau wissen wollen.«

»Warum haben Sie das Geld nicht in einen der vielen Rucksäcke im Keller gesteckt? Da wäre es sicherer gewesen.«

»Ich war in Eile, ich wollte vor Sonnenaufgang in der Gletschwanne sein.«

»Und da kommt es auf ein paar Minuten an? Herr Winterholler, auch ich darf ganz offen sein: So einen Schmarrn habe ich in meinem ganzen Leben noch nicht gehört. Ich erzähle Ihnen jetzt einmal eine wesentlich plausiblere Geschichte. Sie, Herr Winterholler, sprechen einsame Wanderer an, betäuben sie, verschleppen sie in Felsnischen und lassen sie dort verhungern und verdursten. Sie nehmen ihnen die Kleidung ab, weil die zu auffällig wäre. Sie nehmen ihnen die persönlichen Gegenstände ab. Sie lassen alles verschwinden. Alles, bis auf das Geld. Das Geld behalten Sie, Herr Winterholler. Warum auch nicht? Sie haben schon zwei Jahre keine Einnahmen mehr gehabt. Und bei dem, was Sie treiben, verdient man nicht viel, wenn ich das einmal so sagen darf. Was halten Sie von dieser Geschichte?«

Johnny Winterholler schwieg. Was sollte er dazu auch sagen? Der unauffällige Mann beobachtete ihn noch eine Zeit lang intensiv, dann stand er unvermittelt auf und ging zur Tür. Johnny Winterholler fand die Sprache wieder.

»Wie geht es dem Mann, den ich gefunden habe?«, fragte er.

»Den *Sie* gefunden haben? Ich höre wohl nicht richtig«, sagte der unauffällige Mann. »Es geht ihm sehr schlecht. Und gnade Ihnen Gott, wenn Sie etwas damit zu tun haben!«

Jennerwein ging hinaus ins Besprechungszimmer. Er sah Ostler schon an, dass er eine schlechte Nachricht hatte.

»Er ist tot«, sagte Ostler. »Der spitzige Pertchenscheucher steckte fest in seinem Oberschenkel, niemand von der Bergwacht traute sich zu, den Verletzten zu behandeln oder sogar zu bergen. Eine Ärztin aus dem Klinikum, eine Notfallchirurgin wurde hingeflogen und runtergelassen. Wenn Sie sie sprechen wollen, sie wartet draußen.«

Die junge Notärztin hatte sich noch gar nicht von ihrem Einsatz umgezogen. Sie steckte in einer knallroten, astronautenanzugsähnlichen Kluft.

»Ich wurde mit einem Helfer von der Bergwacht runtergelassen, und da lebte er noch«, sagte sie. »Es war verdammt wenig Platz dort unten, aber wir konnten stehen und die zwei Notfallkoffer ablegen. Der Felszacken steckte so im Oberschenkel, dass man ihn unmöglich hätte herausziehen können, ohne eine stärkere Blutung zu verursachen. Die zweite Möglichkeit wäre eine Durchtrennung des Äußeren Schenkelmuskels und der Fascia lata gewesen, um das Bein dann einfach seitlich von der Felsspitze wegzuziehen. Auch das war mir zu riskant, die Blutung der Oberschenkelschlagader wäre kaum zu stoppen gewesen. Der spitze Stein hatte sich so in den Muskel gebohrt, dass er die Oberschenkelarterie gleichzeitig durchtrennt hatte und abklemmte. Beim Herausziehen wäre der Verletzte hundertprozentig verblutet. So gab es nur eine letzte, kleine Chance.«

Sie führte Hölleisen zur Sitzbank, nötigte ihn, sich auf den Rücken zu legen, und demonstrierte ihr Vorgehen an seinem Oberschenkel.

»Die einzige Chance wäre eine Amputation des Beines gewesen. Sofort, an Ort und Stelle.«

Einige im Team schluckten. Die Ärztin deutete bei Hölleisen mit dem Finger auf die Stelle, wo man hingreift, wenn man sich vergewissern will, ob man noch genug Münzen in der Hosentasche hat.

»Ich hätte die Arterie weiter oben abgeklemmt, dann hätte ich hier ein Stück weiter unten geschnitten. Ritsche, ratsche, das hätte den Blutverlust stoppen können.«

Hölleisen quiekte.

»Geht es etwas weniger detailliert, Frau Doktor?«, sagte Jennerwein.

»Ich erkläre es bloß deswegen so genau, damit man versteht, was danach kommt. Ich konnte ihm keine Vollnarkose geben, das wäre zu riskant gewesen. Ich wollte ihn lokal betäuben, ich habe also eine Spritze mit Mepivacain aufgezogen. Dann habe ich dem Hubschrauber ein Zeichen zum Wegfliegen gegeben, ich wollte die Atemgeräusche des Opfers genau hören. Ich wollte ihm gerade die Spritze setzen, da ist er erwacht. Er blinzelte mit den Augen und sah in meine Richtung. Dann sagte er *Roswitha! Bist du es, Roswitha?* Was sollte ich machen! Ich dachte, das ist irgendeine Liebesgeschichte, und bevor er wieder einschläft, schadet es nicht, wenn ich sage *Ja, ich bin es!*«

»Das ist edel, Frau Doktor.«

»Das fand ich auch. Doch er hat mich am Revers gepackt und mit letzter Kraft *Roswitha! Du dämliches Luder!* herausgepresst. Dann ist er gestorben. Und ich habe meine Knochensäge wieder eingepackt und dem Hubschrauber gewinkt. Nützt Ihnen das was?«

»Ja«, log Jennerwein. »Vielen Dank für den ausführlichen Bericht.«

Nachdem das knallrote Notfallgummiboot gegangen war, mussten sich alle erst ein wenig entspannen. Hölleisen massierte sich den Oberschenkel und vertrat sich das Demonstrationsbein.

»Puh«, sagte er. »Da bin ich ja gerade noch einmal davongekommen.«

Das Telefon im Büro klingelte, Ostler ging hinüber und nahm ab. Als er wieder zurückkam, war er kreidebleich.

»Im Ort wird ein Kind vermisst«, sagte er.

Und der HErr rief mit zorniger Stimme zu Esra:
Jauchzen und frohlocken sollst du. Und Esra sprach:
Wie soll ich das machen, HErr? Und der Erzengel
Ramiel stieg herab und lehrte Esra das Jauchzen.

Esr 11, 8

»Ich kann es immer noch nicht fassen«, sagte Schratzenstaller, während er ein paar tausend gierige Archicnephia mit Feigenkaktussaft fütterte. »Der ████, du glaubst es nicht. So ein sympathischer Bursch, und dann das!«

»Da wirst du noch ganz andere Überraschungen erleben«, entgegnete Swoboda. »Die Fußballnationalmannschaft ist das Sonntagsgeschirr der Nation, und da gibt es kaum einen Teller ohne Kratzer. Und keine Schüssel ohne Sprung.«

»Hast du mir etwas mitgebracht von der Zugspitze?«

»Feinstes biologisches Material von drei Schweizer Nationalspielern. Gerade in diesen Touristenrestaurants ist es furchtbar leicht, ungestört ein und aus zu gehen – mit der richtigen Verkleidung selbstverständlich. Bei dem internationalen Personal fällt einer mehr oder weniger nicht auf. Das Restaurant auf der Zugspitze macht da keine Ausnahme.«

»Und ich habe mir unter Schweizern immer besonders integre Existenzen vorgestellt. Saubere Straßen, blühende Wiesen, untadelige Bürger.«

»Ja freilich! Und jeder hat eine Kuckucksuhr in der Tasche und einen Apfel auf dem Kopf.«

Nach einer knappen halben Stunde hatte Schratzenstaller ein paar Mückenpioniere auf die Spur eines der Schweizer Spieler gebracht. Nach einer weiteren Stunde hatte er schon erste Ergebnisse.

»Er ist an der Talstation der Zugspitzbahn ausgestiegen und ist, der Geschwindigkeit nach zu schließen, zu Fuß in Richtung Partnachklamm gegangen. Dann schlendert er die Klamm hinauf, oben macht er kehrt und spaziert den Weg wieder zurück. Dann, etwa in der Mitte der Wegstrecke, gerät er in einen hochgradigen Erregungszustand. Er sprüht geradezu von hormonellen Aktivitäten, die Mückerln können sich gar nicht mehr beherrschen.«

»Wilde Exzesse in einer Aussichtsnische der familienfreundlichen Partnachklamm? Sex and Drugs and Rock-'n'-Roll, mit gültiger Kurkarte?«

»Etwas in der Richtung.«

»Die Partnachklamm liegt doch nur fünf Minuten von hier, oder?«

»Alles bei uns liegt fünf Minuten von hier.«

»Diesem aufgeregten Schweizer steig ich nach, den schau ich mir einmal genauer an.«

»Mach das. Ich mache inzwischen ebenfalls einen Spähgang. Aber einen eher privaten.«

»Baba.«

»Servus.«

Schratzenstaller warf noch einmal einen Blick in die Schusterkugel. Die Archicnephia mit der blauen Markierung wuselte aufgeregt herum, der Imker verließ das Anwesen und lenkte seine Schritte in Richtung Grasberg. Der Bürgermeister war erneut dort hingegangen. Sex and Drugs and Rock-'n'-Roll – auch dort? Wohl kaum. Aber was hatte der alte Schlawiner dort zu suchen? Neun Jahre war Schratzenstaller mit diesem Bazi in die Schule gegangen. Neun Jahre waren die beiden eng befreundet gewesen, dann hatten sich ihre Wege getrennt. Der

Grund dafür war ganz einfach. Die jetzige Frau des Bürgermeisters war früher einmal Schratzenstallers Freundin gewesen. Der hegte keinen Groll und keinerlei Rachegedanken, er hatte nicht vor, den Dorfschulzen zu meucheln. Er wollte nur herausbekommen, was er trieb. Er kam an der kleinen Kriegergedächtniskapelle vorbei, dann verließ er den Seniorenpfad und ging querfeldein Richtung Sankt Martinshütte weiter. Schon von weitem sah er seinen ehemaligen Freund. Der stand an exakt derselben Stelle wie beim letzten Mal, und wieder blickte er napoleonisch ins Tal hinunter. Hin und wieder gestikulierte und winkte er, als wollte er Außerirdischen die günstigste Flugbahn ins Tal zeigen. Was trieb dieser Mann? Alte Soldatenregel: Auch wenn du ganz sicher bist, dass dich niemand verfolgt hat, sieh dich um. Schratzenstaller wollte sich gerade noch etwas näher heranschleichen, da spürte er eine Hand auf der Schulter. Er erschrak fürchterlich, er erstarrte. Doch die Hand packte nicht zu, sie kniff ihn eher, sie massierte ihn fast, es war eine wohlvertraute Hand, eine kleine, warme Hand, eine Hand aus der Vergangenheit.

»Was treibst du denn da, Alois?«

»Das könnt ich dich auch fragen.«

»Ich geh ein wenig spazieren.«

»So, so, spazieren gehst du.«

»Lang ists her.«

»Das kannst du laut sagen.«

»Oder eben nicht.«

Beide mussten lachen.

»Du – spionierst deinem Mann hinterher?«

»Spionieren ist der falsche Ausdruck. Ich frag mich nur, was er macht. Aber du bist doch auch nicht zufällig hier?«

»Hier gibts ganz gute Schwammerl.«

»Ich habe meiner Lebtag noch keine Schwammerl in dieser Gegend gesehen.«

Sie schwiegen eine Weile und schauten dem außer Hörweite deklamierenden Bürgermeister zu.

»Ich habe einen Verdacht«, flüsterte sie schließlich.

Wieder schwiegen beide.

»Kannst du dich noch erinnern: Schlittenfahren, den Grasberg herunter.«

»Und dann in den John's Club.«

Die Frau des Bürgermeisters drehte sich plötzlich um und ging grußlos davon. Schämte sie sich dafür, dass sie Tränen in den Augen hatte? Sie hatte denselben wiegenden Gang wie vor zwanzig Jahren. Ihr Glockenrock verdeckte kaum ihre braungebrannten, festen Waden – auch Schratzenstaller drehte sich jetzt abrupt um und bewegte sich in Richtung Bürgermeister. Er wischte sich etwas aus dem Auge. Blödes Baumharz, murmelte er. Er fand Deckung hinter ein paar mächtigen Tannen, doch der Bürgermeister war so in seine fluglotsenartigen Tai-Chi-Bewegungen vertieft, dass er selbst ein halbes Dutzend ungeschickt raschelnde Pfadfinder nicht bemerkt hätte. Schratzenstaller kam jetzt so nahe, dass er die Worte des Bürgermeisters deutlich verstehen konnte. Schratzenstaller hörte eine Weile zu. Sein Gesichtsausdruck verdüsterte sich.

Swoboda hatte sich als holländischer Wandervogel verkleidet. Er trug ein Regencape, einen breitkrempigen Südwester und Turnschuhe, damit fiel er in der gischtsprühenden Partnachklamm als Tourist nicht weiter auf. Er stand in einer Ausbuchtung, von der man einen guten Blick sowohl die nassen Wände hinauf wie auch die tosende Klamm hinunter hatte. Zudem konnte man den in die Felsen geschlagenen Weg, der durch die Klamm führte, gut beobachten. So etwas liebte Swoboda: den freien Blick nach allen Seiten. Nach den Berechnungen Schratzenstallers musste der Schweizer Mittelfeldspieler vor einer Viertelstunde noch hier gestanden haben, jetzt allerdings war weit und breit niemand mehr zu sehen. Swoboda suchte jeden Zentimeter der Aussichtsbucht ab. Vielleicht fand er noch frische Spuren von helvetischen Exzessen. Aber was erwartete er? Ein paar Brösel Crack? Ein paar Krümel Marihuana? Ein verbotener Nachdruck von Johanna Spyris »Heidi«? Nichts. Der Mittelfeldspieler hatte sich hier aufgehalten und war äußerst erregt gewesen, hatte aber keine Spuren hinterlassen. So was kommt vor. Plötzlich stutzte Swoboda. Ganz ergebnislos war sein Ausflug in die Partnachklamm dann doch nicht gewesen. In der Ferne erblickte er einen Mann, der ebenfalls einen festen Regenmantel trug. Der Mann ging den Weg hinauf, er blieb immer wieder stehen, um zu telefonieren, dann stapfte er weiter. Swoboda ließ ihn mit holländischer Höflichkeit vorbeigehen und verfolgte ihn in sicherem Abstand, doch der Mann war ohnehin auf den holprigen Weg und das Telefonat konzentriert. Swoboda hatte ihn sofort am Gang erkannt und an der heftigen Wolke von billigem Rasierwasser, mit der er sich am ganzen Körper besprüht hatte. Schöne Tarnung, grinste Swoboda. Als Luigi Odore an seinem Ziel oberhalb der Partnachklamm angekommen war, blickte er sich flüchtig um und betrat ein Gebäude mit dem Namen *Forsthotel Klammrauschen*. Dort wohnte er also. Ganz furchtbar tolles Versteck, dachte Swoboda.

Beim Rückweg vom Grasberg ging Schratzenstaller noch bei der Metzgerei Kallinger vorbei, um ein paar Pfund Leberkäse einzukaufen, er vertraute Swoboda in dieser Hinsicht nicht mehr. Der Kallinger'sche Leberkäse war begehrt, die Warteschlange war demzufolge groß, sie reichte oft bis auf die Straße hinaus. Niemand störte sich daran, man vertrieb sich die Wartezeit mit Klatsch und Tratsch. Das interessierte den weltabgewandten Querkopf Alois Schratzenstaller normalerweise nicht, aber bei dem heutigen Tagesgespräch wurde er hellhörig.

»Falschgeld? Bei uns im Ort?«

»Ja, die Altmüllerin haben sie verhaftet deswegen!«

»Die kreuzbrave Frau!? Die ihr ganzes Leben lang nie aus ihrem Laden herausgekommen ist!«

»Ja, das sind die Schlimmsten. Die so nett und unauffällig tun. Und es dann ganz faustdick hinter den Ohren haben. Die Altmüllerin soll der Kopf eines europaweit agierenden Falschgeldrings sein!«

»Geh zu. Der Felsnischenmörder mordet ungestört, und eine alte Frau sperren sie ein!«

»Der Felsnischenmörder? Ja, weißt du das noch nicht: Der Felsnischenmörder ist doch jetzt gefasst worden!«

Alois Schratzenstaller erfuhr weiterhin, dass der junge Helmbrechtsberger Xaver zum islamischen Glauben übergetreten war, dass der Raab Schorschi zwei Tage nach seiner Pensionierung gestorben ist, dass der Löderburg Stefan ein ganz ausg'schaamter Bazi war, ein ganz ausg'schaamter, er erfuhr ferner, dass das Bauerntheater endlich wieder das beliebte Volksstück *Die pfiffige Urschl* im Programm hatte – und dass der gemeine Felsnischenmörder sicher und bequem in der hiesigen Justizvollzugsanstalt saß.

»Wahrscheinlich mit Farbfernseher und Fußmassage!«, sagte eine Frau und nickte so heftig, dass ihr der Dutt aufzugehen drohte. Dann aber stürzte der Baiermayer Severin herein. Er lief puterrot an und platzte mit der neuesten Nachricht heraus:

»Irgendwo da draußen – hängt ein unschuldiges Kind in der Wand.«

»Ein Kind!«, rief Swoboda entrüstet als ihm Schratzenstaller all die Neuigkeiten erzählte. »Das ist übel. Das ist mehr als übel. Weißt du, wer es ist?«

»Die Tochter vom Neuner Heinz. Sein Vater ist ein Schwager von einem Großonkel von mir. Wir sind sozusagen ein bisserl verwandt.«

»Ihr seids hier alle sozusagen ein bisserl verwandt. Und das erklärt auch manches. Aber jetzt zu dem Kind. Es wird vermisst, sagst du?«

Schratzenstaller hatte den Problemlöser noch nie so sauer gesehen. Aufgeregt ging Swoboda im Zimmer auf und ab. Es arbeitete in ihm. Dann blieb er abrupt stehen und blickte aus dem Fenster. Das war seine Art, sich zu konzentrieren. Er drehte sich um und blickte Schratzenstaller an.

»Was meinst du? Sollen wir in diesem Fall der verhassten Staatsmacht ausnahmsweise einmal unter die Arme greifen?«

Schratzenstaller nickte.

»Mein Vorschlag: Du gibst mir die Adresse der Familie Neuner, ich gehe hin und besorge ein Spielzeug von dem Kind.«

»Die haben einen Garten, da liegt sicher irgendwas herum.«

»Sehr gute Idee, Schratzi. Du fängst langsam an, in geordneten außergesetzlichen Dimensionen zu denken.«

»Das habe ich eigentlich immer schon getan.«

»Dann befragen wir deine Schusterkugel, wo das Kind gefangen gehalten wird. Wir schicken den Johnny Winterholler hin, der soll da hinklettern und das Maderl rausholen.«

»Dann weiß der Winterholler aber –«

»Er muss natürlich dann von dem Fall abgezogen werden. Das Kind ist wichtiger. Wir werden einen anderen Testkletterer finden. Wo ist der Johnny grade?«

»Lass mich nachschauen, gestern Steinköflerwand, heute Kämikopf. Er dürfte grade auf dem Rückweg sein.«

»Das ist gut, da könnte ich ihn abfangen. Schau einmal nach, wo er genau ist.«

Schratzenstaller beugte sich über die Schusterkugel, notierte etwas, beugte sich erneut über sie, schüttelte den Kopf, studierte die Karte des Ortes, versenkte sich erneut in die Kugel.

»Was ist los, Schratzenstaller? Mach voran, es eilt.«

»Der Winterholler hat einen anderen Weg genommen. Er ist – im Café Loisach.«

»Ja, dann trinkt er halt einmal was anderes als seinen gräuslien Misteltee. Wo ist das?«

»Nein, nein, das Café Loisach ist kein Café. So nennen wir unser Gefängnis. Weil es direkt an der Loisach liegt.«

»Er ist im Heefen? Bist du ganz sicher?«

»Ganz sicher. Schon mehrere Stunden.«

Die beiden Männer blickten sich an.

»Ich habe einen unguten Verdacht.«

»Ich auch.«

»Wie auch immer, was tun wir jetzt ohne Winterholler? Wir können das Maderl nicht selber aus einer steilen Felswand herausholen.«

»Wir geben einen anonymen Hinweis, wo sie ist«, schlug Schratzenstaller vor.

»Moment, Moment, ein bisserl was möchte ich schon an Gegenleistung von der Staatsmacht. Wir machen es so. Ich gehe zur Familie Neuner, du fängst sofort mit der Suche an. Ich nehme gleichzeitig Kontakt zum Oberkieberer Jennerwein auf und verspreche ihm, dass er die Koordinaten des Kindes baldmöglichst bekommt. Dafür möchte ich was anderes von ihm.«

»Freiheit für Winterholler?«

»So ist es.«

»Wie nimmst du Kontakt zu dem Jennerwein auf?«

»Dazu muss ich ausnahmsweise ein bisserl gewalttätig werden. Ausnahmsweise. Und auch nur ein bisserl.«

Swoboda machte sich ausgehfertig. Luigi Odore, dieser Idiot, dachte er, während er sich einen seiner bevorzugten Ziegenbärte anklebte. Hat der mir doch tatsächlich Falschgeld untergeju-

belt, mit dem ich dann den Winterholler bezahlt habe! Und
damit eine breite Spur hierhergelegt. Wie hieß die Pension
oberhalb der Partnachklamm nochmals? Forsthotel Klammrauschen. Das passte zu Odore. Jetzt wurde es Zeit, das große
Campioni-del-mondo-Projekt gezielt anzupacken. Doch vorher galt es noch, ein Kind zu retten.

46

Hatt i des vorher gwisst – holladreijo
dass mei Kua Gras bloß frisst – holladreijo
hatt i des vorher ghört – holladreijo
hatt i mei Wiesn net teert!

Gstanzl mit Jodler

Der unscheinbare, abgelegene Parkplatz am Fuße des Zirler Berges war ein absoluter Glücksfall. Der Putzi stellte den Motor des Jeeps ab und steckte das alte Militärfernrohr zusammen. Gut, was sollte man machen, dann wusste es die Mutter eben. Sie wusste es, und sie würde schweigen. Sie hatte schon immer geschwiegen, zu allem, und sie würde auch jetzt den Mund nicht aufmachen, nicht nach so langer Zeit. Oder war sie doch ahnungslos? Weswegen hatte sie aber dann die Löcher im Findling hinten im Garten, an dem er immer klettern geübt hatte, zugegipst? Wie auch immer – selbst wenn sie zur Polizei liefe, hier würden die ihn nicht so schnell finden. Hier war sein Königsversteck, seine absolut sichere Bastion, sowohl für die junge Novizin dort droben als auch für ihn hier unten.

Dass diesmal ein Kind in der Nische saß, hatte zunächst einen ganz naheliegenden Grund. Denn inzwischen war es schier unmöglich geworden, im Werdenfelser Tal einen einsamen Wanderer auf einem Spazierweg anzusprechen und zu einem der vorbereiteten Plätze zu führen: Es gab keine einsamen Wanderer mehr. Es gab verbissen dahinstapfende und nervös um sich blickende Zweckgemeinschaften, die zeigen wollten, dass sie keinerlei Angst hatten. Brav, weitermachen. Natürlich liefen die üblichen Ka-

308

tastrophentouristen herum, die mit selbsternannten Bergführern von Fundort zu Fundort hasteten und sich dazwischen schaurige Wilderer- und Schmugglergeschichten erzählen ließen. Der Putzi verachtete so etwas. Das war nicht in Ordnung, am Entsetzen und am Nervenkitzel bereicherte man sich nicht. Auch die verwegenen Kleinbürgerhorden in der Gefolgschaft von Toni Harrigl streiften durch die Hügel und Auen, zum Teil jetzt schon roh und gewalttätig, urtümlich brüllend und ein klitzekleines bisschen lynchbereit. Er hatte einen dieser Züge beobachtet. Die wollten ihr Mütchen kühlen, die wollten sich profilieren. Der Putzi verachtete auch das zutiefst.

Seit aber dieser verdächtige Bergsteiger gefasst und eingesperrt worden war, schien es wieder etwas ruhiger im Talkessel geworden zu sein. Oder war es am Ende deshalb ruhiger geworden, weil er Jennerwein und seiner Psychologin einen Denkzettel verpasst hatte? Vielleicht brauchten die eine Verschnaufpause. Der Putzi musste jetzt ganz, ganz schlau sein. Vor allem nach dem Debakel mit diesem Holger. Er durfte zum Beispiel jetzt kein neues Opfer mehr ansprechen. Das hatte er aber sowieso nicht vorgehabt, er wollte sich in nächster Zeit voll und ganz auf das Beobachten des Kindes konzentrieren. Er blickte hinauf in die Wand. Ein herrlicher Tag. Das Blau des Himmels stand wie ein Ausrufezeichen in der Luft. Ein heißer Wind, der von Süden kam, fuhr ihm durch die Haare. Noch rührte sich nichts in der Nische. Es war federleicht gewesen, das Kind, als er es hochgehoben und durch den Wald getragen hatte. Es hatte selig geschlummert. Gemurmelt hatte es etwas in seinem Narkoseräuscherl, und er hatte ein kleines Liedchen dazu gesungen. Heile, heile Gänschen, was raschelt im Stroh. Träum was Schönes, kleines Schäfchen. Das Kind war so unschuldig wie die Gams damals. Mit der unschuldigen Gams hatte alles begonnen, und mit einem unschuldigen Engerl würde vielleicht alles enden.

Das Kind hatte er natürlich nicht mit der Faust niedergeschlagen oder mit den kleinen Sandsäckchen, um Gottes Willen, nein! Er hatte ihm auch keinen nassen Lappen ins Gesicht gedrückt, er hatte es nur schnüffeln lassen, da riech mal, was wird denn das sein, gell, das riecht gut! Und nach drei oder vier Schnappern war das Kind schon eingeschlafen, er hatte es durch den Wald getragen und durch die Wiesen, dann hatte er es sanft in sein Auto gelegt und war, immer schön langsam und bedächtig, hierhergefahren, in sein Königsversteck, in seine absolut perfekte Beobachtungsstation. Zuerst hatte er oben auf dem Zirler Berg, an der Aussichtsplattform, wo die Busse halten, mit dem Auto geparkt und hatte das Kindchen zu dem Versteck getragen, ganz Vater, der seinem Sprössling, seinem kleinen Wutziwutzi auch einmal einen Blick von oben ins Tal gönnen will, da unten wohnen wir, daher kommen wir, dahin werden wir wieder gehen. Dann hatte er es in die Höhle gelegt, und auch ein kleines Deckerl hatte er ihm mitgegeben, er war extra nochmals zum Jeep zurückgegangen. Spielsachen würde er später nachreichen, vielleicht auch eine kleine Brotzeit.

Jetzt brummte ein Hubschrauber über dem Zirler Berg, aber der Putzi sah gar nicht so genau hin, die Gestalt, die da mit dem Fernglas in der offenen Tür des Hubschraubers saß und heraustierte, hatte überhaupt keine Chance, etwas zu entdecken. Das Zirler Versteck lag nicht im Inneren des Talkessels, dem Kurort zugewandt, sondern außerhalb, es lag in Österreich. Millionen von Italienurlaubern hatten diese Wand schon einmal gesehen, bei der Rückfahrt, wenn sie gerade über den Brenner gebrettert waren. In Innsbruck mussten sie sich entscheiden. Sie konnten östlich über Kufstein und die staureiche Salzburger Autobahn weiterfahren, sie konnten aber auch die A12 nach Westen nehmen und über den Kurort nach Preußen oder Sachsen zurückschleichen. Das taten nicht wenige, und die wurden nach Innsbruck mit dem Anblick der imposanten Wand belohnt. Kurz vor der Ausfahrt Kematen lag eine kleine, mickrige Parkbucht, die steuerte eigentlich niemand an, denn man konnte von der Autobahn aus deutlich sehen, dass es im weiteren Verlauf der steil ansteigenden Seefelder Straße noch weitere, bequemere Parkmöglichkeiten mit tollem Ausblick gab. In dieser kleinen Parkbucht am Fuße des Berges stand der Putzi jetzt, und nur von hier, von dieser Stelle aus, war es möglich, mit Hilfe eines starken Fernglases einen Blick in den Käfig zu werfen, der dort oben in die Wand eingelassen war. Nur aus diesem Winkel konnte man den Stollen sehen, den er und sein Vater einst entdeckt hatten. Kein Mensch wusste mehr, was dort einmal abgebaut worden war, vermutlich Eisenerz oder Molybdän oder Weißgottwas. Oben auf der Bergspitze lag die Aussichtsplattform, wo die Busse parkten. Von dort aus kam man, nach einem kleinen Marsch durch unwegsames Gelände, zum Eingang des Stollens. Der kleine, mannshohe Tunnel führte etwa dreißig oder vierzig Meter durch den Berg, er endete an der Unterseite eines mächtigen Felsüberhangs in einer Nische, die man vom Parkplatz hier unten mit einem Fernglas bestens beobachten konnte. Dem Putzi kam es manchmal vor, als wäre das da oben eine unförmige, nach oben gereckte Nase mit einem kleinen Nasenloch. Damit niemand abstürzte, war dieses Nasenloch von Bergarbeitern wohl mit einem grobmaschigen, stabilen Gitter verschlossen worden. Dadurch war eine Art Käfig entstanden. Für den Putzi war es eine windumschmeichelte, ausgesetzte Voliere für die Wiedergeborenen.

Die vergitterte Käfighöhle lag lediglich ein paar Meter unterhalb der Bergklippe des Martinsbichls, einen Schrei hätte man jedoch auf der Aussichtsplattform nie und nimmer gehört, denn glücklicherweise lärmte ein kleiner Wasserfall in der Nähe, der lustig hinunter ins Tal rauschte. Der Wasserfall hatte noch einen Vorteil: Wenn jemand die imposante Felswand von unten fotografierte, dann hielt er auf den lustig sprudelnden Wasserfall und nie und nimmer auf die unscheinbare Nasenlochhöhle zwanzig Meter daneben. Der Stollen mit dem freien Ausgang dort oben lag so perfekt, dass der Putzi es anfangs kaum glauben konnte. Er hatte versuchsweise eine Puppe im Inneren des Käfigs platziert, er hatte ihr sogar ein Schild mit der Aufschrift HILFE umgehängt. Wenn jetzt irgendjemand ein bisschen gewackelt hätte mit der Kamera, dann hätte man das doch bei einem Diavortrag in Bottrop oder Nagasaki sehen müssen. Es hatte sich jedoch nie jemand gemeldet, weder bei der Polizei des Kurortes noch sonst wo. Der Putzi hatte sich damals vorgenommen, dieses Plätzchen für jemand ganz Besonderen zu verwenden. Für ein Königskind der Wiedergeburt.

Wieder tauchte ein Hubschrauber auf, er kreiste eine Weile herum, verschwand dann wieder. Das Kind dort oben schlief immer noch. Wenn es erwachte, würde es nicht sofort in die Tiefe schauen, denn der Putzi hatte ihm die kleine Decke ausgebreitet. Aber eine Stelle des Gitters, eine Stelle am Rand, die hatte der Putzi aufgesägt. Sie war gerade so groß, dass man sich hinunterstürzen konnte in die Tiefe. Das Mädchen räkelte sich jetzt ein wenig.

47

Wu, die Leere des Geistes

Jennerwein schlug mit der Faust auf den Tisch, das Team hatte ihn noch nie so wütend gesehen. Man hatte sich allerdings auch noch nie in solch einer ohnmächtigen und aussichtslosen Lage befunden. Es war nicht zum Aushalten: Man konnte lediglich warten, bis einer der vielen Hubschrauber, die in der Luft kreisten, fündig wurde.

Das vierjährige Mädchen war gestern Nachmittag entführt worden, und der Luftraum über dem Werdenfelser Kessel glich immer mehr der Anflugschneise eines Bienenkorbs. Die schweren Brummer flogen die von Stengele und Ostler vorgegebenen Koordinaten an, es waren oft bis zu acht Stück in der Luft. Alle verfügbaren Rettungskräfte waren mobilisiert worden, das Technische Hilfswerk, das Rote Kreuz und die Bergwacht arbeiteten gut zusammen, mehr Flugkörper passten aber beim besten Willen nicht mehr ins Tal.

»Maria«, sagte Jennerwein, »Sie sind der Täter. Sie sitzen irgendwo da draußen in den Bergen und beobachten das Opfer. Um Sie herum wird das Geknatter der Hubschraubermotoren immer lauter. Wie verhalten Sie sich? Reagieren Sie panisch und laufen Sie davon?«

»Ich bleibe in meiner Stellung«, entgegnete Maria. »Ich habe schon vorher gewusst, dass die Entführung eines Kindes einen riesengroßen Fahndungsaufwand nach sich ziehen wird. Ich bin nicht erschrocken darüber, ich bin eher stolz darauf, dass wegen mir solch eine Show inszeniert wird. Und mit jeder Minute, die vergeht, gewinne ich an Sicherheit, dass der Aufwand der Ermittlungsbehörden umsonst sein wird. Ich bilde mir nämlich ein, dass ich ein Versteck für das Kind ausgewählt habe, das niemals entdeckt werden wird.«

»Wenn ich der Täter wäre, würde ich es anders machen«, warf Nicole ein. »Ich bin mir bewusst, dass die Berge intensiv abgesucht werden. Jetzt bin ich ganz schlau: Ich verstecke das Kind im Keller.«

»Warum wollen Sie immer alle Leute in den Keller stecken, Nicole?«, fragte Stengele. »Das sollte man einmal psychologisch untersuchen.«

»Bitte zum Thema«, sagte Jennerwein. »Uns läuft die Zeit davon.«

»Möglich ist natürlich alles«, sagte Maria zu Nicole. »Auch ein Versteck im Keller. Aber ich glaube nicht, dass unser Mann so gestrickt ist. Er denkt nicht strategisch, er will nicht mit uns Räuber und Gendarm spielen. Er hat ein Ziel, er hat einen Plan. Er geht nicht in den Keller. Ich habe das feste Gefühl, dass er auf die Berge fixiert ist. Er platziert die Opfer aus einem ganz bestimmten, vermutlich biographisch bedingten Grund in großer Höhe. Ich tippe auf eine konkrete Geschichte, die ihm in der Vergangenheit widerfahren ist. Er hat ein traumatisches Erlebnis gehabt, das er jetzt mit seinen Taten aufarbeiten will. Er fühlt sich nicht als Mörder, er ist sich vielleicht gar nicht einmal richtig bewusst, dass Menschen bei seinen Aktionen umkommen. Er will den Opfern schauerlicherweise irgendetwas Gutes zufügen. Deshalb glaube ich auch nicht, dass er, wie es typisch für viele Serientäter ist, insgeheim erwischt und bestraft werden will.«

»Er wird also in seinem Versteck bleiben?«

»Ja, da bin ich mir sicher. Die finsteren Horden Saurons stampfen über das Land, der kleine schlaue Sméagol verbirgt sich in einem hohlen Baum.«

»Die finsteren Horden Saurons, das sind wir?«, fragte Nicole.

»Für ihn schon«, sagte Maria.

»Dann werden wir jetzt diesem kleinen Alpensméagol die Hölle heiß machen und das Dritte Zeitalter beenden«, sagte Jennerwein. »Er hat eine Festung, er hat ein Versteck. Es ist in unserer Nähe, aber wir sehen es nicht. Ich bitte um Vorschläge, wo das noch sein könnte.«

»Angenommen, es ist kein Versteck in den Felsen«, sagte Nicole, »sondern ein Bauwerk, ein Gebäude, ein Haus. Ein Hochhaus.«

»Hier im Kurort gibt es keine Hochhäuser.«

»Ein Baukran, der übers Wochenende nicht arbeitet?«, schlug Ostler vor.

»Eine teuflische Idee, jemanden dort oben festzusetzen. Ein Baukran muss von der Gemeinde genehmigt werden. Rufen Sie im Rathaus an, fragen Sie, wo überall Kräne stehen. Lassen Sie die von den Baufirmen überprüfen.«

»Wie sieht es mit Wasser in großer Höhe aus«, warf Hölleisen ein. »Wasserfälle. Staudämme. Gletscherabflüsse. Reißende Gebirgsbäche.«

»Das Loisachtal scheint ein Eldorado zu sein für Leute, die andere zu Tode quälen wollen«, sagte Nicole Schwattke.

»Schicken Sie nochmals Hubschrauber in die Höllental- und in die Partnachklamm«, sagte Jennerwein. »Weitere Vorschläge?«

Stengele meldete sich.

»In den Felslöchern und Dolinen, die sich auf dem Zugspitzplatt auftun, kann man auch jemanden verstecken.«

»Da würde man aber die Schreie hören. Trotzdem. Lassen

Sie das Gebiet ebenfalls abfliegen. Vielleicht kann man diesem Hauptmann Stecher den Befehl dazu geben.«

Das *Kommando Spezialkräfte* war eine Spezialeinheit der Bundeswehr. Es war zuständig für Terrorismusbekämpfung, Evakuierung, Aufklärung, Rettung, Bergung, spezielle Operationen und ähnliche Dinge, die man von Bruce Willis und Kiefer Sutherland her kannte. Als Motto hatte sich das KSK allen Ernstes *Der Wille entscheidet!* ausgewählt. Sein ganzer Stolz war der nigelnagelneue Kampfhubschrauber VX2–29, der wie eine zornige Libelle drei Meter hoch in der Luft stand, jederzeit bereit zum Abheben. Er bot Platz für zwanzig Insassen, war nicht nur mit diversen Verteidigungswaffen, sondern auch mit einem ambulanten Operationssaal ausgestattet, er flog dreihundert Stundenkilometer und hätte jedes Ziel im Talkessel in knapp sechs Minuten erreicht. Mit den Angriffswaffen, die man in der Eile nicht hatte abmontieren können, hätte man mühelos Österreich erobert.

»Und Italien«, sagte einer der Soldaten mit Spezialgebirgs- und Einzelkämpferausbildung, während er den Sitzgurt festschnallte. Hauptmann Stecher, der Kommandant des Hubschraubers, hielt die hohle Faust mit der Daumenseite an die Stirn und spreizte den kleinen Finger ab. Das war der Kampfgruß der Brigade, und die Männer mit den geschwärzten Gesichtern erwiderten die Geste stumm.

»Entschuldigen Sie, Chef, aber einen *Befehl* kann ich diesem Hauptmann Stecher nicht geben. Ich muss ihn als Zivilbeamter *bitten*, den Einsatz zu fliegen. Ja, so ist das. Sonst gibt es gleich wieder eine Beschwerde.«

»Bitten Sie ihn.«

Stengele verschwand. Kurze Zeit später gab Kommandant Stecher den Befehl zum Abflug. Der Helikopter schoss nach oben. Er war eigentlich viel zu groß für solch einen Einsatz, aber er war der einzige, der in der Nähe war. Und wenn der Wille entscheidet, ist nichts zu groß.

»Warum hat er ein Kind genommen?«, fragte der Kommissar Maria.

»Das Ganze sieht mir nach einem Opfer aus«, antwortete sie.

»Ein religiöser Verwirrter?«

»Ja, kann sein, aber die haben immer auch einen Hang zum Messianischen, die wollen der Welt eine Botschaft verkünden. Das kann man unserem Mann jetzt nicht vorwerfen.«

Hölleisen mischte sich ein.

»Weiß er, dass wir den Johnny Winterholler eingesperrt haben?«

Im Team war man sich einig darüber, dass Johnny Winterholler nicht der Täter sein konnte. Man sah wohl, dass der Klettermaxe etwas verheimlichte, es war nicht zu übersehen, dass mit ihm etwas nicht stimmte. Man wollte ihn solange festhalten, bis die Herkunft der Blüten, die er unter seinem Blumentopf versteckt hatte, geklärt war.

»Ich denke, er weiß, dass wir Winterholler eingesperrt haben«, fuhr Maria fort, »aber es ist ihm vermutlich gleichgültig. Er hat sein Opfer, alles andere interessiert ihn nicht mehr.«

Hansjochen Becker steckte den Kopf herein.

»Dieser Winterholler ist tatsächlich beschossen worden. Die Art der Patronen oder gar den Gewehrtyp kann ich allerdings beim besten Willen nicht feststellen.«

»Das kann natürlich auch jemand aus Harrigls Truppe gewesen sein. Einer, der meinte, er kann sich seine Belohnung wie beim Jahrmarkt schießen.«

Harrigl hatte Gelder gesammelt und eine Belohnung ausgesetzt.

317

»Wir müssen uns jetzt auf das konzentrieren, was zu dem Kind führt. Alles andere ist momentan unwichtig.« Jennerweins Stimme vibrierte vor Ungeduld.

Das Telefon schrillte. Franz Hölleisen nahm ab.
»Für Sie, Chef. Scheint dringend zu sein.«
»Anonym?«
»Ja. Aber ich glaube, er weiß was.«
Jennerwein ging hinüber ins Büro und nahm den Hörer auf.
»Ja, bitte. Wer sind Sie?«
»Pass auf, Jennerwein. Ganz kurz. Erstens: Ich weiß, wo das Mädchen ist – und ich bin *nicht* der Täter. Zweitens: Ich gebe dir die Koordinaten, wo sie ist – dafür tust du jetzt genau das, was ich dir sage. Du löschst zum Beispiel schon einmal die Aufnahme von diesem Gespräch. Drittens: Ich bin mir sicher, dass du es tun wirst, denn ich weiß von deinem kleinen Geheimnis. Jennerwein, hör zu: Nachdem du dieses Gespräch gelöscht hast, gehst du raus in den Garten, nimmst dein privates Handy und rufst mich unter folgender Nummer an –«

Jennerwein ging in den Garten und rief an. Der Mann meldete sich sofort. Er hatte einen starken holländischen Akzent. Jennerwein hatte allerdings schon nach den ersten paar Worten den Verdacht, dass das alles andere als ein Holländer war.

Pronto!
Schrei von Christoph Kolumbus bei der Entdeckung Amerikas

Die Meute sammelte sich vor dem Café Loisach, und sie formierte sich auch schon langsam zu einer offensiven Aktion. Robespierre hatte das Dach seines Privatwagens erklommen und brachte sich in Position. Es hätte nicht viel gefehlt, und er hätte *Die Waffe der Republik ist der Schrecken!* gerufen.

»Mitglieder der Gemeinde!«, rief Harrigl stattdessen durch das Megaphon. »Ich in meiner Eigenschaft als gewählter Vertreter dieses Ortes fordere die Behörden auf, den Druck auf den feigen Fehlgeleiteten zu verstärken –«

Der Rest des Satzes ging in den Motorengeräuschen eines zweirotorigen Helikopters unter, der über die Menge hinwegflog.

»Das ist der neue VX2–29«, schrie ein Mann mit Krückstock einem anderen ins Ohr.

»Hä?«

»VX2–29! Mit panzerbrechenden Lenkwaffen, Luft-Boden- und Luft-Luft-Raketen, integriertem Feuerleit- und Zielsystem, Bordmaschinengewehren, steuerbarem Fangnetz, Wärmebildkameras, Bordkanonen und zielsuchenden Bomben.«

»Ein ADAC-Hubschrauber?«, schrie der andere Mann.

Nachdem der Lärm verklungen war, richtete sich die allgemeine Aufmerksamkeit wieder auf die kleine Justizvollzugsanstalt des Kurortes. Sie war, ähnlich wie der Friedhof, der

Wertstoffhof und andere delikate Orte, wunderschön gelegen, mitten im Grünen, baumumrankt und im Schatten der mächtigen Berge. Über der grünen Stahltür prangte ein kupfernes Schild, in das kunstvoll vier Handschellen eingemeißelt waren. Hinter dieser Tür saß also der Felsnischenmörder, der die Behörden zum Narren hielt, indem er ein Kind ausgesetzt hatte und seine Macht dadurch demonstrierte, dass er über dessen Aufenthaltsort schwieg.

»Mich sollten sie einmal hineinlassen«, sagte der ehemalige Ringer und derzeitige Gemeindehausmeister Mehl. »Den würde ich mir schon vornehmen. Nasenspreizer, Schrittklemme, Elefantenbussi – und ich wüsste schon bald, was ich wissen will.«

Die Gefängnistüre öffnete sich. Eine Vertreterin der Justizvollzugsanstalt erschien im Eingangsbereich. Sie hob die Hand und bat um Ruhe. Die Menge wurde still, man hoffte auf neue Informationen. Gleich kam er wahrscheinlich heraus, der verlorene Sohn, der Bastard, der so viel Schande über das Loisachtal gebracht hatte. Vielleicht war er ja unter der Last der Schuld zusammengebrochen und wurde, in Spuckhöhe, auf einer Bahre herausgetragen. Vielleicht hatte er ein Geständnis abgelegt und die Position der bedauernswerten Vierjährigen verraten. Vielleicht hatte er sich auch, ganz klassisch, in der Zelle erhängt.

»Ich weise Sie darauf hin«, sagte die Justizbeamtin, »dass der Untersuchungshäftling noch nicht rechtskräftig –«

Sie kam nicht weiter, sie wurde von der gereizten und johlenden Menge wieder ins Gebäude zurückgepfiffen. WIN-TER-HOL-LER! WIN-TER-HOL-LER! So skandierte die bunt zusammengewürfelte Rotte, die von allen Seiten des Ortes Zulauf bekommen hatte und auf mehrere hundert Menschen angeschwollen war. Ordnende Polizeikräfte fehlten natürlich, denn genau diese Kräfte waren hoch in der Luft unterwegs oder saßen im Polizeirevier und überlegten, welche abgelegenen Orte es noch gab, die geeignet waren, ein Opfer zu verstecken. Der aufgebrachte Mob wusste, dass das hiesige Gefängnis so klein war, dass man das Rufen von mehreren hundert Leuten drinnen hören musste. Man hoffte, den Falott so zu entnerven, dass er vielleicht seinen Widerstand aufgab und das Versteck preisgab. Johnny Winterholler hörte die aufgebrachte Menge draußen tatsächlich. Er stand im Inneren des Gefängnishofes. Ein Mann, ebenfalls ein Gefängnisinsasse, redete auf ihn ein. Niemand kümmerte sich momentan um die beiden. Das Gefängnispersonal war dabei zu überprüfen, ob alle Türen und Fenster einem gewaltsamen Ansturm gewachsen waren. Die Wärter füllten auch die Waffenmagazine und überprüften den Vorratskeller. Johnny Winterholler ließ sich von alledem nicht einschüchtern. Er hatte einen Plan.

»Johnny, ich weiß, dass du mich hörst!«, schrie Harrigl jetzt ins Megaphon. Die Kameras richteten sich auf ihn, das beflügelte den Tribun. »Wir kennen uns! Von früher, du weißt schon. Sei vernünftig und sag, wo das Maderl ist. Ich verspreche dir, dass ich mein ganzes politisches Gewicht für dich in die Waagschale lege!«

Die Menge rückte vor. Einige hatten sich mit den Zaunlatten der nahegelegenen Schreinerei bewaffnet. Nun war die Zeit für Harrigl gekommen, die Meute wieder zu beruhigen.

»Bürger der Gemeinde, seids vernünftig!«, rief er. »Verzichtet auf jede Form von Gewalt! Macht den Winterholler mit friedlichen Mitteln mürbe. Wir wollen der Gewalt nicht mit noch mehr Gewalt begegnen.«

Das Wort Gewalt war so oft gefallen, dass es einige dazu anspornte, weitere Latten aus dem Jägerzaun zu reißen.

Der Putzi öffnete das Verdeck seines Jeeps. So ein schöner, sonniger Tag, so was von Windstille, blauem Himmel und friedlichem Zwitschern der Vögel. Seit zwei Stunden hatte er schon keinen Hubschrauber mehr gehört und gesehen. Er konnte es riskieren, ganz offen und unverdeckt im Auto zu sitzen, ab und zu ein bisschen hinaufzulinsen und dann wieder den herrlichen Tag zu genießen. Das Kind schlief noch, er hoffte, dass es aufwachte, bevor es dunkel wurde. Ein bisschen schade fand es der Putzi schon, dass er seinen ganz großen Traum nicht verwirklichen konnte, eines der Opfer an die Nordseite des Kleinen Waxensteins zu bringen, ganz offen und eigentlich für jedermann sichtbar. Auf diese Weise hätte er die Wiedergeborenen quasi vom eigenen Balkon aus beobachten können. Von der Stelle aus, an dem er als Kind mit Mutter und Vater auch immer gesessen war. Da schau her, Vater, da ist einer! Wo du jetzt auch immer sein magst, Vater, da, nimm ein Fernglas, mit dem bloßen Auge wirst du ihn nicht erkennen. Hast du ihn jetzt im Visier? Ich glaube, das ist einer, der springen wird! – Der Putzi hatte dieses Plätzchen dann doch nicht genommen, es war ihm zu riskant gewesen. Ganz im Gegensatz zu dem Beobachtungsort, den er sich für den Schluss aufgehoben hatte. Der war gleichzeitig vollkommen abgelegen *und* vollkommen zentral. Er drehte sich um und blickte zurück auf die Autobahn, die über den Brenner führte, Innsbruck und das Inntal durchschnitt und jetzt auf ihn zukam. Wie viele Autos rauschten hier in der Minute vorbei? Wie viele Tausende von Menschen hatten die Felswand schon gesehen, in der sein Engel lag! Sein Engel! Er war mit den Gedanken abgeschweift. Hastig griff er nach dem Fernglas und blickte hinauf. Das Kind schlief noch, es regte sich nicht. Es wird ihm doch gut gehen, dem kleinen Spatz?! Die Narkose wird ihm doch nicht geschadet haben? Ein bisschen beunruhigt war der Putzi jetzt schon.

Er blickte auf die Uhr. Er nahm sich vor, noch eine halbe Stunde zu warten, länger nicht, und dann nachzusehen, was da los war. Es war ja nicht so, dass immer alles glatt gelaufen war. Ein paar Mal war schon etwas schiefgegangen. Nichts so Gravierendes wie bei diesem Holger, dieser riesengroßen Enttäuschung, die er baldmöglichst vergessen wollte. Aber an eine andere Episode erinnerte er sich gern. Den Namen des Opfers wusste er nicht mehr, aber es war ein junger, sympathischer Mensch mit norddeutschem Tonfall gewesen. Er hatte ihn schon abgeseilt, schon umgezogen, schon in die Nische gebettet und angekettet. Als er ihn noch einmal betrachtete, spürte er, dass es doch nicht der Richtige war. Dieser junge, sympathische Mensch hatte den Grad der Reife noch nicht erlangt, das fühlte der Putzi. Er entschloss sich, ihn wieder zurückzubringen, umzuziehen und ihn neben den Wanderweg zu legen, um ihn dort erwachen zu lassen. Der Putzi lächelte, als er an diese Geschichte dachte. Irgendwo auf der Welt saß jetzt ein Mann, der sich keine Vorstellung davon machte, wo er einmal gewesen war. Einmal Paradies und wieder zurück. Vielleicht erschienen ihm nachts Bilder von der Geschichte. Vielleicht blitzte tagsüber manchmal eine Erinnerung auf. Vielleicht saß er am Fenster und erträumte sie sich, wenn der Abend kam.

Der Putzi richtete das Fernglas wieder hinauf. Das Kind oben war endlich wachgeworden und rieb sich die Augen. Der Putzi war schockiert. Warum um Gottes Willen weinte dieses Kind jetzt? Was fehlte ihm? Der Putzi schloss das Verdeck und startete den Motor des Jeeps. Er verließ den Parkplatz und bog auf die steil ansteigende Seefelder Bundesstraße. Er raste den Berg hoch, fuhr mit quietschenden Reifen auf den Busparkplatz und sprang heraus. Atemlos kam er am Eingang des Stollens an, hastig durchquerte er ihn.

»Hallo, kleiner Engel, brauchst keine Angst haben«, sagte er, als er sich in der vergitterten Nische über das Mädchen beugte, das bei seinem Anblick mit dem Weinen halbwegs aufhörte und nur manchmal gluckste und schniefte. Er zog ein Tuch heraus und trocknete ihr die Tränen ab. Er zeigte ihr den Teddybären und ließ ihn in der Luft herumwackeln. Das Mädchen beruhigte sich ein wenig. Er legte den Teddybären ab, denn auf den Hals des Mädchens hatte sich eine kleine Mücke gesetzt. Vorsichtig näherte sich der Putzi mit der Hand und zerdrückte sie zwischen zwei Fingern.

»Hat sie dich schon gestochen? Hast du deswegen geweint?«, flüsterte der Putzi leise und liebevoll. Er zerdrückte noch zwei, drei der Mücken, und das Mädchen hörte ganz auf zu weinen.

aaaa, äää, bb, c, d, eeeee, ff, g, hhhh, iiiiiiiiii, jjjj, ll,
oooo, öööööööööööö, rrrr, t, uuuuuuuuuuuuuuu, üü, z
Andachtsjodler, alphabetisch geordnet

*Hallo! Hören Sie mich? Ich bin der böse Putzi und habe Sie
in meiner Gewalt.* Undeutlich und verschwommen tauchten
diese Worte aus seinem Gedächtnis auf. Es gab noch kein Ge-
sicht dazu, es gab nur diese Wortfetzen. Putzi? Wer war Putzi?
Manchmal schießen einem wirre Gedanken durch den Kopf.
Vor allem im Süden. Er mixte einen Barracuda Shake, einen
George Washington Slinger und einen Bacardi Special Spritz.
Das waren momentan die drei Modegetränke im Ocean's Club
von Cefalù. *Ich bin der böse Putzi.* Er kannte niemanden, der
Putzi hieß.

Er war ein hoch aufgeschossener, gutaussehender junger Mann,
und er hob sich von den südländischen Barmixern deutlich ab
durch sein flachsfarbenes, ostseegebleichtes Haar. Doch er
mixte den Liver Snatcher und den Sex-in-the-refrigerator-Flip
schon mit einer lässigen Eleganz, als wäre er einer der schwarz-
haarigen Azzurris.

»Ja, hau nur ab, verschwinde!«, hatte sie ihm quer
durchs Lokal nachgerufen. »Und lass dich nie wieder bei
mir blicken!« Ansonsten hatte er mit dem alten, langwei-
ligen Leben abgeschlossen – nur diese beiden Sätze von
ihr tauchten manchmal auf, verschwanden aber genauso
schnell wieder. Ihm gefiel es hier in Cefalù. Er war mit dem
Zug über Messina hinausgefahren und schließlich hier gelan-

det. Er hätte natürlich auch in diesem kleinen bergumstellten Alpenkurort bleiben können, in dem er unter falschem Namen übernachtet hatte. Auch dort hatte es ihm ausnehmend gut gefallen, aber das war ihm noch nicht weit genug weg gewesen von der Kieler Bucht. *Putzi. Putzi.* Und dass er dort auf dem – wie hieß das Ding noch? – Hupfleitenjoch ohnmächtig geworden war, hatte er für ein schlechtes Omen gehalten. Freundliche Leute hatten sich um ihn gekümmert. An einen von ihnen erinnerte er sich auch noch vage, zwar wusste er seinen Namen nicht, aber das Gesicht des vierschrötigen Mannes tauchte manchmal vor ihm auf. Dazu formte sich vage irgendein Wort, ein Begriff, eine Äußerung, alles jedoch viel zu undeutlich, als dass er etwas damit anfangen konnte. Hirngespinste, dachte er. Erinnerungsmüll. Schluss damit, jetzt ist Mittelmeer.

Eine der glutäugigen, dunkelhaarigen Schönheiten, von denen hier viele in den Liegestühlen lagen, kam auf ihn zu.

»Warum starrst du mich die ganze Zeit so an?«

»Ich habe dich nicht angestarrt.«

»Bei jeder Gelegenheit glotzt du zu mir her.«

»Du sitzt genau unter der Uhr. Außerdem wollte der Tisch hinter dir zahlen.«

»Lauter Ausreden.«

»Warum sollte ich dich anstarren? Ich stehe nicht auf glutäugige Dunkelhaarige mit Spaghettiträgern. Ich stehe auf sommersprossige Blonde. Auf hellhäutige Ostseesprotten. Die starre ich an.«

»Ist aber keine da, so eine Ostseesprotte.«

»Ja. Schade.«

Er schüttelte weiter seine Mixdrinks. Einen Brain Manager, einen Siciliano Cracker, einen Double Zombie. Ein bisschen tat es ihm schon leid um seine damalige Freundin. »Ja, hau nur ab, verschwinde! Und lass dich nie wieder bei mir blicken!« Er konnte sich nichts vorwerfen, er hatte ihre Worte ausnahmsweise einmal ernst genommen. Das hatte sie nun davon. *Ich bin der böse Putzi.* Freundliche Leute hatten sich um ihn gekümmert, er konnte nicht länger als eine halbe Stunde dagelegen haben. Langsam wurden ein paar verschwommene Bilder schärfer und deutlicher. Ein Gesicht tauchte vor ihm auf. Das Gesicht grinste unverschämt. *Der böse Putzi.* Das war der vierschrötige Mann, der sich um ihn gekümmert hatte!

»Was ist nun, bekomme ich jetzt meinen Flip?«

Ich bin der böse Putzi. Ein Faustschlag ins Gesicht. Hämisches Gelächter. Dann noch ein Faustschlag. Und ein dritter Schlag.

»Was hast du denn? Bedienst du mich nicht?«

Endlich konnte er sich die Geschichte zusammenreimen.

50

Nichts. Nirgends. Niemand. Nie.
Existentialistischer Jodler von Albert Camus

Karl Swoboda nahm ein paar Fünfhunderteuroscheine aus seiner Geldbörse und steckte sie dem verdutzten Jugendlichen in
die Jackentasche. Nur die Augen waren verdutzt, sagen konnte er nichts, der junge Bursch, denn ein breites Klebeband
spannte sich über seinen Mund. Ein breites Klebeband fesselte
auch seine Hände. Breite Klebebänder sind vielseitig verwend-
bar.

»Und keine Angst«, sagte Swoboda. »Das Geld ist echt.
Wenn du mir nicht traust, geh zur Bank und lass es überprüfen. Aber vorher zählst du langsam bis dreißig, dann kannst
du dir das Klebeband vom Mund nehmen.«

Der Mann mit dem starken holländischen Akzent verschwand. Was sollte denn das jetzt? Er war an der Loisach spazieren gegangen, hatte mit seiner Freundin telefoniert, kaum
hatte er aufgelegt, da wurde sein Mund auch schon gewaltsam
verschlossen. Der Holländer hatte ihm das Telefon aus der
Hand gerissen, ihn zu Boden gestoßen, die Hände gefesselt und
sich ein paar Schritte entfernt. Nach zwei kurzen Telefo-
naten hatte er ihm das Mobilfunkgerät wieder zurückgegeben. Achtundzwanzig, neunundzwanzig, frei. Er zerriss die Klebebänder und griff sofort in die Tasche. Vier
Fünfhunderteuroscheine. Als Leihgebühr für fünf Minuten Handybenutzung? Das konnte ja eine tolle Party werden heute Abend. Aber glauben würde ihm die Geschichte
natürlich niemand.

328

Swoboda lachte in sich hinein. Dieser Jennerwein war ein guter Typ, ein Mann, der sofort verstand, worum es ging. Kein Kieberer, der sich in bürokratischen Irrgängen verlor, kein Hosenscheißer wie viele Staatsbeamte heutzutage, sondern einer, mit dem man Tacheles reden konnte. Er stand nur auf der falschen Seite, dieser Jennerwein. Schade, dachte Swoboda. Aber was nicht ist, kann ja noch werden. Er holte sein eigenes Telefon heraus und wählte die Nummer von Alois Schratzenstaller.

»Wie sieht es aus?«

»Ich habe noch keine Verbindung zu der Kleinen.«

Swobodas gute Laune verflog sofort.

»Keine Verbindung? Was soll das heißen? Sonst hat es doch auch nicht länger als eine halbe Stunde gedauert.«

»Ich tu mein Möglichstes. Ist denn das Spielzeug auch wirklich von dem Mädchen?«

»Sag einmal: Hältst du mich für blöd, Schratzi? Wir machen es jetzt so: Ich schicke den Jennerwein ein Weile im Ort herum, innerhalb der nächsten halben Stunde aber brauche ich die Koordinaten. Kannst du mir eine SMS schicken?«

»Warum soll ich das nicht können?«

»Du bist über fünfzig, du hast viel zu dicke Finger, du bist mit den modernen Kommunikationsmitteln nicht so vertraut —«

»Bussi, Swoboda, ich mag dich auch.«

Swoboda legte auf. Jennerwein war ein guter Mann. Und doch war er auf einen uralten Pokertrick hereingefallen, auf einen Bluff der primitivsten Sorte: Völlig wertlose Karten auf den Tisch werfen und ein Full-House-Gesicht dazu machen – manchmal funktionierte das. Als Swoboda den Satz *Ich weiß von deinem kleinen Geheimnis* gesagt hatte, war es durch das Telefon fast körperlich zu spüren gewesen, wie der Kommissar zusammengezuckt war. Swoboda hatte natürlich keine Ahnung von solch einem kleinen Geheimnis, aber er musste mit dem Satz etwas Größeres getroffen haben. Swoboda musste unbedingt hinter dieses Geheimnis Jennerweins kommen. Denn solch ein ausgezeichneter Polizist, wie es der Hauptkommissar war, würde irgendwann in den nächsten Jahren ganz sicher Polizeirat werden, später Polizeioberrat, Polizeipräsident, Staatssekretär im Innenministerium, schließlich Beauftragter der Bundesregierung für Bandenkriminalität. Swoboda blickte hoch. Über ihm kreisten die Hubschrauber, die Fahndung war in vollem Gang, sie schien aber offensichtlich nicht zum Ziel zu führen. Das war doch ein Skandal, dass so ein Idiot, so ein perverser, ein derart gutes Versteck finden konnte! Er hoffte inbrünstig, dass ihm Schratzenstaller die Koordinaten rechtzeitig durchgab. Wenn nicht, konnte dies bloß eines heißen: Das Mädchen war in einen geschlossenen Raum gesperrt worden. Und dann würde das Aufspüren wesentlich länger dauern, vielleicht sogar lebensgefährlich lang.

Jennerwein kochte vor Wut, er schäumte über vor Zorn, aber er beherrschte sich. Ihm blieb keine andere Wahl, als auf das Angebot des Holländers einzugehen. Klar, es gab Kennworte im Revier, die in solchen Situationen genannt werden konnten. *Fridolin* hieß, dass man sich in Gefahr befand, *Bacchus* bedeutete, gerade nicht frei sprechen zu können. Wenn man hingegen den Namen *Astrid Lindgren* fallen ließ, hieß das, dass man gegen seinen Willen verkabelt worden war. Die Chiffre für die Situation, in die Jennerwein momentan geraten war, hieß *Märchenprinz*, doch Jennerwein hatte sich dazu entschlossen, sein Team nicht in die Sache hineinzuziehen. Das, was er jetzt vorhatte, war vermutlich mit den Dienstvorschriften nur schwer in Einklang zu bringen. Die Fahndung mit den Hubschraubern lief auf Hochtouren, alle verfügbaren Kräfte arbeiteten an der Koordination, er wurde hier so gebraucht wie der Seniorchef einer Weltfirma bei einer Strategiebesprechung.

»Ich muss eine halbe Stunde weg«, sagte er zu Maria, »bin aber jederzeit telefonisch erreichbar.«

Maria nickte. Jennerwein verließ das Revier und steuerte das Café an, das ihm der Mann mit dem holländischen Akzent genannt hatte.

Swoboda sah ihn schon von weitem, den legendären Kommissar Jennerwein, den unscheinbaren Typen, der jetzt zielstrebig in das gegenüberliegende Tagescafé ging. Er bestellte sich dort ein Glas Wasser, das konnte der Österreicher durchs Fenster sehen, dann stand er auf und ging in Richtung Toilette. Unter dem Waschbecken war der Zettel mit dem nächsten Ziel befestigt. Die Schnitzeljagd hatte vier Stationen, und Swoboda machte sich nicht die Mühe, alle zu verfolgen. Er konnte bereits jetzt, von seinem gemütlichen Platz aus, sehen, dass Jennerwein weder in ein kleines Mikrofon am Hemdkragen sprach noch einen unauffälligen Zivilpolizisten im Schlepptau hatte. Wen auch? Alle Polizeikräfte waren konzentriert auf die Suche nach dem Kind. Apropos Kind. Swoboda warf einen Blick auf das Display seines Telefons. Immer noch keine SMS, langsam wurde Swoboda nervös. Jennerwein trabte jetzt über den Marktplatz. Er blickte mürrisch, Swoboda verstand das, niemand will gerne in der Gegend herumgeschickt werden. Aber es musste sein. Der Kommissar ging zu einem gemeindeeigenen Papierkorb, hob ihn etwas an und zog einen Zettel unter der Kante hervor. Er zog sein Jackett aus und hängte es locker über die Schulter. Jennerwein schien unbewaffnet zu sein. Trotzdem. Swoboda hatte eine kleine Corelli Lady Size eingesteckt. Er hasste Waffen. Aber gegen einen ausgewachsenen Hauptkommissar – man kann ja nie wissen.

Jennerwein las den schmutzigen Zettel. Er war mit Blockbuchstaben beschrieben, und das war in großer Eile geschehen.

WENN ICH AUSSER DIR NOCH WEITERE POLIZISTEN SEHE,
BIN ICH VERSCHWUNDEN.
GEH ZUR WALLFAHRTSKIRCHE ST. ANTON.
SETZ DICH DORT IN DEN BEICHTSTUHL.

Wenn das der Felsnischenmörder ist, dachte Jennerwein, dann ist er schlauer, als ich gedacht habe.

Die kleine St.-Anton-Kirche lag etwas außerhalb, am Ortsrand, und sie hatte den großen Vorteil, dass sie mitten im Grünen erbaut worden war, im Wald, an einem sanften Hügel – dadurch gab es Fluchtmöglichkeiten in jede Himmelsrichtung. Man musste einen schmalen Weg zu einer Anhöhe gehen – keine Chance, mit Polizeifahrzeugen dorthin zu kommen. Im Inneren der Kirche fand gerade eine Messe statt, die Sitzbänke waren bis auf den letzten Platz besetzt, sogar in den Gängen standen Menschen – man feierte heute das Fest eines Heiligen. Die Messe war beim Gloria angekommen, als Jennerwein sich durch die Gläubigen schlängelte. Schon von weitem sah er den Beichtstuhl, aus dem ein Tüchlein in der durchaus unliturgischen Farbe Oranje-Orange hing. Jennerwein steuerte darauf zu und schlüpfte hinein. Es war dunkel und muffig dort drinnen.

»In nomine patris et filii et spiritus sancti –«, begann der Mann auf der anderen Seite des dunklen Gestühls, und Jennerwein dachte schon, dass er sich in den falschen Beichtstuhl gesetzt hatte.

»Brav, Jennerwein, brav«, flüsterte der falsche Holländer. »Du hast bisher alles richtig gemacht. Das ist auch gut so, sonst musst du auf meine Mithilfe leider verzichten.«

»Hören Sie auf, mich zu duzen«, sagte Jennerwein.

»Wie darf ich Euer Hochwohlgeboren dann nennen?«, flüsterte der Unbekannte spöttisch. »Ziehen durchlauchtigster Criminalkommissär die Anrede *Sire* vor?«

»Schluss mit dem Unsinn. Wo ist das Kind?«, presste Jennerwein im Flüsterton heraus.

»Erst einmal zwei andere Punkte. Die Gemüsehändlerin Altmüller, die hat mit dem Falschgeld nichts zu tun.«

»Um mir das zu sagen, treiben Sie den ganzen Aufwand? Frau Altmüller haben wir längst in der Mangel.«

»Die war es aber nicht. Ihr müsst nach folgendem Mann suchen: Italiener, vierundzwanzig, klein gewachsen, heißt Luigi Odore, ist ein Neffe von Paolo Respighi, von dem habt ihr sicher ein Bild im Archiv. Der Luigi schaut genauso aus wie der junge Paolo. Hat jede Menge Falschgeld bei sich, ist auffällig stark parfümiert, sicherlich am ganzen Körper. Er wohnt vermutlich im Forsthotel Klammrauschen, das liegt oberhalb der Partnachklamm. Hast du dir das alles merken können? Ich wiederhole es nochmals für dich.«

Draußen beendete der Pfarrer gerade eine Lesung aus der Apostelgeschichte, dann sang die Gemeinde ♬ Was der Herr tut, das ist wohlgetan ... Der Holländer wiederholte den Steckbrief von Odore.

»Und jetzt das Kind«, sagte Jennerwein.

»Kusch, Ihro Durchlaucht«, flüsterte Swoboda. »Ihr kümmert euch also um diesen Odore, ich verlasse mich drauf. Zu dem Kind komme ich gleich. Zuerst machst du noch Folgendes, mon commissaire. Du greifst jetzt in deine Hosentasche und holst dein Tücherl heraus.«

»Ich habe kein Tücherl.«

»Doch, du hast eines. Auf dem Weg zum Café hast du eines herausgezogen und dir damit die Stirn abgewischt. Das war aber auch eine Hitze! Genau dieses Tücherl holst du heraus, knüllst es zusammen und schiebst es durch die kleine Öff-

333

nung, da gleich rechts neben dem Gitter. Mach schnell, das Sanctus beginnt gleich.«

Die stimmgewaltigen Barden in den abgewetzten Gestühlen sangen etwas von Hirten und Schafen. Jennerwein fragte sich nach dem Sinn dieser Aktion. Auf seine Fingerabdrücke konnte er ja wohl nicht aus sein, ein Taschentuch war dafür denkbar ungeeignet. Hatte er es auf DNA-Material abgesehen?

»Wollen Sie mich klonen?«

»Die Gags mache ich, dass das klar ist.«

Fast hätte Swoboda *Den Schmäh mach ich* gesagt. Sein Telefon rumorte in der Jackentasche, er zog es heraus und sah aufs Display. Wurde auch langsam Zeit.

Jennerwein hatte sich schon vorher unauffällig im Beichtstuhl umgesehen. Der geheimnisvolle Holländer, der sicher keiner war, hatte auf der Seite Platz genommen, auf der sonst die Beichtkinder saßen, er selbst befand sich auf der Seite des Beichtvaters. An der Seitenwand hingen ein paar kleine Seidentücher an Haken, der Pfarrer konnte sich hiermit vermutlich die zitternden Hände trocknen, wenn er etwas gar zu Pikantes von der Metzgermeistersgattin erfahren hatte. Jennerwein fuhr vorsichtig in die Innentasche seines Jacketts, riss das Päckchen mit den sterilen Handschuhen auf und zog einen davon an. Er nahm eines der pastoralen Tüchlein vom Haken, griff mit der anderen Hand umständlich und raschelnd in die Hosentasche und schob dem falschen Beichtkind schließlich das noch falschere Tüchlein hinüber.

»Lamm Gottes, der du trägst die Sünd' der Welt –«, sang der Pfarrer draußen.

»Perfekt«, flüsterte Swoboda drinnen. »Und jetzt pass genau auf. Ich werde dir nun geographische Koordinaten nennen, dort findest du das Kind. Siebenundvierzig Grad, siebzehn Minuten –«

»– erbarm dich unser!«, psalmodierte der Pfarrer und linste in Richtung des Beichtstuhles. Hatte sich dort nicht etwas bewegt?

»Kannst du dir das merken, Jennerwein? Finde das Mädchen. Viel Glück!«

Das Hochamt hatte begonnen. Es klingelte dreimal, die Orgel schwieg, und alle knieten. Die wichtigsten Sekunden in der Woche eines römisch-katholischen Laien hatten begonnen. Da gab es ein Knacksen und Poltern, ein Rumpeln und Schlagen, ein Vorhang wurde zurück- und eine Tür aufgerissen. Aus dem Beichtstuhl stolperte ein Mann heraus, er schob einige der stehenden Gottesdienstbesucher beiseite und blickte wild um sich. Er lief nach vorn, zu einem Seitenaltar, dann rannte er, ohne sich zu bekreuzigen (geschweige denn niederzuknien und zu verharren), durch den Mittelgang, öffnete die Kirchentür und stürzte hinaus.

Er blieb draußen stehen, blickte kurz um sich, dann zog er sein Telefon heraus.

»Hier Jennerwein«, keuchte er. »Fragen Sie nicht lang, Ostler. Notieren Sie folgende Zahlen. 47 17 07 Nord und 11 13 29 Ost – haben Sie das? Dort befindet sich das Mädchen vermutlich. Machen Sie einen Hubschrauber startklar, den nächsten, der frei ist. Die Aktion hat absolute Priorität! Ich bin in fünf Minuten auf dem Revier.«

»Mitten im Hochamt die Kirche zu verlassen!«, sagte der Mann, der in der ersten Reihe der Kirche saß und aussah wie Fürst Myschkin, genannt der Idiot. »Alles eine Folge von Rot-Grün.«

335

51

Nix. Ninderscht. Koana. Nianet.
Werdenfelser Stammtisch-Motto

»Ein anderer Hubschrauber war nicht frei?«

»Nein, alle waren in der Luft, Chef. Der hier ist gerade von einem Einsatz zurückgekommen.«

»Man muss nehmen, was kommt.«

So saßen sie nun in dem nigelnagelneuen Kampfhubschrauber VX2–29 und flogen mit atemberaubender Geschwindigkeit durchs Loisachtal. Kommissar Jennerwein war als Letzter hineingesprungen, drinnen hatten ihn Ludwig Stengele, Johann Ostler und Nicole Schwattke schon erwartet. Auf den schlichten Blechbänken saßen acht Einzelkämpfer mit geschwärzten Gesichtern, laubumkränzten Helmen und Nahkampfspange auf der Brust.

»Willkommen an Bord«, bellte Hauptmann Stecher. Er stand als einziger, hielt sich an einer Schlaufe fest, wie man sie aus der Straßenbahn kennt. Mit einer Straßenbahnfahrt war dieser Höllenritt aber beileibe nicht zu vergleichen.

»Wo liegt der Koordinatenschnittpunkt?«, fragte Jennerwein schreiend. Der Lärm im Inneren dieses Kolosses war monströs.

»Hinten am Zirlerberg«, schrie Stengele zurück. »Auf dem Martinsbichl im Bereich Martinswand.«

»Das liegt doch schon in Tirol«, schrie Nicole. »Wir fliegen mit einem Bundeswehrkampfhubschrauber nach Österreich?«

336

Bei solch einem Ungetüm, dessen Hülle rundherum schusssicher mit zentimeterstarker Panzerung bestückt war, war ein Blick durch die Fensterscheiben nicht möglich. Links und rechts hingen ein paar Soldaten mit Ferngläsern an den Türen. Hauptmann Stecher wies auf einen großen Bildschirm. Die vier Polizisten wankten hin wie seekranke Passagiere, standen davor und versuchten etwas zu erkennen.

»Wir sind gleich am Ziel!«, schrie Stecher. »Das hier ist der Kopf vom Martinsbichl.«

Man konnte eine Wand erkennen, die schroff nach unten abfiel. Oben sah man ein Aussichtsplateau mit großen Reisebussen im Hintergrund. Der Kopf des Berges war zerklüftet und von vielen Höhlen und Nischen durchsetzt.

»Ideales Terrain!«, schrie Stecher.

»Fliegen Sie die Wand ab«, schrie Jennerwein zurück. »So langsam es geht.«

Alle starrten gebannt auf den Bildschirm. Nichts. Nur zerfasertes Grau, und nackter, zerklüfteter, von Millionen Regengüssen ausgewaschener Fels.

»Lassen Sie mich unten am Bergfuß raus!«, schrie Jennerwein. »Und suchen Sie die Wand nochmals ab. Bitte. Irgendwo in dieser zerklüfteten Felswand müssen das Kind und vielleicht auch der Täter stecken.«

»Idee!«, gellte Hauptmann Stecher. »Wärmebildkameras!«

»Das würde uns sehr helfen. Gute Idee.«

Der Hubschrauber war unten am Bergfuß angekommen, er schwebte zwanzig Zentimeter über dem Boden. Stengele, Ostler und Jennerwein sprangen heraus. Nicole Schwattke blieb im Hubschrauber, um zu koordinieren. Hölleisen und Maria waren die Strecke über die Seefelder Bundesstraße mit dem Polizeiauto gefahren. Auf dem Rücksitz saßen die blassen Eltern des Kindes und hielten sich an den Händen. Maria hatte dankbar genickt, als Jennerwein ihr diesen Teil der Aktion zugewiesen hatte. Der Hubschrauber stieg wieder nach oben, Stengele, Ostler und Jennerwein gingen den Wandfuß entlang, jederzeit bereit, eine grausige Entdeckung zu machen. Sie fanden nichts.

»Ich bin mir sicher, dass das Versteck des Mädchens hier zu finden ist«, sagte Jennerwein. »Meine Kontaktperson schien mir zwar nicht besonders vertrauenswürdig, aber er war sich sehr sicher. Ich glaube ihm.«

»Jemand aus dem Ort?«

»Nein, ein Holländer. Und vermutlich nicht einmal das.«

Sie machten kehrt und gingen die Strecke nochmals ab, diesmal etwas weiter von der Wand entfernt. Plötzlich bückte sich Stengele.

»Braves Mädel, brauchst doch nicht zu weinen, kleiner Spatz. Es wird ja alles wieder gut.«

Der Putzi saß auf dem Gitter und beugte sich über das Kind, das wohl jetzt endgültig aus seinem Lachgasschlummer aufgewacht war. Bei seinen Selbstversuchen mit dem Betäubungsmittel hatte er keine größeren Beschwerden nach dem Aufwachen verspürt. Vielleicht ein ganz leichtes Kopfweh, das aber bald wieder verflogen war. Ein ganz leichtes Kopfweh! Vielleicht war das für die Vierjährige ein ganz großes Kopfweh. Er massierte ihr den Kopf, er streichelte sie an Stirn und Schläfen. Er versuchte sie abzulenken. Er sang ein Kinderlied. Aber Heidschi, bumbeitschi, bum bum. Der Putzi hatte eine schöne, sonore Stimme, und das Kind hörte ihm kurz zu, dann brach es wieder in Tränen aus. Aber Heidschi, bumbeitschi, das war nicht der richtige Weg. Der Putzi wusste aus seiner eigenen Kindheit, was eine gute Ablenkung war: Es musste etwas Vertrautes, Bekanntes sein. Er suchte nach dem Teddybären. Der musste doch hier irgendwo liegen.

Mit ein paar schnellen Schritten waren Jennerwein und Ostler bei Stengele. Sie betrachteten das zerknautschte Stofftier, das er vom Boden aufgenommen hatte, und blickten nach oben in die Wand. Sie war schwer einsehbar, zudem behinderten einige herausstehende abgestorbene Baumstümpfe die Sicht.

»Hallo, hört mich jemand?«, rief Stengele ins Funkgerät. »Ich klettere da jetzt hoch. Wenn Sie mit der Wärmebildkamera etwas gefunden haben, geben Sie mir Bescheid.«

»Das mache ich«, antwortete Stecher. »Wenn Sie noch zehn Minuten warten, können wir Fangnetze unter Ihnen aufspannen. Gehören zur Standardausrüstung des VX2–29. Sie können vom Hubschrauber aus angebracht werden.«

»Vergessen Sie die Fangnetze. Ich will keine weiteren zehn Minuten warten«, rief Stengele.

Und schon hing er in der Wand. Fangnetze, dachte er. Solch eine Ausrüstung wie die beim Militär müsste man haben. Aber sofort konzentrierte er sich wieder auf den Fels und die direkte Linie nach oben. Sie hatten vereinbart, den Funkverkehr erst bei Erfolgsmeldung wieder aufzunehmen. Stengele legte an Tempo zu. Er kam zu einem unübersichtlichen Felsverhau, der Weg führte ein paar Meter unter eine schräg nach oben gerichtete Felsnase. Er kletterte in einer Geschwindigkeit, in der er noch nie geklettert war. Dann blickte er nach oben.

»Ich habs gefunden!«, schrie er ins Funkgerät. Er versuchte seine Stimme ruhig zu halten, es gelang ihm nicht. »Die Nische befindet sich unter einem nach außen steigenden Felssporn. Die Öffnung ist unten vergittert. Ich kann mich auch täuschen, aber ich glaube, im Inneren des Käfigs hat sich was bewegt. Ich sehe mal nach.«

»Seien Sie vorsichtig!«, rief Nicole durchs Funkgerät.

Stengele antwortete nicht. Stengele kletterte. Als er den Blick wieder nach oben richtete, hatte er eine Stange des Gitters direkt über sich. Der Käfig war leer.

339

»Alles haben sie dir genommen, nicht einmal einen Teddybären haben sie dir gelassen«, flüsterte der Putzi dem Kind ins Ohr. »Aber ich werde dir einen neuen geben, an einem neuen Platzerl, an einem schöneren Platzerl, glaubs mir.«

Es war stockdunkel in dem Stollen, er hatte den Holzverschlag sorgsam verschlossen, es drang kein Lichtstrahl herein. Verdammt nochmal, wie um Gottes Willen hatten die ihn gefunden? Das ging doch nicht mit rechten Dingen zu! Der Putzi hatte gerade noch rechtzeitig in die Röhre verschwinden können. Das war doch pervers: Er musste die kleine Elevin wieder aus dem Paradies herausholen! Das Kind war erneut eingeschlafen, vielleicht hatte es die Dunkelheit schläfrig gemacht. Es hatte aufgehört zu schreien, es hatte dann nur scheppernd geschluchzt, geröhrt und war schließlich verstummt.

»Ja, schlaf nur, mein liebes Maderl, schlaf nur. Ruh dich ein bisserl aus von allem.«

Der Stollen war nicht mehr als vierzig Meter lang. Er war so breit und hoch, dass man gebückt gehen oder auf allen Vieren durchkriechen konnte. Es gab zwei oder drei Ausbuchtungen, wo man etwas lagern konnte, der Putzi erinnerte sich gar nicht so genau daran, wie viele Ausbuchtungen es waren. Er hatte die Röhre nicht gebaut. Sie war schon da gewesen, und er hatte sie nur gut in Schuss gehalten. Er hatte sie aufgehoben für das Opfer aller Opfer. Und es hatte bisher so gut geklappt. Bis jetzt war alles so wunderbar gelaufen. Er setzte das Kind in die letzte der Ausbuchtungen und machte sich daran, die Steinplatte aufzustemmen, die den Eingang zum Stollen verschloss, der auf den kleinen freien Platz draußen führte. Nur hundert Meter entfernt davon stand sein Jeep auf dem Aussichtsplateau inmitten der Touristenbusse.

»Das gibts doch nicht, Stengele! Sehen Sie genau nach!«
»Das tue ich gerade.«

Stengele rüttelte von unten am Gitter, es war verrostet, aber fest im Fels verankert. Es war eine geräumige Nische, geräumiger als die anderen. Sie war vier mal vier Meter breit und mannshoch. In der Höhlendecke steckte der übliche Haken. Er musste schon jahrelang dort befestigt sein, denn er war vollkommen verrostet. Stengele zog sich noch weiter hoch und betrachtete ihn genauer. An einer Stelle war er etwas abgeschabt. Hier konnte vor kurzem ein Karabiner drangehängt worden sein. Aber der Haken selbst? Die Rostschicht war, genauso wie beim Gitter, millimeterdick, sie blätterte an vielen Stellen ab. Das Gitter war nicht ganz waagrecht befestigt worden, er stieg nach außen schräg an. Stengele hangelte sich an die höchste Stelle, dort war ein Loch im Gitterwerk ausgesägt worden, und zwar erst vor kurzem, denn die Schnittstellen waren noch frisch. Stengele atmete durch. Er schaffte einen waghalsigen Klimmzug und stieg schließlich völlig außer Puste durch die Öffnung in den Käfig. Und jetzt erst bemerkte er den primitiven Holzverschlag im Felsen, der anscheinend ins Innere des Berges führte. Er rüttelte daran. Verschlossen.

Am anderen Ende der Röhre stemmte sich der Putzi gegen die Felsplatte. Von hier bis zur Aussichtsplattform und seinem Jeep waren es weniger als hundert Meter. Dann musste er eben den Plan ändern und das Kind woanders hinfahren. Oder sollte er es hierlassen? Sie würden es finden, gewiss. Aber das kleine Wutzerl würde ihn ja nicht verraten können. Oder doch? Jetzt hatte er die Platte gelöst, sie ließ sich dann leicht nach außen drehen. Er schob die Platte zur Seite, das Tageslicht blendete ihn. Und dann kam urplötzlich, ohne jede Vorwarnung, eine schwarze, breitflächige Schaufel auf ihn zugeflogen. Hätte er den Kopf nicht weggezogen, hätte ihn die Kohlenschaufel voll getroffen. So spürte er bloß einen stechenden Schmerz an der Schulter. Der Putzi war so verdutzt, dass er kurz innehielt. Und noch mal kam die Schaufel auf ihn zu. Er hielt seine Hände schützend vors Gesicht, das federte den Schlag etwas ab.

»Du Drecksau du! So wie deinem Vater soll es dir gehen! Muss ich euch alle zwei erschlagen!«

Er hörte die Stimme seiner Mutter, und er hörte einen dritten Schlag mit der Schaufel. Der traf aber jetzt bloß noch die Platte, die der Putzi wieder zugezogen hatte. Sie krakeelte weiter, sie brüllte und fluchte, doch er hörte die Stimme jetzt leiser, aus der Ferne, durch die Steinplatte hindurch. Der Putzi wusste nicht, was schlimmer war: der Schmerz oder die Überraschung, dass seine Mutter hier oben war. Sie wusste von dem Versteck! Der Putzi musste sich jetzt entscheiden. Zum Käfig zurückklettern und dem Ganzen ein Ende machen? Oder das Kind nehmen und es noch einmal probieren, an dieser verdammten Putzimutter vorbei? Er wählte Zweiteres, doch erst kroch er zurück. Wo war das Kind jetzt? In der letzten oder in der vorletzten Nische? Er tastete sich an der Wand entlang. Hier musste es sein. Er bekam etwas Längliches, etwas wie einen Arm zu fassen. Es war viel zu groß für einen Kinderarm. Es war auch zu hart dafür. Er lockerte den Griff und verstärkte ihn wieder. Er tastete den Gegenstand ab. Das, was er in der Hand hatte, war eindeutig ein menschlicher Unterarmknochen.

52

Tanzjodler nach Pina Bausch

»Haben Sie mit der Wärmebildkamera irgendjemanden entdecken können?«, rief Jennerwein ins Mikrophon des Headsets, kurz nachdem er erneut in den Hubschrauber gesprungen war. Der Hauptmann schüttelte den Kopf.

»Fliegen Sie wieder hoch zur Bergspitze! Es muss einen Stollen geben, der dort oben herausführt. Wir müssen uns den Bereich rund um die Aussichtsplattform genau ansehen.«

Hauptmann Stecher verzog keine Miene, er gab dem Hubschrauberpiloten entsprechende Anweisungen. Der VX2–29 stieg schnell, dann senkte er sich über die Hochebene. Jennerwein konnte deutlich den Busparkplatz erkennen. Einige Leute schienen panisch zu fliehen, als sie den Kampfhubschrauber kommen sahen. Busse starteten und fuhren los.

»Fliegen Sie an den Rand. Dorthin!«

Er deutete auf eine Kuhle neben dem Halbkreis des Aussichtsplateaus, die von einigen Tannen umgeben war. Die Kuhle lag zwanzig Meter vom Abgrund entfernt, sie war uneben und unübersichtlich. Doch dann konnte Jennerwein rennende und fuchtelnde Gestalten in der steinigen Bodensenke ausmachen. Erst waren es bewegliche Punkte, dann konnte man drei unterschiedlich große Menschen erkennen.

»Noch näher ran!«

In unregelmäßigen, kurzen Abständen setzte das grobkörnige Schwarzweißbild auf dem Monitor aus, doch es gab keinen Zweifel: Ein Mann zog ein Kind hinter sich her. Nach ein paar Schritten blieb er stehen und versuchte es hochzuheben. Das Kind wollte nicht hochgehoben werden. Die dritte Gestalt fuchtelte mit einer Schaufel herum und bewegte sich auf die beiden zu. Das Kind riss sich los. Die Gestalt mit der Schaufel drosch auf den Mann ein. Es gab ein Gerangel, der Mann versuchte gleichzeitig, die Schläge abzuwehren und das Kind wieder in seine Gewalt zu bekommen. Das alles geschah innerhalb von wenigen Sekunden.

»Das ist er«, sagte Jennerwein ruhig. »Gehen Sie tiefer.«

Jennerweins Absicht war es, den Mann schnellstmöglich von dem Kind zu trennen. Doch wer war die Gestalt mit der Schaufel? Das musste einer von Harrigls Gefolgsleuten sein, der vielleicht noch mehrere Lynchbuben im Schlepptau hatte.

»Machen Sie mich und Kommissarin Schwattke fertig zum Ausstieg.«

»Wir haben Scharfschützen hier, wir könnten –«

»Nein. Kein Einsatz von Schusswaffen. Machen Sie, was ich sage! Und lassen Sie uns beide raus!«

»Dafür haben wir zwei ausgebildete –«

»Schnauze!«, unterbrach ihn Jennerwein.

Stecher zog nur die Augenbrauen hoch und wies den Piloten an, tiefer zu gehen. Nicole und Jennerwein überprüften, ob sie auch sicher eingeklinkt waren.

»Nicole, Sie gehen zuerst runter und isolieren das Kind. Ich kümmere mich um ihn. Ich –«

Jennerwein verstand sein eigenes Wort nicht mehr. Die Schiebetür war aufgerissen worden, und sie schwebten fünfzehn Meter über dem Abgrund. Der Hubschrauber legte sich quer, er hatte sich gefährlich nahe zwischen die herumstehenden Tannen gesenkt. Er war viel zu groß für diesen Einsatz. Aber jetzt konnten sie nicht mehr zurück.

»Beeilen Sie sich!«, schrie Stecher. »Lange können wir den Vogel so nicht in der Luft halten! Es ist viel zu windig, die Böen drücken uns an den Fels.«

Nicole gab als Erste das Kommando zum Herunterlassen, das Letzte, was Jennerwein von ihr sah, war ihr Pferdeschwanz, der unter dem Schutzhelm herausflatterte. Der Kommissar richtete seinen Blick nun auf den Mann, der sich genau unter ihm bewegte. Der Täter war vermutlich nicht bewaffnet, sonst hätte er längst geschossen. Er blickte nicht einmal hoch, das einzige Interesse des Mannes schien dem Kind zu gelten. Der Abstand zwischen ihm und dem Kind wurde immer kleiner. Wo war Nicole?

»Komm, mein Spatz, bleib stehen, renn nicht da hin! Du tust dir doch bloß weh!«

Warum lief das Kind vor ihm weg? Der Putzi hatte es bisher liebevoll behandelt, er hatte es gestreichelt, er hatte ihm Schlaflieder vorgesungen. Diese verdammte Putzimutter war schuld, die hatte das Kleine erschreckt. Und dann der Krach von diesem großen Hubschrauber, der hatte es völlig durcheinandergebracht. Andererseits war es ja gar nicht so schlecht, wenn das Mädchen in diese Richtung lief, hin zum Wald – zwischen den Bäumen konnten sie beide Deckung finden. Da konnten die mit zehn Hubschraubern kommen, in einen Wald konnten die nicht hineinfliegen.

»Ja, Mädchen, lauf! Gleich haben wirs geschafft! Renn nur hinein in den –«

Er verspürte einen monströsen Schmerz im Rücken, er hatte einen Schlag abbekommen, der ihn fast zu Boden gerissen hätte. Er strauchelte, er knickte in den Beinen ein, doch er fing sich wieder. Er versuchte weiterzulaufen, das funktionierte nicht so recht, er hatte sich einen Fuß verstaucht, vielleicht sogar gebrochen. Du verfluchte Putzimutter, wo kommst du denn auf einmal her! Er versuchte sich umzudrehen, er versuchte sich zu befreien, es war unmöglich. Sie hielt ihn umklammert. Mit der Schaufel hatte sie nichts ausrichten können, jetzt probierte sie es auf diese Weise. Aber der werd ich helfen! Er holte mit dem Arm aus und stieß mit dem Ellenbogen, so fest er konnte, nach hinten. Der Griff lockerte sich nicht, im Gegenteil, die Umklammerung wurde noch schmerzhafter und nahm ihm fast den Atem. Und jetzt schien sie ihn sogar hochzuheben, einen halben Meter, einen Meter, zwei Meter, wie konnte denn das sein? Sie raste mit ihm in voller Fahrt auf den Baum da vorne zu. Wie kann denn eine Putzimutter so stark sein?

»Ziehen Sie mich hoch. Schnell!«, rief Jennerwein. Er war sich gar nicht so sicher, ob er überhaupt noch Funkkontakt hatte. Lange konnte die Schleiffahrt dicht über dem Boden nicht mehr weitergehen, da vorne stand eine Baumgruppe, und um sich selbst vom Trageseil auszuklinken, hätte er den Mann loslassen müssen. Das wollte Jennerwein auf keinen Fall. Der Mann schlug wild um sich, er rammte ihm den Ellbogen in die Rippen, immer und immer wieder. Jennerwein japste. Bald würde er keine Kraft mehr haben, diesen wütenden Berserker festzuhalten. Er spürte, wie sich ein Muskelkrampf von seinen Unterarmen bis in die Fingerspitzen ausbreitete, er spürte, wie sich sein Griff langsam lockerte, da wurde er plötzlich hochgezogen, gerade noch rechtzeitig, über eine riesige Tanne hinweg. Der Mann hörte auf zu zappeln, er konnte ihn wieder fester fassen.

»Kommissar Jennerwein!«, hörte er Hauptmann Stechers bellende Stimme. »Sind Sie O.K.? Halten Sie durch! Wir fliegen mit Ihnen beiden über das Waldstück hinweg und setzen Sie an der nächstmöglichen Stelle ab.«

Jennerwein hielt den Mann mit beiden Händen umklammert, er sah keine Chance, mit einer Hand loszulassen, einen zweiten Karabiner, der am Trageseil festgemacht war, zu nehmen und den Mann damit zu fixieren. Der begann sich wieder zu wehren, er brüllte unverständliche Worte und teilte Boxhiebe nach hinten aus. Der Mann war einen Kopf größer und spürbar stärker als er selbst, lange durfte dieser Hexenritt nicht mehr dauern.

»Seien Sie endlich still! Bewegen Sie sich nicht mehr! Wenn ich Sie loslasse, stürzen Sie ab.«

Das war nicht die Mutter, die Putzimutter konnte doch nicht fliegen! Das war der Vater, der aus dem Himmel heruntergekommen war und ihn jetzt holte. Aber nein, der Vater konnte es auch nicht sein, der Vater war doch in der Hölle, der Vater lag da drunten, in der Röhre, weil ihn die Putzimutter damals mit der Kohlenschaufel auf den Kopf gehauen hatte. Und mit ihm wollte sie das auch machen! Aber er war nicht so dumm wie der Vater. Wer war denn das, der ihn umklammert hielt? Und wo war das Kind, sein kleiner Spatz? Vielleicht hatte es sich ja im Wald versteckt. Hoffentlich war dem Mädchen nichts passiert. Er blickte nach unten. Zwanzig oder dreißig Meter waren sie jetzt schon in der Luft, aber es wurde nicht ruhiger, es wurde nicht leiser, so wie er das gewohnt war von den Gipfeln, wo die herrliche Stille der Berge herrschte und wo man nur die Kirchenglocken aus der Ferne hörte. DING-DONG. Warum hörte das rasselnde und pfeifende Geräusch nicht auf? Er war jetzt zu erschöpft, um sich gegen die Umklammerung zu wehren und nach hinten zu schlagen, er legte den Kopf in den Nacken und blickte nach oben. Ein Riesenfahrzeug schwebte da über ihm, das machte den ganzen Krach, der das Kind vertrieben hatte. Ein Loch war in dem Riesenfahrzeug zu sehen und eine Schnur kam da heraus, die bis zu ihm hinreichte. Und wie er sich auch drehte und wendete, er konnte nicht sehen, wer ihn da festhielt.

Nicole hielt das Kind fest umklammert.

»Hier sind wir!«, schrie sie, als sie Maria und Hölleisen aus dem Auto springen sah. Die Hintertüren des Polizeiwagens flogen im selben Moment auf. Die Eltern rannten auf sie zu und schlossen ihr kleines Mädchen in die Arme.

»Helfen Sie mir hoch«, sagte Nicole zu Franz Hölleisen. »Ich habe mich beim Sprung aus dem Hubschrauber verletzt.«

»Hören Sie endlich auf mit dem Gezappel!«, schrie Jennerwein. »Das hat keinen Sinn!«

Er versuchte wieder und wieder, den zweiten Haken in den Hosengürtel des Mannes einzuhängen. Er hatte sein Gesicht immer noch nicht gesehen.

»Sie haben keine Chance. Geben Sie auf. Wir landen bald.«

»Ich kann hier nirgends runtergehen«, brüllte der Hubschrauberpilot.

»Da vorne ist ein freies Wiesenstück«, schrie Stecher.

»Das geht nicht. Wir können bei dem Wind niemanden absetzen.«

»Wir müssen versuchen, die beiden langsam hochzuziehen.«

Hauptmann Stecher war jetzt merklich nervös geworden. Er schnaubte vor Wut. Ein solches Manöver, und dann mit Zivilisten!

Jennerwein blickte nach oben: zehn Meter. Jennerwein blickte wieder nach unten, und der Atem stockte ihm: Sie flogen gerade über eine Schlucht hinweg, hundert Meter ging es da hinunter. Die Bemühungen des Mannes freizukommen, wurden nach einer Ruhepause wieder stärker. Und jetzt begriff Jennerwein: Der *wollte* abstürzen, der wollte sich befreien, der wollte fliegen und sich einen bequemen Abgang verschaffen. Gezielt griff der Mann nach Jennerweins Händen, um sie zu lösen. Nichts da, den Gefallen werde ich dir nicht tun, so einen Flug ins Nichts zuzulassen, du wirst schon ein paar Jahre nachdenken müssen über das, was du getan hast. Du kannst dich nicht einfach verdrücken, ich bin dafür da, dass Leute wie du aus dem Verkehr gezogen werden. Jennerwein spürte, wie das Drahtseil ruckelte, wie sie beide langsam hochgezogen wurden. Die Muskeln in seinem Unterarm brannten wie Feuer. Noch wenige Sekunden, dann würden die Männer dort oben den Lebensmüden packen und ihn hineinziehen in das Innere des Ungeheuers, nur wenige Sekunden noch, dann hatte er es geschafft. Jennerwein spürte plötzlich einen scharfen, schneidenden Schmerz in seinem Unterarm. Er spürte einen noch größeren Schmerz in seiner Hand. Dann in der anderen Hand. Von oben griffen schon helfende Arme herunter, sie griffen noch ins Leere, aber gleich hatten sie ihn erreicht. Der Schmerz in seinen Händen wurde jetzt unerträglich, er musste loslassen.

Er flog! Er war frei! In seinem Mund spürte er den Geschmack von Blut, aber der Putzi hatte es geschafft. Er hatte sich mit wütenden Bissen aus der Umklammerung gelöst, er schwebte jetzt, und er hatte das Gefühl, dass er schon seit Ewigkeiten so schwebte. Die bedrohlichen Geräusche des Hubschraubers wurden leiser und leiser, er glitt immer mehr in die Stille hinein. Keiner der Wiedergeborenen hatte diesen Schritt gewagt, alle hatten sie sich dafür entschieden, ihr kleines, armseliges Leben zu Ende zu leben. Durch seine Entscheidung hatte er sich – und auch sie alle! – erlöst. Das Geläute der Kirchenglocken schwoll an. Er öffnete die Augen. Schon oft hatte er diese Alpenlandschaft von den Berggipfeln aus gesehen. Jetzt flog er darüber hinweg, wie ein Vogel, ganz ohne Anstrengung. Der Putzi drehte sich auf den Rücken und blinzelte hoch ins gleißende Licht. Dort oben war das strahlende Blau des Himmels, dort oben war die Sonne. Aber warum flog der Hubschrauber immer noch über ihm? Warum war da immer noch dieser Motorenlärm? Er wollte diesen Hubschrauber nicht mehr sehen, er wollte die schöne Landschaft dort unten betrachten. Doch er schaffte es nicht mehr, sich in die Bauchlage zu drehen. Das Fangnetz hatte sich zusammengezogen.

Spar dir das Lied, Senner.
Überspring die Strophe
und komm gleich zum Jodler.

Gottfried Benn, »Verrostete Kühe, Klarinettengewimmer«

Die Helden des Tages standen draußen im Gang, vor dem schwer bewachten Krankenzimmer. Sie trugen Schlingen um den Hals, sie hatten zerkratzte Gesichter und pflasterverklebte Arme, zumindest humpelten sie. Ludwig Stengele und Johann Ostler stand die Erschöpfung ins Gesicht geschrieben. So viel waren sie in ihrem Leben noch nie geklettert.

»Ich will ihn sprechen, das müssen Sie verstehen.«
    »Aus ärztlicher Sicht –«
    »Es ist durchaus möglich, dass es weitere Opfer gibt, die vielleicht noch leben.«
    »Er ist nicht bei Bewusstsein.«
    »Dann warten wir hier, bis er aufwacht.«

Der Arzt nickte und verschwand. Dort drinnen lag der Putzi. Er war leicht verletzt, und er würde bald vernehmungs- und transportfähig sein. Zwei bullige Securitys saßen vor der Tür. Unten an der Krankenhauspforte mussten alle paar Minuten aufgebrachte Bürger abgewiesen werden, die dem Putzi einen letzten Besuch abstatten wollten, einen allerletzten, wie viele extra noch betont hatten. Selbst vom hippokratisch eingeschworenen Krankenhauspersonal weigerten sich einige, bei diesem Patienten Dienst zu tun. Sie könnten in so einem Fall für nichts garantieren, sagten sie.

Kommissar Jennerwein saß mit seinem lädierten Team etwas abseits von den Wachleuten. Er machte die gewohnte Armbewegung zum Gesicht, um die Schläfen mit Daumen und Zeigefinger zu massieren, doch das war natürlich unmöglich, denn beide Hände waren in dicke Verbände gehüllt, keine Spur von irgendwelchen Fingern.

»Ich und Stengele übernehmen die erste Wache. Vielleicht haben wir Glück, und er beantwortet uns diese eine Frage.«

Diese eine Frage interessierte alle brennend. Es war die Frage, ob es irgendwo da draußen in den Werdenfelser Bergen noch weitere Opfer gab, die lebten.

Alle außer Nicole nickten. Nicole Schwattke, die Kindsretterin, konnte zurzeit nicht nicken, sie trug eine Halskrause. Bei ihrem Sturz hatte sie ein Schleudertrauma der Klasse *Peitschenschlagphänomen* davongetragen, aber sie hatte das Kind im letzten Moment davon abhalten können, zum Rand der Klippe zu laufen. Man konnte sie nicht dankbar umarmen. Und sie konnte sich nicht vor Lachen schütteln. Die beiden Securitys an der Tür zur Intensivstation hielten einen Journalisten auf und schickten ihn wieder weg.

»Dumm ist er nicht gewesen«, sagte Hölleisen. »Er hat nirgends Fingerabdrücke hinterlassen, es wird gar nicht so leicht werden, ihm eine der Entführungen nachzuweisen. Ein geschickter Rechtsanwalt, und –«

Jennerwein schüttelte den Kopf.

»Wir kriegen ihn dran, dafür sorge ich«, murmelte er.

»Wir haben doch beobachtet, wie er das Kind hinter sich hergezerrt hat«, sagte Nicole.

»Er könnte behaupten, dass er das Kind nicht entführt hat, sondern es ganz im Gegenteil retten wollte«, sagte Hölleisen. »Dass er es aus den Fängen des unbekannten Mannes mit der Schaufel befreien wollte.«

»Warum hat er sich dann seiner Festnahme widersetzt?«

»Da könnte er sich auf den gerechten Zorn des Unschuldigen hinausreden.«

»Der Unbekannte mit der Schaufel ist verschwunden«, sinnierte Jennerwein. »Und die Mutter dieses Ungeheuers, die Secondhandladen-Inhaberin ist ebenfalls verschwunden.«

»Die Weichmoserin?«, sagte Hölleisen kopfschüttelnd. »Das zarte Persönchen? Die kann ich mir jetzt schlecht mit einer Kohlenschaufel um sich schlagend vorstellen.«

»Weichmoserin oder nicht – die Mutter könnte viel dazu beitragen, ihren abscheulichen Sohn zu überführen.«

»Die Weichmoserin ist ebenso verschwunden wie damals ihr Mann«, sagte Hölleisen nachdenklich. »Mein Vater hat den Fall vor zwanzig Jahren bearbeitet. Ohne Ergebnis übrigens. Der Egon Weichmoser ist nie wieder aufgetaucht. Er wurde später für tot erklärt, es gab sogar eine richtige Beerdigung.«

Jennerwein sprang erfreut auf.

»Ja, wen haben wir denn da?«

Maria Schmalfuß war mit dem Kind hereingekommen, das in einem anderen Krankenhaustrakt versorgt worden war. Sie zeigte mit dem Daumen nach oben.

»Ich bin keine Kinderpsychologin, aber ich glaube, dass unsere kleine Alina die Geschehnisse relativ gut überstanden hat.«

Erst nachdem Alina mit dem Onkel Hubsi und der Tante Nicole gespielt hatte, nachdem sie allen ihren etwas ramponierten, aber endlich wiedergefundenen Teddybären gezeigt hatte, wurde sie von ihren überglücklichen Eltern abgeholt.

»Besuchst du mich mal wieder?«, fragte Jennerwein.

Hansjochen Becker platzte herein und wedelte mit ein paar beschriebenen Blättern.

»Es gibt schon Ergebnisse«, sagte er statt einer Begrüßung.
»Wir haben den Stollen durchsucht. Keine Ahnung, wer ihn
angelegt hat. Irgendwann einmal wurde er als Bergwerksstollen benützt. Aber vieles deutet auch auf eine alte militärische
Befestigung hin. Auf eine sehr alte. Das Skelett, das wir gefunden haben, hat einen zerschmetterten Schädel. Unser Täter
wird wohl nichts damit zu tun haben, der Tote liegt nämlich
schon mindestens zwanzig Jahre in dem Stollen. Vielleicht
auch noch länger. Wann hat der Andreas Hofer gelebt? Da
war doch einmal ein Krieg zwischen Bayern und Tirol –«

»Das werden wir sehen«, sagte Jennerwein. »Wie sieht es
mit dem Lager des Secondhandladens Weichmoser aus?«

»Da kann ich noch nichts dazu sagen. Da steht so unglaublich viel Gerümpel unten im Lager – wir werden Tage brauchen, um alle Spuren zu sichern. Als erstes sind wir übrigens
auf ein Cello gestoßen.«

»Irgendeinen Fehler hat er gemacht. Irgendeine Spur hat er
hinterlassen. Wir werden ihn überführen, da bin ich mir sicher«, sagte Jennerwein. »Gehen wir in die Cafeteria? Ich
könnte einen Kaffee vertragen.«

Nach einer halben Stunde fuhren Jennerwein und Stengele mit
dem Aufzug wieder nach oben, um die erste Wache anzutreten.

»Irgendwelche Besonderheiten?«, fragte Stengele einen der
beiden Wachen. »Haben Sie jemanden reingelassen?«

»Nein«, sagte der Wachmann. »Nur der Arzt hat ihn besucht, dann ein Pfleger und zwei Krankenschwestern, die uns
bekannt sind. Und dann die Mutter von ihm. Die haben wir
natürlich reingelassen.«

»Wie bitte?«, schrie Stengele. »Wann haben Sie die Mutter
reingelassen?«

»Gerade eben. Sie ist noch drin.«

Stengele griff vorsichtshalber nach seiner Dienstwaffe und stürmte ins Krankenzimmer. Eine Gestalt hatte sich über das Bett gebeugt. Stengele hechtete hin und riss sie zu Boden.

»Was tun Sie hier?«, rief der gehandicapte Jennerwein. Stengele drehte die Gestalt im grauen Mantel um. Die Perücke war heruntergefallen, der Mann hielt einen Fotoapparat umklammert.

»Versuchen kann man es ja mal«, sagte der Journalist.

Sonst gab es in dieser Nacht keine weiteren Vorkommnisse. Jennerwein und Stengele hielten die erste Wache, ihr Patient, der meistgehasste Mann des Landkreises, schlief. Irgendwann in den frühen Morgenstunden rumorte Jennerweins Telefon, er hatte eine SMS bekommen. Mürrisch blickte er aufs Display: *Es gibt keine weiteren Opfer. Glaubs mir! – Ich habs überprüft. Der Holländer.* Schon wieder der Holländer, dachte Jennerwein. Erst Michelle, dann Hauptmann Stecher, jetzt auch noch der Holländer. Man kann sich seine Hilfstruppen nicht aussuchen.

Und irgendwo im Kurort vor einem Nachtclub saß schon wieder ein verdutzter Jugendlicher mit einem Klebeband über dem Mund und vier Fünfhunderteuroscheinen in der Tasche.

Après

Johann Ostler hatte einen Tisch im Bierzelt bestellt, ganz vorne und ganz nah an der Blasmusik. Es war schon fast eine Tradition für das Team der Mordkommission IV, die Lösung eines Kriminalfalles bei den jährlich stattfindenden Heimatwochen zu feiern. Die Festwochen, bei denen Schuhplatteln, Steinheben, Goaßlschnalzen und Fingerhakeln gegeneinander konkurrierten, waren das Sommerereignis schlechthin, das Touristen und Einheimische gleichermaßen anlockte. Doch der Weg vom Polizeirevier ins Bierzelt war dieses Mal etwas beschwerlich, weil einige Invaliden zu beklagen waren im Kampf gegen das Böse. Lediglich der Spurensicherer Hansjochen Becker hatte keine Blessuren bei dem Einsatz am Zirler Berg davongetragen. Die Gesichter von Maria Schmalfuß und Franz Hölleisen hingegen waren ganz und gar zerkratzt, das war das Ergebnis ihrer wilden Jagd durchs Unterholz am Martinsbichl. Die Suche nach dem mysteriösen Schaufelschwinger hatte damit geendet, dass die beiden abends frierend und zähneklappernd in einem Wald fernab von jeder Zivilisation abgeholt werden mussten, Erkältung inklusive.

Nicole Schwattke trug immer noch eine Halskrause, Kommissar Jennerwein hatte beide Hände dick eingebunden, die Finger konnte er aber schon wieder bewegen.

»Den Maßkrug werden Sie wahrscheinlich nicht alleine halten können«, spottete Ostler.

»Dafür habe ich ja mein Team«, gab der Kommissar zurück.

»Beißt mich dieser Kerl in beide Hände! Aber das war es mir wert. Ich bin heilfroh, dass es so ausgegangen ist.«

Ostler nickte. »Stellen Sie sich vor, er wäre abgestürzt. Dann wäre unsere ganze Kletteraktion umsonst gewesen.«

»Apropos Klettern. Eines hätte ich doch gerne gewusst: Was hat es nun mit diesem *Scharteln* auf sich?«

Ostler schwieg eine Weile.

»Haben Sie etwa selbst daran teilgenommen? Damals, in den Achtzigern?«

»Wir waren jung und verliebt. Wir sind hinaufgegangen zur Schneefernerscharte, wir haben gewartet, bis die Touristen weg waren, dann haben wir das Holzbrett über die Klippe gelegt. *Theres', magst mi?*, habe ich damals gefragt.«

»Sie standen draußen? Über dem Abgrund?«

»Natürlich. Immer der, der draußen steht, fragt. Der andere nickt oder schüttelt den Kopf.«

»Er eilt auf keinen Fall freudestrahlend auf den anderen zu.«

»Das soll es auch gegeben haben. Da wir das im Loisachtal schon seit Jahrhunderten machen, sind die Dummen ausgestorben. Darwin, verstehen Sie.«

»Und wie hat Ihre Theres' reagiert?«

»Wir haben die Plätze getauscht. *Ja, i mog di scho*, hat sie gesagt. *Aber wie schaugts nachad mit dir aus, Hansl?* Gerade in dem Augenblick ist der raue slowakische Wind, der Jinovec aufgekommen. Das hat irgendwie gepasst. Am besten hat mir aber gefallen, dass ihre Stimme kaum gezittert hat.«

»Die Balz ist hierzulande von derben Sitten begleitet, das muss ich schon sagen.«

»Aber geholfen hat es. Wir sind jetzt fast dreißig Jahre verheiratet. Und immer, wenn ein Streit droht, zeigt einer von uns auf das Brett. Es hängt bei uns im Hausflur.«

»Sind Sie seit Ihrer Jugend noch einmal hinaufgegangen? Ich meine: zum Scharteln?«

»Jeder hat ein paar dunkle Geheimnisse, Chef. Auch ein Polizist.«

Der Chef nickte und humpelte weiter.

Am anderen Ende der Welt, in einem Häuschen am Stadtrand von Nagasaki, stand ein kunstvoll arrangiertes Liliengesteck auf dem Tisch. Es wurde Tee und Fugu-Sushi gereicht, aus den Lautsprechern erklang liebliche Koto-Musik. Das Ehepaar Takahashi war von einer Weltreise zurückgekehrt und hatte das befreundete Ehepaar Ito zu einem Diavortrag eingeladen. Von Kapstadt bis nach Hammerfest waren sie gereist, die Takahashis, und so begann der Diavortrag auch mit schönen Fotos vom Tafelberg und den berühmten Victoriafällen Simbabwes. Herr Takahashi liebte Wasserfälle. Die Hälfte aller Bilder zeigten Wasserfälle. Er zitierte dazu gerne ein Gedicht eines großen Dichters aus der Muramashi-Zeit: *Wasserfälle: Seele.* Ein Bild aber erregte die besondere Aufmerksamkeit des befreundeten Ehepaares Ito. Der Wasserfall war klein, aber er war gut getroffen – die Gischt spritzte nach allen Seiten weg, das Wasser schien zu tanzen, dem Betrachter war so, als stünde er mitten in einer erfrischenden Fontäne.

»Die neue Weitwinkelkamera von Canon!«, sagte Frau Takahashi stolz.

»Und natürlich das neue digitale Bildbearbeitungssystem von Fujitsu!«, sagte Herr Takahashi nicht minder stolz.

»Was bedeutet die Schrift auf dem Schild?«, fragte Herr Ito.

»Welche Schrift?«

»Da, am Rand.«

Herr Takahashi zoomte. Jetzt konnten alle das Schild erkennen: ƎℲIIH. Nach langem Nachdenken, sorgfältigem Vergleichen mit anderen Bildern und geduldigem Nachschlagen in

Wörterbüchern verstand man endlich die Bedeutung der Zeichen. Herr Takahashi machte ein betrübtes Gesicht. Ratlosigkeit bemächtigte sich der bis dahin geselligen Runde. Die gute Stimmung schien zu kippen.

»Müssen wir jetzt etwas unternehmen?«, fragte Frau Ito.

Der Abend schien verdorben zu sein, alle Anwesenden waren kurz davor, ihr Gesicht zu verlieren.

»Darf ich unseren Gästen noch etwas Fugu-Sushi anbieten?«, sagte Frau Takahashi geistesgegenwärtig.

Liebliche Koto-Musik erklang aus den Lautsprechern. Und alle griffen begeistert zu.

Was hatte der Bergsteiger Karl Prusik, der Erfinder des gleichnamigen Klemmknotens für einen Hauptberuf? a) Kunstmaler, b) Balletttänzer, c) Musiker oder d) Lyriker? Johnny Winterholler versuchte sich zu konzentrieren. Er hatte momentan einen guten Stand, der nächste Schritt würde zeigen, ob er diese äußerst schwierige Technik auch wirklich beherrsche. Nach vielen Wochen der Auftragskletterei hing er jetzt endlich einmal nur so zu seiner schieren Gaudi in der Wand. Wie hieß der erste Mann von Toni Buddenbrook? a) Bräunlich, b) Rötlich, c) Grünlich oder d) Bläulich? Er hatte sich allerdings noch nie in einer Verschneidung befunden, deren Wände so glatt waren und exakt senkrecht aufeinander standen.

Die Witwe des amerikanischen Generals Chuck W. Templeton ließ ihr Armeefernrohr sinken und stach mit Schwung in eine Buttercremetorte, die sie von ihrer Lieblingsbäckerei Krusti geholt hatte. Vom Balkon ihrer kleinen Wohnung im österreichischen Ehrwald hatte sie einen perfekten Blick auf die Schneefernerwand. Was wohl aus der *leblosen Person* geworden war, deren Position sie der Bergwacht damals durchgegeben hatte? Sie hatte durchs Fernrohr nur beobachten können, dass die Bergwacht die Person geborgen hatte. Sie las keine deutschen Zeitungen, sie schaute kein Fernsehen. Ob es ihm gut ging? Und wo war überhaupt der appetitliche Bursche geblieben, der manchmal Mundharmonika gespielt und immer wieder ein paar lose Buchseiten aus dem Rucksack gezogen hatte? Er hatte so hingebungsvoll gelesen!

Mary-Lou hatte ganz richtig gesehen: Johnny Winterholler hing *nicht* in der Schneefernerwand. Er befand sich in gar keiner Bergwand. Er klebte in einer Ecke des Gefängnisinnenhofes der örtlichen Justizvollzugsanstalt. Er hatte sich vorgenommen, die sieben Meter hohe Mauer zu erklimmen. Er hatte, als die Aufmerksamkeit des Wachpersonals durch Harrigls wilde Horden abgelenkt war, ein paar Steine an die Wand geworfen. Da und dort war tatsächlich der Putz abgebröckelt, und es waren winzig kleine Grifflöcher für die Finger entstanden. Richtig gute Kletterschuhe mit Gummisohlen, um eine Haftreibung herzustellen, waren hier im Gefängnis nicht aufzutreiben gewesen, so hatte er seine Schuhsohlen mit Kreide eingerieben, die er aus dem Verhörraum stibitzt hatte. Johnny Winterholler hing schon in fünf Meter Höhe. Johnny Winterholler hatte einen Plan. Er hatte im Gefängnis einen Unternehmensberater kennengelernt, der ihm eine absolut sichere Geldanlage angeboten hatte. Er hatte vor, das Geld aus seinem Versteck zu holen und dieser sicheren Anlage zuzuführen. Es war vielleicht doch unsauberes Geld.

»Winterholler, was machst denn du da oben!?«, rief der Gefängnisbeamte, der in den Innenhof getreten war. »Pack deine Sachen zusammen und geh heim. Sie haben den richtigen Mörder erwischt – du bist frei! Wenn du dich beeilst, kannst du noch ins Bierzelt gehen.«

»Die Wand klettere ich noch zu Ende«, sagte Johnny Winterholler und machte sich an den nächsten Tritt.

Im Bierzelt spielte die Blasmusik gerade ♫ Es gibt nur a Loisachtal alloa, a Zugspitz und oan Waxenstoa … Als jedoch die Truppe um den Kommissar hereinkam, geschah das Unvermeidliche, die Mannen um Kapellmeister Heißberger beendeten die Werdenfelser Hymne und fuhren beziehungsreich fort mit dem Jennerwein-Lied ♫ Es war ein Schütz in seinen besten Jahren, der wurd' hinweggeputzt von dieser Welt …

Jennerwein seufzte. Man setzte sich an den Tisch, und viele zufriedene Bürger klopften den Polizisten anerkennend auf die Schultern. Es waren dieselben Bürger, die letzte Woche noch bei Harrigls wildem Haufen mitgemacht hatten.

»Sauber, Jennerwein!«, sagte der Hausmeister Mehl. »Hut ab! Ich werde dich für die silberne Ehrennadel der Marktgemeinde vorschlagen.«

»Was ist eigentlich aus unserem kleinen Fräulein Michelle geworden?«, sagte Becker zum Kommissar. »Hat sie sich als Polizistin beworben? Oder will sie immer noch Pathologin werden?«

»Ich glaube, ich habe sie schon für den Polizeiberuf begeistern können«, erwiderte Jennerwein. »Trotzdem musste ich ihr ziemlich die Leviten lesen. Verkabelt die sich und wandert als Lockvogel in der Gegend herum! Sie hätte ja bloß helfen wollen bei der Jagd nach dem Felsnischenmörder – wirklich unglaublich! Sie war total enttäuscht, dass sich der Täter nicht für sie interessiert hatte. Und dass wir ihn vor ihr geschnappt haben.«

»Ist ja noch mal gutgegangen«, sagte Becker und erhob den Bierkrug. Duftschwaden von Steckerlfisch und Schweinshaxen durchzogen das Zelt. Die Kapelle spielte ♫ Mei Glück is a Hütterl im schönen Tirol ..., alle prosteten sich zu.

»Auf Hans, unseren unbekannten Cellospieler!«

»Und auf Evi. Von der wir überhaupt nichts wissen.«

»Ein Fall für Michelle, würde ich sagen.«

Am Nebentisch saß ein Mann mit blauen Augen und leicht ergrautem Vollbart. Sein Gesicht war wettergegerbt, er hatte dunkelbraune, gelockte Haare, seine sehnigen, sonnenverbrannten Unterarme stachen aus dem hochgekrempelten Bergsteigerhemd. Er sprach harten Südtiroler Akzent.

»Ich weiß gar nicht mehr, wo es war«, sagte er zu den begierig lauschenden Zuhörern am Tisch. »Am Shishapangma oder am Makalu, ich müsste nachschauen. Ich bin allein in einer Felsnische hängengeblieben, kein Mensch weit und breit, die Essensvorräte waren zu Ende gegangen. Ein Stückerl Traubenzucker hab ich noch gehabt – und da ist mir eine Idee gekommen. Vielleicht wars auch am K2 oder am Dhaulagiri. Ich zerbrösle den Zucker und streu ihn aus, um Insekten anzulocken. Es dauert nicht lange, und da kommen auch welche. Ich hab sie alle erschlagen, gesammelt und ebenfalls ausgestreut. Nach zwei Tagen ist der erste Vogel dagesessen.«

Blitzschnell fuhr der Arm des Bergsteigerkönigs zum Tisch, packte das halbe Hendl seines Tischnachbarn und riss es hoch.

»So habe ich ihn am Kragen gepackt. Es war ein Weißscheitelspint.«

»Ein Weißscheitelspint? Dann kann es aber nicht am Dhaulagiri gewesen sein.«

»Dann war es halt auf dem Ortler!«

Er biss in das Hendl, dass die Knochen krachten.

»Drei Wochen habe ich jedenfalls so überlebt.«

»Wie schreibt man Dhaulagiri?«, fragte einer der Journalisten am Tisch.

Ein quicklebendiger Kriebelmückenstaat von gut zwanzigtausend Archicnephia flog gut verpackt im Bauch der Iberia-Maschine mit. Die Männchen labten sich am Fleisch eines reifen Feigenkaktus, die Weibchen träumten von prallen Säugetiernacken. Unten konnte man schon das Stadion des FC Barcelona erkennen, doch die beiden Männer waren zu sehr ins Gespräch vertieft, um die Schönheiten des Camp Nou zu bewundern. In den nächsten Tagen würden sie noch genug Gelegenheit haben, die berühmte Sportstätte aus nächster Nähe kennenzulernen.

»Große Unterschiede bei den Nationalitäten gibt es schon«, flüsterte Alois Schratzenstaller dem neben ihm sitzenden Karl Swoboda zu. »Bei den Dänen musst du lang suchen, bis du eine dunkle Stelle findest. Bei den Franzosen steht es ja schon fast in der Zeitung. Du brauchst bloß anzurufen und dir das bestätigen lassen. Aber am meisten haben mich die Deutschen überrascht. Und unter denen vor allem wieder dieser ■■■■.«

»Was du immer bloß mit dem ■■■■ hast! Ich bin viel mehr gespannt, was wir in den nächsten Wochen bei den Rotgelbroten für Überraschungen erleben.«

»Meinst du, wir schaffen das Projekt *Campioni del mondo* bis 2014?«

»Wenn wir in dem Tempo weitermachen, schon. Aber jetzt sag einmal, Schratzi, was hat denn der Bürgermeister für ein Geheimnis?«

»Du musst nicht alles wissen, Swoboda.«

»Doch, ich muss alles wissen. Das ist mein Beruf. Jetzt komm, ich habe dir auch –«

»Also schön. Kennst du Venedig?«

»Natürlich. Auch das hat einmal zu Österreich gehört.«

»In Venedig gibt es die Stadtverordnung, dass die Außenflächen der Gebäude unangetastet bleiben müssen. Innen kannst du machen, was du willst, außen hat man in Venedig immer den Eindruck, dass gleich der Casanova oder einer der Dogen um die Ecke biegt.«

»Hab ichs mir doch gedacht. Unser Bürgermeister will also wieder zurück in die Zeit von Casanova?«

»So weit zurück nun auch wieder nicht. Als ich mich von seiner Frau verabschiedet habe, bin ich hingeschlichen. Nach einiger Zeit kommt ein Araber dazu, der Bürgermeister unterhält sich mit ihm. Erst habe ich tatsächlich gedacht, er will dem Grundstücke anbieten. Aber dann war von einem *Projekt 2036* die Rede. Da gehts, kurz gesagt, darum, dass der Kurort bis dahin rückgebaut werden soll auf den historischen Stand des Olympiajahres 1936.«

»Das ist ja charmant! Also weg mit allen Computerläden, Fastfoodketten und Supermärkten – her mit den ungepflasterten Straßen, Molkereien und Tante-Emma-Läden? Das ist doch ein sehr positives Projekt – das müsste dir eigentlich gefallen, Schratzenstaller.«

»Dass der ganze Kurort ein einziges Museum wird? Ich weiß nicht so recht. Außerdem: Der eigentliche Hammer kommt noch. Das einzige, was modern sein wird, ist ein Hochhaus, das mitten im Ort errichtet wird und aus dem Talkessel herausragt wie der Zeigefinger eines Musterschülers: Welt, schau her! Das Hochhaus soll schmal sein, aber hundertsechsunddreißig Stockwerke in den Himmel ragen. Und da geht es dann hochmodern zu: Fitnessstudios, Fastfoodketten, hochtechnisierte Büros und Forschungslabors, Einkaufszentren, diplomatische Vertretungen – angeblich ist die Hälfte der Etagen jetzt schon vermietet. Der Bürgermeister will das als einzigartiges Umweltschutzprojekt verkaufen. Der Freistaat Bayern sieht keinen

Grund, so etwas abzulehnen. Die berühmte Verschmelzung von Weltoffenheit und Konservativem, du weißt schon.«

»Und jetzt lass mich raten: Der einzige Hinderungsgrund –«

»– ist der örtliche Gemeinderat, richtig. Es sind auch schon Morddrohungen gegen diejenigen eingegangen, die ihr Grundstück zur Verfügung stellen wollen. Ich bin also hingegangen zum Bürgermeister –«

»Sag bloß, du hast – dein Grundstück? –«

»Zahlen tun sie gut für meine saure Wiesen.«

»Ich bin enttäuscht von dir, Schratzenstaller! Ich bin bitter enttäuscht! Der Musterschüler Bakunins verkauft seine Seele an die Behörden!«

Die Maschine setzte sanft auf. Schratzenstaller gluckste in sich hinein.

»Jetzt hab ich dich aber drangekriegt! War ein Spaß! Dass du so leicht hinters Licht zu führen bist, Österreicher! Der Bürgermeister hat sich mit keinem Araber getroffen. Der Bürgermeister hat eine Rede eingeübt. Zum vierzigsten Geburtstag seiner Frau.«

»Hab eh nur so getan, als ob ich drauf reingefallen wär«, knurrte Swoboda und trug einige böse Worte in die Mannschaftsaufstellung von England ein.

Als der Kommissar aufstand und nach draußen ging, um einer erneuten Strophe des Jennerwein-Liedes zu entkommen, hielt ihn ein kleingewachsener, drahtiger Mann am Arm fest. Jennerwein kannte den Griff, er hatte ihn schon einmal gespürt. Trotz all der entspannten Bierseligkeit und Hmpf-tata-Bratwurstigkeit schaltete er sicherheitshalber auf Verteidigungsbereitschaft. Er lockerte sich erst, als er die Stimme hörte.

»'n Abend, Kommissar.«

»Oh – ich habe Sie gar nicht erkannt, so ganz ohne geschwärztes Gesicht.«

Wie viele harte Krieger (Alexander der Große, Blücher, Napoleon) hatte Hauptmann Stecher weiche und träumerische Züge. Statt einer Antwort schlug er sich mit der Innenseite der geballten Faust an die Stirn und spreizte den kleinen Finger dabei ab. Jennerwein verbeugte sich leicht.

»Ich habe noch gar keine Gelegenheit gehabt, mich zu bedanken, Hauptmann.«

»Keine Ursache, Kommissar. Bin froh, dass ich helfen konnte.«

»Wieso hat Ihr Hubschrauber eigentlich ein Fangnetz?«

»Damit picken wir zum Beispiel Attentäter aus einer Menge heraus, evakuieren Menschen aus brennenden Straßenzügen, holen Kinder von der Schule ab, lauter Sachen eben, bei denen man keine Luft-Boden-Raketen brauchen kann.«

Maria tauchte mit einem riesigen Berg Zuckerwatte auf.

»Darf ich vorstellen«, sagte Jennerwein galant. »Polizeipsychologin Dr. Maria Schmalfuß – Hauptmann Stecher.«

Stecher machte eine hölzerne Verbeugung. Maria deutete über den Rummelplatz hinweg.

»Wie wärs, schießt mir einer der Herren ein Herz?«

Stecher nickte. Der Kommissar prüfte, ob der rechte Zeigefinger schon beweglich genug war, dann nickte er ebenfalls. Es gab Lebkuchenherzen in verschiedenen Größen zu gewinnen, viele trugen die Spritzgußaufschriften *Gsund samma!* und *A Herzerl fürs Herzerl*. Maria deutete auf das größte Herzelherz. Beide Männer behaupteten später, absichtlich danebengeschossen zu haben, um den anderen nicht bloßzustellen.

»Wenn Sie fünf Bälle nehmen statt drei«, sagte die Frau in der Wurfbude daneben, »dann ist es billiger.«

»Jetzt fängt die auch noch an«, sagte Toni Harrigl verzweifelt. »Service-Terror, wohin man schaut. Nirgends ist man sicher vor diesen Sonderangeboten!«

Toni Harrigl hatte keine Lust mehr, sich drinnen im Zelt sehen zu lassen. Überall wurde er verspottet und verlacht. Robespierre war wenigstens geköpft worden, über ihn hingegen ergoss sich die Häme kübelweise, und das wahrscheinlich die nächsten Wochen. Die Frau Gemüsehändlerin Altmüller hingegen, die sich dort drüben an einer Bude gebrannte Mandeln kaufte, die stand im Mittelpunkt!

»Und wie ist es so im Café Loisach?«, fragte die Budenbesitzerin. »Gibts einen g'scheiten Kaffee?«

»So lange war ich auch wieder nicht drin«, entgegnete die Gemüsehändlerin.

Opfer müsste man sein, dachte Toni Harrigl und warf die verbilligten Wurfbälle unkonzentriert auf die Dosen. Er traf natürlich nicht.

»Eines frage ich mich allerdings immer noch«, sagte die Gemüsehändlerin zur Mandeltandlerin. »Wie kann so viel Falschgeld in meine Kasse kommen! Und nur falsche Fünfziger! Da müsste ja jeder meiner Kunden mit einem falschen Fünfziger gezahlt haben!«

»Was ich Sie schon immer fragen wollte, Hölleisen«, sagte Nicole Schwattke, die im Bierzelt neben dem Polizeiobermeister saß. »Können Sie eigentlich jodeln?«

»Ich konnte sogar einmal richtig gut jodeln«, erwiderte Hölleisen stolz. »Ich komme aus einer hochmusikalischen Polizistenfamilie. Mein Vater, der Gendarm Hölleisen, der bald seinen

Neunzigsten feiert, der konnte allerdings noch besser jodeln. Schon als kleiner Bub war er der Jodelkönig vom Loisachtal. Er war vielleicht acht oder neun Jahre alt, und er sollte das erste Mal etwas bei einem Volksmusiktreffen vorjodeln. Er hat deshalb seinen Vater, meinen Opa, gefragt, ob er ein bisschen mit ihm übt. Es war herrliches Wetter, der Sommer 1932 war ja legendär, und sie sind in den Garten gegangen. Sie haben den berühmten Wechsel von Kopf- zur Bruststimme geübt, das ist ja das A und O beim Jodeln. Mein Großvater hat meinem Vater ein paar besonders spektakuläre Jodelkunststücke beigebracht, zum Beispiel den Duodezim-Oktav-Schnackler, der, wenn er schnell ausgeführt wird, besonders virtuos klingt.«

»Können Sie den einmal vorführen?«, fragte Nicole Schwattke dazwischen. Hölleisen setzte sich in Positur und jodelte. Alle am Tisch applaudierten.

»Danke für den Applaus, aber Sie müssten meinen Vater einmal hören! Die beiden haben gerade den Andachtsjodler geübt, einen langsamen und deshalb sehr schwierigen Jodler, da kommen ein älterer Herr und eine dazu passende Dame vorbei. Die haben ein wenig zugehört, dann ist der Herr an unseren Zaun getreten und hat sich und seine Frau vorgestellt. Er wäre der Thomas Mann, hat er gesagt, und das wäre die Frau Mann, was mein Vater als Bub besonders lustig fand. Dann hat der Herr Thomas Mann gefragt, ob er weiter zuhören dürfe, mein Großvater hat das bejaht und ihm auch ein wenig erklärt, was es denn für verschiedene Jodler gäbe, den Berchtesgadener Sauroller, den Werdenfelser Juchzer, den Reit im Winkler und so weiter. Er wäre Schriftsteller, hat der Thomas Mann gesagt, er würde über das Jodeln vielleicht eine kleine Geschichte schreiben. Und dann wandte er sich direkt an meinen Vater. Ob er denn diesen Andachtsjodler nicht noch einmal wiederholen könne. Ausgerechnet den anstrengenden Andachtsjodler hat er sich immer und immer wieder vorführen lassen! Sie können sich vorstellen, dass mein Vater zum Schluss stockheiser war, kein Wort hat er mehr herausgebracht. Er hat nach Luft geschnappt und gehustet. Weiter, bloß noch einmal diesen Andachtsjodler, hat der Herr Mann gesagt. Und dann zum Vergleich noch mal den Steirischen, hat die Frau Mann gerufen.«

»Und Ihr Herr Großvater hat das zugelassen?«, fragte Stengele.

»Er hat meinen Vater sogar angefeuert, noch und noch einmal zu jodeln, meine Großmutter hat warmes Bier gebracht, damit es mit der Stimme wieder geht, bis mein Vater völlig erschöpft war. Der Herr Thomas Mann hat nach dem Namen unserer Familie gefragt und hat gesagt, dass er vielleicht sogar einen Roman mit dem Titel *Der Andachtsjodler* schreiben wird. Da war mein Vater natürlich schon stolz, aber, ehrlich gesagt: Etwas Materielles, zum Beispiel eine kleine Aufbesserung des Taschengeldes, wäre ihm noch lieber gewesen.«

»Es hat überhaupt keine Belohnung gegeben?«, fragte Nicole.

»Wissen Sie, was der Thomas Mann zu meinem Großvater gesagt hat: *Im Buche sich aufzulösen, sei dem Knaben Entlohnung genug.* Dann hat er den Arm seiner Frau genommen und ist gegangen. Und heiser ist mein Vater heute noch von der Jodelei.«

Kommissarin Nicole Schwattke hatte es sich trotz Halskrause nicht nehmen lassen, ihre neu erworbene Lederhose anzuziehen.

»A Mass Bia!«, sagte sie zur Kellnerin.

»Ja Himmelherrgott, heute wimmelts aber von Preußen!«, rief Hölleisen und begrüßte Nele Tienappel, die blonde Ostseesprotte, die an den Tisch gekommen war.

Der Mann, der sie begleitete, war ein großgewachsener, ebenfalls blonder Bayer mit einer markanten Nase und einem mächtigen, herrlich unmodernen Backenbart. Seine Augen gingen ins Bodenlose, seine Stimme war warm und samtig, seine Hände konnten beherzt zupacken. Seufzende Blicke, gerötete Wangen, schweißnasse Handinnenflächen – alle am Tisch nickten sich wissend zu.

»Das ist mein Freund, der Manfred Werlberger«, stellte ihn Nele Tienappel stolz und mit glänzenden Augen vor. Der Riese verbeugte sich. Nele Tienappel musterte ihn von der Seite.

»Wo glotzt du denn dauernd hin?«, sagte sie leise zu ihm.

»Ich glotz doch gar nirgends hin.«

»Doch, ich sehs doch: zu der Dunkelhaarigen mit dem Mini-Dirndl, zwei Tische weiter.«

»Wer, ich?«

»Wer sonst! Alle paar Sekunden hast du einen Grund gefunden –«

Die Kapelle schmetterte mit einer Blasmusikfassung von ♫ I can get no satisfaction… dazwischen.

370

Anhang 1
Rätselauflösungen

Was ist ein Prusikknoten?
a) eine Gewebeverdickung, b) eine Verkehrsinsel,
c) eine Bergsteigerseilschlinge oder d) ein Engpass bei der
Aktienversorgung?
c): eine Bergsteigerseilschlinge

Wer war Lorenzo de Tonti (1602–1684)?
Der Erfinder der a) Kirchenorgel, b) Rentenversicherung,
c) Pizza oder d) Integralrechnung?
b): Rentenversicherung

Die durchschnittliche Lebenserwartung einer Mücke beträgt
a) einen Tag, b) eine Woche, c) einen Monat oder
d) einen Sommer?
Blöde Frage, kommt auf die Mückenart an

Welches Gewürz gehört nicht in die Frankfurter Grüne Soße?
a) Borretsch, b) Beifuß, c) Sauerampfer oder
d) Pimpinelle?
b): Beifuß

Was für eine Weltsicht hat Johnny Winterholler?
Eine a) quartäre, b) quartale, c) quartologische oder
d) quaternäre?
> *d): eine quarternäre*

Wer ertrank 1913 im Ärmelkanal?
a) Rudolf Diesel b) Nicolaus August Otto, c) Carl Friedrich
Benz oder d) Gottlieb Wilhelm Daimler?
> *a): Rudolf Diesel*

**Wenn ich einen frisch eingerichteten Computer vollschrei-
be, wird der Computer dadurch**
a) schwerer, b) leichter, bleibt er c) gleich schwer, oder
kommt es d) darauf an, welche Daten ich eingebe?
> *Gute Frage!*

Was ist im deutschen Recht straffrei?
a) Drogenbesitz, b) Gefängnisausbruch, c) Vielehe oder
d) Beleidigung des Bundespräsidenten?
> *b): Gefängnisausbruch*

**Was hatte der Bergsteiger Karl Prusik, der Erfinder des
gleichnamigen Klemmknotens für einen Hauptberuf?**
a) Kunstmaler, b) Balletttänzer, c) Musiker oder d) Lyriker?
> *c): Musiker*

Wie hieß der erste Mann von Toni Buddenbrook?
a) Bräunlich, b) Rötlich, c) Grünlich oder d) Bläulich?
> *c): Bendix Grünlich, der mit dem Backenbart*

Wer wird 2014 in Brasilien Fußballweltmeister?
a) Italien, b) Italien, c) Italien oder d) Italien?
> *Richtige Antwort ist: a), b), c) und leider auch d)*

Anhang 2

Danksagungen, Bonusmaterial, Bloosters

Niemand hat je einen Roman allein geschrieben. Doch oft bleiben sie unerwähnt, die vielen Helfer und Ratgeber, die fleißigen Zuträger und *sherpas littéraire*. Das ist gemein. Werden sie hingegen genannt (»Mein großer Dank gebührt auch Kl. und Pr.«), dann ist es dem lesenden Publikum oft auch wieder nicht recht. Wer sind Kl. und Pr.? Was haben sie gemacht? Was für eine Rolle spielen sie im Buch? Sind sie denn glücklich damit? So soll also hier zu guter Letzt der Versuch gemacht werden, das Wer? und Wie? dieser *helping hands* etwas genauer zu beleuchten. In der allerersten, handschriftlichen, bleistiftstummelgeschriebenen Manuskriptfassung der »Niedertracht« hieß es noch:

> Der Felszacken steckte fest im Oberschenkel des abgestürzten Bergsteigers. Er hatte die Schlagader durchtrennt und gleichzeitig fixierte er sie. Zwei Tage lag er nun schon so da ...

Meine treue Beraterin in medizinischen Fragen, Frau **Dr. Pia Wolf**, allseits geachtete Ärztin der Psychiatrie am örtlichen Krankenhaus, wies mich darauf hin, dass der geschilderte Patient das nicht überleben kann. Die Folge war, dass ausgerechnet der arme, sympathische Holger sterben musste. Gerade er hätte eine große Zukunft vor sich gehabt, er wäre vielleicht die Hauptfigur im nächsten Roman geworden – aber bitte, man will ja gerade in Sachfragen, vor allem in medizinischen, genau sein. Danke, Frau Doktor! Mir ist übrigens bewusst, dass die im Roman genannte »Pathologin« in Deutschland als »Gerichtsmedizinerin« bezeichnet werden müsste. Ich habe mir dennoch die Freiheit der anderen Wortwahl genommen.

Da der vorliegende Kriminalfall von Kommissar Jennerwein zu einem Fast-Bergroman geworden ist, spielt diesmal folgerichtig ein alpiner Berater eine Rolle, ein Mann, der sich wie kein Zweiter in den Bergen des Kurorts auskennt. Es ist der veritable Kletterkönig, Felskundige und Bergführer **Peter Manschke**, der in der Tat alle geschilderten Klettersteige abgegangen ist, sie auch auf Tauglichkeit hinsichtlich verbrecherischer Brauchbarkeit eigenhändig überprüft hat.

Sollte jemand vorhaben, die niederträchtigen Bergsteige im Werdenfelser Land nachzuklettern, um all die gemeinen Felsnischen auf Wohnlichkeit zu testen, so sind wir für die Folgen nicht verantwortlich.

In einem allerersten, auf einen Bierdeckel geschriebenen Entwurf hieß es noch:

> Jennerwein wählte in der Bäckerei Krusti einen Computerplatz aus, bei dem ihm so leicht niemand über die Schultern schauen konnte. Er loggte sich ins Intranet der Polizei ein …

Der leibhaftige Kriminalbeamte der Münchner Polizei, mein Berater in Sachen Polizeialltag, Hauptkommissar **Nicolo Witte**, griff sofort ein. Man käme von außen in keinen Polizeicomputer, versicherte er, der geschickteste Hacker brächte das nicht fertig. Nie? Nie und nimmer. Auch nicht mit einem speziellen geheimen Code? Nein, unmöglich, keine Chance. Also musste diese Stelle umgeschrieben werden. Das Ergebnis war eine knallharte Schilderung des Polizeialltags:

Jennerwein ließ sich in der Bäckerei Krusti auf einen Computerplatz fallen. Er schloss die Augen und versuchte sich an das Passwort zu erinnern, mit dem er sich ins Intranet der Polizei einloggen konnte. Draußen ging eine blonde, langbeinige, gutaussehende, einundzwanzigjährige Witwe vorbei. Dann fiel ihm siedend heiß ein, dass das mit dem Intranet ja gar nicht möglich war. Enttäuscht verließ er die Bäckerei. Die Luft war schwül und stickig, und er wischte sich den Schweiß ab.

»Sie wollten sich doch da drinnen nicht etwa ins Intranet einloggen!«, rief Maria, die draußen gewartet hatte.

»Das weiß doch jedes Kind, dass das nicht geht!«

Jennerwein schluckte, Maria warf ihre Haare zurück, was einige Passanten auf dem Gehsteig erschrocken zurückweichen ließ.

»Das weiß ja sogar ich«, rief Michelle, die dabeistand.

»Man kann sich ins Pentagon einhacken, in den Buchungscomputer der Bundesbank, aber nicht ins Intranet der bayrischen Polizei! Wie kann man nur so uncool sein.«

Die kleine, zweijährige Schwester von Michelle nickte.

Jennerwein massierte sich die Schläfen. Warum hatte er sich solch einen Schnitzer geleistet? Warum nur?

In vielen Danksagungen findet sich immer wieder ein geheimnisvoller Begriff: DAS LEKTORAT. Was aber verbirgt sich hinter diesem Mysterium? Meine eigene Lektorin, Frau **Dr. Cordelia Borchardt**, ist solch eine literarische Problemlöserin, eine liebevolle (und, wenn es sein muss, unbarmherzige) Begleiterin jedweden erzählerischen Schaffens. Sie hat meine

Romane von der ersten, abwegigen Romanidee bis zum Abgabetermin betreut – und ohne sie wären die Abenteuer um Kommissar Jennerwein nie und nimmer entstanden. Was aber tut sie? Auf welche Weise greift sie ein? Und wie weit geht sie? Ein Beispiel wiederum möge ihre Arbeitsweise verdeutlichen. Nachdem ich nämlich obige Textstelle vorgelegt habe, kam postwendend eine Mail folgenden Inhalts zurück:

Lieber Autor, die Zeilen, die Sie mir zugesandt haben, gefallen mir ausgesprochen gut, ich habe einige kleine Änderungsvorschläge:

> Jennerwein schloss die Augen und versuchte sich an das Passwort zu erinnern, mit dem er sich ins Intranet der Polizei einloggen konnte. Draußen ging eine blonde, langbeinige, gutaussehende, einundzwanzigjährige Witwe vorbei.

Gut, die Idee mit der Witwe - aber er hat doch die Augen geschlossen!

> Enttäuscht verließ er die Bäckerei. Die Luft war schwül und stickig, und er wischte sich den Schweiß ab.

Luft schwül und stickig, dann Schweiß abwischen: Das hat man schon bei Chandler gelesen, bei Agatha Christie, bei Simenon, Grisham, Dostojewski, Poe, Kleist, Cervantes, Plinius ... Bitte etwas dichtere Atmosphäre!

> Jennerwein schluckte, Maria warf ihre Haare zurück, was einige Passanten auf dem Gehsteig erschrocken zurückweichen ließ.

Hatte Maria nicht ein paar Kapitel vorher noch eine praktische Kurzhaarfrisur?

> »Das weiß ja sogar ich«, rief Michelle, die dabei stand. »Wie kann man nur so uncool sein.«

»Uncool« sagt man schon lange nicht mehr. Man sagt
»gogg« oder »lash«, vielleicht gerade noch »ehren-
amtlich«, aber nicht »uncool«. Bitte recherchieren!

> Jennerwein massierte sich die Schläfen, aber er fand
keine Antwort. Warum hatte er sich solch einen Schnitzer
geleistet? Warum nur?

Insgesamt finde ich den Text gelungen, aber er passt
nicht so recht in den Erzählfluss. Ich würde sagen,
wir streichen die ganze Stelle.

Und aus diesem Grund, liebe Leser, finden Sie diese Stelle nirgendwo im Roman. Danke, Frau Doktor!

Früher nannte man so etwas das Bureau oder das Comptoir,
ganz früher Scriptorium. Und was wird hier gemacht? Wird
hier das unleserlich geschriebene Manuskript abgetippt? Kaffee
gebraut? Nein, das tut der Autor schon selber, in den meisten
Fällen wenigstens. In solch einem Büro spielen sich heutzutage
ganz andere Sachen ab. Da werden Lesereisen vorbereitet, die
den Kontakt zu Ihnen, verehrte Krimiliebhaber, herstellen. Da
werden Mails beantwortet: Warum spielt im Film nicht Hugh
Grant den Kommissar Jennerwein? Wer sind Kl. und Pr.? Und
ist der Schroffkogelspitzberg nicht nordöstlicher, als das im
Buch dargestellt ist? Das alles geschieht im geräumigen Busi-
ness Center von **Marion Schreiber**, der Meisterin der Kommunikation und des Quality Managements. Sie löst Probleme, erforscht den Markt und fährt mit dem Zug nach Cefalù in den
Ocean's Club, um nachzusehen, ob es dort wirklich einen Barracuda Shake gibt.

Über die namentlich genannten Risalvatores hinaus möchte
ich auch dem **Fischer Verlag** danken, dessen Außendienst-,
Vertriebs-, Marketing-, Presse- und Herstellungs-Mitarbeiter

das Buch mit Schwung und Herzblut hinaustragen in die Welt; danken möchte ich den vielen **Buchhändlern**, die das Buch über und teilweise unter dem Ladentisch verkaufen; verneigen möchte ich mich schließlich vor den Mitgliedern der stetig wachsenden **Leserschaft**, die meine Bücher gutheißen, verschenken, kritisch beäugen, weiterempfehlen und schließlich auch lesen.

Wenn Sie, liebe Mitglieder der Leserschaft, das Buch jetzt gleich zuklappen, wird eine Frage im Raum stehen bleiben: Gibt es sie nun wirklich, diese Kriebelmücken, die blutgierigen und sauglustigen Archicnephia – und kann man sie tatsächlich für die geschilderten verbrecherischen Machenschaften, für indiskrete Recherchen und unverschämte Nachforschungen einspannen? Ich habe versucht, einige der Bienen-, Mücken- oder Insektenforscher zu befragen. Die Entomologen sind jedoch in ihren Lehrmeinungen so uneins, dass die widersprüchlichen Briefings nicht brauchbar waren. Ich musste in diesem Fall also selbst wissenschaftlich tätig werden. Sie werden verstehen, dass ich Ihnen die Ergebnisse nicht anvertrauen kann. Ich kann nur soviel sagen: In lauen, schwülen Sommernächten pflegen Sie vielleicht vor dem Einschlafen noch ein paar Zeilen zu lesen. Die kleine Nachttischlampe brennt, ein Fenster ist geöffnet. Sie unterbrechen Ihre Lektüre, weil Sie eine fast unmerkliche Berührung im Nackenbereich verspürt haben. Ein winziges Insekt schwirrt herum, es lässt sich nicht verscheuchen. Nach einiger Zeit ist es von selbst verschwunden, Sie lesen ungestört weiter. Wenn Sie das schon einmal erlebt haben, dann kennen wir uns, sozusagen.

Garmisch-Partenkirchen, Sommer 2010

Jörg Maurer
Föhnlage
Alpenkrimi
Band 18237

Sterben, wo andere Urlaub machen

Bei einem Konzert in einem idyllischen bayrischen Alpen-
Kurort stürzt ein Mann von der Decke ins Publikum – tot.
Und der Zuhörer, auf den er fiel, auch. Kommissar Jennerwein
nimmt die Ermittlungen auf: War es ein Unfall, Selbstmord,
Mord? Und warum ist der hoch angesehene Bestattungsunternehmer Ignaz Grasegger auf einmal so nervös? Während
die Einheimischen genussvoll bei Föhn und Bier spekulieren,
muss Jennerwein einen verdächtigen Trachtler durch den Ort
jagen und stößt unverhofft auf eine heiße Spur …

»Mit morbidem Humor, wilden Wendungen und
skurrilen Figuren passt sich das Buch perfekt in das Genre
des Alpenkrimis ein, bleibt aber dank der kabarettistischen
Vorbildung Maurers im Ton eigen und dank seiner
Herkunft aus Garmisch-Partenkirchen authentisch.«
Süddeutsche Zeitung

»Wunderbar unernster, heiterironischer Alpenkrimi.«
Westdeutsche Allgemeine

»Virtuos komponiertes Kriminalrätsel.«
Frankfurter Allgemeine Zeitung

Fischer Taschenbuch Verlag

Jörg Maurers Alpenkrimis im Hörbuch

Föhnlage
Autorenlesung
4 CDs

Hochsaison
Autorenlesung
4 CDs

Niedertracht
Autorenlesung
4 CDs

»Der Autor Jörg Maurer ist Kabarettist, das merkt man seinem pointenreichen, von abstrusen Gestalten und Situationen wimmelnden Krimi an.«
dpa

»Gemäß seiner eigentlichen Tätigkeit als Kabarettist ist ›Föhnlage‹ durchzogen von schreiend-komischen Dialogen und skurrilen Situationen, in denen er die föhngeplagten Bewohner des bayerischen Kur- und Tatorts auf die Schippe nimmt.«
Alt-Bayerische Heimatpost

Argon Verlag

fi 666 048 / 2

Jörg Maurer
Hochsaison
Alpenkrimi
Band 18653

Nach dem Bestseller ›Föhnlage‹ der zweite Alpenkrimi
mit Kommissar Jennerwein

Beim Neujahrsspringen in einem alpenländischen Kurort
stürzt ein Skispringer schwer – und das ausgerechnet, wo
Olympia-Funktionäre zur Vergabe zukünftiger Winterspiele
zuschauen. Wurde der Springer während seines Fluges etwa
beschossen? Kommissar Jennerwein ermittelt bei Schützen-
vereinen und Olympia-Konkurrenten. Als in einem Beken-
nerbrief weitere Anschläge angedroht werden, kocht die Em-
pörung beim Bürgermeister hoch: Jennerwein muss den Täter
fassen, sonst ist doch glatt die Hochsaison in Gefahr …

»›Hochsaison‹ ist um Klassen besser
als mancher anderer Regionalkrimi,
außerdem ist das Buch auch noch komisch!«
Bayerischer Rundfunk

»Skurril und komisch nach dem Motto
›Sterben, wo andere Urlaub machen‹.«
Freundin

Fischer Taschenbuch Verlag

fi 18653 / 1